KB051580

우리**가족**은
모두**살인자**다

Benjamin Stevenson

우리 가족은
모두 살인자다

벤저민 스티븐슨 장편소설 | 이수이 옮김

EVERYONE
IN MY FAMILY
HAS KILLED
SOMEONE

앨리샤 파스,

마침내 이 책은 당신의 책입니다.

언제나 그래왔고 앞으로도 변함없겠지만.

차례

프롤로그 11

형 15

의붓누이 29

아내 97

아빠 101

엄마 163

새아버지 241

고모 309

아내 339

(전) 형수 373

(다시) 새아버지 427

동생 451

고모부 471

나 479

에필로그 483

감사의 말 493

당신의 탐정이 당신이 즐거이 부여한 기지를 발휘하며
신성한 계시와 여성적 직관, 미신적 주술, 속임수, 우연의 일치,
불가항력에 의존하지 않고 주어진 범죄 사건의 진상을
충실하고 진실하게 탐지해나갈 것을 약속합니까?

애거사 크리스티, G. K. 체스터턴, 로널드 녹스, 도러시 L.
세이어스가 속한 미스터리 소설 작가들의 비밀 조직
'추리 클럽'(1930)의 회원 서약.

1) 범인은 반드시 소설 초반에 언급된 인물이되 독자가 생각을 지켜볼 수 있는 인물이어선 안 된다.

2) 초자연적이거나 불가사의한 수단은 당연히 제외한다.

3) 비밀의 방이나 비밀 통로는 하나까지만 가능하다.

4) 지금까지 발견되지 않은 독극물이나 마지막에 과학적 설명을 길게 보충해야 하는 장치는 사용하지 않는다.

5) **작가의 말: 문화적으로 구시대적인 역사적 표현이라 삭제함.**

6) 탐정은 우연의 도움을 받아선 안 되며, 근거 없는 직감을 사용하여 사건의 진상을 밝혀서도 안 된다.

7) 탐정 본인은 절대 범인이어선 안 된다.

8) 탐정이 발견하는 단서는 독자가 추리하는 데 사용할 수 있도록 즉각 보여야 한다.

9) 탐정의 어리석은 동료인 왓슨 같은 인물은 머릿속을 스치는 생각을 숨겨선 안 된다. 그의 지능은 일반적인 독자보다 약간, 아주 약간 모자라야 한다.

10) 적절한 복선이 없다면 쌍둥이 형제나 꼭 닮은 인물은 등장해선 안 된다.

—로널드 녹스의 「탐정소설 십계명」(1929)

프롤로그

우리 가족은 모두 살인자다. 심지어 성과가 뛰어난 몇몇은 살인을 여러 번 저질렀다.

과장이 아니라 사실이 그렇다. 한 손밖에 사용할 수 없어 힘든 상황이었지만 이 글을 쓰게 되었을 때 나는 진실을 이야기하는 것이 가장 좋은 글쓰기 방법이라는 걸 비로소 실감했다. 당연한 거 아닌가 싶겠지만 현대 추리소설은 이 점을 간과하는 경향이 있다. 요즘 추리소설에서는 작가의 속임수가 큰 역할을 한다. 나중을 위해 결정적인 패를 숨겨두는 것이다. 그러나 애거사 크리스티나 길버트 키스 체스터턴의 작품 같은 이른바 '황금시대'의 미스터리 문학을 특별하게 만드는 요인은 바로 정직함이다. 나는 작법서를 쓰는 사람이라 이를 잘 알고 있다. 요는 글쓰기 법칙이 있다는 거다. 황금시대 작가 단체에 속해 있던 로널드 녹스라는 양반이 어느 날 일련의 글쓰기 규칙을 작성했다. 비록 자신의 '계명'이라는 제목을 붙이긴 했지만. 바로 그 녹스의 십계명이 흔히들 넘겨버리기 일쑤인 책의 맨 앞 제사에 담겨 있는데, 장담하건대 이 제사는 앞으로 되돌아가 읽어볼 가치가 있다. 사실 그 페이지는 책 귀퉁이를 접어두어야 한다. 여기서 구구절절 설명해서 지루하게 만들 생각은 없고, 한마디로 이렇게 정리할 수 있다. 황금시대 추리소설의 황금률은 **속임수를 쓰지 말라**는 것이다.

물론 이 이야기는 소설이 아니다. 모두 내가 직접 겪은 일이다. 그러나 결국 나는 한 살인 사건을 풀어야 하는 상황에 처하게 된다. 실은 하나로 그치지 않는다. 나중에 할 이야기이긴 하다만.

어쨌든 나는 상당한 양의 범죄소설을 독파했다. 그래서 요즘 이런 장르의 소설 대부분이 이른바 '신뢰할 수 없는 화자'를 이용한다는 걸 알고 있다. 독자에게 이야기를 전하는 인물이 사실 열에 아홉은 거짓말을 하고 있는 것이다. 앞으로 사건을 서술해 나가면서 어쩌면 나 역시 그럴지도 모른다. 따라서 나는 최선을 다해 그와 정반대의 길을 갈 것이다. 나를 **믿을 수 있는 화자**라 불러주길. 나는 오직 진실만을, 적어도 진실을 안다고 생각했던 그 당시에 진실이라 여겼던 정보를 이야기할 것이다. 앞으로 지켜봐주길 바란다.

이렇게 하면 녹스의 십계명 중 8번과 9번 항목은 모두 지키는 셈이다. 왜냐하면 사건의 진상을 파헤치고 이 이야기를 써 내려간 내가 이 책 속에서 탐정이자 왓슨이므로, 단서를 발견하고 더불어 내 생각을 숨김없이 드러내야 한다는 의무가 내게 있기 때문이다. 요컨대 속임수를 쓰지 않는다는 것이다.

한번 증명해 보이겠다. 유혈이 낭자한 장면을 기대하는 분들을 위해 알려드리자면, 이 책에서 누가 죽거나 죽었다고 전해 듣는 장면은 27쪽, 69쪽, 94쪽, 일타쌍피를 기대할 수 있는 105쪽, 스포츠로 따지면 해트 트릭을 달성하는 115쪽이다. 그러고 나서는 좀 잠잠하다가 237쪽, 282쪽(거의 그럴 뻔한 일이 일어난다), 297쪽, 308쪽, 336쪽, 327쪽에서 337쪽 사이 어딘가(정확히 짚기 어렵다), 353쪽, 477쪽에서 다시 볼 수 있다. 혹여나 조판 작업을 하다 몇 쪽인지 잘못 표기하는 일이 일어나는 게 아니라면 틀림없이 맞을 거라고 장담한다. 단, 이야기에 구멍이 딱 하나 있는데 거기엔 트럭이 쑥 들어갈 정도다. 이것도 미리 좀 밝혀둘까 한다. 이 책엔 섹스 장면이 전혀 없다.

그 밖에 이야기해둘 게 또 있을까?

미리 알아두면 좋을 것 같은데, 내 이름은 어니스트 커닝햄이다. 좀 옛날 이름이라 다들 언 혹은 어니라고 부른다. 이름부터 밝히고 시작했으면 좋았겠지만, 내가 약속한 건 믿을 수 있는 화자였지 유능한 화자는 아니었으니까.

지금까지 한 이야기를 보면 어디서부터 시작하는 게 좋을지 잘 모르겠다. 앞서 우리 가족은 **모두** 살인자라고 했는데 우리 집안 가계도에서 모두라는 말의 범위를 정해보자. 사촌인 에이미가 회사 야유회에 가져오면 안 되는 땅콩버터 샌드위치를 한 번 가져왔다가 에이미네 회사 인사팀 총괄자가 거의 죽을 뻔했던 일이 있긴 했지만 에이미는 제외다.

자자, 우리는 사이코패스 집안이 아니다. 착하거나 못되거나 그저 불운한 사람들일 뿐이다. 나는 어느 쪽일까? 아직은 잘 모르겠다. 물론 이 모든 일에 연루된 블랙 텅(Black Tongue)이라는 연쇄살인범과 현금 26만 7000달러라는 작은 문제가 있긴 한데,

곧 이야기하게 될 것이다. 지금 여러분은 아마 다른 걸 궁금해하고 있을 거란 거 안다. 나는 분명 가족 **모두**가 살인자라고 했다. 그리고 속임수는 없다고 약속했다.

나는 사람을 죽였을까? 그래. 그런 적이 있다.

누구였을까?

이야기를 시작하자.

형

1장

커튼에 어른거리는 한 줄기 불빛으로 형이 방금 우리 집 진입로에 차를 댔다는 걸 알 수 있었다. 밖으로 나갔을 때 가장 먼저 눈에 띄었던 건 마이클 형의 차 왼쪽 헤드라이트가 나갔다는 사실이었다. 그다음으로 눈에 들어온 건 피였다.

달이 모습을 감춘 데다 해도 뜨기 전이었지만, 그 어둠 속에서도 부서진 헤드라이트와 심하게 찌그러진 휠 아치 옆에 묻은 거무스름한 얼룩을 나는 바로 알아보았다.

원래 나는 늦은 시간까지 깨어 있는 올빼미족이 아닌데, 30분 전 형이 내게 전화를 걸었다. 게슴츠레한 눈으로 시계를 보니 복권에 당첨됐다는 소식을 전해주려는 건 아니라는 걸 알 수 있는 그런 전화였다. 물론 내겐 우버를 타고 집으로 가는 길에 가끔 전화를 걸어 굉장한 밤이었다고 떠들어대는 친구들이 몇 명 있긴 하지만 형은 그런 사람이 아니었다.

사실 방금 한 말은 거짓말이다. 난 자정이 넘은 시간에 전화를 거는 사람들과 친하게 지내지 않는다.

"만나자. 지금 당장."

형의 숨소리가 거칠었다. 발신자를 알 수 없는 번호가 뜬 걸 보니 공중전화인 것 같았다. 아니면 술집이거나. 나는 두꺼운 겉옷을 입고서도 30분을 덜덜 떨며, 형이 오는 모습이 더 잘 보이도록 김 서린 창문에 맺힌 물방울을 닦아냈다. 마침내 창문 앞을 지키는 일은 그만두고 소파에 몸을 뉘었을 때 형이 몰고 온 차의 헤드라이트가 감은 눈 안쪽에 붉은빛을 쏘았다.

형이 차를 세우고 전원은 켜둔 채 시동을 끄자 으르렁거리는 소리가 나지막하게 들려왔다. 자리에서 일어서는 순간 내 삶이 변할 거라는 걸 알고 있기라도 한 듯 나는 눈을 떠 잠시 천장을 응시하다 밖으로 나갔다. 형이 운전대에 머리를 박은 채 차에 앉아 있었다. 외롭게 비치는 헤드라이트 불빛을 반으로 가르며 자동차 보닛 앞으로 걸어가 운전석의 창문을 두드렸다. 형이 차에서 나왔다. 얼굴이 잿빛이었다.

"운이 좋네." 내가 부서진 헤드라이트 쪽으로 고개를 까닥이며 말했다. "캥거루한테 다칠 수도 있어."

"사람을 쳤어."

"그랬구나." 나는 잠이 덜 깬 상태였던지라 사물이 아니라 사람을 쳤다는 형의 말을 겨우 알아들었다. 이런 상황에서 사람들이 어떤 말을 건네는지 아는 바가 없어 일단 형이 하는 말에 장단을 맞추는 게 좋겠다는 생각이 들었다.

"남자야. 내가 쳤어. 지금 뒤에 있어."

정신이 번쩍 들었다. 뒤에 있다고?

"뒤에 있다니 대체 무슨 말이야?"

"그 남자 죽었어."

"뒷좌석에 있어, 트렁크에 있어?"

"지금 그게 중요해?"

"술 마셨어?"

"마신 것도 아냐." 형이 머뭇거렸다. "아마도. 얼마 안 마셨어."

"뒷좌석에 있는 거야?" 내가 걸음을 옮겨 자동차 문을 향해 손을 뻗자 형이 한쪽 팔을 내뻗었다. 내가 자리에 멈춰 선 채 말했다. "병원에 데려가야 해."

"죽었다니까."

"이런 일로 부딪치다니 정말 믿을 수가 없네." 내가 머리를 쓸어 넘기며 물었다. "형, 이러지 마. 확실해?"

"병원은 안 돼. 목이 파이프처럼 꺾였어. 두개골 절반이 보인다고."

"진단은 의사한테 듣고 싶은데. 전화해보자. 소피―"

"루시가 알게 될 거야." 형이 내 말을 자르며 불쑥 말했다. 어찌나 절박한 목소리였는지 그 속뜻이 투명하게 드러났다. **루시가 날 떠날 거야.**

"괜찮을 거야."

"나 술 마시고 있었어."

"얼마 마시지도 않았잖아." 내가 짚어주었다.

"맞아." 형이 뜸을 들었다. "얼마 안 마셨지."

"분명 경찰도 이해할⋯⋯" 내가 운을 떼긴 했지만 우리 둘 다 경찰서에 커닝햄이라는 이름이 크게 울리면 우리 이름이 불러낸 망령들로 경찰서가 거의 뒤집어질 거란 사실을 알고 있었다. 온통 경찰관뿐인 곳에 있었던 건 푸른 제복의 바다 한가운데에 펼

처진 그 장례식이 마지막이었다. 당시 나는 엄마가 아래팔로 감싸 안을 수 있을 정도의 키였지만 나이는 어려서 온종일 엄마 옆에 딱 붙어 있으려 했다. 나는 얼어붙을 듯 추운 꼭두새벽에 모여 누군가의 생명을 두고 논쟁을 벌이는 우리를 엄마가 어떻게 생각할까 잠시 떠올려보았다가 이내 그 생각을 떨쳐버렸다.

"내가 차로 쳐서 죽은 게 아니야. 누가 그 남자한테 총을 쐈어. 내가 친 건 그다음이라고."

"그래." 형의 말을 믿고 있는 것 같은 목소리로 말하려 했지만, 내가 학예회에서 농장 동물이나 살인 사건 피해자, 관목 숲처럼 주로 말 없는 역할만 맡아온 데에는 이유가 있었다. 또다시 내가 자동차 문을 향해 손을 뻗었지만 형은 물러서지 않았다.

"그냥 그를 차에 태웠어. 난, 모르겠어. 길가에 내버려두는 것보다 낫잖아. 그러고 나서는 뭘 해야 할지 모르겠더라고. 그래서 이리로 온 거야."

나는 아무 말 없이 고개만 끄덕였다. 가족 사이에는 서로를 끌어당기는 중력이 작용한다.

형이 손으로 입가를 문지르며 손가락 틈새로 말했다. 이마엔 핸들이 남긴 붉은 자국이 작게 패어 있었다. "어디에 두든 상관없을 거야." 마침내 형이 결심한 듯 말했다.

"그래."

"저 사람 묻어야 해."

"그래."

"'그래'라고 말하지 마."

"좋아."

"내 말은 나한테 맞장구치지 말라는 거야."

"그럼 병원에 데려가야지."

"내 편 맞아?" 형이 흘끗 뒷좌석을 보고는 차에 올라타 시동을 걸었다. "내가 해결할 거야. 타."

나는 내가 차에 올라타리라는 걸 진즉 알고 있었다. 왜인지는 정말 모르겠다. 한편으론 내가 차에 있으면 형한테 분별력 있는 말을 해줄 수 있을 거라고 생각했던 것 같다. 하지만 확실한 건 형이 내 앞에 서서 다 괜찮을 거라고 말했다는 거고, 만약 형이 알아서 해결하겠다고 말하면 동생은 나이와 상관없이, 그러니까 다섯 살이든 서른다섯 살이든 형의 말을 믿게 된다는 것이다. 이렇게 중력이 작용한다.

참고로 사실 이 당시 나는 서른여덟이었고 지금은 마흔하나다. 하지만 나이는 두세 살 정도 깎는 게 출판 담당자가 이 책을 유명 배우에게 대본으로 제의하는 데 더 좋겠지.

나는 차에 올라탔다. 조수석 발치에 지퍼가 열린 나이키 스포츠 가방이 놓여 있었다. 가방엔 현금이 가득했는데, 영화에서 보던 것처럼 지폐가 작은 고무줄이나 가느다란 종이로 깔끔하게 묶여 있는 게 아니라 뒤죽박죽 섞인 채 차 바닥으로 흘러나오고 있었다. 돈을 밟고 있자니 느낌이 이상했다. 왜냐하면 돈이 많아도 너무 많았고 아무래도 뒷좌석에 있는 남자가 이 돈 때문에 죽은 것 같았기 때문이다. 굳이 백미러를 들여다보진 않았다. 뭐, 몇 번 흘끔거리긴 했지만 진짜 시체라기보다는 세상에 난 구멍처럼 보이는 새까만 그림자 덩어리만 눈에 들어올 뿐이었고, 혹여나 뒷자리 시체가 또렷하게 보이려 할 때에는 겁이 나 눈길을 돌렸다.

형이 진입로 밖으로 후진했다. 작은 술잔 같은 물건이 달그락거리며 계기판을 가로질러 바닥으로 떨어지더니 좌석 밑으로 굴러갔다. 희미한 위스키 냄새가 났다. 형이 꽉 막힌 공간에서 마리화나를 즐겨 피운다는 사실이 이번만은 달갑지 않을 수가 없었는데, 차에 남아 있는 마리화나 연기의 잔향이 죽음의 냄새를 가려주었기 때문이다. 우리가 탄 차가 연석을 넘어가며 흔들리자 잠금장치가 고장 난 트렁크에서 철커덩 소리가 났다.

순간 소름 끼치는 생각 하나가 스쳐 지나갔다. 형 차는 헤드라이트뿐만 아니라 트렁크도 부서져 있었다. 마치 형이 뭔가를 두 번 치기라도 한 것처럼.

"우리 어디 가는 거야?"

"어?"

"어디 가는지 알고는 있는 거야?"

"아. 국립공원. 숲으로 갈 거야." 형은 내 쪽을 보긴 했지만 차마 나와 눈을 마주치지는 못해 슬쩍 뒷좌석을 살폈고, 이내 후회하는 기색으로 유리창 앞을 응시했다. 형은 아까부터 떨고 있었다. "사실 잘 모르겠어. 시체를 묻어본 적이 없으니까."

두 시간 넘게 차를 몰았을 무렵, 형은 흙길로 이 정도 왔으면 됐다 싶었는지 덜컹거리며 달리던 자신의 외눈박이 차를 한 숲속 공터에 세웠다. 몇 킬로미터 전부터 숲에 조성된 길을 벗어나 울퉁불퉁한 흙길로 차를 몰던 참이었다. 이제 막 해가 뜨려 하고 있었다. 공터는 반짝거리는 부드러운 눈으로 덮여 있었다.

"여기면 될 거야." 형이 말했다. "너 괜찮아?"

나는 고개를 끄덕였다. 아니, 적어도 그런 줄 알았다. 하지만 완전히 굳어 있었던 모양인지 형이 정신 차리라며 내 얼굴 앞에서 손가락을 튕겨 보였다. 척추가 오래된 쇠사슬처럼 녹슬어버리기라도 한 듯 나는 사람이 이렇게 기운이 없을 수 있을까 싶을 정도로 맥없이 고개를 끄덕였다. 그것만으로도 형에게는 충분했다.

"나오지 말고 있어." 형이 말했다.

나는 바로 앞만 바라보고 있었다. 형이 뒷좌석 문을 열고 분주히 움직이며 세상에 뚫린 구멍 같던 그 남자를 차에서 질질 끌어내는 소리가 들렸다. 머리는 뭐라도 하라고 소리치는데 몸이 말을 듣지 않았다. 도무지 움직일 수가 없었다.

몇 분 뒤 땀에 흠뻑 젖은 형이 이마에 흙을 묻힌 채 돌아와 운전대 위로 몸을 기울였다. "와서 땅 파는 것 좀 도와줘."

도와달라는 형의 말에 그제야 경직되어 있던 팔다리가 움직이기 시작했다. 차에서 내리면 땅바닥의 찬기가 느껴지고 새벽의 얼음이 으드득 부서지는 소리가 들릴 줄 알았다. 그러나 내 발은 발목까지 쌓인 흰 눈을 그대로 쑥 통과했다. 발밑을 유심히 들여다보았다. 공터를 덮고 있는 건 눈이 아니라 전부 거미줄이었다. 거미줄은 뻣뻣하게 서 있는 키 큰 잡초 사이사이 대략 30센티미터 높이에 걸려 있었는데 아주 촘촘하게 짜여 있는 데다 눈처럼 새하얘서 단단한 물체처럼 보였다. 반짝이는 빙판인 줄 알았던 건 다름 아닌 빛을 반사하는 가는 거미줄이었다. 거미줄이 뚫린 곳마다 형의 발자국이 나 있었다. 꼭 가루눈 쌓인 땅에 폭폭 구멍이 난 것 같았다. 거미줄이 공터 전체를 덮고 있는 광경은 장엄하고 평화로웠다. 거미줄이 퍼져 있는 공터의 한가운데, 형의 발자국이 끝나는 곳에 놓인 울룩불룩한 형체를 나는 애써 무시했다. 형 뒤를 따라가고 있자니 허공을 떠다니는 안개를 헤치고 나아가는 기분이 들었다. 형은 내가 공황 상태에 빠지지 않게 하려는지 시체에서 떨어진 곳으로 나를 데려갔다.

형은 작은 모종삽을 가지고 있었는데 나한테는 손으로 땅을 파라고 했다. 내가 왜 같이 땅을 파기로 했는지는 잘 모르겠다. 차로 여기까지 오는 동안 나는 형의 두려움이, 우리 집에서 출발할 때 형이 보였던 그 작은 떨림이 진정될 거라고 생각했다. 자기가 휘말려버린 일이 뭔지 형 스스로 깨닫고 차를 돌리는 순간이 있을 거라고. 그러나 차를 돌리기는커녕 형은 다른 길을 택했다. 새벽이 밝아오고 도시 밖으로 차를 모는 동안 형의 떨림은 잦아들었고 얼굴은 서늘하게 굳어갔다.

형이 낡은 천을 덮어 시체를 거의 다 가렸지만 거미줄 위에 떨어진 나뭇가지마냥 천 밖으로 툭 삐져나온 허여멀건 팔꿈치가 보였다.

"보지 마." 내가 흘끔거릴 때마다 형이 주의를 주었다.

아무 말 없이 15분 동안 줄곧 땅을 파던 중 불현듯 내가 멈춰 섰다.

"계속해." 형이 말했다.

"움직여."

"뭐?"

"이 사람 움직인다고! 자. 한번 봐 봐."

아니나 다를까 거미줄 표면이 씰룩이고 있었다. 바람이 불어 흔들리는 정도가 아니었다. 마치 단단한 눈이 물결치는 하얀 눈으로 바뀐 것 같았다. 나는 실을 잣는 거미, 그 중추신경이라도 된 듯 실을 통해 움직임을 감지할 수 있었다.

형이 땅 파는 걸 멈추고 고개를 들었다. "차로 돌아가."

"싫어."

형이 다가가 천을 벗겨냈다. 나는 형을 뒤따라가 처음으로 그 남자의 전신을 보았다. 한쪽 골반 위로 검게 번들거리는 얼룩이 져 있었다. 누가 그 남자한테 총을 쐈어. **내가 친 건 그다음이** 라고, 형은 그렇게 말했었다. 그게 정말인지는 알 수 없었다. 누군가 총에 맞는 건 기껏해야 영화에서 본 게 다였으니까. 남자는 골프공이라도 삼킨 것처럼 목이 불거져 있었다. 그리고 머리엔 검은색 복면 모자를 쓰고 있었는데 모양이 다소 이상했다. 엉뚱한 부위가 불룩 부풀어 있었다. 어렸을 때 학교에서 나를 괴롭히던 놈이 양말 한 짝에 크리켓 공 두 개를 넣고는 나를 향해 휘두르곤 했는데 남자가 뒤집어쓴 복면이 딱 그 모양이었다. 복면 덕에 그나마 남자의 머리가 붙어 있는 것 같았다. 복면 모자에는 구멍이 세 개 나 있었는데 그중 두 개로는 감은 눈이, 남은 하나로는 입이 보였다. 새빨간 거품이 자잘하게 일어 남자의 입술에 고이다 턱을 타고 흘러내렸다. 남자의 이목구비는 제대로 볼 수 없었지만 햇볕으로 얼룩덜룩해진 팔, 손등을 가로지르는 굵은 힘줄로 미루어 보아 그가 형보다 적어도 스무 살은 많다는 걸 알 수 있었다.

나는 무릎을 꿇고 양손을 맞물려 잡고선 남자의 가슴을 두어 번 압박했다. 그러자 가슴이 곧장 흉골까지 무너져 내렸는데 내가 보기에도 잘못된 것 같은 모양새였다. 그 순간 머릿속엔 남자의 가슴이 지퍼가 열려 양쪽으로 벌어진 그 돈 가방 같다는 생각뿐이었다.

"너 때문에 다치잖아." 형이 내 팔뚝 아래로 손을 가져가 나를 일으켜 세우곤 남자에게서 멀리 떼어내며 말했다.

"병원에 데려가야 해." 내가 마지막으로 애원하며 형에게 맞섰다.

"못 일어날 거야."

"혹시 모르잖아."

"틀렸다고."

"시도는 해봐야지."

"병원엔 못 데려가."

"루시가 이해해줄 거야."

"이해 못 해."

"지금쯤이면 술은 다 깼을 거 아니야."

"그렇겠지."

"형이 죽인 게 아니잖아. 총에 맞았다며. 돈은 저 사람 거지?"

형이 앓는 소리를 냈다.

"분명 저 사람이 훔친 거겠지. 다 들어맞아. 그러니까 형한테는 아무 문제 없을 거야."

"26만 달러야."

이 책을 읽는 여러분과 나는 가방에 든 돈이 사실 26만 7000달러라는 걸 이미 알고 있다. 그럼에도 여전히 어떤 생각이 떠나지 않았느냐면, 형에게 구급차를 부를 시간은 없고 대충 돈을 세어볼 시간은 있었다는 것이다. 그런 게 아니라 형이 그저 금액을 가늠해본 것뿐이라면 어림잡아 25만 달러 같은 액수를 댔을 것이다. 게다가 형은 내 구미를 돋우려는 듯이 말했다. 형의 말투로는 형이 어떤 제안을 하고 있는 건지, 혹은 결정하는 데 중요하다고 생각하는 사실을 그저 전해주고 있는 건지 구분할 수가 없었다.

"잘 들어, 언, 이건 우리 돈이야⋯⋯." 형이 애원하기 시작했다. 방금은 엄연히 제안이었던 것이다.

"여기 이렇게 두고는 못 가." 나는 살면서 형에게 했던 그 어떤 말보다 단호하게 덧붙였다. "절대로 안 가."

형이 잠시 생각해보더니 고개를 끄덕였다. "내가 가서 확인해볼게."

형이 걸어가 남자의 몸 옆에 쭈그려 앉았다. 그렇게 몇 분 동안 그 자리에 있었다. 나는 내가 여기 왔다는 사실이 기뻤고 여전히 오길 잘했다고 믿고 있었다. 원래 형이란 존재는 동생의 말을 쉽게 무시해버리기 마련인데 우리 형은 나를 필요로 했다. 그리고 형 옆에 내가 있어 상황도 괜찮아졌다. 어쨌든 남자는 계속 살아 있고, 이제 우리가 그를 병원으로 데려갈 테니까. 형에게 가려서 보이는 건 별로 없었지만 쭈그려 앉은 형의 등, 척추를 다친 경우에는 목을 받쳐야 한다는 걸 알기에 남자의 머리 쪽으로 쭉 뻗은 형의 팔을 볼 수 있었다. 그때 형의 마른 어깨가 위아래로 들썩였다. 잔디 깎는 기계를 작동시키듯 형이 남자를 상대로 심폐소생술을 하기 시작했다. 남자의 다리가 보였다. 그리고 남자의 신발 한쪽이 없다는 것도. 형이 그리로 간 지 이제 한참이 지났다. 무언가 단단히 잘못되고 있었다. 여기가 바로 27쪽이다.

형이 일어나 다시 내게로 걸어왔다. "이젠 묻을 수 있겠어."

그건 형에게 듣고 싶은 말이 아니었다. 이럴 순 없었다. 모든 게 엉망진창이었다. 나는 뒤로 발을 헛디뎌 엉덩방아를 찧었다. 끈적이는 거미줄이 내 팔을 휘감았다. "어떻게 된 건데?"

"그냥 숨을 멈췄어."

"그냥 숨을 멈췄다고?"

"그냥 멈췄어."

"죽었어?"

"응."

"확실해?"

"그렇대도."

"그걸 어떻게 알아?"

"그냥 숨을 멈췄어. 넌 차에 가서 기다리고 있어."

의붓누이

2장

곧 내 이야기를 시작할 텐데 그 전에 해야 할 이야기가 몇 가지 있다. 우리 가족 모임을 스키장 리조트에서 갖자고 정한 사람이 누구든 내가 죽여버렸다면 얼마나 좋았을까.

보통 나는 엑셀 문서가 첨부된 초대장을 받으면 어떤 초대든 딱 잘라 거절한다. 그런데 캐서린 고모는 무슨 일이든 과하게 준비하기 일쑤였고, 움직이는 눈송이 픽셀 그림까지 박아 넣은 커닝햄/가르시아 가족 모임 이메일 초대장에 따르면 참석은 의무였다. 가족들 사이에서 나는 아프다거나 차가 고장 났다거나 원고 마감이 급하다는 둥 늘 이런저런 핑계를 마련해두는 사람으로 통했다. 물론 다들 지난 3년 동안 나의 부재를 진심으로 신경 쓰고 있었던 건 아니지만.

이번엔 고모가 아예 못을 박아두었다. 초대장에선 우리 모두 신나고 한적한 곳에서 주말을 보내며 그동안 듣지 못했던 서로의 소식을 주고받을 수 있을 거라고 했다. 고모는 **우리 모두와 의**

무라는 단어를 진하게 강조해두었다. 평소 답을 얼버무리며 어물쩍 넘어가려 하는 나조차도 굵은 글씨엔 토를 달 수 없었다. 우리 모두라는 말이 꼭 나를 가리키는 건 아니었지만 나는 그 말에 해당하는 사람이 누군지 잘 알고 있었고, 결국 내가 초대에 응하는 건 정해진 일이나 다름없었다. 게다가 알레르기가 있는 음식, 신발 사이즈, 좋아하는 스테이크 굽기 정도, 차량 번호를 묻는 엑셀 문서에 답을 채워 넣는 사이, 장작불이 타닥거리며 타오르는 통나무 오두막집에서 지낼 주말과 눈 덮인 마을에 대한 환상이 생기기도 했고.

그러나 내가 품었던 환상과는 달리 무릎은 얼어붙을 듯했고 나는 점심 약속에 한 시간이나 늦고 말았다.

도로에 눈이 방치되어 있을 거라곤 생각지 못했다. 화창한 날씨에 든 여린 볕이 쌓여 있던 눈을 녹여 내가 몰던 혼다 시빅의 바퀴가 절로 미끄러졌다. 그 바람에 나는 왔던 길로 되돌아가 산 초입에서 터무니없는 가격으로 자동차 체인을 빌려야 했고, 눈이 녹아 질퍽거리는 길가에 무릎을 꿇고 앉아 코에 종유석 같은 콧물을 매단 채 낑낑거리며 바퀴에 체인을 채워야 했다. 만약 스노클이 장착된 랜드로버를 타고 가던 여자가 나를 약간 한심하다는 듯 바라보면서도 차를 세워 도움의 손길을 내밀어주지 않았더라면 나는 아직도 거기서 벗어나지 못했을 것이다. 다시 출발해 창문에 서린 김을 제거하기 위해 히터와 에어컨을 번갈아 켤 때 보면 시간은 소리도 없이 야금야금 잘도 흐르고 있었지만 체인을 채운 바퀴로는 시속 40킬로미터 이상을 밟을 수가 없었다. 게다가 내가 정확히 얼마나 늦었는지 모르려야 모를 수가 없었는데, 그건 순전히 캐서린 고모가 메일로 보내준 엑셀 일정표

덕분이었다.

마침내 도로 모퉁이가 보였다. 피라미드 모양으로 쌓아 올린 돌탑이 세워져 있고, **스카이 로지 휴양원 쉬어 가세요!**라고 적힌 간판이 오른쪽을 가리키고 있었다. 나는 그 간판에 쉼표가 찍혀 있어서 **스카이 로지 휴양원 쉬어, 가세요!**라고 쓰여 있으면 어떨까 생각해보았는데, 커닝햄 가족 모임을 앞두고 할 수 있는 좋은 조언인 듯했다. 차 안에 이 농담을 들려줄 동승자는 없었지만 한때 에린이 재밌어했을 법한 말장난이라 내 상상 속에서는 에린이 웃음을 터뜨렸고, 어쨌든 난 그걸로 만족스러웠다. 깜찍하게도 어니와 에린이라는 우리 이름은 같은 철자로 되어 있으며 배열된 순서만 좀 다르다. 그래서 사람들이 우리에게 어떻게 만났느냐고 물을 때마다 우리는 "알파벳적으로" 만났다고 대답하곤 했는데, 나도 안다, 토 나오는 대답이라는 거.

사실은 훨씬 더 평범한 계기에서였다. 우리에겐 한부모 가정에서 자랐다는 유대감이 있었다. 처음 만난 날 에린은 어렸을 때 엄마가 암으로 돌아가셔서 아빠 손에 자랐다고 털어놓았다. 우리 아빠 이야기는 좀 더 뒤에서 하게 될 것이다. 하지만 에린은 우리가 처음 만났던 날 이미 우리 아빠에 대해 알고 있었다. 불미스러운 사건은 구글로 찾아보기 쉬우니까.

곁길로 들어서니 주택용 페인트로 **맥주 있음!**이라고 쓴 간판 때문에 술집같이 보이는 땅딸막한 건물이 한 채 서 있었다. 건물 벽에 스키가 무더기로 기대어 있었다. 보아하니 전자레인지가 부주방장 역할을 하고 술을 안 사도 창문 앞에 꼭 붙어 있어도 되는 곳이었다. 나는 혹시 몰라 여길 피신처로 생각해두었다. 어쨌든 그 주말은 우리 가족이 모이는 날이었다. 다들 각자 방에서 쉬다가 중간중간 예정된 식사를 하게 될 텐데 다른 선택지를 마련해둬서 손해 볼 건 없었다.

아, 그건 그렇고 에린은 살아 있다. 내가 한때 사랑했던 사람을 애매모호하게 언급하고는 나중에 가서야 사실 그녀가 죽은 사람이라고 밝힐 것처럼 보이는 것 같다. 이런 종류의 책들이 흔히 그러니까. 하지만 그런 건 아니다. 에린은 다음 날 운전해서 올라올 예정이었다. 그뿐만 아니라 엄밀히 따지면 우리는 여전히 법적으로 부부였다. 게다가 누군가 죽거나 죽었다고 전해 듣는 페이지도 아직 아니고.

모퉁이를 돌고 얼마 지나지 않아 오르막길이 아닌 내리막길이 이어졌다. 곧 나무들 사이를 빠져나와 보니 어느새 나는 장대한 골짜기의 산등성이 위에 있었는데, 스카이 로지 휴양원은 그 기슭에 자리하고 있었다. 세상에서 제일 큰 기수(騎手)임을 자랑하듯 호주에서 가장 높은 곳에 있는 무인 숙박업소라며 따지고 보면 별 의미도 없는 걸 내세우는 이 휴양원에는 산허리로 들어서는 아홉 홀 골프장과 송어를 낚거나 노를 저을 수 있는 호수가 있었으며 **난롯가의 안락함과 에너지 재충전**과 관련된 모든 것, 인근 스키장 이용권(당연히 숙박에 리프트 이용권은 포함되지 않는다), 심지어 사설 헬기장까지 있었다. 이건 내가 홍보 책자에 나와 있는 그대로 읊은 건데, 하룻밤 사이에 폭설이 내리는 바람에 내 앞에 있는 도로부터 이제 기준 타수가 400은 되어 보이는 골프장, 호수가 있어야 할 법하지만 손님들이 묵는 건물에서 이삼백 미터 아래로 드넓게 형성된 툰드라까지 모두 다 새로 내린 눈으로 뒤덮여 있었기 때문이다. 골짜기는 평평하면서도 가파르고 작으면서도 끝없이 펼쳐진 듯 보였다.

나는 서두르지 않고 천천히 비탈 아래로 내려갔다. 순백색은 깊이를 헷갈리게 만드는 경향이 있다. 만약 비탈길 아래로 눈에 반쯤 묻힌 몇몇 건물을 볼 수 없었다면, 경사가 얼마나 가파른지 깨달았을 때에는 이미 브레이크를 밟아도 소용이 없어 꼼짝없이 빠른 속도로 미끄러졌을 것이다. 그럼 죽은 목숨이었겠다만 점심 약속 시간엔 딱 맞춰 도착했겠지.

휴양원 중앙에는 손님들이 묵는 다층의 게스트하우스가 있었는데 샛노란 색으로 페인트칠되어 있어 산속에서 쉽게 눈에 띄었고, 건물로 들어서는 입구를 기둥이 받치고 있었다. 건물 측벽을 떠받치고 있는 막대기 같은 벽돌 굴뚝에서 연기가 피어올랐고, 지붕엔 광고의 한 장면처럼 군데군데 눈이 쌓여 있었다. 그리고 다섯 줄로 늘어선 창문 가운데 몇몇은 은은하게 노란빛을 발하고 있어 꼭 어드벤트 캘린더를 보고 있는 것 같았다. 게스트하우스 앞에는 여섯 채씩 두 줄로 지어진 총 열두 채의 샬레식 오두막이 있었다. 땅에 닿는 물결 모양의 철제 지붕들은 산의 경사와 평행선을 이루었고, 바닥에서 천장까지 크게 낸 오두막 앞창으로는 암석으로 된 산봉우리의 탁 트인 전망이 그대로 비쳤다. 나는 이 상어 이빨 같은 오두막 가운데 한 곳에서 묵어야 했지만, 고모가 일정표로 내게 지정해준 6번 오두막이 대체 어딘지 알 수 없어서 일단 차들이 주차되어 있는 게스트하우스 옆으로 향했다.

나는 그중 몇몇 차를 알아보았다. '아이가 타고 있어요' 표지가 붙어 있으면 경찰이 차 세우라고 하는 경우가 덜하다고 생각해서 타고 있는 애도 없으면서 그 표지를 뒷유리창에 떡하니 붙여놓은 새아빠의 메르세데스, 하루 일찍 왔기 때문에 이미 눈에

파묻혀 있는 캐서린 고모의 볼보 스테이션왜건, 그리고 시도 때
도 없이 인스타그램에 올리며 자신의 '사업상 보상'이라며 그토
록 자랑해대던 루시의 차(차종은 삭제한다)가 눈과 어우러진 채
서 있었다. 물론 날 도와준 사람이 타고 있던 랜드로버도 거기
주차되어 있었다. 이런 책에선 'M33T-QT'라 적힌 자동차 번호
판이 달려 있었다고 할 수도 있겠지만 내가 그 차를 알아본 건
커다란 플라스틱 스노클 때문이었다.

내가 차에서 내리기도 전에 고모는 20대 중반에 일어난 차 사
고 때문에 다리를 살짝 절뚝이면서도 빠른 속도로 주차장을 가
로질러 오고 있었다. 고모는 아빠에게 막냇동생 그 자체였는데
아빠와 나이 차가 상당해서 30대였던 엄마가 커닝햄가의 아이
들을 낳았을 때 엄마와 시누이인 캐서린 고모 사이보다 나와 고
모 사이의 나이 차가 더 적게 날 정도였다. 그래서 어릴 때 기억
하는 캐서린 고모는 젊고 활달하고 재밌는 사람이었다. 고모는
우리에게 선물을 주었을 뿐 아니라 재밌는 이야기로 우리를 즐
겁게 해주곤 했다. 나는 고모가 인기도 좋다고 생각했는데, 우리
가족끼리 연 바비큐 파티에서 고모가 자리에 없는데도 다른 사
람들이 고모에 대해 이야기하곤 했기 때문이다. 하지만 나이가
들면 보이는 게 있기 마련이고, 이제 나는 인기 있는 것과 입방
아에 오르는 건 다르다는 걸 안다. 고모에게 전환점은 젖은 도로
와 버스 정류장의 형태로 찾아왔다. 고모는 그 사고로 뼈가 으스
러지고 다리가 망가졌지만 정신을 바로잡았다. 이제 고모에 대
해 알아둬야 할 게 있다면 고모가 제일 좋아하는 두 문장이 "지
금이 몇 시인 것 같니?"와 "이전 메일에 대한 답장"이라는 것뿐
이다.

고모는 노스페이스 패딩 조끼 아래 밝은 청색의 따뜻한 보온 기능성 상의, 바스락거리는 방수 재질의 바지를 입고 오래된 빵처럼 딱딱해 보이는 등산화를 신고 있었다. 고모가 입고 있는 것들은 모조리 새 제품으로 방금 매장 선반에서 집어 온 것만 같았다. 마치 아웃도어 가게에 들어가서 마네킹 하나를 가리키며 "저거 줘요"라고 말했을 것 같은 차림이랄까. 남편인 앤드루 밀롯 고모부는(하지만 우리 모두 앤디라고 부른다) 고모 뒤를 따라가고는 있지만 일정한 거리를 두고 있었는데, 같은 아웃도어 가게에서 그저 시계만 들여다보고 있었던 사람처럼 변변찮은 청바지에 가죽 재킷을 걸쳐 애처로워 보일 지경이었다. 고모에게 호되게 야단을 맞느니 차라리 찬 바람이 휘갈기는 채찍을 맞는 게 더 낫겠다는 판단에 나는 가방이나 외투를 챙기지도 않고 서둘러 고모에게로 갔다.

　고모는 "우린 다 먹었다"라는 말뿐이었는데, 나에 대한 비난이면서 내게 주는 벌인 듯했다.

　"고모, 미안해요. 진다바인 지나고 산에서 문제가 있었어요. 눈이 내렸더라고요." 내가 뒤에 있는 타이어체인을 가리켰다. "다행히 누가 체인 끼우는 걸 도와줬어요."

　"출발하기 전에 일기예보도 안 본 거야?" 고모는 대체 어떤 사람이 날씨도 고려하지 않고 늦느냐며 내 말을 믿지 못하겠다는 목소리로 말했다.

　내가 일기예보를 확인하지 않았다고 시인했다.

　"날씨를 생각했었어야지."

　그랬어야 했다고 내가 순순히 인정했다.

　고모의 아래턱이 씰룩였다. 나는 고모를 잘 알아서 고모가 원하는 건 그저 본인이 하고 싶은 말을 다 쏟아내는 거라는 걸 알고 있었으므로 잠자코 아무 말 하지 않았다. "됐다, 그럼." 결국 고모가 말문을 열었고, 몸을 기울여 내 뺨에 얼음장같이 차가운 키스를 했다. 뺨을 맞대는 인사에 어떻게 답해야 하는지 아는 바가 전혀 없었지만 일단 조언을 받아들여 날씨를 고려하기로 했고, 고모가 보였던 격렬한 반응을 생각해 고모의 얼굴 옆 허공에 무아 하는 소리를 내기로 했다. 고모는 내 손에 열쇠 꾸러미를 쥐여 주며 말했다. "우리 방이 아제 준비가 안 되어 있어서 오늘 네가 4번 방을 쓰면 돼. 다들 식당에 있다. 얼굴 보니 좋구나."

고모는 내가 가벼운 이야깃거리를 꺼내기도 전에 뒤돌아 게스트하우스 쪽으로 가버렸고, 앤디 고모부는 나와 함께 걸으며 주머니에서 손을 꺼내 악수하는 대신 어깨를 가볍게 툭 기대며 왔냐 하는 인사를 건넸다. 날이 찼지만 이제 사교적으로 구는 데 집중하려던 터라 겉옷은 차 안에 그대로 둘 수밖에 없었다. 바람이 매서웠다. 바람은 옷 사이의 모든 틈을 찾아내 파고들고는 내가 빚이라도 진 듯 내 몸 이곳저곳을 뒤적였다.

"괜찮니." 고모부가 말했다. "고모 좀 봐주렴." 남자들 무리에서 소외되지 않으려 하면서도 아내 편을 들어주고 싶어 하는 점이 긴말할 것 없이 딱 앤디 고모부다웠다. 그러니까 고모부는 디너파티에 참석하면 아내 앞에선 "그래요, 여보" 하고 다정히 말하지만 아내가 화장실에 가고 나면 고개를 절레절레 흔들며 "휴, 하여간 여자들이란, 안 그러냐?" 하고 떠드는 부류의 남자였다. 고모부는 코가 빨갰는데 술을 마셔서인지 추워서인지는 알 수 없었고 안경엔 김이 살짝 서려 있었다. 그리고 얼굴엔 더 어린 남자에게 붙어 있을 법한 짧고 새까만 염소수염이 나 있었다. 고모부는 50대 초반이었다.

"고모 심기를 건드리려고 어젯밤에 제가 기우제라도 지냈을라고요." 내가 말했다.

"그럼, 아닌 거 알지. 그냥 모두에게 힘든 주말이잖니. 그러니까 주말을 좀 수월하게 나려면 고모 놀려서 좋을 거 없다는 거야." 고모부가 잠시 침묵했다. "그렇게 어려운 일도 아니야, 이번 여행에서 맥주 몇 잔 들이켜는 데 괜히 방해받지 말자꾸나."

"고모를 놀리다뇨. 전 그냥 늦었을 뿐인데요." 고모부와 내가 건물에 가까워지자 입구에서 담배를 태우고 있는 나의 의붓누이 소피아를 볼 수 있었다. 소피아는 차라리 밖에 있는 게 나아라고 말하려는 듯 눈썹을 치켜올렸다.

앤디 고모부가 말없이 걸음을 옮겼다. 내가 속으로 제발 그러지 말아달라고 애원하고 있는데 고모부가 숨을 한 번 내쉬고는 "그래, 하지만" 하고 말문을 열었고, 그 순간 나는 혼자서도 자신을 지킬 수 있는 여자의 편을 들어주려 애쓰는 남자보다 더 애처로운 존재는 없다는 결론을 내렸다. "가족들 불러 모으는 데 고모가 애 많이 썼어. 그러니까 고모가 만든 엑셀 문서를 네가 굳이 비웃을 필요는 없었지."

"저 아무 말도 안 했어요."

"지금 말고. 네가 메일 답장했을 때 말이야. 알레르기 칸에 '엑셀 문서'라고 적어 보냈잖니."

"아." 나는 탄식했다. 소피아가 우리 대화를 우연히 듣고는 코로 한 줄기 담배 연기를 내뿜으며 비웃었다. 살아 있다고 했던 에린은 아마 그 모습도 좋아했을 것이다. 고모부는 나 스스로 얼마나 멍청한지 느껴보라는 차원에서 그때 내가 "가까운 친척"란 아래 뭐라고 적었는지, 가족 모임이니까 눈사태가 일어나는 경우가 아니라면 여기 있는 사람들은 다 해당되겠죠라고 적었다는 걸 굳이 큰 소리로 얘기해줄 필요도 없었다. 나는 고모부의 말에 수긍했다. "제가 잘할게요."

고모부는 애정에서 비롯된 건 아니더라도 적어도 남편의 본분을 지켰다는 데에 뿌듯해하며 미소를 지었다.

고모부는 내게 한잔 사겠다는 의미로 술 마시는 시늉을 해 보이며 남자들 사이의 의리를 공고히 하고는 안으로 들어갔고, 나는 소피아에게 인사를 건네려 자리에 멈춰 섰다. 소피아는 후텁지근한 에콰도르 과야킬 출신이라 추위를 싫어했다. 소피아의 목을 감싸고 있는 옷깃이 외투 밑으로 적어도 세 개는 되어 보였다. 소피아의 머리는 꽃잎 깃을 단 고리 사이로 삐죽 비어져 나온 꽃봉오리 같았다. 그렇게 껴입고도 소피아는 자신의 몸을 따뜻하게 감싸려 허리에 한쪽 팔을 두르고 있었다. 몇 년 동안 얼음물이 담긴 욕조에 여러 번 몸을 담갔던지라 소피아보다는 내가 추위에 더 익숙하다는 사실은 알고 있었지만(여기서 재밌는 사실 하나. 낮은 온도가 남성의 생식능력을 증진한다고 한다) 대화를 오래 나누고 싶지는 않았다. 추위가 계속 내 안으로 파고들고 있었다.

소피아는 내가 비흡연자라는 걸 알면서도 내게 담배를 건넸다. 그냥 소피아는 늘 그러는 걸 좋아했다. 나는 담배 연기를 휘휘 내저었다.

"시작이 순조로운데." 소피아가 빈정거리며 말했다.

"동지를 일찍 만들어라. 내가 항상 하는 말이지."

"드디어 네가 와서 기뻐. 날 구해주길 기다리고 있었어. 네가 모두의 주의를 끌 거라는 거 아니까. 이거 받아." 소피아가 내게 작은 정사각형 모양의 판지 하나를 건넸는데 그 위에 격자무늬가 인쇄되어 있었다. 그리고 각 칸에는 **마르셀로는 종업원에게 고함을 친다**, **루시는 당신에게 뭐든 팔려고 든다**처럼 가족들과 관련된 짧은 문구가 적혀 있었다. 내 이름이 왼쪽 중간에 있었다. **어니스트는 무언가를 망가뜨린다**.

"빙고야?" 나는 **가족 모임 빙고**라고 쓰여 있는 제목을 보며 물었다.

"재밌을 것 같았어. 그래서 너랑 나를 위해 만들었지." 소피아가 자신의 카드를 들어서 내보였다. 벌써 어떤 칸에 줄이 그어져 있었다. "다들 아주 까칠해." 소피아가 코를 찡긋했다.

나는 소피아에게서 빙고 카드를 홱 낚아챘다. 가족 모두와 관련된 몇 가지 큰 사건도 그렇고 내 카드와는 다른 문구가 적혀 있었다. 문법은 엉망이었고 강조하기 위해 느닷없이 대문자가 쓰인 데다 괄호 속 문장은 터무니없었으며 마침표도 찍혀 있지 않았다. 몇몇 문장은 특히 더 빈정대는 투였다. 마르셀로가 휴양원 직원을 호되게 야단칠 거라는 말처럼 내가 지각한다는 말은 정말이지 그럴 법했지만 오른쪽 맨 아래 칸에는 뜬금없이 **눈사태**라고 적혀 있었다. 나는 다시 내 빙고 카드를 들여다보았다. 같은 자리에 **골절(또는 누군가 죽는다)**라고 쓰여 있었고, 글과 전혀 어울리지 않는 스마일 그림이 그려져 있었다. 그리고 소피아가 이미 선을 그은 칸에는 **어니스트는 지각한다**라는 문장이 있었다.

"불공평해." 나는 소피아에게 빙고 카드를 돌려주었다.

"빨리 따라잡는 게 좋을걸. 들어갈까?"

내가 고개를 끄덕였다. 소피아는 담배를 다 태우고 건물 입구

밖 눈 속으로 담배꽁초를 획 내던졌다. 그러나 드문드문 보이는 새하얀 색과 대비되어 담배꽁초는 자리를 잘못 잡은 듯 너무 도 드라져 보였다. 소피아가 나를 향해 씁쓸한 표정을 지어 보이고 는 밖으로 터덜터덜 걸어 나가 몸을 구부려 담배꽁초를 집어 들 었고, 그대로 제 주머니에 넣었다.

"있지," 소피아가 나를 안으로 이끌며 말했다. "이번 주말에 살아서 밖으로 나가고 싶으면 처신 잘해야 할 거야."

신께 맹세코 소피아는 정말 그렇게 말했다. 그러고는 심지어 내게 윙크까지 해 보였다. 마치 이 빌어먹을 이야기를 이미 다 알고 있는 사람처럼.

3장

　게스트하우스 자체는 사치스럽게 꾸며놓은 사냥용 오두막이었다. 바닥, 난간 그리고 손잡이 모두 광이 나는 나무로 화려하게 장식되어 있었다. 벽에 건 꽃 모양의 불투명한 유리 전등에서는 은은한 불빛이 비치고 있었고, 낮게 걸린 샹들리에가 2층 복도 옆에서 반짝거리는 건물 로비에는 붉은 카펫까지 깔려 있었다. 사실 허리 위쪽에 있는 모든 것들이 눈 때문에 상한 건물 아랫부분을 만회할 정도로 꽤 우아했다. 마치 바지는 입지 않은 채 깃 달린 셔츠로 상의만 잘 차려입고 영상통화를 하는 사람 같았달까. 눈이 잔뜩 들러붙은 신발에 짓밟혀 너덜너덜해진 카펫이 고정이 덜 된 듯 삐걱거리는 부푼 마룻바닥 위에 깔려 있고, 조각조각 기운 깔개와 회반죽으로 급히 메운 쥐구멍들은 기술자를 산 위로 데려오는 것보다 그때그때 일시적으로 조치하면서 때우는 게 더 낫다는 신조로 건물이 유지되고 있다는 사실을 보여주었다. 습한 건 말할 것도 없었다. 선루프를 열어놨는데 천둥 번개를 동반하는 폭우가 쏟아졌던 날 이후 내 차에서 진동했던 냄새가 건물 전체에서 났다. 한편 높은 곳에 있으면 호텔 별점에 보탬이 되기 마련이라 이곳은 높이로 별점 두 점을 더 얻어 총 4점이었고 동시에 아늑한 매력도 갖추고 있었다.

내가 식당으로 들어서는 순간 대화가 싹 사라졌다. 다들 한창 디저트를 먹는 중이었는데 나를 맞이해준 건 일제히 숟가락을 그릇 위로 쨍그랑 내려놓는 소리였다. 테이블 상석에 앉아 있던 우리 엄마 오드리가 나를 이리저리 살펴보았다. 낚싯줄 같은 흰 머리를 동그랗게 말아 올린 엄마는 오른쪽 눈 위에 흉터가 져 있었다. 엄마는 나인가 형인가 가늠하고 있었는지(나도 형도 엄마를 본 지 꽤 오래됐다) 잠시 망설이다가, 쨍하고 숟가락을 떨어뜨리며 의자를 뒤로 밀었다. 내가 어렸을 때부터 엄마가 쓰곤 했던 논쟁 끝내기 기술이었다.

나의 새아버지 마르셀로는 엄마 왼쪽 자리에 앉아 있었다. 새아버지는 건장한 체격에 대머리로, 목 뒤에는 곰팡이가 끼지 않도록 치실질을 해줘야 할 것 같은 주름이 불룩 접혀 있었다. 그가 묵직한 손을 엄마의 손목에 얹었다. 강압적인 태도는 아니었다. 나는 엄마가 맺는 관계에 대해 잘못된 정보를 전달하거나 새아버지라는 존재에 대한 편견을 불러일으키고 싶지 않다. 한 가지 얘기하자면, 새아버지는 항상 1980년대 말에 출시된 백금 프레지덴셜 롤렉스를 차고 있었다. 그냥 궁금해서 그 엄청난 가격을 검색해보던 중에 시계 무게가 500그램보다 살짝 덜 나간다는 사실을 알게 되었는데, 그 말인즉슨 새아버지가 오른손으로 하는 건 뭐든 말 그대로 묵직하다는 뜻이었다. 그 시계 광고가 꽤 웃겼던 걸로 기억한다. 집안의 가보는 역사에 걸맞은 무게여야 한다라니. 내 기억 속 새아버지는 언제나 그 시계를 차고 있었다. 물론 나는 내가 그 시계를 물려받을 가능성은 없다고 생각했다. 어쨌든 그 광고 문구가 바보 같긴 해도, 가령 **방탄유리 소재로 300미터 깊이에서도 은행 금고처럼 안전합니다**처럼 모든 백만장자가 스쿠버다이빙 강사로 아르바이트라도 하는 듯 구는 다른 몇몇 문구보다는 나았다.

"난 다 먹었어요." 엄마가 둔탁한 소리와 함께 새아버지의 손을 떨쳐내며 말했다. 그릇엔 음식이 여전히 반쯤 남아 있었다.

"오, 애처럼 굴지 말자고요." 소피아가 새아버지 맞은편 자리에 앉아 있는 루시(「1장」에서 마이클 형이 언급했던 사람을 기억하고 있을지 모르겠지만 루시는 나의 형수님이다) 옆에 착석하며 투덜거렸다. 루시는 이번 주말을 위해 한껏 꾸민 게 분명했다. 금발의 머리를 산뜻하게 단발로 잘랐고, 니트 카디건을 새로 장만했는지 옷깃 밖으로 상표가 튀어나와 있었다. 소피아가 루시를 방패 삼아 대담해진 건지 아니면 엄마가 날카로운 포크, 나이프 따위와 가까이 있다는 사실을 알아차리지 못한 건지는 모르겠지만 혈연관계였으면 그런 말대답은 죽으려고 작정한 행위나 다름없었다. 그러나 죽은 듯 사라진 건 자리를 뜨려던 엄마의 마음뿐이었고, 엄마는 삐걱거리는 소리를 내며 다시 자리에 앉았다.

앤디 고모부와 캐서린 고모가 자리하니 제시간에 도착한 가족들이 모두 모였다. 나는 말없이 소피아 옆자리, 덮개로 덮어놓은 그릇이 놓여 있는 자리에 앉았다. 누군가 내 본식, 그러니까 엑셀 문서에 써진 대로 조리한 소고기 요리를 따로 남겨놓은 모양이었는데 아직 온기가 남아 있는 걸 보니 고모가 이따금씩 덮개를 노려봤던 게 틀림없었다. 루시는 본인 앞에 여분의 접시 하나를 더 두고 있었고, 그건 그녀가 내 음식을 슬쩍했다는 뜻이었다. 나는 문득 루시가 단지 배고팠던 건지 아니면 일부러 내 음식을 가져간 건지 궁금해졌다.

내가 모든 걸 두 측면에서 바라보길 좋아한다는 걸 알아두길 바란다. 나는 항상 동전의 양면을 보려 한다.

"자," 앤디 고모부가 어색한 분위기를 없애보려 손뼉을 치며 말했다. 결혼으로 한 식구가 된 사람이 시도하기엔 어리석은 일이었다. "다들 여기 어때요? 옥상 가봤어요? 옥상에 자쿠지가 있다던데. 거기서 골프공을 날릴 수도 있고요. 관리인 말로는 기상관측소를 맞히면 100달러를 준답니다. 해보고 싶은 분?" 고모부는 새아버지가 열의를 보이지 않는지 유심히 살폈는데, 새아버지는 눈 구경보다는 골프 여행을 떠나는 차림을 하고 있었다. 그는 나조차도 소재가 울이 아니라 면이라는 걸 알 수 있는 체크무늬 니트 조끼를 입어, 축축하고 추운 곳에서 정말 죽고 싶은 사람처럼 보였다. 스노클이 장착된 사륜구동 차를 몰던 그 여자는 나를 한심하게 여겼던 것 같지만 적어도 난 폴라 플리스 원단의 외투는 챙겨 온 사람이었다.

"언 너는?" 앤디 고모부가 포기하지 않고 테이블 주변을 둘러보았다. 고모부와 새아버지 사이에 앉아 있던 캐서린 고모가 조용히 하라는 뜻으로 고모부를 쿡 찔렀다. 적에게 말을 거는 건 금기 사항이었다.

우리 모두 침묵 속에서 깨작이고 있었지만, 나는 탁자에 둘러앉은 모두가 나와 같은 생각을 하고 있다는 걸 알고 있었다. 이번 주말 휴가를 하루 일찍 시작하자는 게 누구 계획이었든 다들 지금 여기 있는 이유가 내일에나 있다는 걸 안 이상 긴 썰매에 묶여 지름길로 산에서 미끄러져 내려가도 괜찮겠다는 생각을 하고 있겠지.

우리는 어떤 사람이 불편한 침묵을 견딜 수 있는지 없는지로, 그러니까 침묵을 견뎌내는지 혹은 중간에 탁 끊어내는지로 그 사람에 대해 많은 걸 알 수 있다. 인내심이라는 게 결혼한 사람들에게 부족한 건지, 그다음으로 대화를 시도한 건 루시였다.

루시에 관한 이야기를 좀 하자면, 루시는 온라인 독립 사업체를 운영한다. 그 말인즉슨 루시가 인터넷으로 꾸준히 돈을 잃고 있다는 것이다. 앤디 고모부가 페미니스트인 것과 같은 맥락으로 루시는 작은 사업체를 소유한 사장이었다. 이따금씩 사람들 앞에서 본인이 사장이라고 큰소리 떵떵 쳤지만 그걸 믿는 건 루시 본인뿐이었기 때문이다.

고소당하고 싶지는 않으므로 회사의 이름을 대진 않겠지만 루시는 얼마 전에 1만여 명의 사람들과 함께 지역 경영 부사장인가, 뭐 그런 직책으로 승진했다. 물론 마음대로 갖다 붙인 부사장이란 직함이 필요하지도 않은 조악한 물건을 사라고 친구들을 못살게 구는 그녀 자신의 부도덕함과 관련이 있는 게 아니라면 그녀는 확실히 사장이 맞았다. 그 직함을 받으면서 루시는 내가 건물 앞에서 봤던 차를 갖게 됐는데, 루시가 인스타그램에 올린 게시물에 따르면 그 차는 회사 프로그램으로 받은 공짜 보상이었다. 하지만 사실은 그저 리스 차량일 뿐이고, 공짜라고 준 부분은 한낱 한 달 치 분담금에 불과하며, 아주 엄격히 붙은 조건을 충족시키지 못하면 '공짜' 부분은 무효가 되고 소유자에게 매우 높은 임대료가 떠넘겨진다는 걸 나는 알고 있었다. 즉 차는 공짜가 아닐 때까지만 공짜인 셈이었다.

루시는 더 이상 조건을 채우지 못해 자기 주머니에 있는 돈으로 임대료를 지불하고 있는 게 분명했다. 그러나 현실이 어떻든 루시에겐 성공했다는 이미지가 무엇보다도 중요했다. 자동차 영업사원인 내 친구는 온라인상에 게시하려고 방금 차를 뽑은 척하는 유형의 여자는 차량 영업소에서 차와 함께 사진을 찍지 못하게 한다고 했다. 그들은 분노를 터뜨리며 자리를 뜨는데, 어디서 보기도 힘들고 쓰지도 않는 거대한 나비 모양의 빨간 리본을 뒤에 매단 채 연기를 내뿜어대는 해치백 차량을 덜커덩거리며 끌고 간다. 아마 당신도 이해할 텐데, 그래서 루시의 차량 모델을 지운 것이다. 특정 회사와 매우 분명한 관계가 있기 때문이다.

루시는 최선을 다해 수사법을 구사하여 그 일을 사업이라고 표현하고, 누군가 바로 그 특정 단어를 얘기할 때마다 신경을 곤두세운다. 그러니 존중하는 차원에서 그 단어는 사용하지 않을 것이다. 그냥 이집트 사람들이 지었다고만 얘기해두겠다.

가족들과 어울려보려고 에린은 루시가 연 파티에 의무적으로 참석하곤 했고, 루시가 그달에 판매하는 상품이 뭐든 그중 가장 싼 걸 구입했다. 집에 오면 에린은 그 파티가 얼마나 지루했는지 또는 힘들었는지를 배수로 계산한 값과 식당 이름을 청구서로 타이핑해 내 베개 위에 올려두곤 했다. 예를 들면 이런 식이었다. 시댁 세금 계산서: 뷰러 15달러; 요금(화장 설명료) × 3; 〉1시간, 그 외 초과 시간 × 1.5 = 52.50달러: 벨라스 이탈리안.

"다들 여기 오는 데 아무 일 없었어요? 저는 속도위반 단속 때문에 바가지 썼어요. 시속 7킬로미터 정도 초과했는데 220달러를 뜯어 가는 거 있죠. 아주 웃기더라니까요." 루시가 말했다. 빙고를 완성하는 데(루시는 당신에게 뭐든 팔려고 든다) 좋을 것은 없었지만 루시가 뭔가 팔려고 했던 게 아니었다는 안도감이 거의 손에 만져질 듯 선명했다.

"세입 늘리는 거지." 새아버지가 대화에 합류했다. "순찰대를 더 출동시켜서 지역 주민들은 보내주고 관광객을 잡는 거야. 그러니까 제한속도가 40이지. 이런 도로는 70은 되어야 하지만 사람들을 조급하게 만들고 싶을 테니까."

"이런 일로 소송을 건 사람도 있을까요?" 루시가 기대에 차서 물었다.

"전혀." 나는 새아버지가 무관심한 나머지 솔직했던 거지 일부러 차갑게 대꾸하려던 건 아니었을 거라고 생각했지만 분위기는 싸해지고 말았다.

"다들 각자 방에는 가봤죠? 방이 정말 멋져요." 뒤이어 대화를 시도한 사람은 바로 캐서린 고모였다. "어젯밤에 묵었는데 아침에 전망이 정말……." 고모는 일출의 아름다움과 좋은 가격으로 산의 경관을 볼 수 있는 장소를 골라낸 자신의 능력을 모두 담을 수 있는 단어는 세상에 존재하지 않는다는 듯 말끝을 길게 늘어뜨렸다.

"몰랐네." 새아버지가 느릿느릿 말을 이었다. "게스트하우스 건물이랑 우리가 묵는 방 사이를 걸어야 할 줄이야."

"장담하는데 여기 위층에 있는 방들보다 우리가 묵는 오두막이 훨씬 훌륭해요." 캐서린 고모가 휴양원에 지분이라도 있는 사람처럼 말했다. "그리고 그 애한테 여유 공간이 좀 있었으면 했어요. 그렇지 않아요? 몸도 쭉 뻗을 수 있고 경치도 좋은 방이요. 그런 꽉 막힌 방 말고……."

"깨끗한 이불이랑 시원한 맥주만 있으면 그이는 신경 안 쓸 거예요." 루시가 말했다.

"그렇다고 우리가 이쪽 건물에서 묵을 수 없는 건 아니잖아." 새아버지가 투덜거렸다.

"오두막 객실로 여섯 개 예약해서 할인받았잖아요. 기억 안 나세요?"

"형수가 속도위반으로 낸 범칙금 값은 하겠다." 내가 도저히 참지 못하고 루시의 신경을 건드렸다. 하지만 살짝 웃은 소피아를 제외하면 내 말은 모두에게 철저히 무시당했다.

새아버지가 주머니를 뒤적이더니 지갑을 꺼냈다. "객실 바꾸는 데 얼마나 드는데?"

"이 정도는 걸으실 수 있잖아요, 아빠." 소피아가 말했다. "원하시면 업어드릴게요."

그 말에 마침내 새아버지가 일그러진 미소를 지어 보였다. "다친 몸이잖니." 그가 침울한 척 연기하며 오른쪽 어깨를 부여잡았다. 사실 외과 의사인 소피아가 3년도 더 전에 새아버지의 어깨 수술을 직접 집도했었기에 어깨는 치료된 지 오래였다. 따라서 아픈 척이 분명했다. 그냥 내 생각인데, 「32장」에서 새아버지가 내게 주먹을 날릴 때 보니 어깨는 꽤 잘 치료된 것 같았다.

일반적으로 외과 의사는 자기 가족을 수술해선 안 된다. 그러나 새아버지는 원하는 걸 손에 넣는 데 익숙한 사람이고, 당시 본인 딸의 솜씨만 믿을 수 있다며 고집을 부렸다. 병원은 미래에 부유한 후원자가 될 수도 있는 그에게서 돈 냄새를 맡았고, 모순적이게도 안과 병동의 가르시아 부속 건물을 짓기 위해 기꺼이 눈감아 주었다.

"여보시게, 진정하게나." 소피아가 소고기를 쿡 찌르며 농담

조로 말했다. "내가 듣기론 최고 수준의 의사가 집도했다고 하던데."

새아버지는 아까와 마찬가지로 과장한 분노 연기를 해 보였다. 그는 화살에 맞은 듯 심장을 부여잡고 있었지만 소피아를 어깨로 들고 주변을 빙 돌 수도 있었다. 물론 어깨를 그렇게 심하게 '다치지' 않았다면 그랬을지도 모른다. 그들 부녀간의 애정은 거의 눈에 보일 듯했다. 새아버지는 오직 하나뿐인 딸에게만 아버지처럼 대했다. 물론 마이클 형이나 나에게 친절하긴 했지만(엄마와 결혼할 때 새아버지는 아들을 키우게 된 걸 분명 좋아했었다) 새아버지에게 그저 한없이 사랑스럽기만 한 자식은 언제나 딸인 소피아일 것이다. 그가 다른 아빠들처럼 웃겨주려고 소피아 앞에서 뭔가를 흉내 낼 때는 무표정하고 변호사다운 겉모습도 와르르 무너졌다.

"아니면 스노모빌을 슬쩍하면 되죠." 대화의 오아시스를 발견해 흥분한 고모부가 말했다. "밖에 두 대가 서 있길래 빌릴 수 있는지 물어봤거든요. 관리인 말로는 건물 관리용으로만 쓴다더군요. 아니면 우리가 일을 수월하게 만들 수도 있겠죠." 고모부가 엄지손가락과 그다음 두 손가락을 문질러 보였다.

"열두 살짜리 애예요?" 캐서린 고모가 말했다.

"여보, 그냥 재밌을 것 같다고 생각한 것뿐이에요."

"여기 경치랑 공기, 같이 있는 사람들이 좋은 거지 스파 즐기기, 지붕에서 골프공 날리기, 위험하게 여기저기를 질주하는 건 재밌는 게 아니라고요."

"저는 재미있을 것 같은데요." 고모부를 두둔하는 내 말에 캐서린 고모가 또다시 나를 노려보며 음식을 데워주었다.

"고맙구나, 언—" 앤디 고모부가 입을 열었지만 엄마가 크게 기침 소리를 내며 말을 막았다. 고모부가 엄마를 돌아보았다. "왜요? 다들 얘를 계속 없는 사람 칠 거예요?" 마치 내가 여기 없는 사람인 듯 고모부가 말했다.

"앤드루……." 캐서린 고모가 주의를 주었다.

"이러지 맙시다! 서로 마지막으로 본 게 대체 언젭니까?"

앤디 고모부의 큰 실수였다. 우리 모두 그 질문에 대한 답을 알고 있었다.

엄마가 답을 크게 내뱉었다. "재판일이었지."

어느새 나는 증인석으로 돌아와 주머니에 한 손을 찔러 넣은 변호사와 배심원단을 고양이로 여기는 것처럼 레이저 포인터로 법정 이곳저곳을 휙휙 비추며 거대한 사진을 이용해 자신의 주장을 펼치고 있는 다른 변호사의 말을 듣고 있다. 그 사진에는 아직도 가끔 내 꿈에 등장하는 거미줄로 가득한 공터가 담겨 있는데, 사진 위에 여러 화살표, 선, 색깔 있는 네모 칸들이 덧그려져 있다. 내가 질문에 답변하고 있을 때 엄마는 자리에서 일어나 밖으로 걸어 나갔고, 내겐 대체 왜 법정에 가장 크고 무겁고 요란한 문을 달아놓았을까 하는 생각뿐이었다. 확실히 조심스러운 쪽이 법정이라는 환경에 더 잘 어울리지만, 건축가가 부업으로 할리우드 시나리오작가 일을 하느라 극적인 등장과 퇴장을 원했던 게 틀림없었다. 정말 나는 이 빌어먹을 시끄러운 문들에 대해서만 생각하고 있었는데, 그러면 피고석에 앉아 있는 형을 볼 필요가 없어서였다.

뭘 좀 아는 독자라면 가족끼리 갖는 점심 식사 테이블에 몇몇 자리가 비어 있다는 걸 이미 눈치챘을 것이다. 에린이 내일 운전해서 올 거라는 건 이미 얘기했고, 고모의 외동딸이자 땅콩버터 샌드위치 사건의 주인공인 에이미는 오지 않는다. 왜냐하면 에이미는 이탈리아에서 살고 있는데 이 모임은 다섯 시간에서 일곱 시간 사이로 운전해서 올 정도만 가치가 있지 그 이상은 아니기 때문이다. 이 장면에 마이클 형이 등장하지 않는 것도 그다지 놀라운 일은 아니다. 내가, 뭐랄까, 거기에 일종의 책임이 있을지도 모르겠다.

이제 당신은 몇 가지 사실을 알게 되었다. 왜 엄마가 나와 대화하려 하지 않는지, 왜 형이 아직 이 자리에 없는지, 그리고 왜 깨끗한 이불과 시원한 맥주를 기대하고 있는지, 왜 내가 평소처럼 핑계를 꾸며내서 이번 주말 모임에 빠지지 못했는지, 왜 루시가 차려입고 왔는지, 왜 캐서린 고모가 초대장에 "우리 모두"라는 말을 진하게 강조했는지 그 이유들을 말이다.

내가 거미줄 위로 무릎을 꿇었던 날, 형이 죽어가는 한 남자를 살해하는 모습을 봤던 그날로부터 3년 반이 지났다. 형이 살인을 어떻게 저질렀는지 내가 배심원단에게 설명하고 있을 때 엄마가 법정에서 걸어 나간 지는 3년이 됐다. 그리고 이제 24시간 내로 형은 자유의 몸이 되어 스카이 로지 휴양원에 도착할 것이다.

4장

    반듯하게 접은 깃발이 불길한 느낌을 풍기며 관 위에 놓여 있고 경찰관들이 반짝이는 금색 단추를 채워 올린 차림으로 흰 장갑을 끼고 긴 의자에 빼곡히 앉아 있었던 장례식 이후로 나는 소외당한다는 게 어떤 기분인지 한시도 잊어본 적이 없다. 경찰관의 장례식은 조직의 가장 좋은 면과 나쁜 면을 모두 보여준다. 조직은 많은 사람을 수용할 수 있는 장소를 제공하고 장례식에 참석한 사람들에게 긍지를 선사하지만—나는 팔 안으로 각 잡힌 모자를 안아 들고 있던 한 경찰관이 스위스 군용 칼을 열어젖혀 나무 관에 무한대 기호를, 즉 영원한 결속을 새기는 모습을 지켜보았다—조직에 속하지 않은 자들에겐 아니다. 장례식장 입구에서 죽은 남자의 두 가족, 피와 결혼으로 맺어진 가족과 푸른 제복의 가족이 화장이냐 매장이냐를 두고 뭐가 최선인지는 자신들이 알고 있다며 실랑이를 벌이던 모습을 기억한다. 그래봤자 부질없는 다툼이었고 결국 핏줄들이 승리를 거둬 시신은 매장되었다. 물론 법적으로 매장이 마땅했지만, 순찰차에 앉아 있던 경찰관들은 "만약 내가 죽으면" 따위의 이야기를 나눴을지도 모른다. 동료의 편지를 접어 가슴 주머니 속에 넣어두는 군인들처럼. 그러니 무엇이 최선인지 어느 누가 알겠는가?

장례식 분위기가 분주해서 경건한 예배당보다는 마치 부산스러운 영화 촬영장에 있는 것 같았다. 교회 앞에 진을 치고 있는 사진기자들, 고개를 홱 돌리거나 옆을 흘끗대며 경악한 목소리로 "세상에, 쟤들이 그 사람 **자식들이야**"라며 속닥거리는 사람들의 시선을 통해 나는 보여서 보는 것과 의도적으로 쳐다보는 건 다르다는 걸 알게 됐다. "**그 사람 자식들**" 같은 한쪽의 일방적인 시선은 당신 주위에 공기 방울 같은 막을 형성하고 당신을 그 안에 가둬버린다. 그날 나는 교회 밖으로 나갈 때 엄마의 깨끗했던 검은색 원피스에서 생크림이 뚝뚝 떨어지는 걸 보고 어린아이도 알 수 있을 정도로 확실한 사실 두 가지를 불현듯 깨달았다. 하나, 아빠는 세상을 떠났다. 둘, 우리는 사람들의 시선이 빚어낸 공기 방울 속에 있다.

아빠 없는 남자아이들의 엄마 노릇을 한다는 건 보통 일이 아니다. 엄마는 뭐든 될 수 있어야 했다. 그러니까 교도소로 치면 교도소장, 사나운 수감자, 뇌물 챙기는 교도관, 자비로운 가석방 담당 교도관이 모두 한 사람인 셈이었다. 회사를 차리기 전에 아빠의 변호사로 일했던 새아버지는 아빠가 돌아가신 후부터 우리 집에 자주 드나들기 시작했는데 아무래도 엄마가 안쓰러워서 그랬던 것 같다. 새아버지와 아빠는 틀림없이 친구 사이였을 것이다. 흰색 러닝셔츠 차림에 전동공구 하나 들고 나타난 사람을 오해 말길.(한번은 그런 차림을 하고 엄마가 멀미를 일으킨다고 불평했던 기울기로 벽걸이 책장을 걸어준 적이 있다.) 수표책을 가져와서 책장 하나 사준 게 다니까. 우리에게 도움의 손길을 내밀던 그는 얼마 지나지 않아 엄마에게 구혼의 손을 내밀었다. 어린 딸이 있는 그가 청혼했을 때 엄마는 우리를 햄버거 가게로 데리고 가 그 두 사람이 우리 공기 방울 안으로 들어와도 괜찮겠느냐고 물었다. 엄마가 물어볼 생각을 했다는 사실만으로도 나는 충분했다. 치즈버거에 달려들기에 앞서 형이 알고 싶어 했던 건 오직 새아버지가 될 남자가 돈이 많은가 하는 것뿐이었고.

보통의 10대 소년들처럼 우리도 커가면서 엄마와 부딪치는 날들이 있었다. 그땐 부모가 보살펴준 15년이라는 세월보다도 비디오게임 5분이 더 중요해서 반항하곤 하니까. 하지만 문을 쾅 닫아버리거나 언성을 높이며 싸운다 해도 바깥세상과 대치한 채 서로의 곁에 있었던 건 항상, 정말이지 항상 우리 셋뿐이었다. 캐서린 고모조차도 오직 한쪽 발만 담그고 있었는데, 그나마도 고모가 아빠의 여동생이기 때문이었다. 엄마는 우리 곁을 지켰고, 무슨 일이 있어도 우리가 서로의 곁에 있어주길 바랐다.

법을 어겨서라도.

엄마가 법정을 나가버린 이유를 내가 이해하지 못하는 건 아니었다. 내가 우리를 감싸고 있던 공기 방울 밖으로 나가서 다른 사람들 편에 섰기 때문이었다.

아마 살인죄로 3년 형 선고는 너무 약소하다고 생각할 텐데, 사실 맞는 말이다. 하지만 그 남자는—관심 있을 수 있으니 이야기해두는데 남자의 이름은 앨런 홀턴이다—총에 **맞았었고**, 그에게 더 큰 치명타가 되었던 게 총알이었는지 형이었는지는 증명하기 어려운 일이었다. 물론 앨런이 총에 맞고 도로에서 비틀거릴 때 형이 차로 앨런을 쳤던 것도 맞고 형이 앨런을 곧장 병원으로 데려가지 않는 끔찍한 실수를 저질렀던 것도 맞지만, 형은 마르셀로 가르시아의(현재 국내에서 가장 큰 규모의 회사 가운데 하나로 손꼽히는 기업 법률 자문 회사, 가르시아 앤 브로드브리지의 대표이자 눈길을 40미터도 걷지 않으려 하는 사람이다) 흠잡을 데 없는 변호를 받았다. 마르셀로 변호사는 앨런이 악명 높은 전문 범죄꾼이라는 점과 총을 쏜 사람의 행방이 묘연하다는 점, 그리고 총기가 발견되지 않았다는 점을 제대로 이용했다.

게다가 살인 사건 공판에서 마르셀로 변호사의 존재감이 그 자체로 압도적이었던지라 아무래도 레이저 포인터를 휘두르던 남자가 제 실력을 발휘하지 못하기도 했던 것 같은데, 그렇다고 마르셀로 변호사가 자신의 존재감만으로 변호에 신뢰를 더했던 건 아니었다. 그는 형이 처한 상황을 고려해보면 형에게 이성적인 결정은 기대할 수 없다고 주장했다. 형은 앨런을 차에 태우긴 했으나 곧바로 의료 기관에 데려가지 않았으므로 앨런에 대한 주의의무를 다하지 않은 셈이었지만(이 점이 중요하다. 나도 재판을 거치면서 알게 된 건데, 호주에서는 일단 누군가를 돕기 시작하면 그를 도울 법적 책임이 생긴다고 보기 때문이다) 총을 쏜 사람이 아직 그 자리에 있는지, 그도 공격이나 미행을 당하는 건 아닌지 알 수 없었기 때문에 형 역시 생명의 위협을 받는 상황이었다. 따라서 법적으로 복잡한 이야기는 다 제외하고 쉽게 얘기하면 결국 형에게 징역 3년 형이 떨어졌다는 거다.

내가 치러야 했던 증언의 대가는 컸지만, 선고 형량이 최종 확정될 무렵—굳게 닫힌 판사실 안에서 징역형이 논의되었다—그건 그다지 중요하지 않았다. 나는 살면서 잘못된 선택을 한 적이 수도 없이 많았다. 점심 먹고 바에서 술 한잔 하자는 앤디 고모부의 제안에 응했던 건 특히나. 하지만 증언이 과연 잘못된 선택이었는지는 아직도 잘 모르겠다. 나는 입을 다문 채 사는 법을 배워야 했지만 목소리를 내면서 사는 법도 배워야 했는데 어느 쪽이 더 나은지는 알 수 없었다. 증언하는 게 옳은 일이기에 증언했다고 말할 수 있었으면 좋겠다. 하지만 솔직히 말하면 "그냥 숨을 멈췄어"라고 으르렁거리듯 말하던 형의 낮은 목소리에 다른 무엇이 있어서였다. 여기서 "도무지 우리 형처럼 느껴지지 않았다" 같은 진부한 얘기를 할 수도 있겠지만 실은 정반대였다. 형은 딱 커닝햄 사람 같았다. 그날 나는 있는 그대로의 형을 보았다. 낮게 으르렁거리던 목소리, 어깨와 아래팔을 구부려 사람을 목 졸라 죽이던 면모가 형에게 있다면 나에게도 있을까? 나는 그런 부분을 없애버리고 싶었다. 그래서 경찰에게 돌아섰다. 나는 내가 형의 편이 아닌 경찰의 편에 선 이유를 엄마가 조금은 이해해주길 바랐다. 그리고 내일이 오면 그때 내가 왜 그런 선택을 했는지 나 역시 잊지 않기를 소망했다.

나는 약간 비틀거리며 뽀드득거리는 눈길을 가로질러 배정받은 오두막으로 향했다. 고모부는 술친구가 생길 것 같은 조짐이 보이자 신이 나서 도원결의라도 할 기세였는데, 고모부가 술값을 낸다기에 나는 고모부에게 장단을 맞춰주었다. 앤디 고모부는 원예가로 크리켓 경기장과 축구장에 심는 잔디를 알맞은 길이와 상태로 길러냈다. 고모부는 따분하게 살면서 지독하게 따분한 결혼 생활을 하는 사람이었는데, 항상 느꼈던 거지만 결혼 생활이 지루한 사람들은 술값을 턱턱 잘 낸다.

나는 손잡이가 늘어나는 바퀴 달린 가방을 가져왔는데, 이런 가방은 공항에서나 편하지 산비탈에서는 도리어 거추장스러웠다. 나는 어찌어찌 위아래로 덜컹거리는 가방을 끌며 걸음을 옮겼다. 그리고 나는 스포츠 가방도 하나 챙겨 왔는데 이 가방은 어깨에 메고 있었다. 아직 늦은 오후였는데도 산봉우리가 해를 가리면서 산이 어두워지기 시작했다. 약간의 맥주에 몸에 온기가 돌고 있었지만 어두워진 산의 온도 변화가 바로 느껴져서 꼭 화성에서 일어난다는 일 같았다. 어두워지면 순식간에 얼어붙는다는 것 말이다. 고모부는 우리 술자리가 끝나면 자쿠지를 보러 갈 거라고 했는데 나는 고모부가 마음을 바꾸었으면 했다. 이 추위에 물에 들어갔다간 자쿠지에서 고모부를 도려내야 할 판이었으니까.

날이 추운데도 눈에 반쯤 묻힌 오두막까지 낑낑거리며 가방을 끌고 가자 땀이 났다. 눈이 허리까지 쌓여 있었지만 다행히도 휴양원 직원이 내가 묵을 오두막 문 앞까지 협곡 같은 길을 파놓았다. 그 길로 가방을 끌자 가방이 통통 튕겨 올랐다. 한편 창이 나 있는 오두막 벽면에는 어닝이 펼쳐져 있어서 전망이 눈 더미에 가려지지 않고 여전히 탁 트여 있었다.

열쇠를 뒤적이던 찰나, 문 옆에 쌓여 있는 눈 더미에 나뭇가지를 푹 박아 고정해둔 찢어진 종잇조각 하나를 발견했다. 나는 종이를 집어 들었다. 누군가 두꺼운 검정 사인펜으로 글을 남겨 놓았는데 종이가 물에 젖으면서 글자들이 번져 오싹한 느낌이 났다.

종이에는 이렇게 적혀 있었다. **냉장고가 맛이 갔어. 파봐.**

종이의 오른쪽 아래 귀퉁이에 대문자 S가 쓰여 있었다. 소피아였다. 내가 몸을 기울여 손으로 눈 더미를 쓸어내자 소피아가 나를 위해 묻어둔 맥주 여섯 캔의 은색 윗면이 드러났다. 형의 재판을 치르고 계속 연락을 이어온 사람으로는 소피아가 유일했다. 루시가 본인의 무료 세미나에 초대하는 메일마저 내게는 더이상 보내지 않는 지경에 이르렀을 때 나는 내게 추방이라는 엄벌이 떨어졌다는 걸 깨달았다. 하지만 소피아는 내게 손을 내밀었다. 아마 그녀 역시 나와 다를 바 없는 아웃사이더였기 때문일 것이다. 소피아는 자기 아버지 때문에 낯선 나라의 새로운 가정으로 편입되었다. 내가 "편입되었다"라고 했지만 아무리 곁에 있을 때 애지중지해준다 한들 자식에게 충분한 관심을 기울이면서 기업법 분야에서 성공하는 사람은 없으므로 사실 소피아는 '떠넘겨진' 거였다. 소피아가 우리 집에서 푸대접을 받았다고 한다면 그건 완전히 어불성설이지만, 우리의 보이지 않는 공기 방울 막을 소피아가 언제나 느끼고 있었을 거라고 생각한다. 형의 재판으로 그 보이지 않는 막이 허물어지고 나서 소피아와 나는 사이좋은 의붓남매에서 진정한 친구 사이로 거듭났다. 그래서 소피아는 오직 나만을 자신의 빙고 게임에 초대했다.

나는 산에 적어도 이런 온기가 남아 있다는 데 흡족해하며 맥주 캔을 눈으로 다시 덮어두고 안으로 들어갔다. 오두막은 천장에 진 경사 때문에 배에서 균형을 잃은 것처럼 묘하게 기울어진 느낌이 드는 1인실이었다. 이 불편한 느낌은 이번 여행에서 처음으로 '광고된 대로' 넓게 펼쳐진 전망 덕에 견딜 수 있었다. 내가여기서 고모의 안목에 대한 칭찬과 경치가 숨 멎을 만큼 아름답다는 말을 꾹 삼킬 정도로 괜한 자존심을 부리는 사람은 아니다. 특히 거의 다 기운 해의 빛줄기가 산등성이 너머로 감아 들어가고 산봉우리의 긴 그림자가 산비탈을 쭉 가로지르는 풍경을 보고 있노라면 자존심 같은 건 전혀 세울 수가 없었다.

나무 들보로 짜인 오두막 천장은 창가 쪽이 3미터가 넘었고, 넓은 공간과 텔레비전, 수두룩하게 깔린 러그, 주철 벽난로 위에서 점점 좁아지는 구조였다. 놀랍게도 뒷벽이 있었으므로 지붕은 지면이 아니라 눈이 쌓인 높이까지만 닿는 게 틀림없었다. 벽을 따라 주방 용품이 비치된 찬장이 나란히 서 있었고, 벽 안쪽으로는 화장실로 쓰이는 정육면체 모양의 공간이 있었다. 멋진 전망을 위해 실용성을 양보한 화장실이었으므로 샤워는 구부정한 자세로 해야 했다. 객실의 3분의 1 지점에는 침실용 다락으로 이어지는 사다리가 하나 있었다. 휴양원 직원이 난방을 미리 조절해두어서 실내는 따뜻한데 벽난로는 꺼져 있었으므로 오두막에 있는 벽난로는 장식용인 게 틀림없었다. 바깥과 사뭇 다른 온도에 적응하느라 살갗이 따끔거렸다. 오두막은 게스트하우스 건물에서 나던 눅눅한 냄새가 아닌 오크와 재의 냄새가 났다. '시골 벽난로'라는 이름의 향초에서 날 법한 향이었다.

바닥 한가운데에 바퀴 달린 여행 가방을 놓고 찬장 속에 스포츠 가방을 쑤셔 넣고 있는데 텔레비전 옆에 있던 전화가 울렸다. 전화기엔 숫자 4가 작게 표시되어 있었다. 그리고 외부로 전화를 걸 수 있는 번호판 대신 각 오두막 객실 번호와 "관리인" 라벨이 붙은 단축 번호 버튼과 작은 표시등만 한 줄로 길게 죽 늘어서 있었다. 지금은 5번 불빛이 들어와 있었다. 새아버지였다.

"오드리가 몸이 좋지 않구나." 새아버지는 '엄마'라 하지 않고 굳이 "오드리"라고 칭했다. "그래서 오늘 저녁은 룸서비스를 시킬 거야. 내일 아침에 보자꾸나."

가족끼리 저녁을 먹지 않아도 된다는 건 내게 달가운 소식이었다. 이번 주말 동안 발휘하리라 예상했던 인내심을 점심 한 끼 먹는 동안 거의 다 소진해버렸으니까. 해변보다 눈 속에서 탈수현상이 더 잘 일어날 수 있다고 어디선가 읽은 적이 있어서 소피아 말대로 정말 맛이 간 냉장고에서 미지근한 물병을 집어 꿀꺽 물을 마셨다. 그러고는 눈에 파묻혀 있던 맥주 캔 하나를 꺼내 들고 소파에 누웠다가 나도 모르게 깜박 잠이 들었다.

쾅쾅 문을 두드리는 소리에 잠에서 깼다. 늘 이런 식이다. 이런 책을 읽어본 분들은 잘 알겠지만.

가끔 질식하는 꿈, 아니 기억 때문에 극심한 공포를 느끼곤 한다. 잠에서 깼을 때 창문이 크고 객실이 트여 있어서 순간적으로 내가 밖에서 잠들었나 하는 생각이 들었다. 도시의 안개와 구름에 가려지지 않아 유난히 밝은 별들 아래 펼쳐진 깊고 검은 하늘에 산의 능선이 닿아 있었다. 밖에서 부는 바람은 앓는 소리를 내듯 횡횡 불고 산등성이에서 날리는 눈송이는 하늘 위로 소용돌이치고 있었다. 근처 골짜기에서 야간 스키를 즐기는 사람들을 위해 밝혀둔 할로겐 조명이 새어 들어와 산에 어스레한 불빛이 비치고 산비탈엔 뼈만 남은 손가락 같은 헐벗은 나무의 그림자가 얼룩져 있었다. 기온이 계속해서 떨어져 객실에 웃풍이 들었다. 훈훈한 실내와 맞부딪치며 맥박 치는 유리창의 숨결이 느껴졌다.

나는 눈을 비비며 간신히 몸을 일으켜 세워 어기적어기적 문으로 걸어갔다. 그러고 달칵 문을 열었다.

소피아가 팔짱을 낀 채 문 앞에 서 있었다. 바람과 한판 한 것처럼 소피아의 검은 머리칼에 눈송이가 붙어 있었다. "그래서?" 소피아가 말했다. "돈은 가져왔어?"

5장

자, 다들 이건 알아두길 바란다. 지금까지 거짓말은 없었다. 형이 내게 돈을 맡아달라고 부탁했다.

그날 아침, 형이 나를 다시 집으로 데려다주면서 말했다. 일단 돈은 내가 가지고 있는 게 안전할 것 같다고. 그때 나는 말없이 조수석에 앉아 아래팔에 들러붙은 끈적이는 거미줄을 떼어내고 있었다. 형이 무슨 생각에서 그러는지 짐작이 갔다. 앨런은 그 돈을 가지거나 아니면 누군가에게 주기로 되어 있었는데 그 과정에서 뭔가 잘못된 것이다. 형이 그 '잘못된' 부분과 무슨 관계가 있는지는 알 수 없었지만 만약 누군가 몇 십만 달러를 덜 받았다면 분명 그 돈을 되찾으려 들 게 틀림없었다. 나는 총을 가지고 있던 남자가 형의 차를 봤을 경우를 대비한 또 다른 중간 다리, 그러니까 안전장치였다. 물론 애초에 총을 쏜 사람이 있다면 말이다.

나는 형의 말을 알아듣고는 군말 없이 가방을 챙겼다. 어쩌면 형은 돈을 맡아준 수고비를 챙겨주겠다는 뜻을 넌지시 내비쳤을 지도 모른다. 하지만 뭐라도 알아들으려 아무리 애를 써봐도 형의 입술이 옴짝거릴 때 내 머릿속에는 물속에서 웅웅대는 소리만 울려 퍼질 뿐이었다. 나는 멍한 상태로 집으로 들어와 침대에 가방을 던져두고는 속에 있는 걸 다 게워냈고, 경찰을 불렀다.

20분 뒤 나는 수갑을 찬 채로 왜건형 자동차 뒷좌석에 앉아 하품하는 두 형사를 공터로 안내했다. 처음엔 형사들이 내 말을 진지하게 받아들이지 않았다. 진지하게 받아들인 사람들이 공터로 가는 도중에 맥도널드 드라이브스루 매장에 들를 리가 없으니까. 살인 사건 목격자가 맥머핀 주문을 기다려야 했다는 얘기는 살면서 한 번도 들어본 적이 없었다. 하지만 그도 그럴 것이 그땐 모든 일이 터지기 전이었다. 사이렌 소리가 울리고 구급차와 중계차가 모여들고 심지어 현장 한가운데에 헬리콥터가 착륙하는 일이 있기 전이었고, 살인 사건에 대한 칼럼과 화제를 모았던 거미줄 가득한 공터에 대한 사설들이 나오기 전이었다.(이 불가사의한 자연현상은 근방에서 일어난 홍수로 터전을 옮긴 거미들 때문에 생겼다.) 또한 내가 취조실에 갇히기 전이었고, 형사들이 내 얼굴 앞에다 사진을 들이밀고는 맥도널드 맥머핀 냄새가 나는 뜨거운 숨을 훅 끼치며 형이 나를 버렸으니 그냥 자백하는 게 좋을 거라고 으름장을 놓기 전이었다.

그러나 나를 붙잡아둘 수 있는 최대한의 시간이 지나 형사들이 나를 보내줄 때 깨달았다. 형이 한마디도 하지 않았다는 걸. 내가 혼자 살려고 거짓 진술을 한 건 아닌지 확인하려고 형사들이 거짓말로 을러본 것이었다. 형사들이 나를 집에 데려다주었다. 나는 서두를 일이 없어서 그들에게 KFC에 들르고 싶진 않느냐고 물었는데 내게 돌아온 건 험악한 말뿐이었다.

집에 도착한 후 나갈 때 그대로 침대 위에 놓여 있는 검정 가방을 보고서야 내가 경찰들에게 돈 이야기를 한다는 걸 까맣게 잊어버렸다는 사실을 깨달았다.

맹세컨대 경찰들이 집을 수색했을 줄 알았다. 처음엔 돈보다 앨런에 대해 생각했고, 어떤 순서대로 일이 일어났으며 형이 나를 차에 태웠을 때, 공터로 데려갔을 때, 차에서 기다리고 있으라고 했을 때가 정확히 몇 시였는지 기억해내는 데 온 신경을 집중했다. 그리고 돈은 경찰 측에서 이미 가져갔을 테니 때가 되면 내게 물어보겠거니 했다. 하지만 경찰들은 아무것도 묻지 않았다. 별안간 다음 날이 밝았고 나는 사실 그대로 진술했다는 의미로 종이 한 장에 서명을 하면서도 돈에 대해선 입을 꾹 다물었다. 그건 형도 마찬가지였는데, 어쩌면 형은 자기를 신고한 사람이 나라는 것도 모르고 내가 아직 형의 편에서 돈을 지키고 있다고 생각했을지도 모른다. 그 후 내가 증인석에 설 때에도 돈의 디귿 자도 언급하는 사람이 없었고, 혹시나 했는데 형이나 새아버지가 재판 도중 돈 얘기를 꺼내며 나를 압박하는 일도 없었다. 그렇게 큰 물의를 일으키지 않고 돈에 대한 얘기를 꺼낼 수 있는 시기는 지나가 버렸고, 결국 이 돈은 조용히 방치되었다. 판사가 재판에 대한 판결문을 읽었고, 나는 집으로 돌아갔다. 집에 있는 가방은 그대로였지만 세상은 달라졌다. 형은 감옥에 갇혔고 내겐 현금 26만 7000달러가 든 가방이 있었다. 이젠 정확한 액수를 알고 있다. 내겐 돈을 세어볼 시간이 있었으니까.

이런 이유로도 나는 이번 주말 가족 모임에 빠질 수 없었다. 몇 주 전 나는 소피아에게 내가 세운 계획에 대해 말해주었다.

내일 형에게 가방을 넘겨줄 생각이었다. 내가 잘못한 건 없었기에 형에게 돈 가방을 주는 걸 사과라고 생각하지는 않았지만 일종의 제안일 수는 있었다. 평화를 상징하는 올리브 나뭇가지는 아니지만 같은 녹색이긴 하니까.(100달러짜리 지폐만 있는 건 아니기 때문에 비유를 들자면 그렇다는 거다.) 게다가 돈도 거의 그대로 들어 있었다. 얼마나 좋은 동생인가.

"전부 들어 있어?" 소피아가 소파에 놓인 입 벌린 가방을 바라보며 물었다. 소피아는 가방에 손을 대는 것조차 불안해하며 가만히 앉아 있지 못하고 이리저리 서성였다.

"거의 다 들어 있어." 내가 사실대로 털어놓았다.

"거의 다?"

"뭐…… 좀 급한 일들이 있었어. 3년이 지났잖아. 형이 세어보긴 했는지도 모르겠는걸."

"세어봤다고 네 입으로 그랬어."

"아마 그랬을 거라는 거지." 내가 한발 물러섰다. "형이 정확히는 기억 못 할 수도 있잖아."

"동생이 내 돈 가방을 훔쳐 갔다고 생각하면서 3년 동안 감옥에 있으면 어떨 것 같아? 나라면 하루도 빠짐없이 돈 생각만 할 거야. 땡전 한 푼도 안 빼놓고."

"형은 내가 돈을 다 써버렸을 거라고 생각할 거야. 그러니까 받으면 기뻐하겠지―"

"다는 아니지만."

"다는 아니지만 되돌려받는다면."

소피아가 숨을 크게 내쉬며 입술을 푸르르 떨고는 창가로 걸어갔다. 그녀는 손가락으로 유리창을 톡톡 두드리더니 잠시 산을 바라보았다. "돈은 왜 가져갔었니?" 소피아가 나직이 물었다. 농담이 아니었다.

돈을 돌려줄 기회를 족족 다 놓치고 계속 그 돈을 붙들고 있는 이유에 대해 내가 나 자신에게 하고 또 했던 모든 헛소리를 소피아는 알고 있었다. 너무 당황스러웠고 또 일이 너무 복잡해질 것 같았다던 이유들을. 하지만 무언가 다른 이유가 있다는 걸 소피아는 알았을 것이다. 탐욕처럼 단순한 이유에서였을까? 잘 모르겠다. 내일 형이 나를 안아주고 나와 돈을 나눌 거라고는 기대하지 않았지만, 에린과 그 모든 일을 겪고서 지난 3년 동안 내 옷장 깊숙이 이 가방이 있다는 사실에 마음의 평화를 느낀 적이 없다고 말한다면 그건 거짓말이다.(거짓말은 하지 않겠다고 분명히 약속했다.) 이 돈이면 짐을 꾸려 떠날 수 있었다. 또 도망가버릴 수도 있었고 새로 시작할 수도 있었다. 그 돈이 갖고 싶은 건 아니었지만, 옷장에 돈이 있다는 사실이 좋긴 했다.

"가져간 거 아니야." 나는 늘 하던 말을 반복했다. "어쩔 수 없이 맡아두고 있었던 거지."

소피아가 못마땅해하며 얼굴을 찌푸렸다. 내가 늘 같은 변명을 늘어놓는다는 걸 소피아는 알고 있었다.

몇 가지 사실을 고백하자면 그날 아침, 나는 가방에서 돈뭉치 두 덩이를 꺼내 내 속옷 서랍 안에 넣어두고 방을 나갔다. 또 새아버지가 재판의 판도를 바꾸기 직전까지 형이 훨씬 더 오랫동안 멀리 떠나 있을 줄 알았고, 그래서 돈은 문제 될 게 없을 거라 생각했었다. 내가 돈을 더 많이 쓰지 않았던 이유 가운데 하나는 그저 돈의 출처가 어딘지, 추적이 가능한지를 알 수 없다는 거였다. 만약 그런 걸 생각할 필요가 없었다면 못해도 돈을 계좌에 입금해두고 이자를 썼을 것이다. 그리고 실은 내일 형에게 돈을 **줄지** 아직 마음을 정하지 못한 상태였다.

나는 혹시라도 형이 돈에 대해 물어볼까 봐 돈을 가져왔다. 소피아에게는 도망치지 않고 책임을 다하기 위해 형에게 돈을 넘겨줄 계획이라고 말했었지만.

사람들이 뭔가를 결심했을 때 보여지는 기색이 있다. 누가 당신을 쳐다볼 때 목이 따끔거리는 것처럼 눈에 보이진 않지만 직감으로 느껴지는 그런 기운. 그 순간 그랬다. 공기가 바뀌었다. 소피아가 어떤 결정을 내린 것이다.

"내가 돈이 좀 필요하다면?" 소피아가 말했다.

그 순간 전화가 울렸고, 전화벨 소리에 우리는 화들짝 놀랐다. 그래, 이런 책을 읽어본 분들은 잘 알겠지만 늘 이런 식이다. 2번 표시등에 작게 불이 들어왔다. 내가 전화를 받으러 움직이기도 전에 전화는 두 번 울리고 끊겨졌다. 시간을 보니 11시 15분이었다. 책 페이지를 유념하고 있다면 방금 누군가 죽었다는 걸 알아차렸을 것이다. 난 모르고 있었지만.

"생각해봐." 소피아가 말했다. 그러고는 가만히 내가 입을 열길 기다렸다.

"얼마나 필요한데?"

"5 정도." 소피아가 입술을 깨물었다. 그러고는 그 무게를 가늠해보려는 듯 가방에서 돈을 한 움큼 집어 들었다. "만 단위로." 소피아가 덧붙였다. 마치 고작 5달러 때문에 이 오밤중에 찾아온 거라고 생각할 지도 모른다는 듯이.

"내가 돈을 갖고 있다는 거 형이 알아."

"너한테 맡겼다는 걸 아는 거지. 네가 계속 갖고 있는 줄은 모르잖아." 내가 변명거리를 마련해두는 것처럼 소피아도 논리적으로 받아칠 말들을 준비해서 연습해 온 모양이었다. "경찰이 가져갔다고 해도 돼. 기부했다고 말해도 되고. 아니면 태워버렸다거나."

나는 이 모든 선택지를 고려해보지 않은 척할 수도 있겠지만 그러지는 않겠다. 믿을 수 있는 화자답게. 기억하는가?

"무슨 문제길래 그래?" 내가 굳이 말하지 않은 건 소피아는 나보다 돈이 많고, 심지어 합법적인 돈을 가진 사람들에게 도움을 요청할 수 있다는 사실이었다. 우선 그녀에겐 아버지가 있었다. 5만 달러가 확실히 큰돈이긴 하지만 소피아는 자산을 보유한 외과 의사였다. 만약 소피아에게 5만 달러가 필요한 거라면(소피아는 "5 정도"라고 말했지만 내겐 정확히 5만 달러가 필요하다는 소리로 들렸다) 소피아 혼자서 마련할 수 있는 돈과 필요한 총금액 사이의 차액, 그러니까 그녀가 메워야 하는 돈이 5만 달러라는 뜻이었다. 게다가 소피아는 현금을 원했다. 빠르고, 은밀하고, 흔적이 남지 않는 돈을. 소피아는 보기보다 훨씬 더 곤란한 상황에 처해 있었다.

"도움은 필요 없어. 그냥 돈이 필요한 것뿐이야."

"이건 내 돈이 아냐."

"마이클 오빠 돈도 아니지."

"우리 내일 얘기하면 안 될까?"

소피아가 도로 돈을 내려놓았다. 하지만 머리를 굴리며 여기 와서 할 말은 다 했는지 확인하고 있다는 걸 알 수 있었다. 그녀가 면접 자리에 앉아 있는데 마침내 면접관이 "그럼 질문 있으십니까?" 하고 물어본 것처럼. 가장 설득력 있는 점들을 다 피력했다고 판단했는지 소피아가 걸어가 문을 열었다. 찬 바람이 소용돌이치며 훅 들이쳤다.

"가족들이 널 어떻게 대했는지 봐봐. 아직도 **네가 가족들한테 빚졌다고** 생각해? 언젠가 알게 될 거야. 같은 핏줄이라고 해서 가족인 건 아니야. 네가 누구를 위해 피를 흘릴 것인가가 가족을 결정하는 거지.

소피아가 주머니에 손을 넣고 어둠 속으로 터덜터덜 걸어갔다. 나는 다시 안으로 돌아와 방금 대체 무슨 일이 일어난 건지 생각하며 멍하니 돈을 바라보았다.

소피아의 말이 맞는 걸까. 가족들이 나를 밀어내려 했음에도 나는 아직도 그들에게 해야 할 도리가 있는 것 같았다. 그래서 내가 여기에 온 걸까? 하지만 맥주를 잔뜩 마신 상태에서 자정 가까운 시간에 생각해보기엔 너무 어려운 질문인지라 혼자 따져보는 일은 그만두었다. 나는 전화기를 들어 2번 객실에 전화를 걸었다.

"여보세요?" 놀랍게도 수화기에서 소피아의 목소리가 들렸다. "언?"

"어어, 소피아." 전화기 표시등을 보니 틀림없이 2번이었다. 어쩌면 아까 내가 표시등을 잘못 보았을지도 모른다. 소피아가 내 오두막에 있으면서 다른 객실에서 나한테 전화를 걸 순 없는 노릇이었다. "아니, 그냥 잘 들어갔나 해서. 밤이라 깜깜하잖아. 길 헤매다 크레바스에 빠져서 가족 모임을 놓치면 안 되지."

"지금 이런 걸 가족 모임이라고 하는 거야? 일곱 명 모인 걸로?" 소피아가 웃음을 터뜨리자 전화기가 지지직거렸다. "어휴,

백인들이란."

나도 소피아를 따라 웃으려 했지만 과연 우리가 아무 일도 없었던 척하는 게 맞는 걸까 하는 생각이 들었고, 그런 생각이 들자 나는 곧바로 뻣뻣하게 굳어버려 누가 목이라도 조른 듯 어색하게 끙끙거리기만 했다.

"그래, 언. 확인 전화 줘서 고마워. 아까 한 얘기 생각해본다고 약속하는 거다?"

굳이 약속을 할 필요는 없었지만 머리가 새하얘져 나는 결국 그러겠다고 대답했다. 우리는 잘 자라는 인사를 나누고 전화를 끊었다. 나는 맥주를 끝까지 들이켠 뒤 아침에 일출을 볼 수 있도록 커튼을 열어둔 채 다락으로 올라갔다. 모로 누워 끝없이 펼쳐진 하늘을 향해 드러낸 뾰족한 산등성이를 바라보자 내가 아주 작은 존재처럼 느껴졌다. 다들 지금 뭘 하고 있을까. 소피아는 나처럼 산 중턱에서 돈 가방에 대해 생각하고 있을 테고 에린은 휴양원으로 오는 길 어딘가, 이불을 덮으면 몸이 근질근질한 어느 여관에서 신께서나 아실 생각을 하고 있을 터였다. 그리고 형은 감옥의 뚫린 창문으로 같은 하늘을 바라보며 나를 어떻게 하고 싶은지에 대한 생각에 푹 빠진 채 감옥에서의 마지막 밤을 보내고 있을지도 모른다.

나는 내일 어떻게든 잘될 거라는, 다소 근시안적인 희망을 품은 채 잠들었다.

6장

잠에서 깨었을 때, 두툼한 점퍼의 행렬이 내 창문 앞을 지나 쭉 이어지고 있었다. 다들 눈 덮인 골프장의 경사를 따라 몇 백 미터 위로, 사람들이 무리 지어 있는 곳을 향해 올라가고 있었다. 거의 서른 명쯤 모여 있는 것 같았다. 스노모빌 한 대가 윙 엔진 소리를 내며 사람들 옆을 쌩하니 지나갔다. 언덕 위에 있는 사람들이 팔을 흔들었다. 그리로 오라는 건지 오지 말고 가만히 있으라는 건지 알 수 없었다. 불꽃 신호탄이 하늘 위로 빛나는 길을 내며 올라가 펑 터지자 눈 결정으로 가득한 땅이 붉은빛을 튕겨냈다. 빛은 온 눈밭을 쉬이 물들였다. 신호탄의 불꽃이 사그라지는데도 눈 위로 붉고 푸른 빛이 계속 일렁였다. 사실 희미하게 일렁이는 빛이 아니라 번쩍거리는 색등 한 쌍이었는데, 게스트하우스 근처에서 나오는 게 분명했다. 경찰이 와 있었다.

나는 다락과 연결된 사다리 아래에 있는 소방관 봉을 타고 손에 불이 나도록 내려와 가방에 돈을 쑤셔 넣기 시작했다. 다행히도 다들 관심이 오직 산 위에만 쏠려 있어서 나는 누가 봐선 안 되는 걸 보기 전에 돈을 가방에 싹 다 챙겨 도로 찬장에 넣어두고 바지까지 걸칠 수 있었다. 최대한 빠르게 옷을 입고 문을 당겨 열었더니 유일하게 청바지를 입고 이 산을 걸어가고 있는 사람이 보였다.

"고모부!" 나는 문간에서 왼쪽 부츠에 다급히 발을 넣으며 외쳤다. 고모부가 멈춰 서서 돌아보고는 내게 손을 흔들었고, 나를 기다려주었다. 나는 눈 때문에 비틀거리며 서둘러 고모부에게로 갔다. 산소가 희박하다고 할 수 있는 지대여서 고모부에게 가까워졌을 때는 숨이 차 헉헉댔다. 내게서 부연 입김이 피어올라 고모부의 안경에 김이 서렸다. "무슨 일이래요?"

"불쌍한 녀석이야." 고모부가 산 위를 가리키며 다시 걷기 시작했다. 두려움이 아닌 호기심으로 물든 고모부의 표정을 보니 **설마 우리 중 하나는 아니죠?** 하고 굳이 물어보지 않아도 그 답을 알 수 있었다. 나는 어젯밤 전화를 걸어 소피아가 오두막으로 무사히 돌아갔다는 사실을 우연히 알게 된 걸 다행으로 여기며 고모부와 보조를 맞춰 걸었다. 어제처럼 고요한 밤이라 해도 밤새 밖에 발이 묶여 있으면 목숨이 위험해질 수밖에 없다. 나는 몸을 떨었다. 그렇게 죽는 건 너무 끔찍한 일일 테니까.

동상으로 뺨이 검어진 채 숨을 거둔 한 남자가 눈 위에 반듯이 누워 있었다. 남자는 검은색 스키복 상의에 검정 장갑을 끼고 부츠를 신고 있어 얼굴 빼고는 살갗이 드러난 부분이 없었다. 불현듯 새하얀 공터 한가운데에 놓여 있던 거무스름한 덩어리가 떠올랐다. 나는 머릿속에 떠오른 장면을 떨쳐내고 내 앞에 서 있는 남자의 어깨 너머로 앞을 바라보았다. 마치 연기를 피우면 몰려 나오는 말벌들처럼 흥미진진한 일이 펼쳐질 것 같은 조짐에 호텔 방에서 홀린 듯 빠져나와 아무 생각 없이 이 광경을 바라보고 있는 사람들이 이삼십 명가량 있었다.

구경꾼들 앞에 내 또래거나 어쩌면 더 어릴 것 같은 한 남자 경찰관이 서 있었다. 귀를 덮을 수 있는 비니를 쓰고 양모 깃이 달린 외투를 걸친 그는 사람들이 가까이 다가오지 못하도록 애쓰고 있었다. 솔직히 말하면 그 경찰은 자신이 뭘 하고 있는지 전혀 모르는 사람처럼 허둥대고 있었다. 고모부는 일정표에 없는 일인데도 우리보다 먼저 와 지켜보고 있는 캐서린 고모와 합류하기 위해 어슬렁어슬렁 걸어갔다. 사건 현장을 보존하는 데 10미터 정도면 충분하다고 다들 약속이라도 한 것처럼 자연스레 반원이 만들어졌다. 간밤에 눈이 많이 내리지 않았던 터라 시체뿐만 아니라 시체를 향해 산을 오르는 세 개의 또렷한 발자국도 깨끗하게 보존되어 있었다.

세 발자국 모두 산을 오르고 있었는데, 산 아래로 돌아가는 건 셋 중 하나뿐이었다. 산에서 내려가는 이 발자국은 밑으로 갈수록 간격이 일정치 않아지는 데다 옆에 작은 구멍들이 오목오목 나 있었다. 시체를 발견하고 이를 알리러 급히 뛰어 돌아오던 사람이 겁에 질려 휘청거리며 여기저기 손을 짚은 듯했다. 또 다른 발자국은 흔들림 없는 직선을 그리고 있었다. 지금 시체 옆에 있는 경찰관의 발자국인 것 같았다.

마지막 발자국은 다른 두 발자국처럼 산 위를 향하고 있었다. 그러다 앞으로 갔다 뒤로 갔다 하며 들쑥날쑥해졌는데, 이렇게 마구잡이로 찍힌 발자국들은 모두 몇 제곱미터 안에 있었다. 마치 누군가 보이지 않는 상자에 갇혀 벽에 부딪쳤다 튕겨 나온 것 같았다. 이 발자국은 시체에서 끝나 있었고 돌아온 흔적은 없었다.

내 주위에 있는 사람들은 웅성거리며 휴대폰을 꺼내 사진과 영상을 찍고 있었다. 애통해하는 사람은 아무도 없었다. 토닥이며 위로해주는 사람도, 한 손으로 입을 가린 채 소리 없이 큰 충격에 빠진 사람도 없었다. 다들 나처럼 순전히 호기심으로 시체를 쳐다보고 있었다. 어쩌면 죽은 남자가 꽁꽁 얼어붙어 있어 열두 시간 전엔 숨을 쉬고 있었던 진짜 사람이라기보다는 산의 일부처럼 느껴졌기 때문인지도 모른다. 이 사건 현장은 기묘했지만 잔악무도한 일이 벌어진 것처럼 보이진 않았다. 하지만 분명 **누군가는** 날카롭게 소리를 지르며 여기 서 있는 사람들을 밀치고 언덕 위로 올라가 자신이 사랑하는 사람에게 가려고 해야 마땅했다. **아무도 저 사람을 모르나?** 하는 의문이 들었다.

"의사 안 계십니까?" 시체 주위로 모여든 사람들을 해산하려다 체념한 경찰이 물었다. 그는 사람들을 살펴보며 재차 물었는데, 이건 그의 관찰 능력이 셜록 홈스의 애독자 수준에서 한참 떨어진, 거의 눈을 가린 수준이라는 걸 드러내는 꼴이었다. 여기는 성수기를 맞은 고급 리조트라 이 휴양원에 머무는 투숙객 절반이 의사 양반들이었다.

내 반대편에 서 있던 소피아가 손을 들어 올렸다.

고모가 고모부에게 기대 귓가에 뭔가 속닥거리더니 절레절레 고개를 흔들었다.

경찰이 소피아에게 그가 있는 쪽으로 오라고 손짓하고는 발자국과 충분한 거리를 둔 채 소피아를 데려갔다. 처음에 둘은 시체에서 몇 미터 떨어진 곳에 서 있었는데, 소피아가 시체를 향해 이런저런 손짓을 해 보이자 경찰이 고개를 끄덕였다. 소피아가 시신 옆으로 가 무릎을 꿇었다. 그녀는 손으로 남자의 목을 조심스레 받치고 한쪽으로 기울였다 반대쪽으로 기울였다. 그러고는 남자의 입을 벌려보고, 외투 지퍼를 열어 외투에 덮여 있던 시신의 몸통에 손을 갖다 대었다. 소피아가 경찰에게 손짓하자 그는 소피아 옆에 무릎을 꿇었고 머뭇거리며 소피아가 시키는 대로 시체에 손을 대보았다. 소피아는 경찰관에게 보여줄 만한 것들을 만족스러울 정도로 다 보여준 뒤 죽은 남자의 외투 지퍼를 올리고 자리에서 일어났다. 둘이 짧은 대화를 나누었지만 둘의 말소리는 거센 바람에 휩쓸려 하늘로 흩어졌다. 음울한 회색 구름이 산등성이를 넘어 다가오고 있었다.

"어니, 앤디 고모부." 소피아가 허공을 가르며 팔을 들어 올렸다. 이리로 와달라 하는 뜻이었다. 내가 그래도 되나 싶어 경찰을 쳐다보자 그가 소피아와 똑같이 팔을 들어 올렸다. 앤디 고모부와 나는 남아 있는 발자국들과 널찍이 거리를 두고 걸었지만 산을 오르는 발자국은 점점 더 많아지고 있었다. 옹기종기 모여 있던 구경꾼들 사이에서 빠져나오니 바람이 거세지고 있다는 걸 알 수 있었다. 뺨이 따끔거렸다. 다 올라왔을 때 나는 아래를 내려다볼 수가 없어서 소피아만 뚫어져라 바라봤지만 소피아는 생각에 잠긴 채 시체를 응시하고 있었다

"시체를 옮겨야 해요." 경찰이 윙윙 아우성치는 바람 소리 위로 외쳤다. "안 보이는 곳으로 옮깁시다. 들어오면서 차고를 봤는데 일단 지금 온도는 괜찮을 겁니다."

앤디 고모부와 나는 고개를 끄덕였다. 경찰이 비탈 너머를 가

리켰다.

"위로 올라가야 해요." 소피아가 팔을 돌려 커다란 원을 그렸다. "그리고 돌아가야죠! 현장을 보존하려면!"

곧 눈이 오면 그다지 상관없을 것 같은데도 소피아는 발자국이 찍힌 곳을 돌아서 가려 했다. 소피아는 시체를 단순히 다른 장소로 옮기는 것 이상으로 신경 쓰고 있었다. 경찰과는 달리 이곳을 범죄 현장으로 생각했던 것이다. 이 경찰관은 사건 현장을 주의 깊게 살피지도 않았고 사진을 찍어두지도 않았다. 어쩌면 그는 현장을 기웃대던 투숙객들의 사진에 의지해야 할 수도 있었다. 그렇게 되면 사람들을 쫓아내지 않았던 걸 다행으로 여기겠지.

별다른 말 없이 죽은 남자의 발 쪽에 서 있던 고모부와 내가 발목을 잡고 소피아와 경찰이 손목을 잡았다. 우리는 최대한 바닥에 끌리지 않도록 시체를 들어 옮기려 했지만 눈이 정강이까지 쌓인 산을 내려가다 보니 이따금씩 죽은 남자의 머리가 뒤로 축 늘어져 깨끗한 가랑눈에 움푹 골이 생겼다. 남자는 아주 무겁지는 않았지만 오래 들고 있기엔 버거웠다. 나는 부츠 옆에 손가락을 걸어 더 꽉 움켜잡았다. 죽은 남자가 신은 신발은 앞코에 강철을 덧댄 튼튼한 안전화였다. 소피아는 남자의 손목을 가슴 높이까지 들어 올려 뒷걸음으로 걷고 있었지만 경찰은 몸을 돌려 두 팔을 허리 뒤로 뻗은 채 바람을 정면으로 맞으며 걸음을 옮겼다. 옆에서 고모부의 끙끙거리는 소리가 들렸다. 반쯤 내려왔을 때 고모부가 나를 향해 몸을 돌리자 암울하게 앙다문 고모부의 입이 보였다. 수염에 거품 같은 침이 묻어 있었다.

고모부가 나를 보며 물었다. "괜찮냐? 좀 쉴까?"

나는 고개를 저었다. 하지만 굳이 이런 말은 보태지 않았다.

괜찮아요. 전에도 해봤어요.

.

7장

　창고에 쌓여 있던 화물 운반용 나무 받침대가 부검대를 대신
했다. 창고를 둘러보니 공구들이 어수선하게 흩어져 있는 작업
대가 놓여 있었고, 부속품들을 반쯤 빼낸 스노모빌, 무더기로 쌓
인 자동차 타이어 옆으로 벽을 따라 죽 늘어선 발전기들, 테니스
라켓처럼 못에 걸려 있는 갖가지 스키 신발도 있었다. 난방장치
가 없는 데다 양철 벽에 콘크리트 바닥으로 된 건물이라 꼭 냉장
고 안으로 들어온 것 같았다. 임시 영안실로 쓰기엔 딱 좋았다.
너무 춥긴 해도 시체에서 냄새가 덜 난다는 장점도 있었고.
　시체를 나무 받침대 더미 위에 내려놓았다. 받침대가 좀 작아
서 남자의 팔다리가 받침대 밖으로 축 늘어졌다. 우리는 헉헉거
리며 잠시 숨을 골랐다. 나는 색이 변해버린 남자의 얼굴을 애써
외면했다. 동상에 걸리면 코나 손가락 같은 신체의 끝부분이 새
까매진 채 떨어진다는 걸 글로 읽은 적은 있었지만 이렇게 가까
이서 본 적은 한 번도 없었다. 마침내 경찰이 사진을 남겨두기로

마음을 먹었는지 사진을 찍기 시작했고, 고모부는 발끝을 종아리 뒤에 대고 위아래로 문질렀다. 소피아는 몸을 덜덜 떨며 입에 두 손을 모아 입김을 불다가 방금 시체를 만졌다는 걸 떠올리고는 손을 도로 양옆에 내려놓았다. 경찰이 사진을 다 찍고는 우리를 향해 돌아섰다.

"감사합니다, 신사분들." 그의 말에 소피아가 눈을 굴리며 자신 역시 시체를 들고 산에서 내려왔다는 사실을 경찰에게 상기시켜주었다. 그는 말을 더듬거렸지만 바로잡지는 않고 그대로 말을 이었다. "원래 같으면 시신을 그냥 그 자리에 두겠지만 눈이 온다고 하니 말이죠, 나중에 파내야 하는 상황은 원치 않거든요."

두툼한 부츠를 신어서인지 그 경찰은 나보다 키가 약간 컸다. 몸무게도 나보다 더 나갈 것처럼 보였는데 통통하게 살이 오른 볼을 못 본 척한다면야 두꺼운 외투 때문이라고 할 수 있었다. 그의 허리춤에 총은 없었다. 왜 그런 걸 봤는지는 모르겠지만 그냥 보였다. 눈동자는 짙은 녹색이었고 속눈썹 위에 눈의 결정들이 내려앉아 있었다. 아침에 일어난 사건 때문에 이 경찰은 겁을 집어먹은 게 분명했다. 그의 시선이 창고 이곳저곳을 빠르게 오가다 시체에 멈췄는데, 사고가 완전히 멈춰버린 듯했다.

"어니라고 합니다." 내가 말을 건네 그의 주의를 돌렸다. "어니스트 커닝햄이요. 여기는 앤드루 밀롯이고, 소피아는 이미 아시죠. 성은 커닝햄에 붙임표 긋고 가르시아고요."

"가르시아, 붙임표, 커닝햄이지." 소피아가 빙긋 웃으며 정정했다.

"여기서 붙임표 같은 소리는 집어치우자고." 내내 뻣뻣이 굳어 있던 고모부가 그 경찰관과 같은 표정으로 시체를 바라보며 몸서리를 쳤다. "여기 있으니 정말 소름 끼치는군."

"아." 경찰관이 다시 우리에게 주의를 돌렸다. "데리어스라고 합니다. 크로퍼드 경관이라고 소개하는 게 맞겠지만 그냥 데리어스라도 부르셔도 됩니다. 격식은 차릴 필요 없으니까요." 그가 손을 내밀며 인사를 건넸다. 내가 그의 손목 안쪽을 가리켰다. 소매에 거무스름한 얼룩이 묻어 있었다. 반대쪽 손목에도 비슷한 자국이 있었다. 시체를 옮기면서 묻은 얼룩이었다.

"외투에 피가 묻었네요, 크로퍼드 경관님." 나는 그가 내민 손을 맞잡지 않은 채 말했다. 커닝햄 사람들은 경찰관과 서로 이름을 부르며 친밀하게 지내는 걸 달가워하지 않는다.

크로퍼드의 안색이 창백해졌다. 그가 자신의 손목을 내려다보고는 심호흡을 했다.

"괜찮으세요?" 내가 물었다.

"제가, 음, 이런 걸 많이 다뤄보지 않아서요."

"시체를요?"

"살인 사건이야." 소피아가 끼어들었다.

"글쎄요, 그럴 수도 있겠죠. 하지만 일단 그런 말은 함구하도록 하죠." 크로퍼드가 힘없이 미소를 지어 보였다. 밖에 있을 때 그냥 어리숙해 보였던 그는 가까이서 보니 안색이 더 안 좋았다. 아무래도 혈흔을 보고 속이 메스꺼워진 데다 자기 능력 밖의 일을 하게 됐다는 걸 깨달은 듯했다.

앤디 고모부가 소피아를 향해 "살인?" 하고 입을 벙긋거렸다. 소리 없이 벙긋거렸는데도 못 믿겠다는 듯한 목소리가 들리는 것 같았다. 소피아가 진지한 얼굴로 고개를 끄덕였.

"이 남자를 아시는지 여쭤봐야겠군요. 아시는 분입니까?" 크로퍼드가 이어 말했다.

"취조하시는 건가요?" 아주 긴 시간 동안 이중 거울 뒤에 앉아 누가 무엇을 위해 질문하는 건지도 모르고 묻는 말에 고분고분 대답해야 했던 적이 있었던 내가 대꾸했다. "누가 시체를 발견했는지 물어봐야 하는 거 아닙니까?"

크로퍼드가 고개를 가로저었다. "누군지 아시나 확인하려는 것뿐이에요. 진다바인에서 여기로 제일 빨리 올 수 있었던 사람이 저라서 제가 온 건데 이런 사건에 능통한 형사들이 오고 있을 겁니다. 그분들이 용의자를 추려내는 일 같은 걸 하실 거고요. 그래도 죽은 남자가 여기 투숙객이었는지 아니면 야간 스키라도 타다가 길을 잃고 산등성이 반대편에서 넘어온 건지 정도는 제가 알아봐야겠죠."

"이 사람 스키는 안 신고 있었어요." 소피아가 끼어들며 말했다. 이제 보니 소피아 역시 눈처럼 새하얗게 질려 얼굴에 핏기 하나 없었다.

"그래요, 압니다. 그래도 협조 부탁드립니다. 자세히 봐주세요." 그가 핸드폰으로 죽은 남자의 얼굴을 확대한 사진을 보여주었다. 얼굴 대부분이 새까맸고 입술도 다르지 않았다. "혹시 아시겠어요?"

우리 셋 모두 고개를 저었다. 그는 내가 모르는 사람이기도 했거니와 자세히 보니 동상에 걸린 모습과 완전히 딴판이었다. 그때 갑자기 소피아가 한 손을 들어 올리더니 문밖으로 뛰쳐나갔다. 나는 당황한 나머지 소피아가 나가는 걸 그냥 보고만 있었는데 이윽고 누가 들어도 구역질하는 소리가 바람을 타고 우리에게로 전해졌다. 앤디 고모부와 나는 멀뚱히 서서 소피아를 따라 나가는 게 좋을지 아님 괜히 나갔다가 더 난처해질지 따져보다 둘 다 가만히 있기로 했다.

여기서 잠깐 짚고 넘어갈 게 있는데 여성이 구역질하는 장면을 임신을 암시하는 단서로 삼지 않고는 못 배기는 작가들이 있다는 거 알고 있다. 이 작가들은 소설 구성에 편하게끔 수정이 이루어지고 몇 시간 내에 여자들이 토사물을 뿜어내는 줄 아는 데다, 임신의 징후가 구역질밖에 없는 줄 안다. 남성 작가들 말이다. 어떤 단서들을 주목해서 봐야 하는지 말해줄 생각은 조금도 없지만 소피아는 임신하지 않았다. 따라서 그녀는 본인이 원해서 토할 수 있다.

"알겠습니다." 크로퍼드가 고모부와 나를 향해 말했다. 그는 사진에 대한 우리의 반응을 보고는 더 조사할 게 없어 만족스러운지 시체 옆에 있는데도 한결 편안해 보였다. "지금으로선 이게 다인 것 같군요." 크로퍼드는 작업대로 걸어가 두리번거리다 열쇠가 매달린 채 열려 있는 맹꽁이자물쇠를 발견했다. 우리가 그를 따라 나가자 그가 끼익하는 소리를 내며 양철 문을 닫고 자물쇠를 만지작댔다. "다른 데 가시지 말라고 당부를—"

"—하실 수 없죠." 내가 대신 말을 끝내주었다.

"어니스트는 경험이 있거든요." 소피아가 창고 옆에서 나타나 입가를 훔치며 덧붙였다. "시체 때문에요." 소피아가 밖으로 뛰쳐나갔던 이유를 무안한 듯 덧붙였다. "늘 힘드네요."

크로퍼드가 깊은 한숨을 내쉬었다. 그는 피곤해 보였다. 내가 보기에 크로퍼드는 하는 일이라고 해봐야 책상 위에 발을 올려 놓고 노닥거리거나 루시 같은 관광객들에게 속도위반 딱지를 부과하는 게 다인 시골 경찰이었다. 그래서 시체에 관심을 보이기보다는 자신의 안락한 나날로부터 끌려 나와 짜증이 난 것 같았다. "그래요. 서에는 이미 연락해놨습니다. 그런데 다른 손님을 기다리고 계셨던 것 같습니다만?"

"그게 무슨 상관이죠?" 내가 쏘아붙이듯 말했다.

"그냥 꼼꼼히 확인해보는 겁니다. 제가 필요하시다면 게스트하우스에 있겠습니다만 잘하면 이쪽으로 형사 몇 분이 금방 올 겁니다. 날씨랑 교통 상황에 따라 달라지겠지만요." 그가 어찌 될지 잘 모르겠다는 표정으로 얼룩진 하늘을 흘끗 올려다보고는 딸깍 자물쇠를 잠갔다.

"살인이라고?" 산 아래로 걸어가면서 고모부가 못마땅한 듯 툴툴거렸다. 구경꾼들은 흩어졌지만 아직도 휴양원 도처엔 창고로 시체를 옮기는 모습을 지켜보고 있던 사람들이 남아 있었다. 창고에 창문이 없어 다행이었지, 만약 창문이라도 있었으면 이마가 얼어도 안을 들여다보려는 사람이 있었을 것이다. "그 남자는 밤새 밖에 있다 얼어 죽은 게 분명해. 너 이제 의사도 아니잖아. 그런데 경찰한테 살인 사건 운운하면서 끼어들어?"

소피아가 이제 더 이상 의사가 아니라는 사실을 나는 전혀 모르고 있었다. 의사를 찾는 크로퍼드 경관의 말에 소피아가 손을 들어 올리자 앤디 고모부의 귀에 대고 뭔가 속닥거리던 캐서린 고모가 이 일과 무슨 관련이 있는 건 아닐까. 그리고 소피아가 필요하다는 5만 달러와도 관련이 있는 걸까. 나는 소피아를 흘끗 바라보았다. 고모부가 소피아에게 창피를 주려는 의도였다 해도 그 말은 소피아에게 아무런 타격도 주지 못하고 바로 팅겨 나왔다. 소피아의 표정엔 변화가 없었다. 속을 알 수가 없었다.

"피?" 나는 혼자서 이해해보려 머리를 굴리며 중얼거렸다. "크로퍼드 경관이 시체를 옮기다 소매에 피를 묻혔어. 밤새 체온 저하로 죽은 거라면 왜 피를 흘린 거지? 네 말은 죽은 남자가 공격을 당했다는 거야?"

"얼굴이 동상 때문에 까매졌잖아." 고모부가 반박했다. "대체 경찰한테 뭐라고 얘기한 거야?"

우리 가족에게 가훈이 있다면 아마 non fueris locutus est scriptor vigilum 커닝햄일 거다. 커닝햄 사람들은 경찰과 대화하지 않는다라는 뜻의 라틴어다. 한 치의 부끄러움 없이 인정하는데, 라틴어를 할 줄 몰라서 구글로 찾아봤다. 고모부는 소피아가 경찰에 협조하는 꼴을 고모 대신 못마땅해했다. '대신'은 고모부가 늘 맡는 역할이었다. 이름도 '대신'이었어야 했는데.

"목에 생긴 상처에서 피가 난 거예요. 고모부는 발을 잡고 있어서 제대로 못 본 거고요. 그리고 얼굴은 동상 때문에 검어진 게 아니에요." 소피아가 말했다. "재가 묻은 거예요."

"재? 숯 같은 거? 여기서?" 내가 물었다.

"기도가 재로 꽉 막혔어. 혀에도 재가 두껍게 들러붙어 있고. 배를 갈라보면 폐도 그럴 거야. 틀림없어. 그런데 말이 안 돼. 이 남자가 화상 자국 하나 없고, 녹은 흔적이 없는 설원에서 발견됐다는 점만 아니면 내가 볼 때 사인은 자명해."

"제대로 설명해봐." 고모부는 전혀 못 믿겠다는 눈치였다.

"불에 타 죽은 거예요."

8장

만약 죽는다면 나는 내가 아침 식사 애깃거리라도 됐으면 한다. 우리 가족이 식사를 하러 들어선 식당은—어제 점심은 캐서린 고모가 따로 방 하나를 예약했던 게 틀림없었다—사람들로 북적거리는 데다 대화 소리로 활기가 넘쳤다. 기다란 나무 의자 사이를 요리조리 지나가는데 사람들이 나누는 이런저런 얘기들이 귀에 쏙 들어왔다. 꽁꽁 얼어붙었다지! 그 사람만큼 심각한 상황은 아니었지만 나도 작년에 8번 홀 벙커에서 꼼짝 못 했단 말이야. 어쩌면 그 사람 칩샷을 쳐야 했을지도 몰라. 여기 손님도 아니라던데? 제이슨이랑 홀리 잘 보고 있어야겠어.

느릿느릿 중탕냄비 옆을 지나쳐 줄을 선 나는 그릇에 음식을 담기 시작했다. 베이컨은 아무도 손대지 않은 그대로 남아 있었는데, 어쩌면 다들 언젠가는 죽을 수밖에 없다는 사실을 가까이서 직면하고는 포화지방을 멀리해야겠다는 생각이 들었던 건지도 모른다. 나는 접시를 한가득 채우고 가족들이 있는 곳으로 합류해 소피아 맞은편, 루시 옆자리에 앉았다. 엄마와 더 떨어져 앉고 싶었지만 너무 속 보이는 것 같아 굳이 자리를 띄워 앤디 고모부와 캐서린 고모 맞은편에 앉을 수가 없었다. 다른 테이블에 앉아 있는 사람들은 모두 산에서 그 남자에게 무슨 일이 일어났던 건지 서로 의견을 주고받고 있었다. 이 틈을 타 이건 살인 사건이라고 소피아가 자기 의견을 열심히 피력할 줄 알았더니 평소답지 않게 말이 없었고, 고개를 푹 수그린 채 음식을 이리저리 뒤적이기만 했다. 그래서 나는 루시가 말도 안 되는 다단계 투자 계획을 설명하고 새아버지가 루시의 투자 권유를 점잖게 거절하는 걸 들어야 했다. 나는 이런 다단계 회사가 어떤 여성주의적 이상, 다시 말해 여성 스스로 경제적 자립을 이루고 독립 사업체를 갖는다는 이상을 무기로 삼는다는 걸 알게 되었다. 그들은 먹잇감이 된 여성들에게 자존감이 높아진 듯한 느낌을 주면서 여성들을 이용해먹는다는 사실을 알았는데, 그전엔 루시를 비웃곤 했었다. 남편이 수감된 루시는 이 가짜 성공에 중독되기 딱 좋은 사람이었다.

새아버지가 루시 스스로 지쳐 떨어져 나가기를 기다리며 우리 젊은 여사장님의 공세를 침착하게 견뎌내는 모습은 정말 존경스러울 정도였다. "네가 어디 소속되는 걸 즐기는 것 같아 기쁘긴 하다만, 조심해야 해. 네가 받은 차도 그렇고." 그가 참고 참다 따끔하게 한마디 꼬집어 말했다. "계약 조건이 꽤 까다롭다고 들었는데 그럼 꼼짝없이 아주 비싼 리스료를 떠안을 수도 있어."

"제 일은 제가 잘 알아요." 루시가 씩씩거리며 말했다. "사실 리스료는 이미 완불했고요." 루시는 완불했다는 뒷말을 의기양양하게 얘기했지만 새아버지는 루시의 말을 믿지 않는 게 분명했다. 마침내 루시가 입을 다물었다.

식당 안을 둘러보니 크로퍼드 경관이 창가에 혼자 앉아 산봉우리를 올려다보고 있었다. 제대로 된 형사들을 기다렸다 집에 가려는 걸까? 모를 일이었다. 식당 불이 다 켜져 있었지만 우르릉거리는 어두운 하늘 때문에 꼭 초저녁 같았다. 어쩌면 크로퍼드는 휴양원으로 들어오는 길목을 바라보며 여기 꼼짝없이 갇혀버릴까 걱정하고 있는 건지도 모른다. 그런데 문득 나는 그가 지금 앉아 있는 자리에서 건물 관리용 창고를 볼 수 있다는 사실을 깨달았다. 그는 창고를 주시하고 있었다. 나는 그를 믿지 않았던 게 미안해졌다. 아마 크로퍼드는 소피아가 했던 얘기를 곰곰이 따져보고 있었을 것이다. 나 역시 작고 네모난 보이지 않는 상자속 어지러이 찍혀 있던 발자국을 떠올리며 소피아가 했던 말을 생각하고 있었다. 이젠 알고 있다. 내가 본 건 다름 아닌 불에 타고 있던 사람의 마지막 몸부림이었다는 걸. 그는 불길에 휩싸여 방향감각을 상실한 채 앞뒤로 왔다 갔다 정신없이 움직이며 광란의 춤을 추었다. 그럼에도 불구하고 눈은 조금도 녹지 않았다.

"그러니까 내 말은," 생각에 잠겨 있던 나를 방해한 건 고모부의 목소리였다. 고모부가 고모에게 열변을 토하고 있었다. "비트코인을 보면 이제 뭘 기다려야 하는지 알 수 있다는 거예요. 일반 주식처럼 두 배나 세 배로 불리는 차원이 아니야. 비트코인이 판도를 바꿔놨어요." 소피아가 주머니에서 슬며시 판지 조각을 꺼내 그 위에 엑스 자를 크게 삭삭 긋고는 내게 윙크를 해 보였다. 그러고 보니 빙고 카드를 잊고 있었다. 루시가 영업을 할 거라는 칸은 그 대상이 내가 아니라 새아버지였으므로 지울 수가 없었다. 오른쪽 맨 아래에 있는 칸(골절 또는 누군가 죽는다)은 지울 수 있었지만, 나는 속으로 지금은 적절치 않다는 결론을 내렸다. 적어도 사람들 앞에서 말이다. 난 게임을 이기고 싶었다.

테이블 중앙에 피라미드 모양으로 쌓은 크루아상이 놓여 있었다. 고모부가 크루아상을 집으려 손을 뻗자 고모가 고모부의 손을 찰싹 때렸다.

"손 씻었어요." 고모부가 툴툴댔다.

"뭐 묻어 있잖아요." 고모가 냅킨으로 빵을 감싸 고모부 접시에 놓아주었다. 고모부가 못마땅한 얼굴로 포크를 집어 들었다.

"걱정 마요. 그 애는 폭풍이 불기 전에 도착할 테니까." 새아버지가 엄마에게 한 말이었지만 우리 테이블엔 대화가 너무 없어서 모두 귀를 쫑긋 세우고 들었다. 심지어 나조차도 그랬다.

"저희 계속 여기 있어요?" 루시가 물었다.

"최상급자 스키 코스에서 나무에 부닥치는 사고가 일어날 때마다 리조트에서 손님들을 내보내겠니?" 새아버지가 무표정한 얼굴로 고개를 저었다. "자연에서 죽는 사람들이 있지. 제대로 된 기술과 지식이 없으니까 그런 거야······. 산을 얕보는데 당연한 거 아니냐?" 한 분야에서 성공한 사람은 뭐든 다 잘하는 법이라고 믿는 사람 특유의 자신감으로 새아버지가 어깨를 으쓱였다. 예전에 나는 새아버지가 라테 거품을 가지고 10대 점원에게 윽박지르는 모습을 본 적이 있었다. 바리스타를 존중하지 않는 사람이 과연 산은 귀히 여길까.

"환불도 안 돼요." 고모가 오렌지 주스를 홀짝이며 덧붙였다. 그러고는 소피아가 필시 반대할 사람이라는 듯 소피아를 흘끗 쳐다보았다. "그러니까 있어야죠."

"그리고 떠나서 뭐 해?" 생각을 마친 새아버지가 말했다. "이제 더 위험해졌다고 느낄 거예요."

앤디 고모부와 내가 소피아를 쳐다보았다. 나는 소피아가 반응을 보일지 궁금해서였지만 고모부는 소피아를 힐난하고 싶은 모양이었다. 그러나 소피아는 눈을 내리깔고 포크로 접시를 긁어대기만 했다.

"그이는 경찰이 득실대는 곳은 오기도 보기도 싫을 거예요. 죽은 남자에 대해 이것저것 물어볼 텐데요." 루시가 말했다.

"마이클에게 질문할 이유가 전혀 없잖니." 새아버지가 덧붙여 말했다. "어젯밤에 200킬로미터 떨어진 곳에 있었는걸."

"아무래도 안 좋은 기억을 떠오르게 하는 건 좋지 않을 것—"

"마이클이 스스로 결정할 거야. 여기 도착한 다음에." 엄마가 단호한 목소리로 루시의 말을 잘랐다. 결국 엄마의 말 한마디로 논의는 끝이 났다. 우리는 모두 여기 머문다. 다른 여지는 없었다.

"만약 블랙 텅의 짓이라면요?" 마침내 소피아가 입을 열었다. 화들짝 놀란 고모부가 콧바람으로 테이블 위에 크루아상 부스러기를 날리고 말았다. "화재가 일어났을 때 가장 흔한 사인은 화상이 아니라 질식이에요. 불이 공기 중에 있는 산소를 너무 많이 빨아들여서요."

"식사 중엔 얘기하지 말자꾸나, 얘야." 새아버지가 소피아를 달래듯 말했다.

"좀 극적이네." 고모부가 캑캑거리며 빵이 내려가도록 가슴을 쿵쿵 두드렸다.

"블랙 텅이 뭔데요?" 루시와 내가 동시에 물었다.

"요즘 일은 잘 모르는구나?" 고모부가 말하고는 칼을 푹 찌르는 **정신병자**를 흉내 냈다.

"농담하는 거 아니에요. 고모부, 아까 밖에서도 얘기했지만 이상한 점이 있다고—"

"나를 끌어들이지 말아다오." 고모부가 선을 그었다.

"언?"

"네 말 믿어, 하지만 난 자세히 못 봤잖아."

"나라면 어니스트한테는 기대지 않을 거야. 뒤에서 칼을 찌를 테니까."

"루시, 제발." 소피아는 이제 애원하고 있었다. "들어봐. 내가 읽었는데 맞는 것 같아—"

"영웅이 되고 싶은 우리 꼬마 숙녀가 진단했지? 그런데 우리가 네 말을 믿어야 하니?" 나는 악의에 찬 고모의 목소리에 깜짝 놀랐다. 고모는 "믿어야 하니"라는 말을 천천히 내뱉었다. "시체를 봤다고 해봤자 한 1, 2분 봤잖아?"

"그 빌어먹을 시체를 제 손으로 들어서 산 밑으로 옮겼어요. 믿어주세요. 뭔가 이상하다고요. 크로퍼드 경관은 동료 경찰들이 빨리 이리로 출동하길 바라게 될 거예요. 이 사람은 자기가 무슨 일에 말려들었는지도 몰라요."

미스터리 소설에는 보통 두 유형의 형사가 등장한다. 형사는 사건 해결의 유일한 희망이거나 등장인물이 궁여지책으로 어쩔 수 없이 의지하는 인물이다. 지금 데리어스 크로퍼드의 유일한 희망은 본인이 마지막 궁여지책이 되어 나설 필요도 없게 되는 것이었다. 나는 까딱 잘못하면 폭탄이 터지는 폭탄 제조자의 손가락보다도 그를 믿지 못했는데, 소피아도 나와 같은 생각인 게 분명했다.

"무슨 말인지 알고는 하는 거야?" 고모는 소피아를 완전히 무시하고 있었다. 꼭 학교 급식실에 있는 것 같았다. 고모가 초코 우유를 갖고 있었으면 소피아 머리 위에 우유를 부어버렸을지도 모른다. "아직도 술이 덜 깬 거 아니니?"

또 크루아상이 목에 걸려 캑캑대는 앤디 고모부는 하임리히 요법을 받아야 할 지경이었다. 고모의 말에 경악한 새아버지가 날카롭게 한숨을 내쉬었다. 하지만 나는 그다지 놀라지 않았다. 캐서린 고모는 사고 후로 술을 입에도 대지 않아서 술 한 모금에도 예민했기 때문이다.

"난 네가 돕겠다고 나서는 거 못 봤는데." 다른 이유는 없고 자기편이 있다는 걸 소피아가 알았으면 해서 내가 끼어들어 소피아를 두둔했다. 그놈의 블랙 텅이 대체 뭔지 듣고 싶었지만 지금 물어봤다간 싸움이 커질 테니 이 자리에서 블랙 텅 얘기를 할 순 없었다.

고모가 소피아에게 하고픈 말을 나를 통해 했다. "그래서 그 경찰이 진짜 의사를 찾고 있는 줄 알았지. 정직 처분을 받은 의사가 아니라."

자, 소피아의 의사 경력이 잠시 멈춤 상태에 있다는 사실을 30분 전에야 알았던 나는 아직 이를 잘 헤아려보려는 중이었다. 나는 그냥 중년에 겪는 위기겠거니, 그래서 직장 생활도 좀 흔들리는 거겠거니 생각했다. 그러나 캐서린 고모는 소피아를 비난하고 있었다. 아까 사람들 사이에서 고모가 고모부에게 같은 말을 속닥거렸던 게 틀림없었다.

얼굴이 새빨개진 소피아가 의자를 박차고 일어났다. 순간 그녀가 테이블 너머로 달려들어 크로퍼드 경관이 한층 더 바쁜 하루를 보낼지도 모르겠다는 생각이 들었는데, 소피아는 냅킨을 구겨 접시에 던져버리고서 날카롭게 쏘아붙인 뒤 자리를 떴다. "아직 의사 자격 있어요."

"꼭 그러셔야 했어요?" 소피아가 우리 얘기가 들리지 않는 곳으로 멀어지자 내가 고모에게 따져 물었다.

"너한테 얘기하지 않았다니 놀랍구나. 요즘 너희 둘이 딱 붙어 다니는 줄 알았더니. 그럼 그렇지."

"무슨 얘기요?"

"쟤 고소당했어." 고모가 픽 비웃었다. 순간 5 정도라고 얘기하던 소피아가 떠올랐다. "수술 중에 죽은 사람 가족한테." 고모부가 고모 뒤에서 **꿀꺽꿀꺽** 들이켜는 시늉을 해 보였다. 고모가 소피아에게 취했느냐며 신랄하게 비난했던 이유를 이제 알 수 있었다. 오두막 밖에 묻혀 있던 맥주 여섯 묶음이 떠올랐다. 확실히 소피아가 술을 좋아하긴 했지만 그렇게 많이 마시는 줄은 몰랐다. 정말 소피아가 실수를 저지른 걸까? 왜 내게 얘기하지 않았을까?

나는 새아버지에게 눈길을 돌렸다. "그럼 소피아의 변호를 맡아주시는 거예요?"

새아버지가 거의 애원하는 눈으로 고모를 바라보았지만 돌아온 건 고모의 차가운 시선뿐이었다. 새아버지가 고개를 가로저으며 퉁명스레 대답했다. "그 애가 알아서 할 일이지."

전혀 새아버지답지 않은 대답이었다. 새아버지에게 소피아는 항상 공주 같은 딸이었으니까. "형의 살인죄는 변호하는데, 딸은 안 해주신다고요?"

"마이클은 복역을 다 마쳤어." 루시가 쏘아붙였다. "네가 도와주지 않아도."

"아직도 형 편을 드는 거야?" 내가 날카롭게 내뱉었다. 루시에게 너무 모질게 대꾸해버렸다는 생각이 들었는데, **화가 나긴 했어도** 사실 루시에게 화가 난 건 아니었기 때문이다. 루시와 나는 적어도 이 일과 관련해선 똘똘 뭉쳐야 했지만, 루시는 결혼 생활이 파경에 이른 아픔을 직접 마주하려 하지 않고 모래 속에 머리를 파묻은 채 희생양(나)에게 분을 풀기로 작정했다. 엄마는 우리 입을 싹 다물게 만들 때 늘 그랬던 것처럼 테이블에서 벌떡 일어났다. 모두 자리를 뜨려 했지만 나는 그대로 앉아 있었다. 분노가 치솟았다. 크로퍼드가 호기심 어린 눈으로 우리 가족을 지켜보고 있었다. 우리도 모르게 목소리가 커진 게 틀림없었다. 우리가 커닝햄 가문의 사람이라는 걸, 즉 가만히 있어도 저절로 용의 선상에 오르는 사람들이라는 걸 그는 알고 있을까. 형이 이리로 올 거라는 걸 알고 있었으니 우리에 대해 모를 것 같진 않았다.

"제가 이런 말을 해야 한다는 게 믿기지 않지만 다들 밥 먹을 때마다 이런 식으로 나가버릴 거예요? 30분도 같이 못 붙어 있어요? 가족 모임이잖아요. 같이 모여 있기든 뭐든 시작은 해야 하는 거 아니냐고요!" 내가 왜 이런 말을 했는지 나도 영문을 알 수 없었다. 시체를 보고 내가 변해버린 건지도 모르고, 식당을 나가는 소피아의 모습에서 지난 3년 동안 가족들에게 외면당했던 나를 봤던 건지도 모른다. 어쩌면 내가 누구를 위해 **피를 흘릴지** 드디어 결정한 건지도 모른다. 또 어쩌면 베이컨을 너무 많이 먹어서인지도 모르고.

불길에 휩싸인 남자는 눈을 녹일 수 없었지만, 그 주말에 처음으로 내게 말을 하던 순간 엄마가 드러낸 분노는 불도 못 녹인 눈을 녹이고도 남을 정도였다.

"내 아들이 와야 가족 모임도 시작하는 거야."

아내

9장

아무 말도 하고 싶지 않다.

10장

　이제 우리 아빠가 어떻게 죽었는지 이야기할 때가 된 것 같다.

　나는 여섯 살이었다. 경찰서에서 연락을 받기도 전에 우리는 뉴스로 그 장면을 봤다. 영화에선 항상 누군가 문 앞에 나타나고 다들 잘 아는 착 가라앉은 노크 소리가, 문을 열기도 전에 나쁜 소식이 문 뒤에 있다는 걸 직감하게 하는 소리가 울린다. 그리고 문을 열면 경찰이 경찰모를 벗은 채 숙연히 서 있다. 좀 이상하게 들린다는 거 알지만, 그날 전화가 울리는데 그 소리가 참 숙연하다고 생각했던 게 기억난다. 전에 수도 없이 들었던 똑같은 전화벨 소리였는데 그 순간엔 1000분의 1초가 느리고 또 1데시벨 높아 묘하게 다르게 들렸다.

　밤이면 밤마다 아빠는 집을 비우셨는데, 그건 일상이었다. 거짓말이 아니라 나는 정말 아빠에 대해 좋은 기억을 갖고 있지만, 아빠 하면 생각나는 건 아빠가 남긴 빈자리다. 아빠보다 아빠의 흔적을 찾는 게 더 쉬웠다. 가령 거실에 놓인 빈 안락의자, 오븐 안에 있는 그릇, 욕실 세면대에 떨어진 짧은 수염, 세 개가 빈 맥주 여섯 캔 묶음. 아빠의 잔재와 발자국이 곧 아빠였다.

그 전화가 울릴 때 나는 부엌 식탁에 앉아 있었고 다른 형제들은 위층에 있었다.

그래, 분명 '형제들'이라고 했다. 나중에 얘기할 테지만.

텔레비전 화면은 켜져 있었지만 소리는 엄마가 꺼둔 상태였다. 리포터가 하는 말을 더 이상 못 들어주겠다면서. 주유소 위에 탐조등을 비추는 헬리콥터가 떠 있었다. 경찰차가 흰색 대형 냉동고에 돌진했는지 찌그러진 보닛 위로 찢어진 얼음 봉지가 흩어져 있었다. 나는 그때까지도 뭔가 잘못됐다는 걸 짐작도 못하고 있었다. 반면 엄마는 어떤 낌새를 느끼고 있는 게 분명했다. 왜냐하면 관심 없는 척하면서 끊임없이 TV를 곁눈질하고 있었으니까. 게다가 엄마는 반드시 어떤 찬장에서 물건을 꺼내야겠다거나, 마침 세척제로 의자에 진 얼룩을 닦아야겠다면서 일부러 텔레비전 화면을 보는 내 시야를 가렸다. 그때 전화가 울렸다. 전화기는 문 옆 벽에 고정되어 있었다. 엄마가 다가가 전화를 받았다. 내가 기억하는 건 엄마가 문틀에 쿵 머리를 찧는 소리였다. 엄마는 이렇게 중얼거렸다. "제기랄, 로버트." 엄마는 아빠와 통화를 하는 게 아니었다.

어떻게 된 일인지 정확히는 잘 모르겠다. 솔직히 얘기하면 너무 깊이 파고들고 싶지는 않았다. 하지만 나는 몇 년에 걸쳐 엄마의 말과 장례식에 대한 기억, 뉴스 보도로 알 수 있는 정보를 어떻게든 하나로 이어 붙였고, 이제 그걸 얘기해주려 한다. 내가 각각의 정보를 하나의 이야기로 구성하기 위해서는 확실히 아는 사실, 사실일 거라 꽤 확신하는 정보와 더불어 반드시 몇 가지

가정이 필요하다.

우선 내가 세운 가정부터 보자. 아마 주유소에는 소리가 나지 않는 비상 버튼이 있었을 거다. 그래서 그 주유소 직원이 자신의 얼굴을 겨누는 총을 앞에 두고 덜덜 떨리는 손끝으로 카운터 아랫면을 쓸어 용케 버튼을 찾아냈을 거고. 버튼이 눌리자 경찰서로 통보가 갔고, 경찰서에서는 주유소와 가장 가까이 있는 순찰차로 연락했을 것이다.

맞을 거라고 꽤 확신하는 정보는 순찰차가 서기 전에 총격이 시작되었다는 것이다. 목에 총을 맞으면 마치 익사하듯 느리고 고통스럽게 죽게 된다. 확신하건대 순찰차의 운전대를 잡고 있던 경찰이 먼저 총에 맞았다. 그런데 총알이 목에 박히는 바람에 그가 냉동고를 들이받았다.

내가 확실히 아는 사실은 다음과 같다. 조수석에 앉아 있던 경찰이 차에서 내려 주유소로 걸어 들어가 총으로 아빠를 세 번 쏘았다.

세 번의 총격이 있었다는 걸 내가 아는 이유는 바로 그 경찰관이 국가 장례식에서 커다란 조각 케이크를 들고 엄마에게 다가와 "내가 그놈 어디를 쐈는지 알려주지" 하고 이를 갈았기 때문이다. 그는 손가락에 묻힌 케이크 크림을 엄마의 배에 문대며 "여기", 천천히 빙빙 나선형을 그려 엄마의 골반을 짚으며 "여기", 그리고 남은 케이크를 엄마의 가슴 중앙에 짓이기며 "그리고 여기" 하고 으르렁거렸다.

그 경찰이 자신의 등을 탁 치며 격려하는 동료들 무리로 돌아가자 엄마는 아무 미동 없이 코로 긴 숨을 내쉬었다.

이런 말 해서 미안하지만 이건 작가들이 쓰는 트릭 가운데 하나다. 내가 어렸을 때 참석했던 국가 장례식은 우리 아빠의 장례식이 아니라 아빠가 죽인 남자를 위한 장례식이었다. 엄마는 그 장례식에 가는 게 옳은 일이므로 가야 한다고 했다. 거기엔 카메라가 있을 텐데, 우리가 장례식장에 가면 사람들이 우리에 대해 이러쿵저러쿵 떠들어대겠지만, 만약 우리가 참석하지 않으면 말이 더 많을 거라고 했다. 나는 그날 소외된다는 게 어떤 건지 알게 되었다. 나는 더 이상 예전의 내가 아니었다. 장례식뿐만 아니라 학교에서도 마찬가지였다. 시간이 지나 교제하던 여자 친구에게 나의 유년 시절을 이야기해야 할 때에도, 여자 친구에게 내 유년 시절을 이야기하고 싶지 않은데 상대가 구글로 찾아볼 때에도.(아빠의 폭력으로 트라우마가 있었던 에린이 처음으로 나를 이해해준 사람이었다.) 퀸즐랜드의 형사가 자신의 관할구역에서 일어난 미해결 폭행 사건의 혐의를 커닝햄이라는 이름을 가진 우리 가족에게 제기하러 열 시간을 운전해 시드니까지 왔던 적도 있었다. 당시 열여섯이던 나는 내가 살던 주를 떠나본 적이 없었다. 자기가 유력 용의자라고 제기한 사람이 알고 보니 운전면허도 없는 10대 청소년이었다는 사실과 더불어 그 못 믿을 모발 분석 같은 건 갖다 버리라는 새아버지의 고함이 안겨준 굴욕을 안고 그 형사란 작자가 다시 북쪽으로 돌아가는 길은 상당히 길었을 것이다. 그러니까 내 말은, 커닝햄이란 우리 이름은 모발 분석처럼 정확하지 않은 검사만으로도 이유가 되어(모발 분석은 모종의 이유로 90년대 이후부터 법정에서 증거로 활용될 수 없다) 용의자 명단에 불쑥 오르며 집중을 받는다는 거다. 20년 뒤 사건 현장으로 가던 도중에 맥머핀을 주문했던 형사가 취조실에 나를 가둬놓고 내가 하는 말은 아무것도 믿지 않으려 들었을 때처럼. 나는 더 이상 어니스트 커닝햄이 아니었다. "그의 자식"이었다. 그리고 엄마는 "죽은 그의 아내"였다. 우리에게 성씨는 보이지 않는 문신이었고, 우리는 그저 경찰을 죽인 살인마의 가족일 뿐이었다.

엄마의 말이 곧 법이 되었다. 엄마도 우리도 경찰을 싫어했다. 애초에 엄마가 새아버지를 좋아했던 이유는 새아버지가 우리 아빠같이 하찮은 사기꾼을 변호하는 변호사라서였을 거다. 새아버지는 법을 존중하는 게 아니라 법의 허점을 파고들어 꼼수를 쓰려고 했다. 사기가 진화한 거나 다름없었다. 새아버지가 기업법 분야에서 일하며 만나는 고객은 그저 좋은 차를 끌고 다니는 범죄자였다. 지금도 아빠의 그림자는 피할 수가 없다. 만약 얼굴이 재로 뒤덮인 변사체가 발견된 사건을 궁여지책의 경관이 아니라 유능한 도시의 경찰이 처리했더라면 우리 가족은 모두 이미 수갑을 차고 있었을 것이다. 유력한 용의자가 됐을 테니까.

이제 여러분은 우리 아빠가 어떻게 죽었는지 알게 되었다. 아빠는 어떤 마약에 취한 채(아빠의 시신 옆에서 주사기가 발견되었다) 주유소를 털고 몇 백 달러를 갈취하려 했다. 내가 얼간이같이 이 사실을 「10장」에 묻어뒀다는 거 안다. 하지만 지금에서야 이 이야기를 하는 건 이 사실이 이제 막 중요해지기 때문이다. 그리고 커닝햄이란 이름으로 산다는 것의 의미를 우리가 어떻게 배웠는지 당신이 알아야 한다고 생각했다. 우리는 바깥과 통하는 문을 걸어 잠그고 서로를 지켜야 했다. 아침 식사 중에 소피아가 자기 앞에서 닫힌다고 느꼈던 문이 바로 그런 문이었다. 심지어 철저히 소외된 나조차도 가족들 안에 한쪽 발이라도 담그고 있으려고 소피아를 열심히 편들어주지 않았다. 우리가 살아온 방식이 그랬다. 내가 거미줄 가득한 공터로 갔던 그날 밤, 형의 눈에서 아빠를 발견하고 되도록 멀리 달아나려 하기 전까지는.

우리 집 가훈이 Non fueris locutus…… 뒤는 잊어버렸다.

11장

옥상으로 나가는 문은 너덜너덜한 카펫이 깔려 있고 밟을 때마다 삐걱거리는 여섯 층계 위에 있었다. 한 층 한 층 지나칠 때마다 복도를 들여다보니 층마다 객실이 여덟 개 정도 되는 것 같았다. 내가 이렇게 기웃거리는 데에는 몇 가지 이유가 있었다. 먼저 투숙객이 몇이나 되는지 가늠해보고 싶었다. 객실이 대략 마흔 개인데 그중 두어 방이 비어 있었으니 내 셈에 따르면 투숙객은 60명에서 80명 사이였다. 그리고 두 번째 이유. 크로퍼드 경관이 객실 문을 두드리며 뭐라도 하고 있는지 궁금했다. 시체 옆에 있을 때 약간 메스꺼워하길래 나는 과연 이런 사람이 살인 사건을 수사해본 적이 있긴 할까 싶었지만 그래도 그가 기본적인 심문 정도는 할 수 있을 거라고 믿고 있었던 것이다. 시신이 발견됐으니 조금이라도 신속히 움직여야 할 텐데 크로퍼드 경관은 아무래도 그럴 마음이 전혀 없는 듯했다. 아침 식사를 했던 식당은 침울하기는커녕 뜬소문을 떠들어대는 사람들로 떠들썩했기 때문에 여기 죽은 남자를 아는 사람, 걱정이라도 하는 사람이 있긴 한가 하는 의문을 떨쳐낼 수가 없었다. 마지막으로 세 번째. 청소 중인 호텔을 슬쩍 엿보는 게 내 습관이었다. 그냥 객실 안에 뭐가 있나 보는 게 좋으니까. 한때 몰래 엿보고는 방으로 돌아와 에린에게 홀 건너에 있는 객실은 침대가 놓여 있는 자리가 다르다거나 벽걸이 TV가 있다거나 커튼 색깔이 다르다고 이야기해주곤 했었다. 특별한 걸 보고 오는 것도 아닌 것 같지만 (편집자님, 이거 빼기만 해봐요) 스스로 한번 물어보길. 문이 열려 있는 호텔 객실을 지나가면서 안을 들여다본 적이 **없다**? 그건 불가능한 일이다.

지금 와서 생각해보니 아침 식사 분위기가 무척 거슬렸던 이유가 그래서였다. 다들 안을 들여다보지 않고 쌩하니 문 앞을 지나가버리는 것 같았달까.

어쩌면 나는 인간의 타고난 호기심에 대한 이야기를 하고 있는 건지도 모른다. 나는 형이 어떻게 할지 보고 싶다는 이유로 시체를 싣고 있던 차에 올라탔다. 그리고 지금은 블랙 텅을 검색해보려고 핸드폰이 잘 터지는 곳을 찾아 옥상까지 걸어 올라가고 있고, 이 많은 객실을 들여다볼 마음도 있다. 결국 이게 다 호기심 때문인지도 모른다는 거다.

각 층에 붙은 작은 명판에는 객실 번호나 이용 시설을 가리키는 화살표가 표시되어 있었다. 1층에는 식당과 바, 건조실이 있었고(미스터리 소설에서 중요한 방들은 항상 그 방을 부르는 명칭이 있다) 그 위 다른 층들에는 빨래방과 도서실—분명 안내 책자에 소개된 벽난로가 여기 있을 텐데, 애초에 그 벽난로 때문에 이 사태에 휘말렸으니 지금 이 상황을 보상받으려면 벽난로에서 전해지는 온기나 난롯불이 타닥거리며 타오르는 소리가 거의 동화에 나오는 수준이어야 할 판이었다—그리고 헬스장, 액티비티실이 있었는데, 액티비티실 옆에는 **포켓볼/다트**라고 적혀 있었다. 나는 시체 생각은 좀 떨쳐내고 편안하게 휴가다운 걸 즐겨보자고 마음을 다잡았다. 형이랑 내가 사이좋게 포켓볼을 칠 수 있을 것 같진 않았지만 분명 형제끼리 같이할 수 있는 게 있을 것이다. 어쩌면 형이 나한테 다트를 던지고 싶어 할 수도 있고.

멈추지 않고 계단을 올랐더니 **옥상**이라는 글자 옆 작은 화살표가 위를 가리키던 화살표에서 옆을 가리키는 화살표로 바뀌었다. 나는 옆에 있는 복도에서 객실 정비 카트를 하나 발견했다. 기회다 싶어 안을 슬쩍 엿보았더니 트윈룸 객실에 맛이 간 냉장고가 놓여 있었다.

옥상에는 이미 어떤 여자가 올라와 있었는데, 여자는 식후 담배를 피우고 있었다. 뒤에서 봐도 소피아가 아니었다. 왜냐하면 소피아는 담배를 느긋하게 피우는 사람이라 주의가 딴 데 가 있을 때면 담배가 손끝까지 타들어가도록 두었다가 문득 "오" 하고 알아차리고는 새 담배에 불을 붙이기 때문이다. 반면 루시는 사이펀으로 기름을 뽑아내듯 담배를 피웠다. 짧게 온 힘을 다해 담배를 빨아들이고 있는 여자는 영락없이 루시였다.

날이 찼다. 나는 주머니 속 작은 샴푸 통들 옆으로 손을 찔러넣고(객실 정비 카트에서 샴푸를 슬쩍했는데 그 사실이 그다지 부끄럽지 않다) 그녀에게 다가갔다.

"잠깐만." 루시가 담배의 영혼까지 빨아들일 듯 담배를 아주 깊이 빨아들였다. 나한테는 밤이 되면 씹던 껌을 침대 머리맡에 붙여두었다가 다음 날 아침 다시 그 껌을 씹는 대학 친구가 하나 있었다. 루시는 담배를 그렇게 여겼다. 담배 하나로 끝을 봤다. 나는 루시가 이번 담배가 마지막이라고 혼자 되뇌고 있다는 걸 알 수 있었다. 그리고 진심으로 그렇게 믿고 있다는 것도. 분명 담배에 불을 붙일 때마다 그랬을 것이다. 앞으로 밝혀지겠지만 이번에는 루시의 말대로 될 뻔했다. 루시는 앞으로 딱 한 개비만 더 피우게 될 테니까.

"인터넷 좀 하려고." 내가 핸드폰을 꺼내며 말했다.(배터리는 54퍼센트 남아 있었다.)

어떻게든 전파를 잡으려면 옥상에 서 있어야 했는데, 그래도 핸드폰은 터졌다 말았다 했다. 이런 종류의 책에 꼭 이런 상황이 나온다는 거 잘 안다. 여러분은 그냥 이해해야 할 테지만. 그리고 폭풍이 다가오고 있다는 사실도 알고 있고, 이 건물 안에 벽난로가 설치된 망할 도서실이 있다는 걸(나는 바로 이 도서실에서 빌어먹을 사건을 풀게 된다) 내가 얼버무리고 넘어갔다는 사실도 알고 있다. 미스터리 소설 작법서에서 이 시점에 확인해보라고 제시하는 항목과 거의 유사한데, 그나마 위안이 되는 게 있다면 376쪽까지는 핸드폰이 꺼지는 사람이 없다는 점이다. 그래, 핸드폰이 터지지 않는 상황과 배터리 문제는 진부한 요소다. 달리 무슨 말을 하면 좋을지 모르겠다만 어쨌든 우리는 지금 산중에 있다. 그러니 사실 당연한 일 아니겠는가.

"아까는 미안했어." 나는 루시에게 사과했다. 하지만 루시와 어깨를 나란히 하고 있어 산 위 허공을 향해 사과를 보내는 꼴이었다. 남자들이 아는 자기를 굽히는 방법이란 이게 유일했다. 소변기 앞에 나란히 서 있는 사람처럼 굴기. "아직 혼란스러워서 그랬지만, 너한테 그런 식으로 쏘아붙여서는 안 되는 거였어. 난 그저, 오늘 우리가 서로의 편이 되어줄 수 있겠다고 생각했거든. 같은 처지잖아."

"너는 네 결혼 생활이나 잘해보지 그래? 내 일은 내가 알아서 할 테니까."

니코틴의 힘으로 용기를 내는 사람의 엄청난 허세였다. 하지만 또 말다툼을 시작하고 싶지 않아 나는 군말 없이 대답했다. "좋아."

우리는 말없이 서서 산을 바라보았다. 스키장 리프트의 철컹거리는 기계 소리가 멀리서 희미하게 들려왔다. 어떤 사람들에게는 스키 부츠를 신기 아직 이른 시간이었지만 스키광들은 제일 깨끗한 눈을 찾아 벌써 몇 시간째 즐기고 있을 것이다. 나무 꼭대기 사이사이에 난 혈관 같은 길과 둥근끌로 파낸 듯 하얀 고원 아래로 흐르는 강, 새하얀 땅에서 군데군데 갈색으로 얼룩진 땅까지 쭉 이어진 산비탈이 보였다. 바람이 윙 소리를 내며 옥상을 가로지르자, 일렬로 늘어선 나무 테이블 정중앙에 꽂혀 단단히 고정된 우산에 물결이 일었다. 고모부 말마따나 골프 티꽂이가 박힌 정사각형 모양의 인조 잔디 세 개가 옥상 한쪽 벽을 따라 나란히 줄지어 있었다. 가장 멀리 있는 벽 끝에는 알루미늄 울타리 너머 자쿠지가 있었는데 반쯤 열린 덮개 위로 하얀 김이 물 위를 뒤덮으며 펄펄 솟아나고 있었다.

어쩔 수 없이 시선이 시체가 발견된 곳으로 향했다. 거긴 어디서 가더라도 멀었다. 여기서 가장 가까운 리조트의 산악 스키장에서도, 산 위 수목한계선에서도, 심지어 산으로 들어서는 길에서도 멀리 떨어져 있었다. 높은 곳에서 보니 확신할 수 있었다. 죽은 남자가 애초에 스카이 로지 휴양원에 있었던 사람이 아닌 이상 그가 숨진 채 발견된 곳까지 자기 발로 비틀대며 걸어갈 방법은 없었다. 멀어도 너무 멀었다.

"너 그 남자 봤지." 루시의 말에 나는 깜짝 놀랐다. 내가 눈 덮인 땅의 어느 한곳만 바라보고 있다는 걸 루시가 알아차린 것이다. 처음으로 루시의 얼굴을 똑바로 바라보았다. 루시는 입술에 밝은 분홍색 립스틱을 바르고 눈엔 검은색 아이라인을 짙게 그렸다. 관능적으로 보이고 싶었겠지만 추워서 창백해진 안색 때문에 루시가 얼굴에 얹은 모든 색깔이 동동 떠 루시는 꼭 만화 캐릭터처럼 보였다. 루시는 새로 장만한 듯한 또 다른 옷, 스키복 안에 입을 수 있는 몸에 딱 붙는 노란색 터틀넥을 입고 있었다. "경찰이 너랑 고모부님한테 시체 옮겨달라고 했을 때 말이야. 우리는 다 한참 뒤로 물러서 있게 해서 볼 수가 없었거든. 그래도 넌 봤지?"

내가 목을 가다듬었다. "그런 셈이지. 근데 핼러윈이었으면 나는 당나귀 엉덩이나 다름없었어."

"뭐?"

"내가 발을 잡았거든."

"그래서?" 루시가 혹시나 하는 목소리로 물었다. "마이클 같지는 않았어?"

"오, 루시." 루시의 목소리에 절박함이 묻어 있었다. 루시는 아침 식사를 하는 동안 설마 하는 생각을 했을 것이다. 물론 그 설마가 사실이었다면 우리 가족이 훨씬 침통한 대화를 나눴을 테니 아닐 거라는 건 알았지만 아무도 그녀에게 직접적으로 얘기해주지는 않았던 것이다. "형 아니었어."

"닮아 보이지도 않았어?"

"형이 아니었다니까. 여기서 형이랑 닮은 사람은 나 하나일 텐데 나는 아직"―나는 내가 아직 살아 있다는 뜻으로 내 몸을 크게 탁탁 두드렸다―"그래, 아직 두 다리로 잘만 서 있잖아. 소피아가 그냥 겁준 거야. 소피아가 얘기했던 게 뭔지 한번 찾아볼까?" 내가 핸드폰을 들어 올렸다. 루시는 나를 제외하고 아침 식사 때 블랙 텅이 뭔지 몰랐던 유일한 사람이었다.

루시가 절레절레 고개를 저었다. "이미 찾아봤어. 좀 지난 일인데 그때 엄청 큰 화제였나 보더라고. 기사도 쏟아지고. 그러니까 당연히 귀에 쏙 들어오는 살인자 이름을 지어야 했겠지. 어떤 사람이 브리즈번에서 사는 노부부랑 시드니에서 사는 여자를 살해했어."

나는 왜 이 소식이 내게 금시초문이었는지 깨달았다. 끔찍한 사건 속 등장인물이 된 이후로 지난 2년 동안 내가 겪었던 일보다 더 잔인한 사건을 보도하는 기사를 견딜 수가 없었다. "그 사람들 이름이 뭔데?"

루시가 핸드폰 화면을 밀며 빠르게 기사를 훑어보았다. "아, 앨리슨 험프리스랑…… 누구더라. 오, 윌리엄스 부부. 이름은 마크랑 재닌이고."

"아까 소피아가 질식사라고 했었지? 고문…… 같은 건가?"

"질식되면 천천히 죽어가. 나라면 그 꼴을 당하느니"―루시는 손으로 작은 총 모양을 만들어 머리 옆에 대고 방아쇠를 탁 당기는 시늉을 했다―"그냥 이렇게 갈 거야. 다들 연쇄살인범이라고 걱정하는데, 살인은 두 번뿐이었어. 뭐, 부부가 살해되긴 했지만. 그런데 이런 경우는 살인 한 번으로 쳐야 해, 아니면 두 번으로 쳐야 해? 희생자는 분명 둘이지. 하지만 **연쇄살인범이** 되는 기준이 대체 뭔데?"

"나도 몰라."

"네가 쓰는 게 이런 거 아니었어?"

"그런 이야기를 쓰는 법을 쓰지."

"어쩌면 연출이 중요한 건지도 몰라. 두 번의 화려한 살인이 딱히 볼 거 없는 연쇄살인보다 가치 있는 건지도 모른다고. 어쨌든 분명 신문사에는 그럴 거야." 녹지 않는 설원에서 타 죽은 남자는 화려한 살인 축에 끼느냐고 물어볼 새도 없이 루시가 말을 이었다. "소피아는 제정신이 아니야. 연쇄살인범이 이 휴양원에 숨어 있다니 말도 안 돼. 난 그저 네가 죽은 그 남자를 본 적 있는지가 궁금해. 어제 점심때나 고모부님이랑 바에 있을 때, 아니면 그냥 주변에서 못 봤니?"

꼭 다급히 덧붙인 변명처럼 들렸다. "그 사람이 누군지 왜 궁금한데?"

"아무도 모르는 것 같아서. 그게 섬뜩해. 실종된 사람도 없는 것 같고."

"휴양원에 분명 숙박부가 있을 거야. 혼자 온 손님일지도 몰라."

"들리는 얘기론, 여기 손님 중에는 실종된 사람 없대."

"그걸 어떻게 알아?"

"사람들이랑 얘기해봤지. 여기 사장이랑도. 가끔은 그렇게 해야 해."

"그 남자 본 적 없는 사람이었어." 이야기를 펼쳐나가는 서술자는 나지만, 흥미롭게도 휴양원에서 발생한 죽음을 들쑤시는 사람은 나뿐만이 아니었다. 범죄소설은 언제나 용의자들의 동기에 주목하는데, 사건을 파헤치는 사람의 관점으로만 그들의 동기를 바라본다. 당신이 내 목소리를 들어야 한다는 이유로 나를 탐정이라고 할 수 있을까? 만약 내가 아닌 다른 사람이 썼다면 이야기는 완전히 달라졌을 것이다. 어쩌면 나는 결국 왓슨의 역할만 수행하는 사람인지도 모른다.

대체 루시는 뭐에 호기심이 동했기에 이 옥상에서 나와 함께 뚝뚝 끊기는 인터넷을 붙들고 단서를 찾고 있는 걸까? 실망했는지 입을 앙다문 루시를 보니 어떤 생각이 번득 떠올랐다. "크로퍼드가 갔으면 해서 이것저것 알아보는 거지? 이 신원 미상의 남자가 누군지 알아내는 데 오래 걸릴수록 더 많은 경찰이 이리로 올 테니까. 그리고 형의 신경이 곤두서 있으면 네가 세운 이번 주말 계획은 다 어그러질 거고."

"신경 쓰이는 일을 그냥 둘 순 없어." 나직이 말하는 루시에게 그렇다면 지금 바르고 있는 형광색 립스틱부터 지워야 할 거라는 말은 차마 할 수 없었다. "마이클은 가족을 되찾을 자격이 있는 사람이야. 그리고 이번이 나한테는 마지막 기회야. 마이클이 가족의 품에 돌아올 수 있게 해주고 싶어."

그리고 보니 루시에겐 옥상에 올라온 또 다른 이유가 있었다. 루시는 조금이라도 핸드폰이 잘 터지는 곳을 찾고 있었다. 문자가 가길 바라면서.

"형한테 연락 왔어?"

"아니."

"그럼 그녀한테는?"

루시가 픽 웃었다. "내 번호 지웠겠지. 난 **전처**잖아. 넌?"

"기대도 안 해."

"같은 처지 맞나 보네." 루시가 한숨을 내쉬며 말했다.

"형 보는 거 걱정돼?"

"마이클이 달라졌을 거라는 거 알아. 하지만 얼마나 달라졌을까. 난 그게 겁나. 어제 잠도 잘 못 잤어. 그이가 나를 알아보지도 못하는 꿈을 계속 꿨거든. 예전 모습이 조금이라도 남아 있다면 어떤 모습이 남아 있을까, 계속 이런 생각만 들어. 아예 다른 사람이 되었을까 봐 두려워."

나는 가만히 입을 다물고 있었는데, 루시와 정반대였다. 형이 전혀 바뀌지 않았을까 봐 두려웠다.

그러고 보니 루시는 내게 돈에 대해 물어본 적이 없었다. 모르고 있는 게 틀림없었다. 같이 사는 배우자에게 숨기기엔 큰 액수였지만.

루시가 내게 한 손을 내밀어 나는 또 한 번 깜짝 놀랐다. 나는 휴전을 뜻하는 루시의 손을 잡았다. 루시의 손은 가만히 고정하려면 내가 팔꿈치를 잡아줘야 할 정도로 심하게 떨리고 있었다. "네가 마이클에게 그러면 안 됐어." 루시는 맞잡은 손을 놓기 전에 이렇게 웅얼거렸다. 하마터면 듣지 못할 뻔한 작고 낮은 소리로. 내가 입을 열어 그렇지 않다고 말하려는 순간 루시는 한 손을 들어 올리며 말을 이었다. "네 잘못이라는 말이 아니야. 난 그렇게 속 좁은 사람이 아니라고. 하지만 네가 다른 선택을 했더라면 이런 일은 일어나지 않았을 거야. 결국 마이클이 감옥에 가더라도 이렇게는 아니었겠지. 그래서 네가 미워." 루시는 화를 내는 게 아니었다. 침착하게 자신의 진심을 전하고 있었다. "이 말을 네 얼굴 보고 직접 하고 싶었어. 한 번은."

나는 고개를 끄덕였다. 루시가 담배를 피울 때마다 한 번은,

한 번은 하고 되뇌는 것처럼 내게도 "한 번은" 하고 덧붙인 것 같았지만 루시의 마음이 이해가 됐다. 나 역시 지난 24시간 동안 같은 생각을 끊임없이 하고 있었다. 루시의 잘못은 없었다.

우르릉거리는 소리가 옥상에 울려 퍼졌다. 산에서 굴러가느라 고군분투하는 자동차의 엔진 소리가 바람에 실려 왔다. 진입로를 보니 나무들 사이에서 나타난 헤드라이트 한 쌍이 빛나고 있었다. 그런데 승용차가 아니라 중간 크기의 탑차, 이사할 때나 부르는 트럭이 오고 있었다. 이런 장소에 끌고 오기엔 터무니없이 큰 트럭이 흔들거리며 비탈을 따라 내려오기 시작했다. 5분 내지 10분이면 도착할 터였다.

"가자." 내가 말했다.

루시는 숨을 깊고 일정하게 들이쉬었다. 그러고는 자신의 마지막이 될 담배를 뒤적여 꺼냈다.

12장

게스트하우스 근처 언덕을 오르면 보이는 주차장에 한 무리의
사람들이 앞서 산에 모인 사람들처럼 조심스러운 분위기가 감도
는 반원 모양으로 서 있었다. 그러나 이들은 죽은 사람을 흘끗대
러 모여든 게 아니었다. 우리 가족은 곧 가족의 품으로 되살아날
사람을 맞이하기 위해 주차장에 모여 있었다.

형이 얼마나 변했는지 궁금한 건 루시뿐만이 아니었다. 교도
소로 형의 면회를 간 사람은 아무도 없었으니까. 면회에 내가 제
외되는 거야 놀라운 일이 아니었지만, 어색해서인지 아니면 창
피해서인지 형은 누구의 방문도 원치 않았다. 형은 작정한 듯 감
옥을 누에고치 삼아 감옥 안에 꼭꼭 숨었다. 몇몇 가족과 연락을
주고받긴 했지만 직접 얼굴을 보는 일은 일절 없었다. 연락은 전
화와 이메일이 전부였다. 이혼 서류를 메일로 송달했던 걸 편지
로 칠 수 있나 싶다만 만약 그것도 편지로 쳐준다면 편지도 쓴
셈이긴 하다. 하지만 그나마 주고받았던 연락도 드물었기에 형

이 이리로 온다는 건 중대한 사건이었다.

드르륵 핸드브레이크를 당기는 소리가 울렸다. 엔진이 멎어 트럭이 한숨을 푹 내쉬었고 주차장엔 쌕쌕거리며 부는 산바람 소리뿐이었다. 우르릉 천둥이 쳤다고 하면 그럴듯한 분위기는 좀 더 나겠지만 약속대로 거짓말은 하지 않겠다. 형이 끌고 온 트럭 바퀴엔 체인이 완벽하게 채워져 있었다.

루시가 다급히 머리를 정리하고 손바닥으로 자기 입 냄새를 확인했다. 엄마는 팔짱을 꼈다.

조수석 문이 열렸고, 형이 차에서 내렸다.

몇몇 분은 뭔가 알아차렸을 테지만 지금은 아무 말 않겠다.

솔직히 나는 3년이라는 시간과 삶의 변화를 거쳐 형이 무인도에서 사는 사람의 모습을 하고 있을 거라고 생각했다. 그러니까 수염이 덥수룩해진 형이 뻣뻣한 머리칼을 어깨에 늘어뜨리고 속으로 여기가 **문명 세계라는 거지** 하고 중얼거리며 불안 가득한 눈을 번뜩일 줄 알았다. 그러나 형은 정반대의 모습이었다. 확실히 형의 머리는 3년 전보다 길긴 했지만 웨이브를 넣어 숱이 풍성해 보였다. 심지어 염색도 되어 있었다. 그리고 단장할 시간이 있었는지 깔끔하게 면도한 얼굴이었다. 이마에 고생의 흔적이 담긴 주름이 져 있을 줄 알았는데 피부는 매끈하고 뺨은 발그스름하게 붉었으며 눈은 밝게 빛나고 있었다. 찬 바람 때문일 수도 있고, 어쩌면 사람들은 모르지만 세상과 동떨어진 교도소가 피부 관리하기 좋은 곳이었을지도 모른다. 그래도 형이 폭삭 늙은 얼굴을 하고 나타났다면 내 마음이 훨씬 불편했겠지. 내가 본 형의 마지막 모습은 구속복 같은 옷을 입고 구부정하게 피고인석에 앉아 있는 모습이었다. 그러나 지금 여기 있는 형은 생기가 넘쳐 보였다. 마치 다시 태어난 것처럼.

와이셔츠 위에 검은색 노스페이스 다운재킷을 걸친 형은 에베레스트산을 등반하러 옷을 장만한 사람 같았다. 형이 산의 공기를 깊이 들이마셔 음미하고는 "크" 하고 걸걸한 소리를 내며 숨을 내쉬었다. 그 소리가 골짜기에 메아리쳐 울렸다.

"와, 고모." 형이 감탄하며 말했다. "여기 진짜 제대로인데요." 형이 여기 펼쳐진 아름다운 풍경을 도무지 믿을 수 없다는 듯 고개를 부러 크게 내둘렀다. 진심에서 우러나온 행동이었을 수도 있지만 알 길이 없었다. 그러고 형은 곧장 엄마에게로 향했다. 이제 엄마를 '우리 엄마'라고 불러야 할 때인 듯했다. 아니, 나는 '형의 엄마'라고 불러야 할지도 모른다. 계속 엄마의 이름 '오드리'로 부르거나.

형이 몸을 기울여 우리의 엄마를 껴안고 엄마의 귓가에 몇 마디 말을 속삭였다. 엄마는 형의 양어깨를 붙잡아 진짜 형인지 확인해보려는 듯 형을 흔들어보았다. 형이 웃음을 터뜨리며 엄마에게 무슨 말을 덧붙였지만 내겐 웅얼웅얼하는 소리로만 들릴 뿐이었다. 그러고 형은 새아버지에게 향했고, 새아버지는 형의 손을 꽉 잡아 악수를 한 뒤 아버지답게 형의 팔뚝을 탁탁 가볍게 도닥였다.

형이 반원을 따라 걸음을 옮겼다. 캐서린 고모는 형과 포옹하며 뺨을 맞대 키스했고, 앤디 고모부는 형과 악수를 하며 "트럭 멋진데" 하고 멋쩍게 인사를 건넸다. 그러고는 트럭이 멀쩡했으면 좋겠다고 덧붙였는데, 마치 어색한 상황에선 차에 관해 얘기하면 된다고 믿는 사람 같았다. 형이 줄을 따라 한 사람 한 사람과 인사를 나누며 천천히 다가올수록 나는 속이 점점 더 울렁거렸다. 줄을 서서 여왕 폐하를 알현하고 있는 것 같았다. 쿵쾅거리는 심장박동이 목에서 고스란히 느껴졌다. 나는 너무 많이 껴입어 갑갑하게 느껴졌던 옷깃을 들척였다. 형이 이 줄의 맨 끝에 올 때쯤엔 내가 눈 속에 녹아버려서 키가 30센티미터 줄어버리는 건 아닐까 하는 걱정이 들었다. 소피아는 학교 무도회에서 마지못해 짝지어 춤추는 애들처럼 한 팔로 형을 안으며 인사를 건넸다. "어서 와, 마이크 오빠." 귀에 쏙 들어오는 인사였다. 형에게 미키, 커너스, 햄, 피고 같은 다양한 이름이 있긴 했지만 아무도 형을 마이크라고 부르진 않았으니까. 형이 루시 앞에 서자 루시는 하도 입술을 잘근잘근 씹어대 립스틱 절반이 지워진 얼굴로 발꿈치뼈가 부러지기라도 한 듯 형의 품속에 폭 안겼다. 루시는 형의 목에 얼굴을 파묻고 작게 속삭였다. 오직 나만이 형과 가까이 서 있어 형의 대답을 들을 수 있었다. "여기서 이러지 마." 루시는 마음을 추스르고 뒤로 물러서더니 아무렇지 않은 척 코로 숨을 빠르게 훅 들이쉬었고, 소피아는 루시의 등에 손을 갖다 대 토닥여주었다. 마침내 형이 줄의 맨 끝에 서 있던 내 앞으로 다가왔다.

"언." 형이 내게 손을 내밀었다. 형의 손가락은 교도소의 흔적이 남은 듯 무척 지저분했고 손톱엔 때가 끼어 있었다. 형이 그럴싸한 따뜻한 미소를 지어 보였다. 내가 정말 반가운 건지 아니면 교도소 내 수감자들이 활동하는 극단에서 연기를 제대로 배워 온 건지 알 수가 없었다.

어느 쪽이 진짜인지 알 수 없었지만 나는 형의 손을 잡으며 간신히 입을 열었다. "돌아온 걸 환영해."

"고모가 계획해둔 게 많겠지만 우리 언제 조용한 데서 맥주 한

잔 했으면 좋겠다." 머리론 돈 얘기를 하는 거라고 생각했지만 형의 목소리는 전혀 그렇지 않았다. 소피아가 우리를 주시하며 무슨 얘기를 하는지 들으려 귀를 쫑긋하고 있었다. 루시를 위로 해주던 게 실은 형과 나의 대화를 더 가까이서 들으려는 전략인 듯했다. "내가 네게 빚졌다고 말할 게 있지. 맥주 마시러 같이 가주면 좋겠어."

"빚"이나 "말할 게 있지" 같은 말을 다르게 다듬어보면 협박이었지만 형은…… **겸손하게** 말을 건넸다. 그렇게 표현할 수밖에 없는 목소리였다. 내가 상상했던 우리의 만남은 전혀 이렇지 않았다. 나는 내 앞에 서 있는 사람을 내 상상 속 인물과 어떻게든 맞춰보려 했다. 내 상상 속에서 형은 분노와 고통, 복수심으로 불타고 있었다. 어쩌면 다른 사람들 앞에 내보이는 겉모습일지도 모른다고, 따로 나와 단둘이 있을 땐 그 가면이 벗겨질 수도 있다고 생각했지만 도무지 형이 속이는 것 같지가 않았다. 우린 형제였고 같은 핏줄이었다. 나는 형이 내 말을 들어줬으면 해서 돈 가방을 가져왔고, 형은 웃는 얼굴로 내게 악수를 건네며 나와 같은 걸 바라고 있었다.

아무렇지 않은 척 급히 숨을 들이쉬던 루시처럼 나는 서둘러 고개를 끄덕였다. 그러고는 엉덩이와 혀의 중간에 있는 내 몸통 어딘가에서 간신히 "그래" 하고 소리를 냈다.

바로 그때 트럭 운전석의 문이 열렸다. 형이 조수석에서 내렸을 때 다들 눈치채고 있었겠지만.

"운전이 꽤 길었네요." 에린이 기지개를 켜며 말했다. "여기 커피는 어때요?"

13장

물론 장을 바꿔야 할 정도로 놀라운 일이 일어난 건 아니었다. 우리 모두 운전석에 누가 앉아 있는지 알고 있었으니까. 아는 게 당연했다. 루시는 이미 도착해 여기 와 있었고, 설마 캐서린 고모가 중요한 일을 계획 없이 내버려뒀을까. 하물며 형을 데려오는 일인데. 여기서 에린을 보는 것도, 에린이 형과 같이 있는 모습을 보는 것도 예상치 못한 일이 아니었다.

에린이 트럭에 타고 있었다는 사실을 감추고 있었다고 나를 비난할 수도 있겠지만, 에린이 이야기에 긴장감을 주는 감각을 타고났다고 보는 건 어떨까 싶다. 하지만 더 그럴듯한 이유를 대자면, 에린은 형이 우리 앞에 서는 순간을 더 어색하게 만들고 싶지 않았다. 그래서 형이 귀한 몸이라도 되는 듯 줄을 따라 모두와 인사를 마칠 때까지 트럭에 남아 있었던 것이다.

나는 형이 감옥에 들어가고 반년이 지난 뒤 둘의 관계를 알게 되었다. 내가 제일 먼저 알았고, 후에 둘의 이야기가 서서히 나머지 가족들에게 전해졌다. 하지만 나는 루시가 나와 동시에 그 소식을 알게 되는 모습을 그려보곤 한다. 가운을 걸친 루시가 테이프를 뜯었다 다시 붙인 흔적으로 교도소에서 온 우편이라는 걸 알아보고, 들뜬 마음으로 노란색 대봉투를 열어보는 모습을 말이다. 나의 아내인 에린이 우리 형, 그러니까 마이클과 더 **많은 시간을 보낼 생각**이라고 내게 말하지 않았다면 아무 사건 없이 조용한 아침 식사 시간이었을 바로 그 순간에.

그래, 나는 이 사실을 감춘 채 질질 끌었다.

내 단어 선택이 의아할까 봐 얘기해두는데, 내가 아침을 먹는 시간은 대체로 아무 사건 없이 단조롭게 흘러간다. 우유를 들이붓는 아침을 극적이라고 하지는 않으니까. 내 삶에서 **중대한 사건**이 일어난 아침은 단 세 번뿐이었다. 그중 둘은 여러분이 이미 알고 있다. 나머지 하나는 정자와 관련이 있는데, 이 이야기는 더 가까워진 뒤에 하도록 하자.

사람들은 결혼 생활 때문에 자신의 불꽃을 잃었다고 한다. 원래 자기들은 초자연적인 힘을 갖고 있는데 이 힘을 애먼 사람한테 잘못 써서 그랬다는 듯이. 나의 아내가 유죄를 선고받은 우리 형과 오직 전화와 메일만으로(형은 면회를 받지 않았으니까) 나 몰래 관계를 쌓을 수 있었다면 우리 결혼 생활은 이미 끝났던 거라고 할 수도 있겠다. 하지만 여기서 에린을 너무 나쁜 사람으로 보지는 않았으면 한다. 왜냐하면 에린은 나쁜 사람이 아니니까. 그리고 우리 결혼 생활은 이미 끝났으니까. 형이 차 뒷좌석에 시체를 싣고 우리 집으로 왔던 밤에 에린과 나는 이미 각방을 쓰고 있었다. 그때 우리가 한방을 쓰고 있었다면 내가 침대 위에 던져둔 돈 가방을 에린이 보았을 것이다. 하지만 문제는 불꽃이 아니었다. 문제는 라이터와 부싯돌, 성냥 같은 도구였다. 그리고 우리는 도구를 완전히 잃어버린 게 아니라 빼앗겼다. 우리가 불꽃을 잃은 게 아니었다. 우리에겐 불꽃을 만들 도구가 없었다.

"이상하게 듣지 않았으면 좋겠어." 그날 아침 에린이 낮은 목소리로 중얼거렸다. 그때 그녀는 손가락에 낀 결혼반지를 빙글빙글 돌리고 있었다. 홀렁해진 에린의 반지는 내게 무너진 결혼이 아니라, 에린이 얼마나 홀쭉해졌는지를 보여주었다. 사람의 볼이나 엉덩이를 보면 단기간의 체중 변화를 짐작할 수 있는데, 손이 달라졌다면……. 우리 둘 다 야위어가고 있었다. 전만 해도 에린의 반지는 전기톱을 작동시킬 때처럼 빼야 빠졌으니까. 너무나도 헐거워진 반지를 보자 이런 생각이 들었다. 내가 에린에게 무슨 짓을 저지른 걸까. 오해는 하지 않았으면 좋겠다. 고래고래 소리를 지르거나 화를 못 이겨 접시를 던지며 싸우는 잔인한 일은 없었으니까. 하지만 가까이에만 있어도 나는 에린에게, 에린은 나에게 무슨 짓을 저지르게 되는 지경에 이르고 말았다. 만약 에린이 그날 아침에 손가락에 낀 반지를 돌리지 않았다면 나는 다른 말을 했을 것이다. 하지만 에린은 반지를 돌렸고, 나는 이렇게 말했다.

"하고 싶은 대로 해."

에린은 미소를 지어 보였지만, 반짝이는 눈을 보면 진짜 미소가 아니라는 걸 알 수 있었다. 그리고 에린은 내게 루시에겐 아직 말하지 말아달라고 부탁했다.

에린에게 뭔가를 물어보고 싶지 않았다. 아침을 먹으면서 그러고 싶지는 않았다. 그 후에는, 글쎄, 그냥 아무것도 묻지 않았다. 물론 이 일에 대해 생각은 했었다. 가끔은 궁금했다. 에린이 그저 위험한 상황을 즐기는 건 아닐까. 어디선가 사형수에게 폭 빠진 여자들에 대한 이야기를 읽은 적이 있었는데, 심지어 이 사형수들은 부인이 여럿이라고 한다. 어쩌면 에린은 감옥에 있는 사람이 편한 건지도 모른다. 진짜 물리적 경계가 있는 관계였으므로 우리 사이를 갈라놓은 일은 걱정할 필요가 없었다. 형은 나의 결점을 갖고 있을 수 없었다. 왜냐하면 형은 에린의 삶과 동떨어져 있었으니까. 내가 모든 점을 고려해보았다는 사실을 믿어주길 바란다. 어쩌면 에린은 아무 이유 없이 이러는 거면서 웃기게도 우리 가족에게 의리를 지키고 있다고 생각하고 있을지도 모른다. 또 어쩌면 나보다 형을 더 믿는 건지도 모르고, 아니면 형에겐 불꽃을 일으킬 부싯돌이 있는지도 모른다. 그러지 않으려 해도 양심이 날 땐 이런 생각이 들었다. 나는 도무지 알 수 없는 공통점이 둘에게 있었던 걸까. 조짐이 있었는지도 모른다.

형은 더 쉽게 파악할 수 있었다. 내 생각에 형은 그저 내 것을 빼앗아 가고 싶은 것 같았다.

에린이 형과 함께 타고 온 트럭에서 내리는 모습은 놀랍지 않았지만 정말 사건 중의 사건이었다. 왜냐하면 형은 감옥에서 모든 면회를 거부해서 아내라 할 수 있는 사람들도 형을 봤을 리가 없었기 때문이다. 따라서 이번 주말은 내가 처음으로 형과 에린이 함께 있는 모습을 보는 날일 뿐 아니라 둘도 서로를 처음 보는 날이었다. 둘의 관계는 정말 수수께끼였고, 둘의 관계를 바라보는 시선은 우리 가족 모두 저마다 달랐다. 나를 운명론자라고 불러도 좋다. 어쩌면 그저 게으른 건지도 모르지만 나는 둘의 관계에 대한 결론을 내리지 못한 채 그대로 두는 게 좋았다. 둘에 대해 생각해봤지만 늘 연인이라고 부르는 데까지는 가지 않았다. 새 옷을 한가득 사고 비상 신호등처럼 색깔이 동동 뜨는 립스틱을 바른 루시는 둘 사이에서 무슨 수를 쓰면 된다고 생각하는 게 분명했다. 다른 가족들은 불신과 수용 사이 어딘가에서 모두 다른 태도를 보였지만 대부분은 회의적이었다.

돌아보면 내가 이 글에서 보이는 것처럼 초연했을 리가 없다. 왜냐하면 그날 아침에 에린이 차로 약 두 시간 거리인 쿠마 교도소에서 형을 데려왔을 뿐 아직 둘이서 밤을 보낸 적은 없다는 생각이 들었기 때문이다. 에린은 어젯밤 내가 상상했던 대로 이불을 덮으면 몸이 근질근질해지는 여관에 묵었을 것이다. 대체 둘이 밤을 보냈는지 아닌지가 왜 중요한지 모르겠지만―그러든지 말든지 알 게 뭔가―솔직히 불쑥 그런 생각이 들었다. 그리고 내가 이런 생각을 할 정도였다면 아마 루시는 나보다 더 연연했을 것이다.

에린은 형보다 훨씬 효율적으로 가족들이 서 있는 원을 돌았는데, 인사를 나눌 사람이 형보다 적었기 때문이다. 안 그래도 루시는 요란하게 신발 끈을 묶고 있었다. 에린이 내 앞으로 오자 나는 손을 내밀었다.

"좋은데." 나는 우리만의 농담으로 그녀를 웃겨보려 했다.

에린은 미소조차 짓지 않았다. 대신 굳은 표정으로 내 손을 잡고는 내 몸에 한 팔을 둘러 냉랭히 안아주었다. 에린이 귓가에 따뜻한 숨결을 불며 속삭였다. "그 돈은 가족 돈이야, 언."

다급하고 은밀한 말이었다. 앨런을 묻었던 밤에 형도 똑같이 말했었다. 이건 우리 돈이야. 무슨 의미인지 알고 있었다. 형이 그 돈을 얻어냈다는 얘기였고, 그 돈을 위해 형이 살인을 저질렀다는 얘기였다. 형은 돈에 대한 소유권을 주장했고, 내가 입을 다

물면 내게 한몫 챙겨주겠다고 제안했었다. 에린에게 듣고 싶었던 말이 뭔지는 모르겠지만, 미안하다는 말을 기대했던 것도 같고, 내 귓가에 가까이 기댈 땐 관능적인 말이 듣고 싶었던 것도 같고, 그 둘을 합쳐 미안해하면서도 관능적인 말을 원했던 것도 같다. 하지만 형이 미소를 지으며 내게 시원한 맥주 한잔 사겠다고 하는 사이 에린이 형의 사자 노릇을 할 줄은 몰랐다. **그 돈은 가족 돈이야, 언.** 만약 내가 그 장단에 따라주지 않으면 무슨 일이 생길지 조금이라도 알 수 있을까? 확신할 수 있는 게 없었다. 하지만 에린의 눈빛은 진지했지 위협적이지는 않았다. 어쩌면 그저 경고였는지도 모른다. 내가 고민하는 사이 에린은 자리를 떴는데, 어쨌든 모두가 보는 앞에서 에린에게 무슨 뜻이냐고 물어볼 순 없었다.

우리 가족은 빠르게 갈라져 삼삼오오 모여 있었다. 루시와 소피아가 형과 내게 다가왔다. 루시는 형과 가까이 있고 싶은 것 같았고, 소피아는 자신에게 돈이 떨어지기 전까지는 내가 돈 얘기를 꺼내지 못하게 하려는 것 같았다. 에린은 엄마와 새아버지와 함께 있었다. 나는 관심 없는 척 엄마의 눈치를 살폈다. 엄마가 내게 낯선 표정을 짓고 있었으므로 에린을 따뜻하게 반겨주는 게 틀림없었다. 고모는 에린이 있는 무리에 합류했고, 고모부는 잠시 중간에서 갈팡질팡하다 우리 쪽으로 미끄러지듯 걸어왔다.

형은 분위기가 자신에게 달려 있어 자기가 입을 열지 않으면 모두 입을 꾹 다물고 있을 거라는 걸 깨달은 모양인지, 이리로 오는 길에 주유소가 보일 때마다 에린에게 차를 세우게 해 초콜릿 바를 하나씩 다 맛보았다며 분위기를 편하게 만들려 했다.

"뭐가 제일 맛있었어?" 나는 나 자신과 살짝 타협해 형이 내게 하는 만큼 호의적으로 대하겠다고 마음먹었던 터라 형이 물꼬를 튼 대화에 참여해보기로 했다.

"아직 결론이 안 났지." 형이 고개를 끄덕이며 배를 통통 두드렸다. "아직 정보가 부족해."

루시가 지나치게 크게 웃었다.

"저 트럭은 대체 뭐야?" 소피아가 이상하다는 눈초리로 물었다. "초대장에 '산중 오두막'이라고 쓰여 있는 거 못 봤어? 여기까지 끌고 온 게 놀랍다."

"차량 대여 업체에서 예약을 막 받아서 그래. 원래는 승합차를 받기로 되어 있었어. 그런데 업체에서 이 차밖에 안 된다는 거야. 이 차가 아니면 에린의 해치백을 끌어야 하는데 그 차는 내 물건을 넣기엔 공간이 부족하거든. 마침 물건 보관 창고는 내일이 계약 갱신하는 날인데 이미 거기 돈을 엄청 쏟아부어서 말이야. 그래서 트럭 뒤에 내 거실이 들어가 있는 셈이야. 우리도 약간 걱정하긴 했는데, 차가 튼튼해."

"이 눈 속에 안락의자를 가져온 거야?" 고모부가 껄껄 웃음을 터뜨렸다. 나는 아직 형이 말한 "우리"란 단어로 허덕이고 있었다.

"나 같으면 그냥 돈 더 내겠다. 몇 달러 아끼자고 저걸 다 싣고 왔다고?" 소피아가 못 믿겠다는 듯 물었다.

"난 잘한 것 같아." 루시가 웅얼거렸다. "아직 내가 우리 짐 대부분—"

"이 방법뿐이었어." 형이 루시의 말을 끊으며 소피아에게 대답했다. "당연히 할인도 꽤 받았지. 그리고 다음 주에 내 물건을 옮겨야 하던 참인데 트럭에 며칠 더 둬도 되고. 여기까지 가져올 만한 가치가 있었어."

"물건 둘 데 없으면 우리 집에 둬도 돼." 내가 말했다. 대화의 공백이 생기지 않게 하려는 마음도 있었지만 실은 제대로 듣고 있지 않아서였다. 에린이 고모와 나누는 대화를 조금이라도 들어보려고 한쪽 귀가 딴 데 가 있었다. 여기서 한 가지 조언을 하자면, 비밀 얘기를 속닥거릴 때에는 스 하는 발음을 너무 많이 내지 않는 게 좋다. 이 스 하는 소리가 귀에 탁 꽂히니까. 캐서린 고모가 "객실을 따로 쓰는 건" 하고 얘기하는 소리가 들렸지만, 고모가 의견을 물어본 건지 그러라고 확실히 얘기해준 건지는 알 수 없었다. 귀에 안 들어왔으면 했지만 결국 듣고 말았다. 형과 소피아가 호기심 어린 눈으로 나를 쳐다보고 있었다. 잠시 후 나는 내가 무슨 말을 했는지 깨달았고, 그걸 깨달았을 땐 형이 이렇게 말할지도 모른다고 생각했다. 이미 그러고 있잖아.

"그럴까 봐, 아우야." 형은 대신 이렇게 답했다.

"나 담배 끊었어." 루시가 끼어들어 말했다.

루시를 바라보는 형의 표정은 마치 와인을 한잔하는데 공중제비를 보여주겠다며 방해하는 아이들을 바라보는 부모 같았다. "잘했네." 그건 '가서 놀아라' 같은 뜻이었다. "여기 재밌는 거 뭐 있어? 식당이랑 바가 기대되긴 하는데 난 주말 내내 안에만 처박혀 있진 않을 거야."

고모부와 내가 동시에 말했다. "옥상에 자쿠지가 있어."

"여기!" 새아버지가 우리를 불렀다. 루시가 자동차 경주에 버금가는 속도로 고모부 안쪽으로 끼어들어 형 옆자리를 사수했다. 소피아와 나는 천천히 뒤에서 따라갔다.

"너 얼굴이 빨개. 문제가 뭔데 그래, 뿅 간 거야?" 소피아가 조용히 사람 속을 긁었다.

나는 고개를 흔들었다. "정신이 하나도 없어. 내가 생각했던 거랑 너무 달라."

"나도 그래." 소피아가 코를 찡그렸다. "Cuidado." 내가 스페인어를 할 줄 모르는데도 소피아는 가끔 내게 스페인어로 몇 마디 던지곤 했다. 하지만 몇 번 들어봐서 이 단어는 알고 있었다. **조심하라**라는 뜻이었다.

우리가 무리에 합류하자 형이 에린에게 다가갔다. 에린이 형의 바지 뒷주머니에 손을 쏙 집어넣었다. 우리가 부부였을 때, 아니 에린과 나는 아직 법적으로 부부니까 정확히는 우리가 함께하던 시절에, 에린은 다른 사람들 앞에서 하는 애정 표현을 좋아하지 않았다. 에린은 힘겨운 유년 시절을 보냈고 때로는 폭력에 시달렸다. 그녀는 아무도 모르게 뒤에선 때리고 사람들 앞에선 안아주는 홀아버지의 손에 컸다. 그래서 진한 애정 표현을 진심 어린 표현으로 받아들이지 못했고 그저 가식적인 연기일 뿐이라고 생각했다. 에린은 그런 애정 표현을 믿지 않았다. 내가 이 이야기를 하는 이유는 에린이 사람들 앞에서 키스는 물론이고 뒷주머니에 손을 넣는 일은 전혀 없었기 때문이다. 등허리에 손을 갖다 대는 정도면 모를까. 형을 향한 에린의 애정 표현은 다분히 의도적으로 보였다. 심지어 소유욕으로도 비쳤다. 나를 향한 건지 루시를 향한 건지는 모르겠지만. 어쩌면 질투에 불타 생각이 너무 많아진 걸지도 모른다. 아니면 그저 형의 엉덩이가 나보다 더 탄탄해서인지도 모르고.

"우린 결정했단다." 새아버지가 모두에게 들릴 정도의 큰 목소리로 형과 에린을 향해 말했다. "다 같이 네게 얘기해주기로 했어. 아니면 다른 사람들한테 듣게 될 게다."

"꼭 이래야······."

"루시, 그러지 말아다오. 우리도 이번 주말에 네게 지나친 스트레스는 조금도 주고 싶지 않아. 하지만 얘기해주지 않으면 떠도는 소문을 기다리는 셈이 되겠지."

엄마는 같이 고개를 끄덕이고 있었다. 늘 그렇듯 엄마가 고개를 끄덕이는 건 새아버지가 백번 말하는 것보다 더 무게가 있었다. 형이 나머지 가족들을 흘끗 바라보았는데, 특히 내 얼굴을 유심히 살펴본 게 분명했다. 돈과 관련된 일이라고 생각하는 것 같았다. 아니면 형 본인과 에린에 관한 일이거나.

"사건이 하나 있었단다." 새아버지가 말을 이었다. "오늘 아침에 어떤 남자의 시체가 발견됐어. 밤중에 길을 잃고 체온 저하로 사망한 것 같더구나." 새아버지가 눈을 홱 돌려 말할 테면 말해보라는 듯 소피아를 지그시 바라보았다. "최대한 간단히 얘기하면 그렇단다."

"여기 경찰이 있겠네요." 형이 짐작한 바를 말했다. "창고 옆에서 SUV 순찰차를 봤어요. 그런 일이 있었을 줄은 전혀 몰랐는데, 이제 이해가 돼요. 알겠어요. 참 안됐네."

"오빠가 알아야 할 게 더 있어." 이번에 입을 연 사람은 소피아였다. 루시가 홱 몸을 돌려 소피아를 향해 도끼눈을 떴다. 새아버지가 목청을 가다듬으며 소피아의 말을 막았지만 형이 새아버지에게 한 손을 들어 올려 보였다. 새아버지에게는 살면서 한번도 없었던 일인지 새아버지의 말문이 턱 막혔다. 새아버지가 입을 딱 닫는 소리가 계곡 전체에 울려 퍼졌다. "경찰은 아직 죽은 사람의 신원을 몰라. 듣자 하니 여기 손님은 아니래. 지금은 이 일을 조사하는 사람이 아무도 없지만 형사들이 더 오고 있어. 그 형사들은 심문을 하고 싶어 할지도 몰라."

모두들 눈치껏 행동하는 소피아의 새로운 모습에 놀란 채 고개를 끄덕이며 동의했다. 하지만 나는 그런 거라 믿지 않았다. 소피아는 그저 형을 자극하려는 것 같았다. "형사"나 "심문" 같은 단어로. 소피아는 형을 겁주려 하고 있었다.

"체온 저하로 죽었는데 형사들이 온다고?" 에린이 혼잣말을 무심코 입 밖으로 내뱉었다. 그러더니 무언가 잘못됐다는 걸 알아차리고는 걱정스러운 얼굴로 형을 바라보았다. 이에 소피아가 희미한 미소를 지었다. 그녀가 원하는 대로 된 것이다.

"여기가 싫으면 다른 데로 가도 돼." 우리의 엄마가 말했다. "네가 결정했으면 한단다."

"걱정할 거 하나 없어." 새아버지가 힘주어 말했다. "경험상 감옥에 있었다는 건 아주 좋은 알리바이거든. 그리고 여기 있는 경관은 우리가 그동안 봐온 형사들이랑 달라. 시체를 보고 겁을 잔뜩 먹었어. 그래서 자기 상관이 오기만을 기다리고 있단다. 그러다 다른 형사들이 오면, 아마 여기 5분 있다가 전부 나가버릴 거야."

"그리고 객실은—" 고모가 입을 뗐다. '환불이 안 돼'라고 말할 게 뻔했다.

"경찰 이름은 크로퍼드야." 내가 끼어들어 말했다.

"그래, 크로퍼드였지." 고모가 이름은 전혀 중요하지 않다는 듯 대꾸했다. "이 사람은 도시 경찰들처럼 민감하게 굴지는 않아. 커닝햄이라는 이름이 예전 같지는 않은 모양이다."

"그리고 경찰이 꼭 여기 없는 것 같아." 루시도 형을 안심시키려는 데 동참했다. 가족 모임이 여기서 끝나면 100달러짜리 여관에 머물다 형과 영영 헤어지게 될 거라고 생각한 게 분명했다.

"아무 일도 안 하는 것 같다는 경찰이 저 사람이에요?" 형이 게스트하우스 계단을 가리켰다. 크로퍼드 경관이 계단에서 급히 내려오고 있었다. 그는 우리에게 서둘러 다가와 새로 온 사람을 찾아 우리 얼굴을 살폈다. 그러다 형을 발견했다.

"마이클 커닝햄 맞습니까?"

형이 장난스레 양손을 들어 올리며 말했다. "맞습니다."

"좋습니다. 당신을 체포하겠습니다."

14장

고모 말이 맞았다. 커닝햄이라는 이름은 예전 같지 않았다. 예전 같았으면 크로퍼드 경관이 본인 안전을 생각해 우리 가족이 빙 두르고 서 있는 원 안으로 성큼성큼 들어오지 못했을 테니까.

"대체 이게 무슨 짓이죠?" 제일 먼저 폭발한 사람은 루시였다. 루시가 거칠게 앞으로 나가 형 앞을 몸으로 막아섰다.

"오해가 있군요." 고모가 그다지 탐탁지 않아 보이는 고모부를 끌고 루시 옆에 서 방어벽을 굳혔다.

"다들 좀 진정해요." 고모부가 불안한 듯 떨리는 가짜 웃음을 지어 보였다. 고모부는 확실히 결혼으로 커닝햄 가족이 된 사람이라 그런지 법을 잘 준수하는 보통의 시민들처럼 여전히 경찰에게 공손한 태도를 보이고 있었다.

"비켜주시죠." 크로퍼드는 왼손에 축 늘어져 달랑거리는 수갑을 들고 있었다.

"우리 **염병할** 가족들 좀 내버려두면 어디 덧나?" 이번엔 엄마였다. 엄마는 힘으로 형 앞을 막아줄 순 없었지만 독한 말로 방패가 되어주었다.

문득 자식을 구하려고 차를 들어 올렸다는 엄마들에 관한 모든 기사가 정말 사실인 것 같다는 생각이 들었다. 뭐, 어쨌든 사랑하는 자식이었겠지만.

"오드리, 그래봐야 소용없어요." 새아버지가 엄마를 달래며 말했다. 그러고는 앞으로 걸어 나가 크로퍼드 경관에게 롤렉스를 찬 손을 내밀었다. "내가 이 사람 변호사입니다. 안으로 들어가시죠. 앉아서 대화로 해결합시다."

"수갑 없이는 안 됩니다."

"당신도 나도 이런 식으로 처리하면 안 된다는 거 알지 않습니까. 얘는 이제 막 도착했는데 어떻게—"

"아빠." 형이 입을 열었다. 나는 시간이 좀 지난 뒤에야 형이 새아버지를 부른 거라는 사실을 깨달았다. "괜찮아요."

새아버지는 이미 말릴 수 없는 상태였다. "여기 하나 있는 경찰이라는 이유로 이 휴양원에 계엄을 선포할 순 없습니다. 난처한 상황인 것도 알고, 밖에 있는 누군가는 아빠나 형제, 아들을 잃었다는 거 압니다. 따라서 우리 가족과 저는 경관님이 신원을 확인하는 데 도움을 드리기 위해 비공식적 질의에 기쁘게 응할 겁니다. 하지만 범죄자 취급이라니…… 그건…… 글쎄요, 어처구니없는 비난이죠. 가족사라는 선입견을 가지고 수사하는 거 아닙니까. 당신 고소할 겁니다. 감금 조치를 취하려면 정당한 사유와 혐의가 있어야 하는데, 해당 사항이 전혀 없지 않습니까. 무료 변호를 한 지 이제 6분 지났지만 서로 시간 낭비만 한 것 같군요. 이제 됐습니까?"

가까이서 새아버지의 장황한 비난을 듣고 있자니 갑자기 그냥 사과하고 싶다는 마음이 들었다. 그러나 크로퍼드는 물러서지 않았다. "아뇨, 전 재량껏 처리할 수 있습니다. 살인 사건이 있었으니까요."

모두 믿을 수 없다는 듯 크로퍼드가 내뱉은 단어 그대로 살인, 살인 하고 웅성거리기 시작했다. 소피아는 씩 미소를 짓고 있었다. 새아버지가 주먹을 꽉 움켜쥐었다. 놀란 엄마는 헉하고 숨을 들이쉬진 않았지만 한 손으로 입을 틀어막았다.

"사건이라." 형이 날카롭게 말했다.

"당신 이제 끝이야." 새아버지가 크로퍼드를 향해 으르렁거렸다. 법에 무지한 나도 이해할 수 있는 발언이었다. "난 이보다 별거 아닌 일로도 제대로 짓밟아줬어."

"전 이보다 더한 일도 견딥니다."

게스트하우스의 문이 쾅 닫히는 소리에 두 사람이 언쟁을 멈추었다. 내 또래로 보이는 키가 큰 여자가 게스트하우스 앞 나무 바닥 위에 서 있었다. 스키 고글 모양대로 탔는지 턱은 햇볕에 그을렸지만 눈 주위는 창백한 본래 피부 색깔이었다. 여자는 티셔츠에 조끼를 걸쳐 팔을 다 드러내고 있으면서도 추위에 아랑곳하지 않았다. 물길에서도 끌 수 있는 랜드로버를 몰고 가다 바퀴에 체인을 끼우던 나를 도와준 여자였다.

"경관님, 도움이 필요하신가요? 다들 예민하신데, 대체 왜들 이렇게 소리를 지르는 거죠?"

"당신이랑 상관없잖소." 따질 것 같은 사람이 한 명 더 나타나자 피로해진 새아버지가 퉁명스레 대꾸했다.

"내가 이 휴양원 주인이니 상관있을 것 같군요."

"그렇다면 이 푸아로 탐정 따라쟁이한테 당신 손님 좀 그만 괴롭히라고 말해주겠소? 그리고 상황을 수습하고 싶으면 '살인'이란 말은 안 나오게 하지 그래요?"

"'살인'이란 말은 처음 들었습니다만." 휴양원 주인이 크로퍼드를 향해 눈썹을 치켜올렸다. "정말인가요? 그린 부츠요?"

똑같이 색깔을 이용한 별명이었지만 블랙 텅보다 그린 부츠가 이해하기 쉬웠다. 그린 부츠는 에베레스트를 등반하다 죽은 사람에게 붙은 이름이었다. 시신을 회수하기엔 위험해 시신이 등산로에서 벗어난 자리에 그대로 남았는데, 그 죽은 남자가 신고 있던 형광 녹색 부츠가 등산가들에게 등반 표지물 역할을 하게 된 것이다. 오늘 아침에 시신으로 발견된 남자가 녹색 부츠를 신고 있지는 않았지만(내가 왼쪽 발을 잡고 옮겼기 때문에 누구보다 잘 알고 있었다) 꽁꽁 얼어버린 우리 수수께끼 투숙객을 그린 부츠라고 부르기로 정한 모양이었다.

"의심스러운 정황이 있습니다."

"왜요? 얘 때문에요?" 고모가 소피아를 가리키며, 믿을 수 없기도 하거니와 지대가 높은 곳에 있어서인지 새된 목소리로 물었다. "차라리 주술사한테 진단받는 게 나을 거예요. 넌 대체 뭐라고 지껄인 거니? 진짜 형사님이 오는 데엔 얼마나 걸리죠?"

"저 의사 맞아요." 소피아가 크로퍼드에게 힘주어 말했다.

"수상쩍은 부분이 **있다** 해도 마이클에게 알리바이가 있다는 사실은 어쩔 셈이지?"

"아빠, 제가—"

"내가 **처리하마**, 마이클. 경관 양반, 이딴 식으로 처리하고 싶은 거야? 당신, 의심하는 이유가 이것저것 들쑤시다 알게 된 전과 기록, 약간의 가족사 때문이잖아. 그리고 당신 직장에 대한 충성도 한몫하겠지. 경찰들은 피도 퍼렇잖아. 그런데 그런 편견을 갖고 있다는 건 당신이 멍청하다는 거야. 또 그런 편견을 갖고 있으니까 멍청해 보이는 거고. 입이 있으면 오늘 아침에 출소한 사람이 어떻게 이 사건에 연루될 수 있는지 말해보라고!"

새아버지가 폭발하자 모두 숨을 죽였다. 크로퍼드는 모두의 얼굴을 둘러보았다. 조금이라도 자기편을 들어줄 사람이 없나 살펴보고 있는 것 같았다. 나는 그의 눈길을 피했다. 심지어 소피아도 발끝만 내려다보고 있었다. 블랙 텅과 그린 부츠에 대한 생각과 별개로 누구 얼굴이 시뻘겋게 달아올랐다는 걸 알고 있었으니까.

"가요." 새아버지가 엄마의 손을 잡고 게스트하우스로 걸음을 떼며 말했다.

하지만 형은 잠자코 서 있었다. 형과 에린이 서로를 바라보며 불안한 듯 얼굴을 찡그렸다.

과장이 아니라 마침내 우르릉 천둥이 쳤다.

"그럴 줄 알았습니다." 크로퍼드가 말했다. "말씀드리시겠어요, 아니면 제가 할까요?"

"전 아무도 해치지 않았습니다." 형이 두 손을 들고 크로퍼드를 향해 몇 발짝 앞으로 걸어갔다. "하지만 범인을 찾는 데 기꺼이 협조하겠습니다." 형이 나를 쳐다보며 말했다.

"마이클! 잠깐! 경관 양반, 얘는 뭘 모르고—"

"이분은 제 변호사가 아닙니다."

"대체 뭐 하는 거니?" 엄마가 뒤에 있는 형에게 걸어가 형의 어깨에 손을 얹었다. "어젯밤에 쿠마 교도소에 있었잖아. 괜찮아, 그렇게 말해."

"추워요, 엄마. 들어가 계세요."

"그렇게 말해. 말하라고. 어서." 엄마가 여윈 손으로 주먹을 쥐고 형의 가슴을 퍽퍽 치기 시작했다. 그렇게 하면 형에게서 그 말을 받아낼 수 있다는 듯이. 추운 날씨에 힘을 써서 그랬는지 엄마는 무릎에 힘이 풀려 눈 위로 축 늘어졌다. 형은 엄마를 잡으려 했지만 그러기엔 늦어 엄마가 눈에 앉도록 잡아주는 수밖에 없었고, 엄마는 눈 위에 주저앉아버렸다. 크로퍼드와 소피아, 내가 엄마를 부축하러 서둘러 엄마에게 갔지만 엄마는 손으로 우리를 쫓아냈다. 캐서린 고모와 루시가 나이 든 부인을 이 추위에 밖에 있게 했다고 크로퍼드를 향해 앙칼지게 소리치기 시작했다.

"커닝햄 부인," 크로퍼드가 성난 사람들을 잠재울 만큼 큰 소리로 말했다. "마이클 씨는 어제 오후에 출소했습니다."

어제라고? 깨달음이 천천히 찾아왔다. 하지만 그렇다면—

형이 에린을 흘깃 바라보았다. 루시는 안에서 무너져 내린 것 같은 얼굴을 하고 있었다. 하늘에서 떨어진 첫 번째 눈송이가 내 속눈썹에 내려앉았다.

"그렇다고 빈틈이 없는 건 아니야. 그래. 좋아, 그럼 마이클은 감옥에 없었어. 그래." 새아버지는 엄마를 일으켜 세우며 생각을 입으로 내면서 이에 대처할 최선의 방법을 찾고 있었다. "하지만 감옥에 없었다고 해서 여기 있었다고 할 순 없어. 여보, 거기 있으면 안 돼요. 젖겠어요. 그러니까 마이클, 어젯밤에 어디 있었는지만 얘기하면 돼. 그럼 끝이야."

"경관님, 같이 가겠습니다."

크로퍼드가 수갑을 채우고는 걱정하지 말라는 듯 형을 바라보았다. 형이 뭔가를 대체 왜 감추는지는 몰라도 궁여지책의 경관은 이렇게 하는 게 그나마 덜 위험한 선택지라는 걸 알 수 있었다. 그는 수갑을 아주 느슨하게 채웠다. 손이 쑥 빠질 정도로 느슨하진 않았지만 위협적으로 조이지도 않았다. 크로퍼드가 휴양원 여주인을 돌아보며(자, 사건 순서대로 보면 이 휴양원 주인이라는 여자는 아직 내게 이름을 얘기해주지 않았지만, 성가시니 이제부터 그녀를 줄리엣이라고 부를 것이다. 어차피 그녀가 곧 내게 이름을 말해준다) 말했다. "다른 손님들의 안전을 위해 혼자 따로 둘 겁니다."

"사람을 가둬둘 수 있는 공간은 없어요. 밖에서만 잠글 수 있는 방이나 오두막은 없습니다. 화재 위험이 있으니까요." 줄리엣이 대답했다.(역시 더 수월할 거라고 하지 않았는가.) "여긴 휴양원이지 감옥이 아니에요."

"건조실은 어때요?" 루시가 말했다. 루시의 얼굴은 우중충한 하늘보다도 어두웠고, 갈라진 목소리로 내뱉은 말엔 분노가 가득 담겨 있었다. 나는 나중에 알게 되지만, 루시는 건조실이 난방이 들어오는 벽장 크기의 공간이라는 걸 이미 알고 있었던 게 틀림없다. 건조실은 부츠를 올려놓는 긴 나무 의자와 외투를 걸쳐놓는 옷걸이가 들어차 있고, 눅눅한 곰팡이 냄새와 방수 재질이라 통풍이 안 되는 옷을 입었다가 밖에 방치했을 때 나는 땀 냄새가 났다. 소심한 복수였지만 짧은 시간에 루시가 할 수 있는 최선이었다. 루시가 새치름한 목소리로 덧붙였다. "제가 봤는데 문밖에 옆으로 미는 빗장이 있어요."

"저, 건조실은 사람이 있을 만한 곳이 아니에요." 줄리엣이 반대했다.

크로퍼드가 위를 올려다보곤 손바닥을 펼쳐 내밀어, 작은 눈송이가 손바닥에 내려앉아 스르르 녹는 모습을 바라보았다. 그는 어서 이 상황을 마무리 짓고 안으로 들어가고 싶어 했다. 그가 형을 향해 몸을 돌려 미안하다는 듯이 말했다. "몇 시간이면 될 겁니다."

형은 고개를 끄덕였다.

문득 에린이 목소리를 내려면 지금이 딱 좋을 거라는 생각이 들었다. 감옥에 있었다는 게 형의 알리바이가 될 수 없다면 에린이 알리바이가 될 수 있었다. 어찌 됐든 우리 모두 형과 에린이 같이 있었다는 사실을 알고 있었다. 둘이서 같이 보낸 하룻밤은 대체 뭐란 말인가? 하지만 에린이 입을 열지 않자 나는 깨달았다. 살인을 저질렀다는 의심을 받아 건조실에 갇히더라도 지켜야 하는 비밀이 둘에게 있다는 걸. 대체 뭘까, 호기심이 일었다.

"당신 경찰 교육 어디서 받았어?" 새아버지는 어깨로 엄마를 부축하고 있지 않더라면 크로퍼드에게 주먹이라도 날릴 기세였다. "다 불법이야."

이런 책에 등장하는 경찰은 궁여지책 혹은 유일한 희망의 역할을 하는 한편 성격에 따라 일을 원칙대로 처리하거나 원칙 따위 무시하는데, 나는 또 한 번 크로퍼드에게 깜짝 놀랐다.

"기꺼이 협조하겠습니다." 형이 다시 말했다.

"다 잘될 거예요." 에린이 형을 안아주며 말했다. 에린의 손이 형의 등줄기를 따라 미끄러지더니 형의 바지 뒷주머니 속으로 들어갔다. 이번에는 아까와는 다른 쪽 주머니였다. 내가 눈여겨봤다는 것은 아니다.

그러고는 다들 게스트하우스로 향했고 그 물결에 휩쓸려 나도 그 뒤를 따랐다. 새아버지는 엄마를 소피아에게 맡기고 크로퍼드 옆을 따라 걸으며 귀가 따가울 정도로 다양한 법률 용어들을 나불대고 얼굴을 떡 치듯 뭉개버리면 어떻게 되는지 눈앞에 그려질 정도로 생생하게 설명하며 모욕적인 언사를 쏟아냈다.

"좀 떨어져주시죠." 계단 맨 위에 선 크로퍼드가 말했다. 원칙 따위 무시하고 일을 처리하는 경찰이 낼 법한 근엄한 목소리였다. 크로퍼드가 새아버지에게 한 말이었는데, 모두가 자리에 멈춰 섰다. 다들 서로 다른 높이의 계단에 서 있어서 마치 연극 무대에 올라온 것 같기도 하고 결혼식장에서 사진을 찍으려 포즈를 취하고 있는 것 같기도 했다. "몸 좀 녹이고 계십시오. 대화는 조금 이따가 하겠습니다."

크로퍼드가 형의 등에 손을 갖다 대고는 문 쪽으로 이끌었다.

"당신, 나 없이는 얘랑 한마디도 못 해." 새아버지가 마지막한 방을 날렸다.

"아니요, 저분은 제 변호사가 아닙니다." 형이 말했다. 그러고 몸을 돌려, 골프 클럽 모양으로 수갑을 찬 손목을 들어 올리고는 두 집게손가락을 쫙 펼쳤다. 형이 나를 가리켰다. "저 사람이 제 변호사입니다."

14.5장

그래. 많은 일이 일어났다. 따라서 여기서 잠깐 그동안 있었던 일들을 간략하게 정리해보려 한다.

좀 이상하다는 거 알지만 내용을 잘못 이해하는 사람이 없었으면 한다. 물론 본인의 인지능력이 뛰어나다고 자부하시는 분이라면 건너뛰셔도 상관없다.

보통 이런 책들은 나쁜 놈이라 할 수 있는 등장인물들의 배경 이야기를 따로 마련해놓고, 그 인물들을 한 장소에 두고는, 각 인물의 배경 이야기와 연결될 수 있는 주요 사건을 동기로 제시한다. 내가 이를 한번 해보겠다.

이야기의 배경은 다음과 같다. 3년 전 나의 형인 마이클이 차 뒷좌석에 앨런 홀턴이라는 남자를 태우고 우리 집 문 앞에 도착했다. 앨런은 죽은 사람이었다가, 아니었다가, 다시 죽은 사람이 되었다. 나는 내가 가족들에게 소외되리라는 걸 알면서도—아빠가 주유소를 털다 돌아가신 뒤로 우리 가족은 경찰을 신뢰하지 않았다―법의 편에 섰고 형을 고발했다.

사건이 벌어지는 장소는 다음과 같다. 우리 가족은 출소하는 형을 맞이하기 위해 모두 스카이 로지 휴양원에 모였다. 이 휴양원은 호주에서 가장 높은 곳에 있는 무인 숙소다. 그런데 폭풍이 다가오고 있었다. 이런 책에 늘 있는 일이니까. 하지만 우리가 휴양원에 갇혔다고, 너무 뻔하다고 생각하지는 말길 바란다. 우린 휴양원에 갇힌 게 아니라 그저 돈을 좀 아끼려고 했던 거고 우유부단했을 뿐이니까. 물론 건조실에 갇힌 형을 두고 갈 수 없는 처지가 되어 지금은 이 휴양원에 발이 묶인 것 같긴 하다만 이 부분은 앞으로 다음 몇 장에서 다룰 테니 여기선 지금까지 있었던 일만 정리하도록 하겠다.

이제 등장인물을 소개하겠다. 먼저 우리 엄마 오드리. 엄마는 현재 우리 가족이 하나로 뭉치지 못하는 이유는 바로 나 때문이라고 생각한다. 그리고 굴지의 법률 회사 가르시아 앤 브로드브리지의 공동 경영자로 손목에 대학교 학비에 버금가는 시계를 차고 다니는 새아버지 마르셀로. 그는 과거 마이클 형의 살인 재판에서는 변호를 맡았으나 소피아가 휘말린 의료 과실로 인한 소송 사건엔 조금도 관여하지 않으려 한다. 마르셀로의 친딸이자 나의 의붓누이인 소피아는 외과 전문의다. 그녀는 어떤 이유로 최소 5만 달러가 필요한데, 의사 자격을 내놓아야 할지도 모르는 의료 과실 소송을 처리하기 위한 것으로 생각되며, 친아버지 마르셀로의 어깨 수술을 집도했었다. 그리고 캐서린 고모. 고모는 정리광이자 술은 입에도 대지 않으며 이번 주말 모임에 대한 아이디어를 낸 사람이다. 앤디 고모부는 캐서린 고모의 남편이자, 어떤 남자들이 군인에게 수여되는 퍼플 하트 훈장을 달고 다니듯 결혼반지를 끼고 다닌다. 그리고 루시는 마이클 형의 전처로, 형이 재판을 받는 동안 형의 곁을 지켰지만 형이 감옥에 있을 때 형과 이혼했다. 형이 이 사람과 특별한 관계를 맺었기 때문인데…… 바로 나의 아내이지만 현재 나와 별거 중인 에린이다. 에린과 나의 사이를 갈라놓았다고 확신하는 충격적이었던 지난 일이 있은 뒤로 에린은 형의 편지에서 위안을 받았다.(하룻밤 동안 형의 건강한 팔에도 위로를 받은 모양이다.) 마이클 형은 전에 내게 현금 26만 7000달러가 든 가방을 맡아달라고 부탁했으며 아침에 출소했다고 거짓말을 했다. 줄리엣은 길가에서 나를 도와준 사람으로 휴양원 주인이자 관리인이다. 그리고 데리어스 크로퍼드 경관. 이 경찰은 능력이 바닥을 치다 못해 결국 바닥을 뚫고 지구 반대편 중국으로 나와 동동 뜨기 시작할지도 모른다. 마지막으로 나. 나는 가족들에게 소외된 사람으로 피 묻은 돈이 든 가방을 가지고 있다. 이상 등장인물이었다. 우리 모두 나쁜 놈으로서 자격은 충분히 갖췄다고 생각한다.

우리에게 일어난 사건은 다음과 같다. 오늘 아침 한 남자가 눈으로 뒤덮인 골프장 한가운데서 시체로 발견되었다. 소피아는 이 일이 블랙 텅이라는 연쇄살인마의 소행으로, 죽은 남자가 체온 저하로 죽은 게 아니라고 생각한다. 루시의 말에 따르면 이 휴양원의 투숙객 가운데 실종된 사람은 없다. 내게 이를 이야기해준 루시가 의심스럽다고 생각하신다면 다음 사실을 다시금 알려드리고 싶은데, 휴양원 주인으로서 투숙객 명단을 볼 수 있는 줄리엣이 신원 불명의 고인에게 그린 부츠라는 별명을 지어주었으므로 루시가 이야기해준 소문은 사실이라고 할 수 있다. 문제는 대체 그가 누군지 아는 사람이 없으므로 누구에게도 죽은 남자와 관련된 동기가 없다는 것이다.

지금 이 시점에서 강조하고 싶은 몇 가지 중요한 정보가 있다.

1. 소피아가 내 오두막에 있을 때 누군가 소피아의 오두막에 있었고, 내 오두막으로 전화를 걸었다.

2. 또한 소피아는 알리바이가 있는 유일한 사람이다. 나와 함께 오두막에 있었던 바로 그 시간에 그린 부츠가 죽었기 때문인데, 엄밀히 따지면 이는 여러분이 알 수 없는 사실이나 어쨌든 여러분께 알려드렸다.

3. 새아버지는 엄마가 몸이 안 좋다는 이유로 저녁 식사를 취소했다. 나는 그날 밤 앤디 고모부나 캐서린 고모, 루시와는 아무런 연락도 하지 않았다.

4. 소피아와 앤디 고모부, 나는 그린 부츠의 얼굴을 보았는데, 크로퍼드가 그날 아침에 시체를 누구나 볼 수 있도록 하지 않았으므로 우리가 그린 부츠의 얼굴을 본 유일한 사람들일 것이다. 우리 중 그린 부츠를 알아본 사람은 아무도 없었다.

5. 나는 아직 돈 가방의 출처가 어딘지 모른다. 그리고 곧 누군가가 돈 가방을 노리고 있을지도 모른다는 생각을 하게 된다.

6. 그린 부츠 쪽으로 세 개의 발자국이 나 있었는데 오직 한 발자국만이 산 아래로 돌아갔고, 밤새 눈은 내리지 않았다.

7. 루시의 메이크업 취향은 에린의 남자 취향, 지형에 적절한 차량을 고르는 마이클 형의 취향에 버금간다.

8. 앞서 '형제들'이라는 복수형 단어를 써 보였다는 사실을 기억하고 있다.

9. 형은 지난밤 에린과 어디 있었는지 사실대로 말하느니 차라리 살인 용의자가 되려 한다.

10. 또 사람이 죽기까지 이제 87쪽 남았다.

그리고 이 모든 일의 중심에 내가 있다. 법률적 배경 전혀 없이 작법서를 쓰는 나는 이 상황이 적법한지 모르겠으나, 아직 내가 이해할 수 없는 이유로 한 살인 용의자이자―극적인 연출이 중요하다는 루시의 말을 받아들인다면, 연쇄살인범 용의자일지도 모른다―나를 경멸하고 있을 사람의 변호사로 방금 막 선임되었다.

내가 속임수를 쓰지 않아 만족스러운가. 그렇다면 이야기를 이어가도록 하자.

15장

    엄마를 따라잡는 건 어려운 일이 아니었지만 우리 가족들이 다 같이 로비로 들어서고 있어 나는 모두 흩어질 때를 기다렸다. 형은 건조실로 끌려가면서 생각할 시간을 좀 갖고 내게 사람을 보내겠다고, 마치 궁정 광대를 대하듯 말했다. 나는 속으로, 그럴듯한 알리바이를 만들어낼 시간이 필요한가 보지, 하고 생각했다.

    모두 바나 식당, 각자의 방으로 흩어졌다. 형이 체포되는 모습은 다른 투숙객들에게 꽤 볼만한 구경거리였던지라 건물 앞 유리창에 기름진 이마 자국이 많이 남아 있었다. 새아버지가 엄마를 계단으로 이끌었다. 그는 엄마를 외투 앞자락으로 감싸고 상대적으로 무게가 덜 나가는 팔로 부축하면서 나긋나긋한 목소리로 달래주었다. 엄마가 계단을 장애물로 여길 정도는 아니더라도 계단 난간에 곧잘 의지하는 나이였기 때문에 둘은 천천히 계단을 올랐다. 나는 내심 새아버지가 크로퍼드 뒤를 쫓아가 험한 말을 마구 퍼부어대는 모습을 기대했지만, 새아버지는 그렇게 싸우는 건 포기하고 애꿎은 핸드폰만(배터리가 얼마나 남아 있는지는 알 수 없었다) 세게 두드렸다. 크로퍼드를 잘라버릴 수 있는 사람에게 전화하려고 어떻게든 전파를 잡아보려는 것 같았다.

나는 두 분이 한 층 위로 다 올라갈 때까지 잠자코 기다렸다. 한 층 위면 널찍하니 다가가 대화를 나눌 수 있을 거라고 생각했다. 어쨌든 엄마와 얼굴을 맞대고 이야기한 지 오래였다. 어쩌면 엄마는 뭔가 알고 있을지도 모른다.

내가 뒤따라가려 하자 누가 뒤에서 내 어깨에 손을 얹었다. 거친 손길은 아니었지만 살짝 뒤로 당기는 힘이 느껴졌다. 돌아보니 고모였다. 흔히 사람들이 이런 말 해서 미안하다고 말하려 할 때 짓는 표정으로 고모가 주춤거렸다. 파티 자리를 일찍 뜨는 이유를 설명하는 고모 뒤에서 앤디 고모부가 종종 짓던 표정이었다.

"꼭 지금이어야 되겠니?" 가족들을 신경 써주고 보살펴주긴 하지만 약간 도도한 태도로 묻는 모습이 고모다웠다. 고모는 엄마보다 족히 열두 살은 어렸는데 엄마를 잘못하면 부서질 사람처럼 사근사근 대하고 있었다. 결코 위선도, 엄마를 무시하는 것도 아니었지만 고모는 확실히 엄마가 늙어가고 있다고 생각했다.

"오." 내가 근엄한 표정으로 고개를 끄덕였다. "알겠어요. 시체가 몇 구 더 나올 때까지 기다려보죠." 그런데 그때 고모에게 잘하겠다던 앤디 고모부와의 약속이 떠올랐다. 어쨌든 고모는 그저 도우려는 것뿐이었다. 나는 목소리를 누그러뜨리며 덧붙였다. "형을 도우려면 최대한 많이 알고 있어야 해요. 그리고 결국은 엄마랑 얘기를 해야 할 거고요."

고모는 마지못해 내 말을 받아들인 듯했다. "엄마를 흥분하게

만 하지 마." 고모는 또다시 엄마가 행복한지보다 몸이 약해지지 않을지를 걱정하고 있었다. "어쨌든 너희 엄마가 너와 이야기를 하려 한다면 말이야. 아마 얘기 안 하려 할 거야."

"노력해봐야죠."

"그래서 어떻게 할 셈인데?"

"모르겠어요. 바짝 엎드리기?" 나는 어깨를 으쓱였다. "어쨌든 엄마잖아요. 모성애를 자극해야 할까 봐요."

고모가 웃음을 터뜨렸다. 매정하게 비웃은 건지 내게 공감해서 웃은 건지 알 수 없었지만 고모는 더 이상 나를 붙잡지 않고 내 어깨를 놓아주었다. "네 계획이 그게 다라면, 죽은 영혼에게 물어볼 수 있게 점괘판이라도 가져가렴."

엄마는 높은 등받이에 금속 장식이 박힌 빨간색 가죽 의자에 앉아 메리 웨스트머콧의 소설을 읽지는 않고 휙휙 넘기고만 있었다. 도서실의 이 빨간 의자는 소설의 대단원에서 앉아 있기 딱 좋아 보였다. 문 앞에 **도서실**이라고 쓰여 있었지만 여긴 애서가들에게 악몽이나 다름없었다. 잘 바스러지는 감자칩이 종이에 말라붙어 있는 데다 물기에 훼손되고 곰팡이가 생겨 누레진 책들이 나무 스키와 스노보드로 만든 책꽂이 위에 쌓여 도서실 벽을 에워싸고 있었다. 홍보 책자를 장식하고 있었던 돌로 만든 벽난로는 구석 자리에 있었는데, 그 안에서 마치 굶주린 듯 잿불이 타고 있었다. 책이 얼마나 잘 타는지 이 휴양원을 지은 건축가는 잘 모르는 모양이었다. 도서실은 불 때문에 좀 더웠지만, 휴양원의 다른 장소보다 눅눅한 냄새는 덜했다. 벽난로 선반 위에 총은 없었다. 그러니까 반드시 발사되어야만 한다는 체호프의 총은 없었다. 대신 박제된 비둘기와 전쟁 훈장을 넣은 액자가 있었는데, 이런 걸로 사람을 죽이려면 애 좀 먹을 것이다.

나를 발견한 엄마가 책을 덮고 자리에서 일어나 등을 돌리고는 스노보드로 만든 책장에서 W로 시작하는 나머지 책들을 정신없이 훑어보는 척을 했다.

"엄마, 절 영원히 못 본 체하실 순 없잖아요."

엄마가 책을 꽂아놓고―메리 웨스트머콧은 애거사 크리스티의 필명이므로 책이 잘못 분류되었다고 생각한다만, 이름이 뭐가 중요하겠는가?―몸을 돌려 나가려는데 내가 문을 막고 서 있자 인상을 찌푸렸다.

"우쭐거리고 싶어서 왔니?" 엄마가 팔짱을 꼈다. "마이클에 대한 네 판단이 옳았다고 말해주려고?"

"엄마 몸이 좀 나아졌나 해서요."

엄마가 잠시 머뭇거리더니―내가 엄마에게 손을 내밀고 있다는 사실을 헤아려보고 있는 건지 저녁 식사를 취소하기 위해 만들어두었던 변명거리를 떠올리고 있는 건지 알 수 없었다―코웃음을 쳤다.

"내 몸은 내가 챙겨." 대답을 회피하는 엄마에게서 누군가 자신을 지나치게 보호하려 들 때 엄마가 느꼈을 법한 좌절감이 묻어 나왔다. 엄마는 보호를 독립성에 대한 위협으로 보는 게 분명했다. 고모가 최근에 엄마의 나이나 건강을 들먹이며 엄마의 신경을 건드리는 것 같았으므로 엄마가 괜찮은지 내가 살펴봐야 엄마를 더 거슬리게 할 뿐이었다. "됐니?" 엄마가 나를 돌아서 지나가려 했다.

"엄마, 형은 사람을 해쳤어요. 전 제가 옳다고 생각한 일을

했고요." 내가 옳다는 걸 알았지만 나는 신중하게 "생각한"이라
는 표현을 덧붙여 말했다. "지금도 옳다고 생각하는 일을 할 거
예요."

"꼭 네 아빠처럼 얘기하네." 엄마가 고개를 절레절레 흔들었
다. 칭찬이 아니었다.

엄마가 아빠에 대해 얘기하는 건 들어본 적이 거의 없었기 때
문에 의아했다. "어떤 면에서요?"

"로버트는 무슨 일이든 정당화할 수 있었지. 강도질을 할 때마
다 이번엔 한 건 제대로 할 수 있다, 마지막이다, 라면서. 그리고
스스로에게 면죄부를 줬어."

"면죄부요?" 아빠는 용서받을 수 없었다. 아빠는 두 경찰관
과 총격전을 벌이다 죽었고, 경찰 하나를 죽음으로 내몰았다. 아
니면 엄마 말은 아빠가 다 가족을 위해 어쩔 수 없는 일이고, 자
기는 좋은 사람이니까 다음엔 이러지 않을 거라고 합리화하면서
매번 범죄를 저질렀다는 뜻이었다. 마치 루시의 담배처럼. "아빠
는 나쁜 사람이었어요. 아시잖아요?"

"멍청이였지. 그냥 나쁜 사람이기만 했으면 그러려니 하고 살
았을 거야. 하지만 자기가 좋은 사람인 줄 아는 나쁜 놈, 그러
니까 문제에 휘말리는 거야. 그런데 네가 네 아빠랑 똑같은 실
수를 저지르는 꼴을 보게 해놓고, 내가 웃으면서 괜찮은 척하길
바라니? 이제 우리 가족이 모이려는 참이었는데…… 이 사달이
났어."

나는 엄마의 말에 당황했다. 아빠랑 똑같은 실수? 그린 부츠
사건에 휘말린 게 내 탓이라는 건가? 기가 막혔다. 나는 상처를
받았기 때문에 이제까지 한 번도 엄마의 얼굴을 보고 했던 적 없

었던 가시 돋친 말을 매몰차게 내뱉었다. "형은 살인자예요."

"걘 누군가를 죽였지. 하지만 그렇다고 살인자가 되니? 어떤 사람들은 사람을 죽이고 훈장을 받아. 사람을 죽이는 게 일이라고. 마이클의 경우도 다르지 않아. 넌 형을 살인자라고 생각하니? 그럼 네 고모는? 소피아는? 마이클이 무슨 이유로 그런 결정을 내렸든, 네가 그 애와 같은 상황이라면 넌 어떻게 할까?"

"달라요."

"그래?"

"밖에 있는 시체는 그렇게 생각 안 할 거예요."

"마이클이 죽인 거 아니야."

"저도 그렇게 생각해요." 내가 아주 빠른 속도로 말했다. 말을 뱉고 보니 그랬다. "하지만 누군가는 죽였어요. 하필 형이 오는 이번 주말에 이 일이 일어났다는 게 이상할 정도로 딱 맞아떨어져요. 우리랑 관련이 있는 게 분명해요."

내 말에 엄마는 짜증이 난 것 같았다. 하지만 엄마가 동요를 보이는 데에는, 내 뒤를 흘끗하는 엄마의 흔들리는 시선에는 다른 무엇이 있었다.

나는 기회를 놓치지 않고 목소리를 낮추며 엄마에게로 다가갔다. "죽은 남자가 누군지 아세요?"

"몰라." 스포일러가 될지도 모르지만 엄마는 지금 여기서 사실을 이야기하고 있다. "하지만 우리 가족이 죽은 것도 아니잖아. 그럼 된 거야."

"저한테 감추시는 게 대체 뭐예요?"

"넌 살인범을 찾고 싶은 거야, 그렇지? 네가 아는 사실을 무시하려면, 칼이나 총을 휘두르는 놈, 그러니까 객관적으로 **나쁜** 놈을 잡으면 된다고 생각하는 게 더 편하니까. 네가 살인범을 찾으면 어떻게 되니? 그 사람이 죗값을 치르니? 소설 마지막에 악당이 죽는다면 괜찮아. 사실 **그래야 해**. 만약 마이클이 앨런한테 한 일이 그런 거라면 어쩔래? 그건 그저 마이클 이야기의 끝이었는데 네가 도입이랑 착각한 거야." 엄마는 기나긴 비난을 내뱉은 뒤 숨을 골라야 했다. 나는 엄마의 말에 담긴 사실을 곰곰이 생각해보았다. "우리가 여기 있는 건 다 너 때문이야. 마이클이 그 방에 갇힌 것도 너 때문이고. 네가 이렇게 만들었어. 넌 그냥 네 아빠랑 똑같아. 우리가 싸워나가려면 뭘 남겨놓아야 하는지 알고 있었으면서 네 아빠는 우리가 홀로 싸우게 했지. 그리고 우린 그 대가를 치렀어. 우리 모두 대가를 치렀다고." 엄마의 목소리에는 한이 맺혀 있었다. "로버트가 우리에게 싸울 무기만 남겼어도. 하지만 그런 건 없었지. 은행은 텅텅 비어 있었어. 넌 네 형한테 똑같은 짓을 한 거야."

순간 형의 돈을 갖고 있다고 엄마가 날 비난하고 있다는 생각이 들어 엄마가 그걸 어떻게 알고 있느냐고 물어보려다 엄마의 말은 그저 아빠가 가난한 우리를 두고 죽었다는 뜻이었다는 걸 깨달았다. 사실 우리는 **그렇게** 가난하게 자라지 않았다. 하지만 우리를 홀몸으로 키운다는 게 어떤 건지 나는 알지 못했다. 어쩌면 엄마가 빗대어 표현한 건지도 모른다.

"아빠나 형이나 그저 살인자였을 뿐이에요." 나는 엄마의 말에 귀를 닫고 흑백논리를 고수했다. "유일하게 달랐던 건 아빠는 약쟁이이기도 했다는 거고요."

"네 아빠는 약쟁이가 아니었어!" 엄마가 고함을 질렀다.

"아빠한테서 주삿바늘이 발견됐어요. 스스로에게 거짓말은 그만하세요!"

"엄마 겁주지 마라." 내 뒤에서 목소리가 들려왔다. 새아버지가 김이 나는 갈색 음료가 담긴 머그잔을 들고 있었다. 사실 새아버지는 농담을 던진 거였는데, 도서실의 분위기가 심상치 않다는 걸 금세 알아차렸다. 그가 팔을 스치며 내 옆을 지나 안으로 들어왔다. 엄마가 새아버지가 든 머그잔을 잡고 슬며시 나를 지나쳐 빠르게 복도를 걸어갔다.

새아버지가 눈살을 찌푸렸다. "괜찮은 거냐?"

내가 고개를 끄덕였지만 너무 기계적으로 나온 반응이라 새아버지가 바로 알아차렸다.

"그래, 모든 게 엉망이지. 내가 볼 때 확실히 마이클은 너와 얘기를 나누고 싶은 것 같구나. 누가 마이클의 변호사인가 하는 말도 안 되는 소리는 몇 시간 안 갈 거야. 하지만 이렇게 해서 크로퍼드가 우리 편에 서게 할 수 있다면, 그래서 우리가 협조하고 있다는 걸 그 작자가 알게 된다면 그 장단을 맞춰주는 게 좋을 것 같다." 내가 마음을 놓지 못하고 있다는 걸 알아차린 새아버지가 말을 이었다. "오, 내가 참고만 있을 거라곤 생각 마라. 그 경관은 반드시 나중에 조져버릴 거야. 경찰 옷을 싹 벗겨버릴 거다. 하지만 나설 때와 지켜봐야 할 때가 있어. 지금은 내가 물러서 있어야 할 것 같구나. 일단 네가 먼저 마이클과 얘기를 나눠봐야겠지. 그게 마이클이 원하는 거니까. 이건 크로퍼드가 아니라 마이클이 주도하는 경기인 거야."

나는 문득 스포츠로 비유를 드는 게 전 세계 새아버지들의 특징인지 아니면 그저 우리 새아버지만 그런 건지 궁금해졌다.

"하지만 진짜 변호사시잖아요. 실력 있는 변호사이기도 하고요. 살인죄를 3년 형으로 마무리 지어주셨는데, 누가 그렇게 하겠어요. 그런데 왜 형이 아버지를 더 이상 믿지 않는 거죠?"

"모르겠구나." 그가 어깨를 으쓱였다. "마이클은 누구도 그렇게 신뢰하는 것 같지 않아. 어쩌면 네게 그 이유를 얘기해줄지도 모르지."

"처음 의뢰인을 만나면, 그 사람이 좋은 사람인지 나쁜 사람인지 어떻게 구분하세요? 그러니까, 물론 편견은 없어야겠지만, 어떤 사람은 가망이 없고 어떤 사람은 희망이 있다고 생각하실 거 아니에요."

"내가 그래서 기업법 분야로 간 거야. 그런 걸 생각할 필요가 없거든. 다 똑같이 더러운 놈들뿐이라."

"저 지금 진지해요."

"이 친구야, 나도 알지." 그가 손을 뻗어 내 어깨를 힘주어 잡았다. 새아버지는 항상 '아들'이라는 말을 대신할 단어를 찾았다. 지금까지도 아들이란 말이 완전히 편치는 않다는 듯이. "친구"는 "녀석"에서 발전해 더 진지하게 부를 때 쓰는 호칭 가운데 하나였다. "너희 아빠 얘기구나."

"엄마 말론 아빠는 자기가 좋은 사람인 줄 아는 나쁜 놈이래요."

새아버지는 잠시 생각에 잠겨 있다 입을 열었다. "글쎄다."

할 말이 있을 것 같다는 느낌이 들었지만 대답을 몰아붙이지는 않았다.

"친구 사이셨잖아요. 어떤 분이셨어요? 친하셨어요?" 나는 스스로도 놀라며 새아버지에게 물었다.

새아버지가 목 뒤를 긁적이며 천천히 말을 골랐다. "그래, 잘

아는 사이였지." 그러고는 그가 보란 듯이 시계를 확인했다. 새아버지에게 편안한 이야깃거리가 아니었다. 죽은 의뢰인의 아내와 결혼했기 때문인 듯했다. "난 너희 엄마한테 가봐야겠다."

내가 새아버지를 멈춰 세웠다. "제 부탁 좀 들어주실 수 있으세요?" 그가 고개를 끄덕였다. "회사에 연구 직원들, 법률 보조원도 있고 경찰에 아는 사람들도 좀 있으시잖아요. 그렇죠? 블랙 텅한테 죽은 희생자들 좀 확인해주시겠어요? 루시 말로는 앨리슨 험프리스라는 여자랑 마크, 재닌 윌리엄스 부부래요. 쓸 만한 건 뭐든요."

새아버지가 잠시 멈칫했다. 나를 이 길로 들어서게 해도 될까 망설이는 것 같았다. "처음에 얘기했던 사람 이름이 뭐라고? 윌리엄스 부부랑⋯⋯?"

"앨리슨 험프리스요."

"알겠다. 물론 그래야지." 새아버지가 긴장을 풀며 말했다. 다행히도 그는 애정을 담아 내 팔을 주먹으로 치거나 하진 않았다. 만약 그랬으면 밖으로 나가 캐치볼이라도 해야 했을 텐데 야구 글러브는 챙겨 오지 않은 터였다. "물어보마."

나는 새아버지를 따라 나가지 않고, 잠시 도서관에서 혼자 생각을 정리하기로 했다. 나도 모르게 벽난로 위에 놓인 메달을 바라보면서 나는 엄마가 했던 말을 떠올렸다. 누군가는 사람을 죽여 훈장을 받는다. 짙은 구릿빛 메달은 유리 끼운 액자 속 푸른 벨벳 천 위에 놓여 있었고, 포춘 쿠키 안에 들어 있는 종잇조각 같은 작은 직사각형 모양의 쪽지가 메달 아래에 끼워져 있었다. 종이에는 격자 모양으로 점들이 찍혀 있었는데, 모스부호처럼 내가 아는 기호는 아니었다. 액자 아래엔 **맹사격을 뚫고 생명을**

살리는 메시지를 전달하여 이 상을 수여함, 1944라고 새겨진 명판이 있었다. 또 메달에는 **용맹함을 기리며**와 **우리도 기여하다**라는 문구들이 새겨져 있었다.

자, 내가 그냥 메달을 묘사하려고 네 문장이나 쓴 게 아니다. 메달 자체가 중요한 게 아니다. 엄마는 편향된 시선으로 세상을 바라보긴 했지만 엄마 말이 맞았다. 살인이라고 해서 다 똑같은 살인은 아니었다. 이게 메달의 의미였다. 엄마는 형에게 살인을 저지를 만한 타당한 이유가 있다고 믿고 있었다.

너 때문이야. 매몰찬 엄마의 말은 루시가 옥상에서 내게 했던 말과 다르지 않았다. 이런 일은 일어나지 않았을 거야. 나는 내가 루시의 말을 믿고 있었다는 걸 깨달았다. 형을 감옥에 보낸 건 나였다.(만약 형의 분노가 전이되었다면 더 나쁜 일이 생겼을까?) 죄책감에 부끄러웠다. 형이 감옥에 갈 만한 일을 한 건 맞지만 어쨌든 나는 그렇게 느꼈다. 내 잘못이 없다는 걸 안다 해도 마음에 위안이 되지는 않았다. 영화 〈슬라이딩 도어즈〉에 나오는 순간 같았다. 나는 형을 어떤 사람으로 만들었던 걸까?

바로 그때 나는 형을 돕기로 마음을 먹었다. 형이 결백하다고 생각해서도 아니었고 형이 범인이라고 생각해서도 아니었다. 우리가 여기 도착한 후에 모두가 내게 했던 말 때문이었다.

너 때문이야.

나로 인해 일이 이렇게 됐다. 일단 나의 혈육에게 불리한 증언을 했다는 게 부끄러웠고, 엄마와의 소원해진 관계가 힘들었으며, 내게 너무나 당연해진 커닝햄 가족에 대한 의리를 저버렸다는 데서 오는 죄책감을 느끼기도 했지만 이제 더 이상 그 가책을 견딜 수가 없었다. 그래서 나는 이 일을 속속들이 파헤치기로 결심했다. 나는 형의 무죄를 밝혀 가족에게 돌아가는 길을 마련하거나 형의 관에 최후의 못을 박게 될 것이다. 나를 경찰과 손을 잡은 배신자라고 해도 좋다. 하지만 우리 중 한 사람이 연루되어 있다는 느낌이 들었다. 분명한 건 우리 가족을 다시 한데 모이게 하기 위해서는 그들 중 누가 살인자인지 밝혀야 한다는 것이다.

뭐, 이미 얘기했지만 우리 모두 살인자였다. 결국 그렇게 된다는 거지만.

엄마

16장

이제 막 퍼붓기 시작한 눈이 사선을 그리며 세차게 쏟아지는데 사람들, 대부분 심부름하는 남편들이 차를 향해 달려가고 있었다. 이 혼란 속에서 주차장은 거의 잘 보이지도 않았지만 다들 팔뚝으로 이마를 가린 채 빠른 걸음으로 나아갔다 휘청거리기를 반복하고 있었다. 바람에 가랑눈이 땅 위로 마구 휘날려, 무릎 아래로 파도의 포말이 부서지듯 눈안개가 소용돌이쳤다. 평지였는데도 모두 산에 오르듯 바람과 맞서고 있었다. 사람들이 잿빛으로 보이는 구역으로 더 깊숙이 들어가고 나면 이따금씩 잠금장치가 해제된 자동차의 주황색 불빛이 반짝했다. 마치 계주라도 하듯 용감히 눈 속으로 뛰어들 다음 주자들이 차양 아래 모여 손에 입김을 불며 눈 폭풍을 살피고 있었다. 차에 있는 물건이 정말 필요한 건지 저들끼리 이야기를 나누고 있는 듯했다. 어떻게 하면 이 눈보라 속으로 뛰어드는 여정을 사랑을 쟁취하는 영웅적 행위로 만들 수 있을까 생각하면서.

나는 소피아와 함께 커피를 마실 수 있는 바에 앉아 있었다. 우리는 앞창 가까이 등받이 없는 높은 의자를 끌어다 앉아 폭풍우가 걷잡을 수 없이 거세지는 광경을 지켜보고 있었다. 새아버지는 건물 어딘가에서 어떻게 하면 게스트하우스 객실을 받을 수 있는지 줄리엣과 말씨름을 하고 있었다. 엄마는 새아버지와 같이 있거나 혼자서 크로퍼드와 한판 하고 있을 것이다. 나는 형의 변호사가 된다는 게 어떤 건지 감이 잡히지 않아서 건조실에 가기 전에 카페인을 쭉 들이켜며 힘을 보충하고 있었다. 형이 아직 누구를 만날 준비가 되지 않았기 때문에 크로퍼드가 건조실 문을 잠그고 밖에 있는 의자에 앉아 보초를 서고 있었다. 루시는 바 건너편에 우두커니 홀로 앉아 있었다. 그녀는 런치타임용 맥주를 시켰지만 물방울이 맺힌 유리잔을 빙빙 돌리고만 있었다. 에린은 폭풍이 몰아치기 전에 자기 오두막으로 가 바에 없었고, 캐서린 고모는 차를 마시며 투명 비닐 속지를 철한 바인더를 보고 있었다. 얼마나 많은 살인이 일어나야 고모가 정신적으로 무너져 맥주를 마실까. 적어도 두 명은 더 죽어야겠지. 고모의 바인더에는 일정표가 꽂혀 있을 것이다. 고모가 일기예보를 출력해 꽂아놓았다고 해도, 그 자료를 어떻게 잘못 봤는지 지금 확인하고 있다 해도 놀랍지 않았다. 앤디 고모부가 어디 있는지는 두 번의 기회를 줄 테니 한번 맞혀보길 바란다.

건물 입구 가까이 서 있는 남편들이 눈보라가 진눈깨비로 잦아든 틈을 타 서둘러 뛰었다. 내가 유리잔을 톡톡 두드리며 경마를 중계하듯 말했다. "출발했습니다. '아까 갈걸' 말이 뒤에서 바짝 추격하고 있습니다. '내가 틀렸다고 하느니 얼어 죽고 말지' 말에게 살짝 뒤처지는데요. 이 말보다 '나는 여기 마지못해 왔다' 말이 좀 앞섭니다. '자기, 꼭 이게 있어야 살겠어' 말과는 근소한 차군요."

성큼성큼 바 안으로 걸어 들어온 앤디 고모부가 외투를 벗고 문 옆에 있는 고리에 걸며 턱수염에 달라붙은 얼음을 떨어냈다. 고모부가 캐서린 고모 맞은편 자리에 털썩 앉아 탁자 위에 작은 손가방을 내려놓으며 말했다. "여보, 이거 없으면 안 되는 거 맞아요?"

소피아가 웃음을 터뜨렸는데 그 소리가 너무 컸던 나머지 고모가 소피아를 탁 쏘아보았고, 소피아는 다시 눈길을 돌려 몰아치는 폭풍에 마음을 빼앗긴 척 창밖을 바라보았다.

"서로 무슨 일이 있었던 거야?" 내가 누구 얘기를 하고 있는 건지 집어줄 필요가 없었는데 소피아는 전혀 모르겠다는 듯 어깨를 으쓱였다. "뭔데 그래. 고모 말이야. 아침에 고모가 계속 너한테 뭐라고 했잖아. 난 둘이 그렇게 아웅다웅할 정도로 친한 줄은 몰랐네."

"고모가 그랬었나? 전혀 몰랐는걸." 소피아가 답을 피했다. 나는 그 말을 믿을 수 없었다. 고모의 경멸은 결코 모를 수가 없었다. 엄마가 그런 눈으로 보면 다 알듯이. 하지만 소피아는 이 이야기를 하고 싶지 않은 게 분명했다. "그럼 이제 네가 변호사야?"

"그런가 봐."

"넌 범인 잡기 10단계 같은 거 있지 않아?" 소피아가 마술을 부리듯 허공에 손을 고물거리며 말했다. "그런 걸 좀 해봐."

"단계가 아니라 규칙이야. 내가 만든 것도 아니고. 그리고," 나는 음모를 꾸미고 있는 것처럼 몸을 기울여 속삭였다. "난 법정 스릴러 별로야."

"그럼 이제 어떻게 할 건데?"

"글쎄, 내가 로스쿨에 입학하고 인턴을 하고 또 어디서 우등 학사를 따고 나면 형을 그 벽장에서 꺼내줘야 하는데, 그럼 아…… 거의 8년은 걸리겠다."

"오빠가 그렇게 할 순 있는 거야? 널 변호사로 선임하는 거 말이야." 소피아가 잔을 들어 크게 꿀꺽 삼켰다. 그녀가 도로 컵 받침 위에 잔을 올려놓자 달가닥 소리가 났다. "그리고 왜 하필 너지?"

"모르겠어." 소피아의 두 질문에 대한 진실이었다. 하지만 형이 밖에서 내게 했던 말, 내가 네게 빚졌다고 말할 게 있지라는 말이 머릿속에서 떠나지를 않았다. "변호사 자격이 없어도 법정에서 자기 자신을 변호할 수 있잖아, 그렇지? 그런 경우의 연장선일지도 몰라. 아니면 법에 완전히 어긋나는 일일 수도 있어. 하지만 크로퍼드도 여기서 원칙대로 하지 않고 있는걸. 크로퍼드가 그런 걸 알고 있긴 한지 모르겠지만 어쩌면 형이 자기한테 유리하게 사용하고 있을 수도 있어. 협조적으로 나오면 형이 원하는 걸 얻으니까. 아버지는 형이 나한테 얘기하도록 하는 게 좋겠다고 생각하는 것 같아. 그러니까 지금은 따라주는 거야."

"꽉 막힌 방에 갇히길 원한다고?"

"지금으로선 둘 중 하나겠지. 내가 법적으로 형의 변호사라면, 따로 얼마든지 형이 원하는 만큼 나랑 얘기를 나눌 수 있어. 크로퍼드는 그걸 막을 수 없고. 형이 밖에서 나랑 얘기하고 싶다고 그랬었거든. 그러니까 형은 내가 그 방 안에 있길 바라는 거야."

"그게 아니면?"

"같은 논리야. 내가 건조실에 있기를 형이 바란다면 다른 누군가는 그 방에 못 들어오게 하려는 거겠지."

"오빠가 겁먹었다는 거야?"

나는 어깨를 으쓱였다. 모두 내 생각일 뿐이었다. 소피아가 눈을 비비더니 하품을 하고는 또다시 창밖을 바라보았다. 아까는 언덕 위 임시 영안실과 비탈 아래에 있는 호수가 보이지 않았는데 이제는 주차장도 전혀 보이지 않았다. 몇 미터 안에 있는 모든 것이 완전히 회색이었다. 장식 없는 슬레이트 건물 벽을 배경으로 얼음 조각들이 공중에 휘날리며 춤추는 모습은 현미경으로 들여다보던 자그마한 회색 세포를 떠올리게 했고, 나는 잠시 분자 차원에서 산을 그려보았다. 폭풍이 지나고 나면 마치 도톰한 담요 한 겹이 깔린 것처럼 무릎 높이까지 새하얀 눈이 덮여 땅바닥은 다른 모양이 되어 있을 것이다. 우리는 산 스스로 원자 하나하나 새로워지는 모습을 지켜보고 있었다.

"넌 잠을 거의 못 잤나 본데." 내가 조심스레 말을 꺼냈다. 밖에 있을 땐 날이 춥기도 하고 시체를 본 충격이 커서 소피아가 창백해진 줄 알았는데 안에서 보니 소피아는 힘이 너무 없어 보였다. 그게 핼쑥한 얼굴에서 보였고, 달그락거리는 커피 잔 소리에서 들렸다. 소피아는 손을 떨고 있었다. 앤디 고모부가 **꿀꺽꿀꺽** 들이켜는 시늉을 해 보이던 모습과 캐서린 고모가 뱉은 날 선 말들이 떠올랐다.

"그래?" 소피아가 내 말을 듣자마자 나를 향해 눈썹을 치켜올리며 되물었다. "이런 식으로 나오겠다?"

"그냥 나한테 어젯밤 얘기 좀 해봐. 알리바이를 입증하기 위해서든 뭐든. 어디서부터 시작해야 할지 난 정말 모르겠거든." 나는 뭔가 캐내려는 게 아니라 가볍게 물어보는 것처럼 들리도록 애쓰며 말했다.

소피아는 한숨을 쉬고, 커피 위 거품을 손가락으로 쓸어 손가락을 할짝거릴 뿐 대답은 하지 않았다.

내가 애원했다. "연습이라도 하게 도와줘."

"시간순으로 말해줄게. 먼저 어머니 몸이 안 좋으니까 저녁 식사는 취소라고 아빠한테서 전화가 왔어. 그래서 여기 바에서 간단히 끼니를 때웠지. 왜냐하면 식당 음식이 안 넘어갔고, 솔직히 술기운을 빌려서 너한테 가서 얘기하려고 그랬거든. 그리고 너를 만났고, 내 오두막으로 돌아왔어. 내 상태가 왜 이러는지 알고 싶어? 최악의 아침이었잖아. 그래서 얼굴이 이 모양인 거야. 어쨌든 고맙다. 축 처져 보이는 여자는 틀림없이 살인범일 거라고 생각해주다니. 내가 처음부터 살인 사건이라고 주장한 유일한 사람이라는 걸 다시 한 번 알려줘도 되겠니? 그리고 가장 중요한 건 너도 알다시피 내가 방으로 곧장 돌아갔다는 거야. 왜냐하면 내가 안으로 들어가자마자 거의 바로 너한테서 전화가 왔으니까. 그러니까 네가 내 알리바이가 되는 거지. 이 바보야."

"아무래도," 나는 곰곰이 생각하며 말문을 열었다. 앞선 내용을 요약해놓은 장을 건너뛰지 않은 분이라면 누군가 돈을 노리고 있을지도 모른다는 생각이 곧 내게 떠오른다는 걸 알고 있을 텐데, 그 순간 정말 그런 생각이 들었다. "네가 빚진 사람이 누군지 그냥 말해줄래?"

그 말에 소피아가 허리를 꼿꼿이 세우며 힐끔힐끔 주위를 둘러보았다. "크게 얘기하지 마." 소피아가 기겁하며 쉿 소리를 냈다. "대체 무슨 소리를 하는 거야?"

"네가 부탁했던 돈 말이야. 난 네가 누구한테 빚진 줄 알았지."

"어니, 잘 들어, 이제 필요 없어. 이렇게 사람 창피하게 할 거면 필요 없다고. 너한테 부탁하는 게 아니었어. 내가 알아서 할 거야."

"누구한테 갚아야 하는 게 아니면 5만 달러가 대체 왜 필요한 건데?"

"돈 빌린 거 없어." 소피아가 단호히 말했다. 더는 얘기하지 않겠다는 뜻이었다. "우리 다른 얘기 할까?"

"어젯밤, 네 오두막에 누가 들어갔었어." 내가 말했다. 소피아가 역한 음식을 먹은 듯 얼굴을 찡그리며 눈을 가늘게 떴다. 내 말에 놀란 것이다. 누가 자신의 오두막에 들어갔다는 사실에 놀란 건지, 그 사실을 내가 알고 있어서 놀란 건지는 알 수 없었다.

"네가 내 방에 있을 때, 전화 왔던 거 기억나? 네 객실에서 온 거였어. 내가 다시 전화를 걸었을 때 네가 받았거든. 누가 뭔가를 찾다가 실수로 단축 번호를 눌러버린 거야."

"그 누가라는 게 그런 부츠라는 거야? 그 사람이 내 방에 있었다고? 돈 찾으려고?"

"문득 그런 생각이 들었어."

"내가 나를 보호하려고 빚 받으러 온 사람을 죽였다?"

"아니면 다른 누가 널 보호하려고 그 사람을 죽였거나." 소피아는 잠시 생각에 빠졌다. 나는 탐정이 아니라서, 이 침묵이 기분이 나빠서인지 속으로 계산을 하느라 그런 건지 분간할 수가 없었다. 소피아가 살짝 고개를 기울이며 말했다. "그 저질스러운 비난에 답하기 전에 하나 물을게. 네 결정은 아직이니?"

"그러니까 그 도—" 소피아가 목소리를 낮추라며 쉿 소리를 내던 모습이 떠올랐다. "내가 정말 갖고 있는 게 아니—"

"그래서 결정은 아직이다?"

"아직 모르겠어."

"내 목숨이 위험하다고 하면 네가 결정하는 데 보탬이 될까?" 소피아가 손가락으로 탁자를 연신 두드렸다.

나는 팔을 뻗어 내 손을 소피아의 손 위에 포갠 채 소피아를 진정시켰다. 딱히 소용은 없었지만 내가 내 안의 모든 진지함을 동원해 물었다. "그런 거야?"

눈을 들어 보니 소피아는 웃음을 참고 있었다. 그러고는 입이 찢어지도록 활짝 웃어 보였다. "아니! 생각해 봐. 누가 빚 받으러 왔다고? 마피아 밑에서 일하는 사람 얘기하는 거야? 호주에 마피아가 있긴 해? 네가 인종으로 수사하려는 것 같은데. 내가 남아메리카 사람이니까." 소피아는 코를 찡그리며 우스꽝스러운 표정을 지었다.

"그럼 마피아보다는 마약 범죄 조직이라 했겠지." 내가 말했다. "빚 받으러 다니는 사람이 아니라 마약 운반책일 거라고. 고정관념을 갖고 널 본다면 말이야."

"오, 글쎄. 그런 경우라면 나한테 수갑 채워." 소피아가 순순히 따르는 척하며 손목을 내밀었다.

"미안해. 피곤해서 그래. 변명이 아니라, 여기선 생각이 정리가 안 돼."

"내가 널 곤란하게 했지. 이해해. 내가 돈 달라고 부탁한 다음 날 그린 부츠가 꽁꽁 얼어붙은 채로 발견됐으니까 의심스러워 보이겠지. 하지만 들어봐, 내가 너한테 돈을 달라고 부탁한 건 돈이 가득 든 가방이 있기도 하고, 마이클 오빠가 그 돈 가방을 가질 자격이 없다고 생각해서였어. 그래, 물론 나한테 도움도 좀 되겠지. 하지만 이건 개인적인 문제야. 그러니까 **제발** 다른 이야기 좀 하지 않을래?"

"내가 얘기하고 싶은 다른 대화 주제도 넌 별로 안 좋아할 텐데." 내 말에 소피아가 빙긋 웃었다. 다시 가까운 친구 사이로 돌아온 듯했다. "잠자리가 어땠는지, 여기 오는 길에 들은 팟캐스트는 좋았는지 따위에 관심 있는 척하길 바라는 거야? 물론 둘다 '별로'였지만. 아니면 블랙 텅이랑 다른 이야기 중에 하나 고를래?"

"사실 별일 아니야." 소피아가 말하면서 숟가락으로 머그잔옆을 톡톡 쳤다. 그 리듬이 기억 속에 푹 빠지지 않게 해주는 듯했다. 자연스레 나오는 무의식적인 행동이라기보다는 아무렇지 않은 척 보이려 의도된 행동 같았다. "전에도 환자를 잃은 일들은 있었어."

결국 다른 이야기였다.

"대수롭지 않게 여긴다고 생각하진 마. 왜냐하면 그렇지 않으니까. 너무 힘들었어. 매 순간이 힘들었다고. 하지만 수술에는 합병증이 따라. 물론 의료 기술이 뛰어나고 아주 좋은 약이 나와 있긴 하지. 하지만 아주 작은 수술이라 해도 위험은 따라. 팔이 부러졌는데 색전증이 생길 수 있다는 거 알아?"

"그런 일이 일어난 거야?"

"있지, 나도 사람이야. 사람이 일을 하는 거라고. 그래서 잘하는 날도 있고 못하는 날도 있어."

"네가 실수를 했다는 거야? 소피아, 넌 실력 있는 의사잖아. 그러니까 아버지가 너한테 어깨를 믿고 맡겼지. 법정에 있는 장탁자를 주먹으로 쾅 내리쳐서 극적인 장면을 연출하려면 건강한 어깨가 꼭 필요하잖아. 비욘세의 후두를 수술한 거나 다름없어."

"좀 과장하는 것 같은데. 그리고 아빠는, 글쎄, 본인이 통제하는 걸 좋아하시잖아." 또 한 번 숟가락에서 팅 하는 소리가 울렸다. "계속 그때를 생각해봤는데, 솔직히 그건 실수가 아니었어. 나는 그 순간에 옳은 선택을 했다고. 오늘 또 같은 상황에 처한다면 난 같은 선택을 할 거야. 그리고 부검 결과가 나오면 혐의가 벗겨질 거야. 다만 이 일이랑 관련된 사람들이 병원 관리자들이랑 친해서 일을 질질 끌고 있는 거지. 그래서 말이 많은 거고."

소피아가 흘끗 고모를 쳐다보았다. 내 생각인지는 모르겠지만 두 당구공처럼 서로의 시선이 부딪치고 고모가 우리에게서 시선을 홱 돌린 것 같았다. 고모는 의료계에 몸담고 있는 사람이 아니었기 때문에 그쪽에 영향력이 있다고 할 순 없었다. 나는 다른 가족들을 살펴보았다. 앤디 고모부는 어디선가 카드 한 벌을 찾아(어쩌면 취미로 마술 트릭을 연습하려고 항상 가지고 다닐지도 모른다. 고모부라면 충분히 그럴 법했다) 혼자서 카드놀이를 한판 하고 있었다. 멀리 가로지른 자리에서는 루시가 입에 담배를 물고 있었다. 마지막 담배는 거짓말이었느냐고 따지고 들 것도 없이, 웨이터가 루시에게 다가와 담배는 밖에서 피워야 한다고 주의를 주었다. 루시는 눈발이 사정없이 때려대는 바람에 삐걱거리는 창문 밖을 간절한 눈빛으로 바라보다가 담배를 도로 주머니에 넣었다.

고모에 대한 생각이 쉬이 가시질 않았다. "그런 일을 조사할 때 알코올 수치도 확인해?" 내가 물었다.

"왜 얘기가 그리로 가?"

"아니, 고모가 술을 어떻게 생각하는지 잘 알잖아. 그리고 고모가 몇 번이나 너를 비난했어. 처음엔 네가 살인 사건이라는 말로 주말을 망치는 것 같으니까 고모가 화난 줄 알았지. 그런데 이제 보니, 고모는 네가 믿을 수도 없고 으스대는 술고래라는 듯이 얘기하고 있어. 네가 그렇지 않다는 거 우리 둘 다 뻔히 아는데. 아무래도 고모가 이 일을 개인적으로 받아들이고 있는 것 같아." 소피아가 대답하려고 숨을 들이쉬는 찰나 나는 마음을 바꿨다. "아니다, 미안. 상대를 일일이 몰아세우지 않고 탐문 수사 하는 법을 배워야 할까 봐. 그러니까 내가 하고 싶은 말은, 고모가 사고 후에 알코올중독자 갱생회에 자리를 단단히 잡았다는 거야. 거기서 존경받고 모르는 것도 없잖아. 고모라면 도움이 많이 될 거야. 술 같은 게 **문제라면** 말이야. 우리가 네 옆에 있다는 거 잊지 마."

소피아가 코웃음 치며 말했다. "고모는 거만하고 고압적이야, 안 그래? 고모가 갱생회에 들어가서 바로 술을 끊었다고 생각한다면 네 기억이 잘못된 거야. 오, 물론 2, 3주 걸렸지, 아마. 고모는 거친 사람이었어. 아빠랑 어머니가 고모를 바꾸려고 완전히 고모와의 관계를 끊어내야 할 정도였다고. 그러니까 충고는 딴데서 들을래."

고모에게 있었던 사고와 그 사고가 낳은 결과와 치료 이야기가 내게 한꺼번에 굴러들어 왔다. 이 이야기가 이렇게 퍼져 있다니 놀라웠다. "그런데 너 아직 내 질문에 답 안 했어."

"와인 딱 **한 잔** 마셨어." 소피아가 마침내 숟가락을 내려놓으며 말했다. "그것도 최소 여덟 시간 전에 반주로 곁들여 마신 거야. 그런데 이런 일이 일어나면 꼭 사소한 것까지 샅샅이 조사하기 시작하지. 만약에 어떤 인턴이 전날 밤에 널 바에서 봤다고 얘기하면, 사실은 식당인데 어쨌든 그런 얘기가 나오면, 확실하지는 않아도 엄청나게 많이 마신 것처럼 보이고, 그런 말은 정말 도움이 안 돼. 어쩌면 그 인턴이 제대로 보지 못했을 수도 있고, 어쩌면 불만을 품고 있었을 수도 있고, 또 누가 은근슬쩍 종용했을 수도 있어." 소피아가 엄지손가락과 다른 손가락들을 문질러 보였다. "이야기를 꾸며내기 위해서 말이야……. 사람들은 이 일로 이득 볼 게 있는 거야. 그러니까 다 정치적인 거라고. 결국 교훈은 모든 의대생이 드나드는 술집으로 저녁을 먹으러 가지 말라는 거야. 나처럼 거기 식사하러 갔다고 말하는 건 기사를 찾아보려고 〈플레이보이〉를 읽었다는 거랑 똑같아."

"이언 플레밍의 작품이 〈플레이보이〉에 실렸었어." 나는 말했다. 이 말이 소피아의 주장에 힘을 실어주는지는 모르겠지만. 그러고 잠시 생각해보니 또 무언가 떠올랐다. "사실 애트우드 작품도 있어."

"그래! 내가 말했지만, 난 밥을 먹고 있었어. 술에 취한 상태가 아니었다고. 수술엔 실수가 없었어. 그리고 의사를 운동선수들처럼 검사하지도 않아. 그런 것을, 자기들이 뭐 어쩔 건데? 내가 와인 한 잔 마시는 걸 인턴 하나가 봤다고? 사망자가 나오면 30일 안에 검시관한테 보내지지, 맞아, 하지만 시체를 조사하는 건 일반적인 일이야. 그러니 비난할 거리는 아무것도 없을 거야. 별다른 게 전혀 없을 테니까."

내겐 소피아의 말이 자기방어를 하려고 쏟아내는 변명처럼 들렸지만 굳이 딴지를 걸지는 않았다. "왜 아버지가 변호를 맡아주시지 않는 거야?" 내가 물었다. "당연히 병원에는 변호사가 있으니까. 하지만 아빠가 훨씬 낫긴 하지."

"아까 내가 말했지만, 이건 정치적인 일이야. 게다가 이제 너도 변호사니까 말인데, 다음 주에 시간 되니?"

나는 픽 코웃음을 쳤다. "고모는 왜 이렇게 개인적으로 받아들이는 건데?"

"고모는 화가 잔뜩 났는데…… 글쎄, 원래 그런 사람이라서 그렇지 뭐. 하지만 특히 이유가 있다면, 고모가 그 소문을 듣고 나한테 와서 너처럼 물어봤었어. 그리고 나한테 도와주겠다고 했었고. 그런데 내가 방금 너한테 얘기했던 대로 말하니까 고모는 잘 받아들이지를 못하더라고. 내가 가망 없는 인간이라고 생각했나 봐. 어쨌든 난 고모가 기획하는 작은 프로젝트의 일환이 되고 싶지는 않단 말이야."

나는 고개를 끄덕였다. 고모다웠다.

"네가 안 믿을지도 모르지만. 이제 내가 너한테 몇 가지 좀 물어볼게."

"그래야 공평하지."

"넌 이걸 왜 해? 여기 경찰관이 있으니까 그 사람이 수사하게 두면 되잖아."

"오늘이 그 경관님 부임 첫날 아니면 둘째 날일 거라는 거 알잖아. 그러니까," 나는 손가락 관절로 창문을 톡톡 두드리며 말을 이었다. "이 일을 해결하는 데 그 경찰한테는 의지하지 않을 거야."

"그렇다고 이 사건의 해결이 너한테 달린 건 아니잖아."

"형이 내게 도움을 요청했어. 그리고 내가 형한테 빚진 게 있는 것 같아."

"빚, 빚, 그놈의 빚. 넌 그 말 참 많이 해. 가족은 신용카드가 아니야."

미리 알려드리자면, 이 장면은 기본적으로 '그냥 가버리지 그래' 장면인데, '너랑은 상관없는 일이잖아'의 건설적인 비판이 약간 가미된 듯하다. 물론 이때에도 알고 있었지만, 이는 어떤 사람이(이 경우엔 소피아다) 꼬치꼬치 캐묻고 다니는 탐정(나)에게 이 일에서 빠지라며 자신에 대한 숨겨진 정보가 드러나지 않게 하려고 사용하는 전략이다. '당신은 이 사건에서 빠져' 장면과 혼동해선 안 되는데, 그 장면은 크로퍼드의 문제이지 내 문제는 아닐 것이다. 하지만 내가 볼 때 소피아의 동기는 명확했다. 내가 형을 외면해 형이 수갑을 찬 채로 이 휴양원을 뜨면 돈은 계속 내게 남아 있게 된다. 그럼 나는 앞으로 25년 동안 돈을 보관하기는커녕 3년 안에 다 써버릴 것이다. 아니면 그냥 줘버리거나. 소피아는 자신에게서 관심을 돌리려고 하기보다는 그 돈에서 형 몫을 없애버려 누구나 돈을 차지할 수 있게 하고 싶은 듯했다. 그리고 만약 소피아가 형에게 살인죄를 뒤집어씌우려 했다면 소피아는 내게 그만두라고 얘기하는 게 아니라 더 심하게 나를 들들 볶았을 것이다. 그래서 소피아에겐 이기적인 동기가 있지 살인과 관련된 동기는 없다는 확신이 들었다.

"어니스트 씨?" 문 쪽에서 나를 찾는 소리가 들렸다. 돌아보니 줄리엣이 바 안을 들여다보고 있었다. "크로퍼드 경관님이 지금 괜찮다고 하시네요."

나는 알겠다는 뜻으로 손을 흔들고는 자리에서 일어나 소피아에게 변명이라도 하듯 말했다. "형 이야기를 다 들어봐야겠어. 적어도 어젯밤 형의 알리바이는 알아내야지."

"오, 이제 알겠다." 소피아가 장난스레 내 팔을 쳤다. "어니,

너 질투하는구나."

"그런 거 아니―"

"아니, 넌 **질투하고 있어**. 그린 부츠는 안중에 없고. 넌 그냥 어젯밤에 마이클 오빠랑 에린이 어디 있었는지 알아내고 싶은 거야."

"형은 나한테 거짓말을 했어. 우리한테 거짓말을 한 거지." 나는 시인하며 말했다. "그래서 궁금해."

"실은 두 번 거짓말한 거지."

"뭐?"

"오빠가 너한테 두 번 거짓말했다고. 가구? 보관 창고? 그게 진짜일까? 그건 말도 안 되게 거대했어. 내가 장담하는데 오빠 물건은 전부 오빠가 떠날 때 그대로 루시 집에 있을 거야. 오빠가 감옥에 갈 때에도 둘이 같이 살고 있었던 거 기억 안 나?" 소피아는 안 봐도 뻔한 애기를 하고 있다는 듯 고개를 절레절레 흔들었다.

"그게 무슨 뜻이야."

"그 빌어먹을 트럭에 **진짜** 뭐가 들어 있는지 오빠한테 한번 물어봐, 어니."

17장

줄리엣은 복도에서 나를 기다리고 있었다. 처음에는 내가 기계를 잘 못 다루니까 건조실을 가리키는 화살표도 못 따라갈 정도로 멍청한 줄 아나 보다 했는데, 문득 줄리엣이 나를 화살표 반대 방향으로 데려가고 있다는 걸 깨달았다. 어디로 가고 있는지 도무지 감이 잡히지 않았다. 가끔 이런 책 겉표지 뒷장에 지도가 있는 경우도 있는데 지금 여기서는 휴양원 배치도가 요긴할지도 모르겠다.

"인사를 제대로 못 나눴죠." 보드라운 흰 수건을 쏟아내는 객실 정비 카트 사이로 나를 요리조리 이끄는 줄리엣에게 내가 말을 건넸다. "다들 절 언이라고 불러요."

"얼었다고요?"

"어니스트를 줄인 겁니다."

"그럼 어니스트라고 불러야 하지 않겠어요?" 그녀가 불퉁스레 대답했다.

"저희 어머니랑 잘 맞으시겠어요." 나는 범죄 현장 속 모습 같은 찌그러트린 에너지 음료 두 캔과 초코바 포장지가 놓여 있는 룸서비스 쟁반을 피해 걸음을 옮겼다. "어머니도 절 성가시다고 생각하시거든요."

줄리엣이 복도 끝, 객실 번호가 없는 문 앞에(그래서 객실이 아닐 거라고 생각했다) 멈춰 서더니 자물쇠에 열쇠를 밀어 넣었다. 그녀는 문을 열기 전에 나를 돌아보았다. "형님을 뵙고 싶으시겠죠. 하지만 잠깐이면 됩니다." 줄리엣의 입술은 마치 등산가들처럼 바람에 터 뜯어지고 쩍쩍 갈라져 있었다. 얼음송곳을 꽂고 등반이라도 할 수 있을 것 같은 입술이었다. "아, 그건 그렇고 전 줄리엣이에요." 마침내 그녀가 자신의 이름을 말해주었다. 방금 우리 편집자는 안도의 한숨을 내쉬었고. "체인 끼우는 걸 제가 도와드렸어요."

줄리엣이 꼭 내가 모르고 있는 사람인 듯 얘기하기에 나는 그렇지 않다고 바로잡아주려 "기억합니다" 하고 말했는데 생각보다 걸걸한 목소리가 나오고 말았다. 돌이켜보니 여자를 상당히 밝히는 것 같은 목소리였다. 줄리엣이 지그시 나를 바라보았다.

"확실히 제가 인상 깊으셨나 봐요. 벌써 어머니를 만나보라고도 하시고. 그리고 제 입술 좀 그만 보시죠."

입 맞추는 상상이 아니라 입술 각질을 뜯어내는 상상을 하고 있었다고 줄리엣에게 말하지는 않았지만, 사실이 어떻든 얼굴이 붉어지는 게 느껴졌다.

그녀가 문을 열자 어수선한 사무실이 나타났다. 사무실 중앙엔 서로 마주 붙여놓은 두 책상이 자리하고 있었다. 이곳의 서류 정리 방식은 거세게 부는 사이클론 같다고 할 수밖에 없었다. 서

류로 만들어진 산과 계곡이 바닥을 뒤덮고 있었다. 벽은 책장으로 에워싸여 있었다. 그래도 책장에 있는 서류들은 밝은 주황색 바인더에 철해져 있었는데, 살짝 정리한 척만 한 이 바인더들은 책장에 가로로 쌓여 있었다. 책장에 바인더를 어떻게 꽂아 놓아야 하는지도 모르는 사람이 차를 잘 만지네 못 만지네 판단하다니 좀 너무했다는 생각이 들었지만 굳이 꼬집진 않았다. 입술 얘기로 한마디 듣는 바람에 아직 기가 죽어 있었다. 책상의 중앙에는 근력 운동을 할 때 들어도 될 것 같은 무거운 블록 모양의 컴퓨터가 놓여 있었다. 컴퓨터엔 키보드가 연결되어 있었는데, 오래된 플라스틱 부속 장비나 10대들이 뒹구는 침대 시트처럼 멀겋게 변해버린 흰색이었다.

줄리엣이 검은색 가죽 의자에 앉아 한 손으로 뻑뻑한 자판을 딸각거리기 시작하며 다른 손으로 내게 오라고 손짓했다.

"여기는 얼마나 있었어요?" 내가 물었다. 그녀에 대해 알고 싶은 마음 반, 저 컴퓨터가 언제 적 물건인지 궁금한 마음 반이었다.

"어렸을 때 여기랑 진다바인에 있는 기숙학교를 왔다 갔다 하면서 자랐어요." 먼지가 화석처럼 굳어버린 마우스를 책상에서 뻥 하고 떼어내는 데 집중하며 줄리엣이 낮고 단조로운 목소리로 말했다. "휴양원 운영은 가업이에요. 할아버지랑 친구분들이 전후에 지으신 건데, 아무래도 사람들하고 떨어져서 지내고 싶으셨나 봐요. 20대 때에는 퀸즐랜드로 이사를 갔어요. 다른 이유는 없고, 제일 따뜻한 지역을 골랐죠. 엄마랑 아빠가 이 휴양원을 물려받아 운영하고 계셨는데 두 분이 돌아가셨어요. 그런데 가족 일은 확실히 피할 수 없는 게 있나 봐요. 왜냐하면 6년 전에

이 휴양원을 처분하려고 돌아왔다가 되레 제가 눈에 파묻혀버린 것 같거든요."

"가족 사이엔 서로를 끌어당기는 중력이 작용하죠."

"그런가 봐요."

"할아버님께서 무슨 전쟁에 참전하셨어요? 도서실에서 할아버님 메달을 봤거든요."

"제2차 세계대전이요. 그리고, 하! 그건 프랭크의 메달이에요."

"프랭크요?"

"사실 진짜 이름은 F-287인데 할아버지는 그냥 프랭크라고 불렀죠. 새예요."

"그 박제된 비둘기 말씀하시는 거예요?" 내가 코웃음 치며 말했다. "놀리지 마요."

"디킨 메달이라고 해요. 동물한테 수여하는 메달이죠."

"우리도 기여하다"라고 새겨져 있던 문구가 떠올랐는데, 훈장의 의미와 통하는 문구였다. 그 쪽지는 새의 다리에 묶인 채 적진을 뚫고 날아온 암호였을 것이다. 디즈니 영화에 나올 법한 모험이었다.

줄리엣이 말을 이었다. "난 배에서 기르던 고양이가 제일 마음에 드는데, 선원들의 사기를 높이고 쥐 떼를 먹어치워줘서 메달을 받았대요. 농담 아니에요. 할아버지는 그 새를 무척 아끼셨어요. 새 무리 전체를 훈련시켰지만 프랭크는 특별했거든요. 기관총 위치, 부대명과 병력, 좌표가 모두 적혀 있던 지도를 옮겼고 많은 생명을 살렸죠. 할아버지는 프랭크가 집으로 돌아왔을 때 박제 처리했어요. 그렇게 전시해놓는다는 게 좀 이상하긴 하지만 난 마음에 들어요." 줄리엣이 컴퓨터 화면을 톡 두드렸다.

"아, 이거 보시죠."

그녀가 화면 속 초록색이 감도는 보안 카메라 영상을 가리켰다. 영상이 멈춰 있었다. 카메라는 게스트하우스 정문 위 어딘가에 설치되어 있는 게 틀림없었다. 왜냐하면 영상의 각도가 약간 언덕 위로 기울어져 화면에 주차장과 진입로 상당 부분이 비치고, 초점이 맞지 않는 화면 끄트머리엔 피라미드 같은 오두막 그림자들이 드리워져 있었던 것이다. 하지만 카메라가 시체가 발견되었던 곳까지는 비춰주지 못했다. 화면 왼쪽 아래에는 시간이 찍혀 있었는데, 오후 10시 좀 전이었다. 화면에 초록색이 감도는 건 야간 촬영 기능 때문인 듯했다.

"몇 번 객실들인가요?" 내가 오두막을 가리키며 물었다.

"짝수 쪽이라 2번, 4번, 6번, 8번 객실이에요."

새아버지와 엄마는 5번 오두막에 묵었기 때문에 그 객실은 화면에 보이지 않았다. 소피아는 화면 끝자락에 있어 지붕만 살짝 보이는 2번 오두막이었다. 그리고 나는 원래 6번 오두막을 쓰기로 했는데 고모와 고모부가 쓰기로 한 방이 전날에 준비가 되지 않아 고모 내외가 6번 오두막을 사용했다. 루시가 몇 번 방인지는 모르겠고. "전 4번 오두막이에요." 내가 말했다.

"알아요, 커닝햄 씨."

"투숙객들 뒤를 밟고 있군요. 사생활 침해입니다만."

"지금도 그럴까요?" 여러분은 줄리엣이 꼬리를 치고 있다고 생각할 수도 있겠지만 여기서는 확실하지 않다. 혹시 궁금해할지 몰라 얘기해두는데, 121쪽 뒤에야 내가 나체인 상태에서 그녀와 입을 맞붙인다는 얘기를 들을 수 있을 것이다.

"오두막에 저희 가족 말고 다른 사람들도 묵고 있나요?" 내가 물었다.

"당신네 가족만 있어요. 나머지 반은 비어 있고요."

"그렇군요. 그럼 이 카메라는 움직입니까? 화각이 좁은데요."

그녀는 고개를 저었다. "카메라를 볼트로 단단히 고정해두지 않으면 폭풍이 올 때마다 툭 부러져버릴 거예요. 그리고 이건 보안 카메라가 아니라 기상 확인용 카메라예요. 휴양원이 어떤지 언제든 볼 수 있게 해주는 거죠. 그래서 운전 계획도 세우고, 아시겠지만…… 자동차 체인도 챙기고." 줄리엣이 말을 잠시 멈춰 내게 굴욕을 주었다. "……날씨에 맞는 옷도 챙기고, 리프트 이용권을 예약할지 말지도 보고요. 그리고 이건 영상도 아니에요. 봐요, 스냅사진이죠."

그녀가 재생 버튼을 누르자 정말 3분마다 찍힌 사진들이 연이어 펼쳐졌다. 사진이 넘어갈 때마다 왼쪽 아래에 표기된 시간도 가고 있었다. 줄리엣은 영상을 그대로 틀어두었다. 가끔 오두막으로 걸어가는 사람이 회색 얼룩으로 보였다. 하지만 너무 흐릿해서 누구인지 알아볼 수가 없었기 때문에 거의 쓸모가 없었다. 다행히 카메라가 진입로 일부를 찍고 있었지만, 3분마다 기능하는 카메라로 움직이는 차를 포착하기 위해서는 찍히는 시간이 딱 맞아야 했다. 이미 몇 번 왔다 갔다 해서 알고 있었는데, 오두막에서 게스트하우스까지 눈길을 헤쳐 가는 길은 천천히 걸을수밖에 없었다. 따라서 한 가지 고무적인 건 누군가 정말 서두르지 않는 한 그 사람이 누군지 알아볼 수는 없어도 카메라에 거의다 잡히긴 한다는 점이었다.

영상이 이어졌다. 각 사진이 3분이 아니라 20초 동안 화면에 떠 있었기 때문에 빨리 감기로 보고 있는 게 틀림없었다. 11시

직전, 한 사람이 4번 오두막을 향해 움직였다. 내가 알기로는 나를 찾아온 소피아였다. 사진이 열 개가량 지나가고 소피아가 화면 밖 2번 오두막으로 향했다. 흐릿한 그림자로는 방향이나 의도를 알기 어려웠지만, 사진이 시간순으로 이어져 추측할 수 있었다. 나는 소피아가 나온 두 사진 사이에 2번 오두막 주위를 어슬렁거리는 사람을 볼 수 있었으면 했지만 운이 따라주지 않았다. 3분마다 기능하는 카메라를 완전히 피했다는 건 운이 아주 좋았거나 치밀한 계획을 세웠다는 뜻이었다. 가끔 어떤 사람이 게스트하우스에서 담배를 피우러 나오거나 두 그림자가 손을 잡고 별을 바라볼 뿐 영상은 밤새 특별한 일 없이 흘러갔다. 골프장을 향해 언덕을 오르는 사람은 분명 아무도 없었다.

새벽 1시가 막 지나자 줄리엣이 마우스를 조금 더 세게 쥐었다. 그녀는 뭔가를 기다리고 있었다. 사진 몇 장이 지나가자 줄리엣이 기다리던 사진을 발견했고 멈춤 버튼을 눌렀다. "이게 흥미로울 거예요. 그린 부츠는 투숙객 명단에도 직원 명단에도 없어요. 그리고 산 위에서 실종 신고를 한 사람도 없죠. 다른 리조트에 무전으로 연락해봤는데, 다들 그린 부츠에 대해 얘기하고 있지만 뭔가 아는 사람은 아무도 없어요." 줄리엣이 책상 위에 놓인 출력물을 가리켰다. 모든 투숙객의 이름이 적힌 듯한 명단이 있었고, 각 이름 옆에 작고 까맣게 체크 표시가 되어 있었다. 소재가 확인되었다는 뜻이었다. 루시가 이미 얘기해주었지만, 확실히 해둘 수 있어 좋았다.

줄리엣이 나를 엉뚱한 길로 이끌고 싶은 건지 아니면 이 휴양원에 별다른 일이 일어나지 않아 흥밋거리가 필요한 건지 모르겠다는 생각 사이를 오가며 왜 그녀가 이토록 이 일에 관심을 보이는지 궁금해하던 차에 나는 투숙객 명단 아래에 놓인 꽤 두툼한 서류를 보았다. 서류엔 여기에 사인하세요라고 적힌 노란색 접착용 색인 메모지가 붙어 있었다. 서류 대부분이 가려져 있었지만 위쪽 귀퉁이에 유명 부동산 기업의 친숙한 로고가 보였다.(범죄소설에는 눈에 띄는 단어들이 있다. 그렇지 않은가? 이렇게 분명하고 중요한 점을 간접적으로 언급할 방법은 없으므로 글자를 진하게 강조하는 편이 낫겠다. **줄리엣의 책상에 부동산 계약서가 있었다.**) 어찌 됐든 줄리엣은 눈에 심히 갇힌 건 아닐지도 모른다.

줄리엣이 말을 이었다. "그러니까 죽은 남자가 한밤중에 왔다는 거죠. 어쩌면 이 남자일지도 몰라요." 줄리엣이 화면을 가리켰다. "내가 확인해봤는데, 이 차가 지금 주차장에 있어요. 크로퍼드한테 번호판을 조회해서 우리한테 이름을 알려달라고 할 수 있겠죠?"

줄리엣이 사용한 "우리"라는 단어에는 예상치 못했지만 내가 조수의 역할이라는 뜻이 담겨 있었다. 다시 말해 경찰을 포함한 모든 사람 가운데 지금까지 줄리엣이 수사를 가장 많이 한 듯했다. 다시금 떠올랐는데, 나는 능력이 있어서가 아니라 이 책을 쓰고 있다는 사실 덕에 주인공일 뿐이다. 내가 화면으로 몸을 기울였다. 진입로에 헤드라이트 불빛 한 쌍이 비치고 있었다. 사람보다는 차가 어디로 향하고 있는지 더 쉽게 알 수 있었는데, 차는 틀림없이 주차장으로 향하고 있었다. 헤드라이트 불빛이 야간 촬영 기능으로 돌아가는 카메라에 반사되어 사진이 지나치게 밝아졌지만 그 차는 메르세데스의 사륜구동 차가 분명했다.

"저희 새아버지 차예요." 내가 말했다. "마르셀로 씨요. 오늘 아침에 공격적으로 소리치던 분이요."

"오."

"하지만 이분은 어젯밤에 도착하지 않으셨는데요. 저희는 따로 마련된 식당에서 점심을 먹었어요. 그러니까 어디 갔다가 돌아오는 걸 겁니다." 나는 줄리엣에게 엄마가 몸이 좋지 않다는 이유로 그가 저녁 식사를 취소했다는 이야기는 굳이 하지 않았다. 왜냐하면 솔직하게 말하겠다고 약속드린 게 독자 여러분이지 호기심 많은 휴양원 주인인 줄리엣은 아니기 때문이다. 하지만 새아버지가 거짓말을 했을지도 모른다는 사실 때문에 나는 새아버지가 몇 시에 휴양원을 떠났는지 궁금했다. 어쩌면 산에서 내려가 약국에 갔을지도 모른다. "늦은 오후로 돌려봐요. 메르세데스 차량이 떠나는 게 보일 거예요."

줄리엣이 영상을 뒤로 감아 메르세데스의 꼬리등이 찍힌 사진을 찾았다. 차가 언덕 위에 있었지만 사진에 찍혔고 오후 7시경이었다. 새아버지가 내게 전화를 건 직후였다. 그 시간에 나는 잠깐 졸고 있었을 것이다.

"젠장." 줄리엣은 휴양원에 도착한 그린 부츠보다 몇 시간 동안 휴양원을 떠나 있었던 사람에겐 관심이 덜한 게 분명했다. 그러나 나는 반대였다. 머릿속이 질문으로 넘쳐났다. 새아버지는 저녁 식사를 취소하기 위해 거짓말을 했다. 여섯 시간이 넘는 시간 동안 어딘가 갈 수 있도록. 대체 뭘 했던 걸까? 그리고 엄마는 정말로 몸이 좋지 않아서 아무것도 모른 채 오두막에 곯아떨어져 있었을까? 아니면 엄마도 공범인 걸까? 차 유리가 선팅되어 있어서 누가 운전석에 있는지는커녕 조수석에 누군가 앉아 있는지도 알 수가 없었다.

내가 가장 두려워하던 생각을 줄리엣이 끝맺어주었다. "다시 돌아올 때 누구를 데려왔을지도 모르죠?"

"아침까지 찍힌 나머지 사진들을 볼 수 있을까요?" 나는 물었다. 줄리엣이 다시 슬라이드 쇼를 틀기 시작했다. 사진이 3분 간격으로 깜박거리는 동안 화면에서 나오는 윙윙거리는 정전기가 내 코에 느껴질 정도로 나는 봉긋한 구식 화면을 가까이에서 들여다보았다.

"만약 희생자가 여기 주변 어딘가에서 온 사람이라면 분명 누군가는 알아봤겠죠."

"난 시체는 못 봤지만 아까 얘기했던 대로 여기에 있는 사람들은 다 소재가 확인됐어요. 직원, 투숙객 다요. 호수 쪽으로 내려가면 있는 호텔들에 전부 다 연락해봤고, 크로퍼드는 진다바인에 있는 자기 근무지에 확인해봤는데 실종 신고 들어온 게 없대요. 크로퍼드는 투숙객들에게 충격을 주고 싶지 않다고 했어요. 아무도 죽은 남자를 모른다면 그 사람 사진을 보여줘봤자 소용없다고요. 그건 저도 같은 생각이에요. 여기 있는 분들은 돈을 내고 이용하는 고객들이고 무료 조식권은 트립어드바이저 평점이 떨어지지 않게 하는 미봉책일 뿐이에요." 부끄럽지만 나는 캐서린 고모에게 무료 조식이 제공될 수 있다는 점을 얘기해줘야겠다고 생각했다. "산에서는 사고가 일어나는 법이고 그런 사고는 아무도 신경 안 쓰죠. 길 잃은 등산객일 수 있잖아요? 이걸 살인이라고 하는 사람들은 당신네 가족뿐이에요. 그렇게 당신들이 그 풋내기 경찰을 신명 나게 해주고 있고요."

"그럼 이걸 왜 저한테 보여주는 거죠?"

"왜냐하면 당신은 꼬치꼬치 캐묻고 다니니까 믿지 않을 리가 없어요. 그리고 당신 가족들을 좀 찾아봤는데, 아주 깨끗한 분은

아니더군요. 이게 살인 사건이라면…… **살인자가 있다는 거잖아**
요. 나한테는 우리 투숙객을 안전하게 보호할 의무가 있어요."

줄리엣이 가족사를 넌지시 언급하자 나는 약간 분해서 더 신
중한 태도로 물었다. "이 증거를 저랑 공유하면 안 되지 않아
요?" 기어이 그 단어가 내 입 밖으로 쿵 떨어졌다. 나는 살인이
라고 생각하고 있었지만 그래도 아직은 한 사람이 눈 속에서 죽
은 채로 발견되었을 뿐인데 이 사진을 증거라고 부르는 건 내가
보기에 오히려 이 사건을 공식적으로 살인이라고 단단히 못을
박는 것 같았다. "그러니까 이 **정보**를요, 제가 아니라 크로퍼드
에게 얘기해야 하는 거 아닌가요?"

"전 크로퍼드를 잘 몰라요. 그 사람은 이 사건에 심부름 온 게
분명해요. 이제 경찰서에서 심각한 사건이라는 걸 알 테니 경사
인 마틴이 필요하다면 도시 형사들과 함께 이리로 올라오겠죠.
하지만 장담하는데 이 눈 폭풍을 뚫고 금방 오진 못할 거예요.
아니면 이미 갇혀버렸거나요. 그리고, 제길, 좋아요, 그냥 말할
게요. 크로퍼드는 본인이 뭘 하고 있는지도 모르는 것 같아요."

"맞아요." 내가 시인했다.

"솔직히 말하면, 전 제일 좋은 말한테 걸어보는 거예요. 당신
은 변호사잖아요."

"저는 변호사가 아니라 작가예요."

"그럼 왜 당신 형님은 당신이 변호사라고 그랬던 거예요?"

"모르죠. 다른 사람이 범죄소설을 쓸 수 있게 도와주고 있으니
까 결말을 잘 알아맞힐 것 같아서 그런 거 아니겠어요? 제가 풀
수 있을 거라고 생각한 걸 수도 있고요." 나는 끝이 올라가는 억
양으로 말했는데, 설득력 없이 들린다는 걸 나도 잘 알고 있었

다. 그래서 나는 다시 영상으로 주의를 돌렸다.

영상 속 시간은 이제 새벽을 지나고 있었고, 야간 촬영 기능이 꺼져서 화면은 초록색이 아닌 우중충한 회색이었다. 이제 크로퍼드가 탄 경찰차가 화면에 나타났다. 시간은 7시 15분 전이었고 크로퍼드가 도착해 게스트하우스로 향하고 있었다. 선팅된 창문이 아니라서 크로퍼드가 한쪽 팔을 조수석으로 쭉 뻗은 채 고개를 젖히며 입을 쩍 벌려 하품하는 옆모습이 선명하게 보였다. 그 시간에 이리로 오느라 일찍 일어난 게 틀림없었다.

"시체는 누가 발견했죠?" 내가 물었다. 새아버지의 차가 돌아오고 크로퍼드의 차가 들어오는 사이에 얼룩진 그림자는 전혀 보이지 않았다. 즉 희생자도 살인자도 없었다. "그러니까 누가 신고한 거죠? 분명 이른 시간이었을 텐데. 기절초풍할 것 같은 사람은 안 보이는데요."

"크로퍼드한테 물어봐야죠. 전 잘 모르겠어요."

화면이 더 밝아지자 렌즈에 날카롭게 반사된 흰빛에 눈이 찡그려졌다. 사진에 그림자들이 점점 더 많아지기 시작했다. 그림자들은 야간 촬영 상태가 아니라 있는 그대로 보이는 햇빛 속에서 더 확실하게 사람으로 보였다. 다음 몇 장에서는 그림자들이 삼삼오오 모이더니 줄지어 이동하는 개미처럼 산을 올랐다. 내 오두막 앞에서 앤디 고모부와 내가 만나는 모습을 볼 수 있을지도 모른다고 생각했는데, 보였는지 알 수 없었다. 아침이 깜박이며 지나갔다. 트럭이 도착했고(트럭은 바보 같아 보일 정도로 컸다) 게스트하우스 입구에 모여 있는 사람들은 카메라와 가까워 표정이 보일 정도였다. 그러고 형이 체포되었다. 사진이 찍히는 타이밍이 에린이 형을 껴안아 형의 청바지 뒷주머니에 손을 넣고 있는 때와 지랄맞게도 딱 맞아떨어졌다. 정말 믿을 수 없었다.

"이 카메라는 사람들이 여기 오기 전에 날씨를 확인할 수 있도록 설치해놓은 거라고 했었죠? 그럼 사진이 홈페이지에 올라가요?"

"네, 실시간으로 올라가요. 당연히 실시간 사진이 우리 휴양원 홈페이지에 올라가고요."

"홈페이지를 열어두면 시간을 계산해서 사진에 찍히지 않도록 의도적으로 사진이 찍히는 시간 사이로 움직일 수 있다는 거네요."

"우리 휴양원 전파로는 절대 안 될 거예요."

"그렇죠. 하지만 찍히는 시간은 절대 변하지 않죠. 정확히 3분 주기잖아요. 시계를 그렇게 맞춰두면, 그사이에 움직이기 위해 실시간으로 올라오는 사진을 볼 필요도 없을 거예요."

"그렇네요."

"그리고 크로퍼드가 부리나케 달려와서 여기까지 오는 데 한 시간 걸렸다고 해보죠. 그런데 아직 화면에 누가 허둥대는 모습이 안 보이고, 그 뒤로 산을 급히 올라가는 사람도, 그동안 휴양원 직원에게 알리는 사람도 없죠. 누군가 시체를 발견해서 경찰에 전화하고 다시 침대로 돌아가기라도 한 걸까요?"

"범인 본인이 직접 신고했다고 생각하는 거예요? 그리고 범인은 경찰이 이리로 오기를 바랐다?"

"불가능한 걸 제외하고—"

"남은 것은 아무리 가능성이 낮아 보여도 반드시 사실이다." 줄리엣이 대신 말을 마쳐주었다. "영리한 말이죠. 그래요, 나도 셜록 홈스 꽤 읽었어요. 휴양원 오두막은 곰팡이 핀 책에게 세탁기 뒤에 뚫린 양말들의 문 같은 거죠. 책을 사 오는 사람도 없고 가져오는 사람도 없는데 늘 여기 있다니까요. 그러니까 날 준전문가라고 봐도 돼요. 그럼 당신 계획은 소거법이 전부라고 생각하면 되나요?"

"내 말은," 정말 그 계획밖에 **없었기** 때문에 나는 말을 더듬었다. "소거법으로 시작하는 게 꽤 일반적이니까요." 나는 줄리엣이 아랫입술에서 제발 뜯어줬으면 하는 특히 긴 입술 각질을 신경 쓰지 않으려 애쓰며 답했다.

"**일반적이다.**" 줄리엣이 믿지 못하겠다는 듯하면서도 쾌활한 말투로 말했다. "그 이상한 사람이 세계에서 가장 유명한 합리적 문제 해결의 예시를 만들어냈다니 놀랍다니까요. 우리 모두 그가 별종이었다는 건 잊어줘야겠죠."

"그런 줄은 몰랐어요."

"범죄소설을 쓰시죠?" 줄리엣이 자신의 양팔을 위로 휙 들어올렸다. "하여간 주인공이 작가인 소설은 별로예요."

독자 여러분, 물론 나도 아서 코넌 도일의 책들을 읽어보았지만, 엄밀히 따지면 그는 우리가 아는 **황금시대**의 작가로 분류되지 않는다. 따라서 내가 셜록 홈스 식으로 수사하고는 있지만 작가인 아서 코넌 도일에 대한 글은 쓴 적이 없었다. 나는 이를 줄리엣에게 얘기해주었다.

"저는 로널드 녹스 같은 사람들에게 관심이 더 많아요. 녹스는 30년대 범죄소설 작가들의 단체 일원이었죠. 어쨌든 전 소설은 안 씁니다. 어떻게 쓰느냐에 대해 쓰죠. 『당신의 첫 미스터리 소설을 쓰기 위한 10단계』, 『아마존 베스트셀러 되는 법』 같은 책이요."

"오, 알겠어요. 당신이 한 번도 써본 적 없는 글의 작법서를 쓴다는 거군요. 소설을 절대로 쓰지 않을 사람들이 사겠고요."

솔직히 그녀가 정곡을 찔렀다. 놀랍게도 아주 많은 작가 지망생이 나아지고 있다는 느낌을 받으려고 1달러 99센트를 기꺼이 들인다. 내 책이 형편없는 책은 아니었지만 이쪽 분야가 정말 작가들에게 도움이 되는 건 아니었다. 그저 소원이 이루어지는 듯한 느낌을 줄 뿐이었다. 물론 나는 그게 자랑스럽지는 않았지만 부끄럽지도 않았다.

"그게 밥벌이인데요."

"그럼 녹스는 누군가요?" 줄리엣이 물었다.

"녹스란 사람이 1929년에 범죄소설을 쓰기 위한 일련의 규칙을 작성했어요. 저는 제 책에서 녹스의 규칙과 요즘 나오는 살인 미스터리 소설을 비교하고요. 현대 소설은 녹스의 규칙 대부분을 무시하고 부숴버리죠. 속임수 쓰는 걸 좋아하니까요. 녹스는 이 규칙들을 자신의 십계명이라고 불렀어요. 코넌 도일은 녹스보다 앞선 시대의 사람이에요. 그런데 왜 그가 별종이라는 거죠?"

"그는 **요정**을 믿었어요. 요정을 잡으려고도 했고요. 첫 번째 부인과 아들이 죽고 나서는 교령회를 통해 죽은 아내와 아들과 대화를 하려고 했었죠. 또 자기 유모가 영매라고 생각했대요. 정신이 나간 거죠. 마술이 진짜가 아니라고 공개적으로 인정한 마술사 후디니한테 그 사람 자체가 **마술**이라고 설득하려 했으니."

"녹스의 계명 중 하나가 해당되겠네요." 나는 녹지 않는 눈 위에서 불에 타 죽은 남자는 초자연적이라고 할 수 있을까 하는 생각이 들어 잠시 말을 멈추었다 다시 이었다. "2번이에요. 초자연적인 건 없다."

"그 규칙들 때문에 형님이 당신한테만 이 사건을 부탁했다고 생각하는 거예요? 그럼 너무 과한데요."

"아니요. 아마 제가 가장 커닝햄 사람 같지 않아서일 겁니다."

"무슨 뜻이죠?"

"전 **우리 가족들이랑** 좀 다르거든요." 장난스레 이야기하려 했는데—그렇지 않았나?—말에 신랄함이 묻어 나왔다. 농담은 실패였다.

"그게 아니라—" 줄리엣이 생각을 하다 말았다. 그녀가 고개를 저으며 컴퓨터를 끄고는 자리에서 일어섰다. "사실 당신 말이 맞아요. 이걸 크로퍼드에게 얘기했어야 했는데. 밖에 진짜 살인자가 없기를, 아니면 우리 목숨이 어떤 작가의 손에 달려 있지 않기를 신께 빌어보죠. 당신이 낸 양장본 중 하나로 때려 죽일 수도 있을 것 같군요."

"제 책은 전자책으로만 나오는데요." 끽끽거리는 목소리가 나왔다. "독립 출판 하거든요."

"이런." 세상에서 제일 웃긴 말이라는 듯 줄리엣이 배를 잡았다. "여기서 일어나는 일을 풀 작정이라면, 셜록 홈스 외에 더 다양한 책을 읽었길 바라요. 아서 코넌 도일은 유령도 믿었으니까요."

18장

내가 건조실에서 형과 이야기를 나누기 전에 내 남동생에 대해 여러분이 알아야 할 몇 가지가 있다. 먼저 그 애의 이름은 제러미다. 그리고 둘, 여기서 내가 시제를 올바르게 사용했다고 100퍼센트 확신할 수는 없다. 동생의 이름은 여전히 제러미이지만 제러미였다고 할 수도 있으니까. 둘 다 맞는 말이라고 생각한다. 문법에 대한 재능이 부족한 걸 부정직함으로 오해하진 않길 바란다. 그리고 셋, 그 애가 죽을 때 나는 그 옆에 앉아 있었다.

이 부분은 쓰기 참 어려운데, 손에 감고 있는 깁스 때문만은 아니다.

우리는 제러미를 커닝햄이라는 성으로 부른 적이 없다. 어릴 때 생을 마감하면 보통 그러는 것 같다. 마치 이런 사람들은 성씨에 담긴 유산 속에서는 살지 못했다는 듯이. 소피아는 핏줄이나 출생증명서에 적혀 있는 내용 같은 건 중요하지 않다고 하니까 아마 그렇게 생각하지 않을 테지. 하지만 소피아는 여전히 붙임표 앞뒤로 어떤 성이 오는지를 신경 쓴다. 그러니까 이런 이유로, 밝은 색깔의 크레용으로 대문자 E를 쓰고 또 쓰던 시절에는 어니스트라는 이름으로 시작하지만, 2학년이 되어 풋볼 팀에 들어갈 땐 커너스, 법정에서 뱀의 머리 같은 마이크로 이름이 불릴 땐 커닝햄 씨가 되고, 교회의 아치 길에서 나눠 주는 팸플릿과 화관 안쪽에 쓰이는 이름은 어니스트 제임스 커닝햄이 된다. 죽을 때에야 성까지 포함한 모든 이름을 되돌려받기 때문이다. 나는 다음 사실을 깨달았다. 성씨는 유산이다. 그래서 제러미는 오직 제러미라는 이름으로만 불렸다.

그 애가 커닝햄 사람이 아니라는 뜻은 아니다. 왜냐하면 가장 진실하고 깊은 의미에서 그 애는 커닝햄 사람이 맞으니까. 하지만 그 애를 제러미 커닝햄이라고 부르는 건 그를 우리에게 묶어두어 실제보다 더 보잘것없게 만든다고 생각한다. 그는 커닝햄 사람으로서 내 꿈에 등장하고, 그 꿈을 꿀 때 나는 혀가 마르고 숨이 막힌 채로 잠에서 깬다. 제러미를 성씨로 묶어두지 않는 한 그는 하늘과 바람, 마음에 속한다.

범죄소설에서 이름은 중요하다고 생각한다. 탐정이 범인의 가짜 이름을 낱낱이 풀어 헤쳐 이름에 숨겨진 의미나 이름 뒤에 감춰놓았던 당황스러운 애너그램을 밝히는 소설 결말을 나는 많이 읽어보았다.(혹시 모를까 해서 알려드리는데, 예를 들어 Rebus〔리버스〕는 수수께끼를 의미한다.) 미스터리 소설은 애너그램을 좋아한다. 이 책에 나오는 이름 대부분은 실제 이름이지만 어떤 건 법적인 이유로, 나머지는 재미로 바꾸었다. 그래서 여러분이 여기 나오는 모든 등장인물의 이름을 펼쳐놓고 추론을 좀 해보면 몇 가지 놀라운 사실을 미리 알아 즐거움을 망칠지도 모른다. 당신이 그러고 싶다면야 나는 상관없다. 내 이름은 어니스트이고, 내 이름에 숨겨진 의미는 없다고 믿어도 좋다.

줄리엣 헨더슨이(애너그램: 레이더호젠 제트기 부대. 여러분이 원하는 대로 한번 만들어보길) 페인트로 칠한 화살표를 이용해 건조실 찾아가기라는 과제를 내게 남겼다. 아무래도 줄리엣은 내가 자기와 범죄 사건 해결 2인조를 결성하는 데 그다지 열성적이지 않자 실망한 듯했다. 그녀의 책상에 아직 서명되지 않은 계약서가 놓여 있었던 데다 그녀가 트립어드바이저 평점을 서슴지 않고 언급하는 모습으로 보아, 줄리엣이 미스터리 소설을 너무 많이 읽어서 생긴 호기심이나 손님을 보호해야 한다는 의무 때문에 휴양원에서 일어난 죽음을 파헤치는 것 같진 않았다. 그녀는 본인이 소유한 건물의 가치를 지키고 싶어 했다. 어쩌면 줄리엣은 여기서 살인 사건 수사가 벌어지면 거래가 없던 얘기가 될 수 있다고 생각한 건지도 모른다. 보아하니 거래가 임박한 것 같았는데, 특히나 이런 때라면 더더욱.

내가 다가서자 크로퍼드가 자리에서 일어났다. 여러분이 경찰을 대할 때와 다를 바 없이 우리 모두 직감적으로 그를 성으로 부르고 있었다.(그를 성으로 부르는 건 타당했는데, 제러미가 우리 성씨를 뛰어넘은 더 큰 존재라면 경찰 값을 못 하는 크로퍼드는 자신의 이름보다 못한 존재였기 때문이다.) 나는 크로퍼드와 악수를 나누었다. 변호사다운 일을 한 것 같았다.

"관심 있으실 법한 증거를 줄리엣이 가지고 있습니다. 진입로가 찍힌 비디오 영상이에요. 도움이 될지 모르겠습니다만." 내가 말했다. "이상한 게 날이 밝을 때까지 까무러치게 놀란 사람이 아무도 없어요. 하지만 누군가는 분명 경관님께 전화를 했을 텐데—"

"—동이 트기 전에 말이죠." 그가 말을 이어 마쳤다. "맞아요. 여기까지 오는 데 거의 한 시간 걸렸어요. 한 시간 살짝 안 걸렸죠."

"신고자가 이름을 남겼나요?"

"모르겠습니다. 밤새 속도위반 차량을 잡고 있었거든요. 그래서 서에서 연락을 받은 사람은 제가 아닙니다."

"왜 경관님이 오신 거죠? 줄리엣이 경관님은 원래 계시는 경사가 아니라던데요……. 그 경사님 성함이……." 경사의 이름을 진작에 잊어버려 혀끝에서 모음 몇 개가 맴돌기만 했다.

크로퍼드는 그런 나를 그냥 내버려둔 채 그저 어깨만 으쓱였다. "제가 제일 가까운 곳에 있었습니다."

"여기 도착하셨을 때 시체 근처에 다른 사람들이 있었나요?" 이 질문에 대한 답은 이미 알고 있었지만 확실히 해두고 싶었다.

"여기 오면 사람들이 떠들썩하게 모여 있을 줄 알았는데, 그랬다고 말씀드릴 순 없겠네요." 나는 또다시 세 개의 발자국을 떠올렸다. 희생자, 경찰, 범인의 발자국뿐이었다. 이 발자국들이 시체를 발견한 사람이 없었다는 가설에 힘을 실어주었다. 범인 본인이 직접 신고한 게 틀림없었다.

"심지어 아직도 죽은 남자가 누군지 모르네요." 내가 낙심한 목소리로 말했다. 이렇게 하면 크로퍼드가 나를 달래주려 서둘러 어떤 정보를 던져줄지도 모르니까. "피해자 사진 복사본을 받을 수 있을까요?" 내가 머뭇거리다 덧붙였다. "변호사로서요." 변호사가 할 법한 진지한 요구 사항처럼 아주 그럴듯하게 들렸을 것 같았다.

"그런데 변호사가 아니라고 들었습니다만?" 크로퍼드가 말했다. "아버님께서 그러시더군요."

"새아버집니다." 10대처럼 들린다는 걸 알면서도 내가 날카롭게 대꾸했다. 새아버지는 나를 자기편으로 끌어들이려 하면서도 혹시 나 대신 변호사 노릇을 할 수 있을까 해서 크로퍼드에게 내가 진짜 변호사가 아니라고 말했던 게 틀림없었다. 형이 사람들을 밀실 안에 들이고 싶지 않아 한다는 내 생각이 맞았다면, 새아버지가 꽉 닫힌 건조실 안으로 부단히도 들어가려 한다는 생각을 하지 않을 수가 없었다. "제가 할 수 있는 걸 다 하는 겁니다. 제가 절 변호사로 선임한 것도 아니고요."

"여기 아이들이 묵고 있어요. 사진이 유출될 위험은 감수할 수 없습니다. 이해하시죠?"

나는 고개를 끄덕이며 크로퍼드와 타협을 보기로 마음을 먹었다. "제가 정식 변호사는 아닐지 몰라도, 사람을 계속 거기에 가둬둘 순 없다는 거 아시겠죠. 수사에 협조한다고 권리가 없다는 건 아니니까요." 쓸모는 없어도 그럴듯해 보이길 바라며 내가 손을 들어 올렸다. "그리고 정확히 무슨 권리인지는 잘 몰라도 이건 아니라는 거 압니다." 나는 습기 때문에 약간 뒤틀린 육중한 나무문을 가리켰다. 문 앞에 부츠 한 켤레가 그려진 플라스틱 표지판이 걸려 있었다.

"본인이 괜찮다던데요."

"제 말은 그런 뜻이 아닙니다." 내가 말했다. "본인이 이야기한 것보다 일찍 출소해서 의심하는 거라면, 글쎄요, 에린의 알리바이 역시 이분의 행방과 관련이 있습니다. 하지만 에린은 가둬두지 않으셨어요."

"성차별주의자라는 겁니까?"

"앞뒤가 안 맞는다는 겁니다."

"글쎄요, 여자분은 커닝햄 사람이 아니잖아요. 그렇죠?"

"알겠습니다. 입장이 분명하니 좋군요." 크로퍼드에게도 성씨가 중요한 모양이었다. "이제 무능한 분이라고 보면 되겠군요. 그럼 전 계속 변호사인 척하고 당신은 형사인 척할 수 있게 절 안으로 들여보내주시죠."

"형님을 정말 아끼시네요, 그렇죠? 증언은 하셨지만." 크로퍼드가 고개를 살짝 옆으로 기울였다. 나는 입을 꾹 다물고 있었지만 크로퍼드가 아침보다 나에 대해 훨씬 더 많은 걸 안다는 사실에 짜증이 났다. 빌어먹을. 새아버지가 얘기했겠지. 건조실 문에 달린 잠금장치는 자물쇠가 아니라 옆으로 걸어 잠그는 빗장 하나가 다였다. 크로퍼드가 철통 보안의 빗장을 손끝으로 톡 쳐서 풀고는 문에서 물러서 내가 문을 열도록 했다. "전 같이 자란 형제가 없어서요. 이해한다고 얘기할 순 없겠네요. 그런 게 가족이 겠죠."

"형이 지난밤에 어디 있었는지, 지난밤에 여기 있었던 게 아니라는 걸 확인해드리면 저희 형을 풀어주셔야 합니다. 아니면 적어도 제대로 된 방으로 옮겨주세요. 아시겠습니까?" 나는 진지하게 말했지만 완전히 변호사처럼 들리지는 않아서 마지막으로 한마디 더 덧붙이고 싶었다.

크로퍼드가 주저하며 눈에 보일 듯 말 듯 고개를 끄덕였다.

나는 마지막에 이렇게 덧붙일 심산이었다. '아, 그리고, 흠, 저 없이는 의뢰인과 말씀을 나눌 수 없습니다. 변호사들이 보통 뭐라고 하든지요.'

나는 문을 밀어 열었다.

　로비에서는 스키장 오두막 하면 떠오르는 눅눅한 냄새가 가시
지 않았다면 건조실에서는 난파선의 냄새가 났다. 건조실은 사
람들이 땀에 젖은 축축한 스키복을 벗어 밤새 아무렇게나 던져
두고 다음 날 아침에 반쯤 마른 옷을 집어 가는 방이었다. 그래
서 이 방은 열과 냄새가 전혀 빠져나가지 않을 정도로 완전히 밀
폐되어 있었다. 고무를 덧댄 문은 그 봉인이 풀리자 **말도 안 되는**
냄새를 풍기며 열렸다. 나는 눅눅하고 탁한 공기를 마실 아가미
가 필요했다. 콧속에서 곰팡이 포자가 느껴질 지경이었다. 방에
서 발 냄새가 났다고 말하는 건 발에게 몹쓸 짓이었다.

　건조실은 좁고 긴 방이었다. 양쪽 벽을 따라 덮개가 열린 직사
각형의 사물함이 놓여 있었는데 그 안에는 끈이 풀린 열댓 개의
스키화가 가득 들어 있었다. 스키화의 안쪽 밑창은 대체로 축 늘
어진 혓바닥처럼 스키화 밖으로 빠져나와 있거나 아예 꺼내놓
아 벽에 기대어진 채 건조실 안에 진동하는 냄새를 내뿜고 있었
다. 사물함 위로는 의류걸이가 있어 스키복 상의와 비옷, 옷걸이
에 고정된 신발 안창이 걸려 있었다. 작은 온수기 앞에는 양말들
이 가득 널린 빈약한 빨래 건조대가 있었다. 무엇보다도 건조실
에 카펫이 깔려 있다는 점이 가장 이상했는데, 카펫이 모든 습기
를 빨아들이고 있었던 것이다. 카펫은 폭신폭신하니 내가 그 위
를 걸으면 조금씩 액체가 스며 나왔다. 하나 있긴 하지만 열리지
않는 창문 위 붉게 빛나는 전열선이 방의 맨 끝에서 건조실을 비
추고 있었다. 바깥에서 눈 더미가 창문을 압박해 자연광은 들어
오지 않았다.

창문 아래 형이 앉아 있었다. 형은 닫혀 있는 한 사물함 위에 걸터앉아 있었는데, 편안한 곳인 척 급히 던져놓은 베개가 거기 놓여 있었다. 형이 받은 룸서비스 쟁반엔 콜라 한 캔과 샌드위치 빵 테두리가 있었다. 수갑은 풀어져 있었다. 형은 외투를 벗고 소매를 말아 올렸다. 세상에 알려진 커닝햄 사람들의 반항적 면모는 우리의 호리호리한 체격에 비해 다소 과장되어 있었다. 다시 말해서 아무도 우리를 풋볼 팀으로 오해할 일이 없었다. 형은 두툼한 외투를 입고 있지 않아도 좀 달랐지만.

"어깨가 넓어졌네. 감옥에서 생긴 건가?" 내가 말했다.

형이 앞에 놓인 의자를 향해 손짓했다. 주황빛 보온등에서 웅웅거리는 소리가 났다.

"문을 닫고는 싶은데," 내가 문을 받쳐 4분의 3만 닫고 있었다. "우리 둘 다 질식할 것 같아." 이건 사실이었지만 문을 열어둔 게 그 이유 때문만은 아니었다. 나는 입을 쉬지 않고 재잘거리며 방을 채울 소리에 귀를 쫑긋 세우고 줄곧 문 옆에서 쭈뼛거렸다. 내가 유머를 방어기제로 사용한다는 걸 아직도 모르는 독자는 없겠지. "있지, 새아빠가 이런 일로 먹고살잖아. 혹시 형이 모르나 해서."

"앉아, 언."

나는 용기를 내기 위해 텁텁한 공기를 깊이 들이마시고 의자를 향해 걸어갔다. 자리에 앉자 형과 나의 무릎이 맞닿았다. 나는 황급히 의자를 뒤로 밀었다. 형이 나를 주의 깊게 살펴보았다. 처음에는 형이 사려 깊고 호기심 어린 눈으로 내 얼굴에 주름살이 늘지는 않았는지 훑으며 3년이라는 시간이 다른 사람에겐 어땠는지 살펴보고 있다고 생각했다. 그러다가 문득 이런 생각이 들었다. 내가 한 끼 식사거리는 되는지 형이 가늠해보고 있는 것 같다.

"제러미에 대해 생각하고 있었어." 형이 말했다. "그때 너는 너무 어려서 기억이 잘 안 날 것 같은데. 그러냐?"

대화를 시작하기에 이상한 주제처럼 보였지만 형이 이끄는 대로 따라가는 게 제일 좋겠다는 생각이 들었다. "아무래도 그렇지." 나는 말했다. "가끔은 내가 정말로 기억을 하고 있는 건지, 그 일에 대한 설명을 많이 듣고 내 뇌가 짜 맞춘 건지 궁금해. 뭐가 진짜고 뭐가 나 스스로 채워 넣은 공백인지 모르겠는 부분이 있어." 난 겨우 여섯 살이었고, 그 당시 거의 몽롱한 채로 하루를 보냈다. 따라서 있는 그대로 기억하는 날들이 많지 않았다. "꿈을 꾸는데 꿈이 이상해, 왜냐하면 가끔 꿈에서 다른 사람의 기억을 보고 있는 것 같거든. 가끔 그 애는 뭐랄까, 가끔은 그 애가……." 나는 말끝을 길게 늘어뜨렸다.

"무슨 말인지 알아." 형이 이마를 문질렀다. 형이 차에 앨런 홀턴을 태우고 우리 집에 나타났던 그날 밤 핸들에 움푹 팬 이마를 문지르던 모습과 기묘하게 닮아 있었다. "엄마가 너한테 엄하셨지. 너무 어려서 그게 얼마나 가혹했는지를 네가 몰랐던 것 같아. 왜냐하면 너무나도 빨리 다섯 식구가 셋이 됐으니까. 그런 식으로 말이지." 형이 손가락을 튕겼다.

엄마가 우리를 돌보지 않을 때 우리를 맡아준 위탁 부모를 떠올리며 내가 고개를 끄덕였다.

"마침내 엄마가 우리를 데려갔던 때 말이야. 그건 엄마가 우리를 잃고 싶지 않아서가 아니라 우리가 서로를 잃지 않았으면 해서였어. 그런 점을 생각해본 적은 있어?"

나는 항상이란 말도, 너 때문이야라는 말도, 가족은 신용카드가 아니야라는 말도 하지 않았다.

"제러미에 대한 생각을 많이 했어." 대신 나는 어정쩡하게 대답했다.

"그리고 우리 셋, 그러니까 너랑 엄마, 나는 한 해에 아빠와 동생을 잃었어. 엄마가 제러미의 장례식을 치르는 데 그렇게나 오랫동안 기다린 이유가 있어. 기억하지? 난 엄마가 장례식을 연이어 두 번 치르는 걸 견딜 수 없었다고 생각했지."

"그래도 7년은 기다리기에 긴 시간이야." 내가 10대였을 때 우리는 제러미를 위한 작은 식을 치렀다. 제러미의 생일날이었다.

"그때 난 기뻤어. 나이가 들어서 충분히 이해할 수 있다고 느꼈거든. 그 일로 우리가 더 가까워지지 않았어? 그러니까 내 말은 아무것도," 형은 단어 하나하나를 입 밖에 낼 때마다 고개를 흔들며 바닥을 향해 말하고 있었다. "쇠 지렛대도 전쟁도 빌어먹을 외계인 침공도 우리 커닝햄 가족을 갈라놓을 수 없었다는 거야. 그런데," 형이 시선을 들어 손가락으로 내 가슴을 가리켰다. "네가 했지."

나는 움찔거리며 형의 눈을 피해 시선을 떨구었는데, 룸서비스 쟁반에 포크는 하나 있지만 나이프가 없다는 걸 깨달았다. 순간 안전 문제로 형이 칼을 못 받은 건지, 형이 감춰둔 나이프가 소매에서 불쑥 나오는 건 아닌지 생각했다. "형이 그런 게 아니란 말을 하려고 내가 여기 있는 거면 얘기는 그만두자고."

"내가 앨런 홀턴을 죽였어." 형이 느리고 신중하게 말했다.

나는 아이처럼 손가락으로 귓구멍을 막고 혀를 쑥 내밀고 싶었다. 내 마음은 여러 가능성을 빠르게 살피고 있었다. 형이 어떻게 무작위로 희생자가 될 사람을 골라 눈 속에서 살해했는지, 그저 나랑 따로 보고 싶다는 이유로 악취 나는 방에 갇히게 된 게 얼마나 만족스러운지 따위는 듣고 싶지 않았다. 건조실에 가 둬두자고 제안했던 루시와 형이 어떻게 이 일을 계획했는지 듣고 싶지 않았고, 나를 괴롭혀서 고소하다는 소리는, 형이 내 아내와 잤다는 소리는 정말이지 듣고 싶지 않았다.(그래, 신경 쓰였다, 조금은.) 의자를 넘어뜨리며 휙 일어나 문 쪽으로 달아나고 싶었지만 그러려면 일어나서 먼저 등을 보여야 했기에 불리했다. 내가 적절한 조치를 취하기 전에 형이 알아차릴 것이다. 그리고 혹시라도 형이 칼을 갖고 있다면…….

협상을 할 수밖에 없었다. "나한테 돈이 있―"

"고의였어." 형이 한 손을 들어 올리며 내 말문을 막았다. "그 놈이 미동도 하지 않을 때까지 목을 졸랐지. 그리고 네가, 내 동생인 네가 나를 감옥으로 보냈고."

그러고는 형이 마치 방울뱀처럼 재빠르게 달려들었다.

순간 머리가 새하얘졌다. 머릿속에 새하얀 눈보라가 몰아치거나 내가 이미 죽었는데 죽은 줄 모르고 있는 것 같았다. 형이 팔로 내……

……등을 감싸고 있었다.

목이 아니라 등을. 그리고 칼 같은 건 없었다. 형은 나를 안아주고 있었다. 형의 포옹에 대한 화답으로 나는 조심스레 형의 어깨를 잡았다.

"고맙다." 형이 내 어깨에 나직이 웅얼거렸다. 나는 얼빠진 채 서 있었다. 진짜 내가 저세상으로 간 건 아닌지, 이런 상황에서 '천만에'라고 대답하는 게 예의 바른 건지 우스꽝스러운 건지 여전히 알 수 없었다. 형이 코를 훌쩍였다. "분명 우리 가족 중 누구도 너한테 네가 옳은 일을 했다고 말해주지 않았겠지. 나한테 이런 말을 들을 줄은 생각도 못 했을 거고."

"그런 셈이지."

"루시는 여기 있는 게 벌 받는 거라고 생각했겠지만 사실 여긴 정말 완벽해." 형이 방을 죽 둘러보며 말했다. "여기 있으면 안전하니까."

"대체 뭐가 위험한데?"

"나는 아무도 안 믿어. 내가 얘기를 나눌 수 있는 사람은 너뿐이야. 너만이 법정에서 일어나 나를 비난하려 했으니까. 그러니까 내가 옳은 일을 할 수 있도록 도와줄 사람이 너라는 거지. 여기가 덥고 갑갑하다는 거 알지만 너도 문을 닫고 싶어질 거야. 왜냐하면 내가 고의로 앨런을 죽였다는 건 이미 얘기했지만, 이젠 그 이유를 말해줄 테니까."

19장

"너한테 어떻게 얘기하면 좋을지 꼬박 3년 동안 고심했어." 내가 문을 닫자 형은 말했다. 시간이 있었음에도 형이 말문을 여는 첫 문장은 준비하지 않은 게 분명했다. "감옥은 생각을 정리하기 좋아. 널 둘러싼 세상은 정신없이 돌아가는데 모든 게 가만히 멈춰 있는 것처럼 느껴지거든. 그래서 들여다보게 돼. 정신적 이해가 깊어졌다고 해도 거짓말이 아니야."

내가 눈썹을 치켜올린 게 틀림없었다. 형이 방어적인 태도로 나왔다.

"삶의 의미 운운하는 허튼소리에 너무 깊이 들어가고 싶지 않지만 네가 누군가를 죽일 때, 미안, 네가 누군가를 죽이기로 **결정**할 때 넌 저울질을 해봐야 해. 알겠니?"

"아니, 모르겠는데." 나는 진짜 몰라서 모르겠다고 대답했다. 비록 이 책을 쓰는 지금은 좀 더 잘 알고 있지만.

"내가 앨런을 해쳤을 때 어떤 느낌이었는지 어떻게 설명해야 할지 모르겠어. 몽롱한 상태에서 모든 걸 나도 모르게 무의식적으로 저질러버렸어. 마치 완전히 이성을 잃은 것처럼 말이야……." 형이 미안하다는 듯 손을 펼쳤다. "어떻게 들리는지 알아. 하지만 변명하는 게 아니야. 다음에 내가 무슨 일을 저지르게 될지 몰랐다는 걸 말하려는 거야. 내가 어떤 피해를 일으키고, 내가 누구를 해치게 될지를 몰랐어. 난 감옥에서 **살인자들**과 함께 3년을 보냈어, 언. 그리고 내가 저지른 살인은…… 뭐랄까, 무언가를 위해서였다고 생각해. 나라는 존재보다 더 큰 무언가를 위해서 말이야. 그리고 내가 같이 감옥 생활을 했던 사람들은 자기네들이 벌인 짓을 서로 축하해줬지. 그런데 젠장, 그들이 죽인 몇몇 것은 **너무나도 보잘것없었어**." 형이 절레절레 고개를 흔들었다. 형은 자기 말에 흥분하며 어찌할 바를 몰라 했다. 그러고는 몇 번 눈을 깜박이더니 다시 원래 하던 얘기로 돌아오기 위해 숨을 골랐다. "미안. 목숨이 얼마큼의 가치가 있는지에 대해 얘기하려는 거야. 알겠니? 소피아가 고소당한 거 봐. 그 환자의 가족은 병원에 수백만 달러의 소송을 걸었어…… 에린이 얘기했던 액수는 정확히 기억이 안 나지만. 내 말은 변호사 여럿이랑 탁자에 둘러앉아 서류를 뒤적거리면서 어떤 금액으로 합의를 본다는 거야. '우리 아들은 이만큼의 가치가 있다'라고 결정하는 거지."

"이건 소피아랑 상관없어." 나는 나조차도 놀랄 정도로 확고히 소피아의 편을 들었다. 어쨌든 소피아가 5만 달러의 가치가 있는 **무언가**를 숨기고 있었으니까.

"상관없지. 그냥 설명하려는 거야. 나는 앨런의 목숨을 손에 들고 그 목숨의 가치가 얼마나 되는지 재봤어. 그리고 그 삶을 끝내는 게 내게 얼마큼의 가치가 있는지를."

"형의 목숨이 앨런보다 더 중하다고 결정한 거네." 형은 엄청난 비밀을 얘기하고 있는 게 아니라, 자신이 살인을 저질렀다는 사실을 받아들이기 위해 자신에게 여러 번 해왔던 말들을 내게 하고 있을 뿐이었다. 형이 내게 하려는 말은 앨런이 죽어 **마땅했다는** 거였다. 형의 얘기에 새로운 사실은 아무것도 없었다. 나는 더 이상 들을 게 없다는 결론을 내리고 고개를 저었다. 내가 단념하고는 말했다. "돈은 형이 가져. 가방 가져왔어."

"아니야. 돈 같은 게 아니라 **비용을** 얘기하는 거야. 목숨이 얼마큼의 가치가 있는지 아는 건 이상한 기분이지. 내가 할 말은 그게 다야." 형은 나를 조금도 설득하지 못했다는 걸 깨닫고는 수심에 잠긴 듯 보였다. 보온등의 불빛이 반사되어 형의 눈이 다소 사악하게 번득였다. 형의 말은 약간 협박처럼 들렸다. 형이 이미 돈 가방과 한 생명을 두고 저울질했었고, 마찬가지로 아무 망설임 없이 내 목숨이 돈 가방에 비해 얼마큼의 가치가 있는지 평가할 거라고 얘기하는 것 같았다. 내 착각인지 모르겠지만 창문에 불어닥치는 회색 눈 벽이 문득 정말 숨 막힐 것처럼 느껴졌다. 나는 건물 밖에서 부는 눈 폭풍이 언제라도 방 안에 들이닥쳐 우리를 묻어버릴 것처럼 유리를 더 강하게 밀어붙이는 모습을 떠올렸다. 그때 형이 말했다. "네가 오해했다는 걸 깨닫는 건 기분이 더 이상하네."

나는 형이 받은 보상이 불만족스럽다는 건지 형이 치른 대가가 불만족스럽다는 건지 알 수 없어 형에게 그렇게 얘기했다. 물론 여기 쓴 글보다 덜 유창하게 들렸겠지만.

"내가 실수를 통해 배웠다는 말을 하려는 거야. 다신 절대로 폭력을 택하지 않을 거라고. 그런데 아직도 이게 돈에 대한 얘기라고 생각해?" 형이 말했다.

"아니야?"

"돈이 문제가 아니라…… 봐봐, 그건 처음부터 우리 돈이어야 했어, 알겠어? 우리는 그 돈 때문에 죽었어. 그들이 지불하는 게 맞아."

우리 돈. 또 같은 말이 반복되었다. 하지만 **우리**의 반대쪽은 누구란 말인가? 커닝햄 사람? 나는 다른 질문을 하려 입을 열었는데, 내 머릿속에서 돌아가던 룰렛 휠이 어떤 생각에 멈추었다.

형은 앨런이 죽던 밤에 그 돈이 우리 돈이라고 말했었다. 나는 형이 훔치거나 사람을 죽여서 그 돈을 얻어낸 거니까 형 자신에게 돈을 가질 자격이 있다는 뜻인 줄 알았다. 그리고 내가 그 일에 동참하는 걸 환영한다는 뜻인 줄 알았고. 에린은 고작 몇 시간 전에 내 귀에 속삭였다. **그 돈은 가족 돈이야.** 나는 그녀도 다르지 않다고 생각했다. 돈에 대한 소유권을 주장하면서 나를 내부자로 초대하는 거라고. 그러나 형과 에린은 내내 있는 그대로의 사실을 이야기하고 있었고, 내가 잘못 생각했다. 그들은 **문자 그대로의** 소유권을 이야기하고 있었던 것이다.

나는 이제 거미줄이 가득한 공터를 떠올렸다. 형은 숨을 헐떡거리는 남자 위로 몸을 구부렸다. 그리고 자신의 결정을 따져보고 있었다. 목숨의 가치를 재고 있었다. 모든 게 이해가 됐다. 가방 안에 있는 돈의 액수가 26만 7000달러라는 걸 형은 어떻게 세어보지도 않고 알고 있었는지.

이런, 내가 왜 몰랐을까. 내가 마침내 무언가를 풀었다.

"돈을 훔친 게 아니었구나." 나는 추측한 바를 얘기했다. "그건 형 돈이었어. 형은 우연히 이 일에 휘말린 게 아니야. 앨런을 알고 있었어. 그가 형한테 뭔가 팔고 있었던 거야?"

내가 형의 이야기를 아직 믿지는 않아도 들을 준비가 되었다는 걸 깨달은 형의 눈이 밝게 빛났다. 눈이 밝게 빛났다는 게 진부한 표현이라는 건 알지만 사실이었다. 오래된 휴양원 건물 배선에 갑자기 전압이 높아져 보온등이 확 타오른 걸 수도 있지만. "그럼 앨런 홀턴에 대해 얘기해줘야겠구나. 그리고 앨런이 어떻게 아빠를 알았는지도."

형의 말에 나는 깜짝 놀랐다. 문을 닫아놓아 다행이었다.

"아빠가 앨런을 알고 있었어?"

형이 진지하게 고개를 끄덕였다. "내 말이…… 뭐랄까, 아주 이상하게 들릴 거야. 내 말 끝까지 들어, 알겠지?" 형은 내 침묵을 농의로 받아들이고 말을 이었다. "홀턴은 경찰이었어."

"경찰?" 나는 손끝으로 내 이마에서 눈썹을 내리고 싶었지만 참았다.

"전직 경찰."

"그렇지. 전직으로 뭘 못 하겠어. 그렇지 않아?" 내 답변은 유치했다. 모든 정보를 받아들이는 동안 그냥 말이 입 밖으로 툭 나온 것이다. "그런데 말이 안 돼. 경찰을 죽이고 고작 3년 형을 선고받을 순 없을 텐데?"

"아니야. 그때는 경찰이 아니었어. 내가…… 그날 밤에는 말이야. 한때 경찰이었던 거지. 이를테면," 형은 손가락을 빙글빙글 돌렸다. "신임을 잃고 거칠게 추락한 경찰이었지. 그래서 앨런은 변변찮은 일을 전전하다가 결국 값싼 장신구 중고품을 긁어모으게 됐어. 앨런은 때로는 마약상이기도 했고, 때로는 절도

범이기도 했고, 때로는 노숙자이기도 했는데, 언제나 빚쟁이였지. 앨런이 경찰로 근무할 때…… 모범을 보인 인물이 아니었기 때문에 새아버지는 그를 잡범으로 만들 수 있었어. 사실 검찰 측에서 3년 형을 받아들인 이유가 바로 그거야. 만약 새아버지가 법정에서 옛날 일들을 들춰내려 하면, 글쎄, 그런 일이 널리 알려지기를 원치 않는 사람들이 있잖아." 일리 있는 말이었다. "닫힌 문 뒤에서 새아버지는 판사에게 앨런의 과거를 내보였고, 검찰 측에서 거래를 받아들였어. 3년 형으로. 이해돼?"

"어느 정도는. 이게 아빠랑 무슨 상관인지 모르겠다는 거 빼면?"

"거의 다 왔어."

"시간이 가고 있어. 이제 내가 변호사니까 수임료를 6분마다 청구할 수 있대."

"미리 지불했다고 생각해, 언."

달리 대꾸할 말이 없었다. 재치 있는 말은 사실 앞에서 찬밥 신세였다.

형이 콜라를 벌컥 들이켜고는 얼굴을 찡그렸다. 열린 캔 안으로 발을 핥으면 나는 맛이 스며든 것 같았다. 그러고 형은 말을 이었다. "앨런이 나한테 연락을 했어. 내가 문젯거리를 찾아다니고 있었던 게 아니라, 뜬금없이 연락이 온 거야. 앨런이 그랬어. 내가 원하는 걸 본인이 가지고 있다고. 그리고 그걸 나한테 팔겠다고. 사실 앨런은 너한테도 얘기했다고 했어. 그래서 그날 밤 앨런을 너희 집으로 데려간 거야. 만약 앨런이 내게 얘기했던 걸 너한테도 얘기했다면 무슨 일이 일어난 건지 너는 아마…… 이해할 거라고 생각했거든."

"앨런이 자기 말을 믿게 만들려고 그랬나 보지." 내가 의자에 등을 기댔다. "하지만 나는 이 일과 무관해. 앨런을 만난 적도 없고."

"그렇기도 하고 아니기도 해." 형이 어깨를 으쓱였다. 내가 누구를 알고 모르고는 보는 사람마다 달라질 수 있다는 듯이. 내가 따지기 전에 형은 말을 이었다. "물론 앨런이 너한테 연락하지 않았다는 거 알아. 앨런이란 이름을 알고 난 뒤에도 너는 증언을 바꾸지 않았고, 또 그날 아침에 네가 충격받고 혼란스러워하는 모습에서 다 드러났으니까. 하지만 넌 그를 만난 적이 있어."

내가 이를 반박하려는데 형이 앞으로 몸을 기울여 한 손가락으로 내 몸의 세 군데, 배, 골반, 가슴 중앙을 지그시 눌렀다. 형이 일정한 간격으로 천천히 하나씩 쿡쿡 찔렀다. 형이 굳이 말하지 않아도 형의 움직임에 맞춰 기억 속에 남아 있던 말이 그때 그대로 들렸다.

내가 그놈 어디를 쐈는지 알려주지. 여기, 여기, 그리고 여기.

20장

"나는 한평생 아빠를 잊으려 애썼어." 나는 나직이 말했다. 그리고 형이 내게 말해준 모든 것을 빠르게 정리하며 동시에 진실을 가려내보려 했다. 나는 부러 아빠의 죽음과 관련된 정황들을 외면했었다. 아빠가 무슨 일을 저질렀고 어떻게 죽었는지는 신경 쓸 가치가 없다고 생각했다. 경찰과 총격전을 벌이다 죽는 일에 눈부신 영광은 없다. 그건 용감한 죽음도 자랑스러워할 만한 죽음도 아니었다. 기억에서 사라질 죽음이었다. 그래서 형의 재판을 치르면서 앨런의 이름을 듣고도 번뜩 떠오르는 게 없었다. 그리고 새아버지가 설득한 대로 법원이 새아버지의 제안을 받아들이고 앨런의 더러운 과거를 숨겨 내가 알고 있던 바가 달라질 수도 없었다. 나는 엄마 앞에 서서 엄마의 원피스에 크림을 문댔던 남자에 대한 기억을 밀쳐냈다. 옷깃에 붙은 홀턴의 금색 명찰을 봤었나? 아니면 형이 방금 내게 말해준 정보가 만들어낸 찰나의 기억인가? 아까 형에게 말했던 것처럼 뭐가 진짜고 뭐가 나 스스로 채워 넣은 부분인지 모르는 순간일까? 믿을 수 있는 화자답지 않아 미안하게 생각한다. 그런데 경찰들이 명찰을 달고 있긴 했었나?

나는 떠오르는 모든 생각을 밀어내고 형에게 뜻밖의 말을 했다. "그래도 바뀌는 건 없어. 형이 앨런에게 그런 일을 저지를 권리가 생기는 게 아니라고. 그런 식으로 앨런이 아빠에게 한 일을 바로잡을 순 없어." 나는 적을 지지하며 커닝햄 사람들의 반대편을 택하고 있었다. "아빠는 범죄를 저질렀어. 강도질하다가 붙잡혔고 앨런의 동료였던 사람의 목에 총을 쐈지. 만약 앨런 홀턴이 형이 얘기하는 그 사람이라면, 그는 그냥 반격한 거야."

"그걸 부인하진 않아. 하지만 잘 생각해봐. 우리가 부유하게 컸어? 아빠가 번쩍번쩍한 차를 끌고 다녔어? 엄마가 비싼 보석이라도 달고 다녔어? 우리는 범죄의 삶으로 흥청거리지 않았어. 아빠는 우리를 먹이고 보살피려고 법을 어겼던 거야. 그게 옳다는 건 아니지만 아빠는 자기 배를 불리려고 범죄를 저질렀던 게 아니었어. 아빠는 그러지 않았을 거야."

"아빠를 굉장히 좋게 보네." 내가 말했다.

"앨런 홀턴이 어떤 상태에서 말했는지 봐봐. 그는 사실을 말했던 거야. 누가 마지막 숨을 거두면서 거짓말을 하겠어?" 아빠를 향해 방아쇠를 당겼던 사람이 앨런이라는 사실을 알고도 내가 형에게 동조하는 말을 하지 않자 형은 실망했다. 형은 아직 나를 설득해야 한다는 걸 깨달았다. 형은 콜라를 마시려다 그 맛이 떠올랐는지 조금도 마시지 않은 채 그대로 캔을 내려놓았고 아래턱을 씰룩여 침을 삼키고는 목을 가다듬었다. "아빠는 어느새 어떤 조직의 일원이 되어 있었어. 갱이라고 하긴 좀 그래. 같이 일하는 동료 정도였달까?" 형이 픽 웃었다. "그들은 스스로를 세이버스라 칭했어. 검치호의 거대한 송곳니 같은 검이지, 알지? 그 조직은 조금씩 커지기 시작해서 우선하는 일이 달라졌어. 이따금씩 마약 거래를 곁들이면서 강도질을 하던 놈들이 강도질을 가끔 곁들이는 마약 밀매업자가 되었거든. 더 과격한 일들도 서슴지 않았고. 그리고 폭력성이 점점 더 짙어지면서 강제성도 더해졌어. 또 몸값을 요구하는 게 강도질이나 마약 거래보다 수입이 짭짤하다고 봤지. 아빠는 넘지 않으려 하는 선이 있었는데 세이버스가 그 선을 넘어가니까⋯⋯."

형이 이 얘기를 할 때 엄마가 도서실에서 내게 했던 말이 떠올랐다. 하지만 자기가 좋은 사람인 줄 아는 나쁜 놈은, 그러니까 문제에 휘말리는 거야.

"아빠가 변절했어?" 내가 불쑥 물었다. 우리가 도서실에 있었다면 훨씬 더 적절한 환경에서 이 대단한 추리를 해나갔을 것이다.

형이 고개를 끄덕였다. "아빠는 정보를 넘겨주겠다는 거래를 맺었어. 조직 동료들이 붙잡히면 아빠는 처벌을 약하게 받는다는 조건이었지. 아빠는 이 거래를 기회 삼아 조직에서 나갈 수 있겠다고 생각했어. 그런 일들이 어떻게 굴러가는지 알 거야. 경찰들한테 일벌은 여왕벌을 돌보는 별 볼 일 없는 존재야. 아빠는 조직의 잔챙이였어. 그리고 경찰들이 조직 우두머리를 잡을 수 있도록 돕고 있었지. 하지만 경찰 측에선 무엇보다도 부패한 경찰을 찾고 싶어 했어." 형은 잠시 말을 멈춰 내가 받아들일 시간을 주었다. "권총 강도 일이 꼬여서 아빠가 돌아가신 게 아니야. 그들이 아빠를 덮친 거야."

아빠는 약쟁이가 아니었다는 엄마의 말이 떠올랐다. 어쩌면 이 일을 진짜 강도질처럼 보이게 하려고 홀턴이 주사기를 놓아 둔 것일지도 모른다. 어쨌든 마약에 취한 약쟁이는 아무 이유 없이 경찰차를 향해 총을 쏠 법하니까. 만약 아빠가 홀턴과 그의 동료에 대한 정보를 흘릴 참이었다면 아귀가 맞는 얘기였다.

"안타깝게도 누구도 앨런 홀턴을 살인 같은 큰일을 저지를 사람으로 생각하지 않았지만 결국 홀턴은 꼬리가 잡혔어. 증거물 보관실에서 코카인을 훔치고 뇌물을 받곤 했었거든. 못 보는 것도 정도가 있는 거지." 말에 날이 서 있었지만 나는 잠자코 형의 말을 들었다. "앨런은 감옥에서 징역을 살았어. 그러고는 그가 어떤 사람이었는지에 대한 온갖 이야기를 다들 쉬쉬했지. 왜냐하면 경찰 이미지에 금이 가니까. 이해되지?"

솔직히 형의 말을 믿고 싶다는 마음이 들긴 했다. 형이 아빠의 결백을 밝혀주어서가 아니라 이 이야기로 엄마의 많은 부분을 이해할 수 있을 것 같았기 때문이다. 형의 말이 사실이라면, 엄마가 경찰을 불신하는 건 나쁜 놈이라 할 수 있는 경찰이 남편을 죽였기 때문만은 아니었다. 엄마는 아빠에게 조직에서 나올 수 있게 해주겠다고 약속한 좋은 경찰이 아빠를 죽게 만들었다고 생각했다. 가족에게 등을 돌린 내 배신의 실상은 이러했다. 나는 아빠처럼 법의 편에 서기를 택했고, 우리 가족을 지키는 데 실패했다.

또 한편으로는 조각조각이 너무 깔끔하게 딱 들어맞는 이야기처럼 들리기도 했다. 형이 특별히 나를 위해 지난 3년 동안 공들여 만들어낸 이야기처럼.

"앨런 홀턴이 이걸 다 말해준 거야?" 내 목소리에서 의심을 감출 수가 없었다. 형의 말은 남에게 죄를 뒤집어씌우는 고백이나 다름없었다. "폐에 총 맞은 사람이 하기엔 너무 긴 이야기잖아."

"앨런은 입을 꾹 다물고 있다가 총에 맞은 다음에야 입을 열었어. 그리고 앨런이 이걸 다 얘기해준 건 아니야. 앨런에 대한 얘기는 거의 감옥에 있는 사람들한테 들었어. 다들 아는 유명 인사였지. 수감자 절반이 앨런의 전당포에서 사기를 당했어. 이 전당포는 훔친 물건을 파는 곳으로 꽤 유명했는데, 훔친 물건들이 시드니로 들어오면 분명 앨런한테 들어갔을 거야. 그리고 나머지 수감자들에겐 앨런이 빚을 지고 있었어. 언, 수감자들이 내 손을 덥석 잡고 흔들더라니까. 내가 호의라도 베푼 것처럼 말이야." 형이 얼굴을 찌푸렸다. 다른 수감자들이 하나 된 듯 행동했던 모습이 자꾸 떠오르는 게 틀림없었다. 어쩌면 살인 그 자체보다도.

나는 눈을 감고 백골처럼 허여멀건한 거미줄이 쳐진 공터를 떠올렸다. 내가 가서 확인해볼게. 내게 돌린 형의 등, 구부러진 어깨, 거미줄 속으로 사라진 쭉 뻗은 두 팔이 보였다. 이젠 물을 수 있겠어.

"공터에서 앨런이 정신을 차렸을 때, 앨런이 괜찮은지 형이 확인하러 갔었잖아. 그때 마음을 정했던 거지?"

회상에 잠긴 형이 무아지경에 빠진 듯 말했다. "오랫동안 앨런 잘못이라고 생각했었어. 믿어져? 왜냐하면 그 순간에 깨어난 느낌이 들었거든. 앨런이 아무 말도 안 했다면 차에 태웠을지도 몰라. 어쩌면 네 말을 들었을지도 모른다고. 입술에 피가 고여 있었지. 생생해. 앨런이 말할 때 입술 사이에 작고 시뻘건 다리처럼 들러붙어 있었어. 앨런 홀턴이 왜 그 순간 자기가 아빠를 쐈다고 얘기했는지는 모르겠어. 죽기 전에 마지막으로 모욕을 주고 싶었던 건지도 몰라. 어쩌면 나를 시험해보고 있었는지도 모르고. 아니면 내가 죽여주길 **바랐을 수도** 있겠지." 형이 코를 찡그렸다. "미안. 교도소 정신과 의사가 '책임 회피'라고 부르는 말들인데. 그러면 안 되지."

"그래서 아빠를 쐈다는 말에 이성을 잃고 마무리 지은 거야?"

형이 어두운 표정으로 고개를 끄덕였다. 형은 자신의 손을 바라보고 있었다. 손으로 앨런의 목을 조르던 걸 떠올리고 있는 것 같았다. "그놈을 죽이려고 간 건 아니었어. 끝까지 그런 건 아무것도 몰랐단 말이야. 앨런은 아빠를 죽게 만든 걸 내게 팔려고 했어. 다른 사람에게 팔아치우려 했었지."

나는 그 돈에 대해 다시 생각해보았다. 우리는 그 돈 때문에 죽었어. "우리"는 결국 커닝햄 사람인 우리 아빠 로버트였다. "하지만 아빠가 앨런 때문에 죽었다는 걸 알게 되니까, 형은 앨런이 뭘 갖고 있든, 그 가치가 얼마나 되든 그가 형에게 빚을 지고 있다고 느낀 거야. 그건 유산이니까. 그래서 형은 앨런을 쐈고 돈을 챙겼어. 그렇게 형의 돈을 되돌려받은 거야."

"그런 게 아니야. 돈 문제가 있긴 했지만 그런 식은 아니었어. 나는 내가 마련할 수 있는 만큼의 돈을 가져왔는데, 앨런이 가져오라던 액수엔 못 미쳤어. 내가 일을 망친 거야. 앨런이 모를 줄 알았거든." 형이 병원 대기실에 있는 사람처럼 침통하게 고개를 저었다. 고개가 왼쪽으로 갈 때 '만약', 오른쪽으로 갈 때 '그랬더라면' 하고 말하는 듯했다. "앨런이 나를 향해 총을 빼 들었어. 나는 총이 없었고. 진짜야. 우리는 총을 가지고 몸싸움을 벌였는데, 그러다 발사됐어. 그가 총을 들고 있었어. 어떻게 발사된 건지는 정말 몰라. 총을 쏴본 적이 없단 말이야. 그러더니 앨런이 주저앉았고 옆구리에서 피가 쏟아졌어. 난 그냥…… 앨런을 거기 내버려뒀어. 총은 빗물 배수구에 던졌고. 그런데 차로 돌아와서 흥분을 가라앉히고 시동을 걸려고 하니까 앨런이 다시 움찔거리는 거야. 내가 정말 앨런을 치려고 했는지 그가 불쑥 끼어들었는지는 기억이 안 나는데, 별안간 앨런이 보닛 아래 깔려 있었어. 그러고는 미동도 없었고. 그때 내가 너한테 전화했던 거야."

267이라는 숫자는 늘 딱 떨어지지 않는 숫자처럼 보였다. 그게 딱 떨어지는 금액이 아니라는 사실이 문득 와닿았다.

"앨런이 30만 달러를 원했어?"

"최대한 마련한 게 그만큼이었어. 루시가……." 형이 곤란하다는 얼굴로 머뭇거렸다. "그냥 내가 망친 거야. 알겠어? 내가 모자라게 가져간 거야."

"어떻게 루시가 모를 수 있어?" 그날 밤 형이 했던 말이 울렸다. **루시가 알게 될 거야.** 술 마신 걸 숨기고 있는 줄 알았더니 형은 더 큰 걸 감추고 있었다.

"루시는……." 형은 문제의 그날 밤에 대해 솔직히 털어놓을 수 있어 좋으면서도 사생활까지는 깊이 들어가지 않으려고 하면서 눈을 깜박였다. "루시는 돈을 잘 못 다뤄. 루시의, 음, 사업이, 아무래도 문제가 됐던 것 같아. 돈이 줄줄 샜지. 사람을 쳐내는 게 그 사람에게 가장 좋을 수 있다고 캐서린 고모가 얘기했었어. 그렇게 해봤는데, 상황은 더 나빠지기만 했지. 루시를 도와줄 수 있을 줄 알았는데."

"루시가 지금은 알아?"

"모르는 것 같아. 네가 가방을 가지고 있었잖아. 하지만 **알고 있을 수도** 있겠지. 만약 알고 있었다면 아무 말 않고 있는 거고."

"그만한 돈의 가치가 있는 게 대체 뭐야?"

"얘기했잖아. 정보라고. 그 일에 대해 생각할 시간을 갖고 보니 이 정보는 그 액수보다 가치가 훨씬 커."

"몇 십 년 전에 아빠를 죽일 만했던 정보 말이야? 그래서 바깥보다 여기 있는 게 더 안전하다고 생각한 거야? 그렇게나 위험한데 대체 왜 원했던 거야?"

"아까 말했지만 루시가 우리를 궁지에 빠뜨렸어. 앨런은 자기가 갖고 있던 걸 직접 팔 수 없었어. 그래서 대신해줄 사람이 필요했던 거지. 내가 중간 다리였어." 나는 우리 가족 중에 그만큼의 돈을 댈 수 있는 사람이 있긴 한가 자문해보았다. 그때 형이 불안한 듯 작게 중얼거리며 주머니를 하나씩 뒤지기 시작했다. "솔직히 내가 그렇게 위험한 일을 하고 있는 줄 몰랐어. 앨런 홀턴이 아빠한테서 그것들을 얻었다는 것만 알았으니까. 그가 뭐랄까, 연루되어 있는 줄은 몰랐어. 또 한편으론 내가 그렇게 일을 그르칠 위험인물이라곤 앨런이 생각 못 했던 것 같아. 그러니까 우리 둘 다 실수했던 거지."

"'그것들'이라는 게 대체 뭐야? 그리고 누구한테 팔려고 했던 건데?"

"이걸 보여주면 훨씬 수월하게……." 형이 주머니를 뒤적이며 바지를 탁탁 두드렸다. 형이 렌즈 통(형에게 안경이 필요한 줄은 몰랐는데 벽이 너무 가까이에서 가로막고 있는 감옥에 있어서 그랬는지 근시가 된 모양이었다), 보푸라기 뭉치 몇 개, 초콜릿 포장지, 펜, 열쇠 꾸러미를 꺼냈다. 칼은 나오지 않았다. 형이 찾는 건 주머니에 없었다. "젠장, 대체 어디로 간 거야?" 형은 실망감을 감추지 못했다. "나중에 보여줘야겠다."

"형 술 마셨었잖아. 그날 밤에 말이야." 계속 생각은 하고 있었는데 말이 불쑥 입 밖으로 나왔다. 나는 아주 빠르게 말을 쏟아냈다. 내가 의심을 품고 있다는 사실이 너무 분명히 드러났다. 형이 홱 고개를 들었고, 형의 눈 속에서 무언가를 본 나는 겁을 먹었다. 홀턴이 세상을 뜨면서 마지막으로 저 눈빛을 보았을까.

"용기가 좀 필요했을 뿐이야. 제정신이었어." 형이 쿡쿡 웃었지만 서글프고 힘없는 웃음이었다. "네가 안 믿을 줄 알았어."

"형을 안 믿어?" 내가 목소리를 높이지 않으려 애쓰며 말했다. "형을 믿으니까 그 차에 탔지. 형을 믿어서 방조자가 되어버렸고."

"들어봐."

"모르겠어. 아빠 이야기는…… 형이 앨런한테 사거나 훔치려고 했던 게 뭐든 간에, 형이 보여줄 수 있는 건 아무것도 없고—"

"—들어보라니까—"

"—앨런이 나한테 얘기했다고 거짓말했잖아. 그 사람이 무슨 생각을 하게 했든—"

"내 말 들어보라고!" 형의 목소리가 그 작은 방에 너무 크게 울려 나는 의자에서 거의 떨어질 뻔했다.

나는 자리에서 일어서서 문을 향해 뒷걸음을 쳤다. 내가 자기를 두려워하고 있다는 걸 형이 알아차리자 격분한 형의 눈은 매 맞은 강아지처럼 악의에 찬 눈으로 바뀌었다. 형 역시 자리에서 일어나 한 손을 내밀며 나를 막았다.

"내가 어떻게 할지 앨런은 틀림없이 알고 있었어. 그런 말을 하고 난 다음에 말이지." 형이 훨씬 침착해진 목소리로 말하고 있었지만 아주 애쓰고 있다는 걸 알 수 있었다. 형은 운전대를 꽉 붙들고 젖은 도로에서 미끄러지는 차를 모는 것처럼 한 마디 한 마디를 내뱉었다. "죽을 땐 누구도 거짓말하지 않아, 언. 영혼을 있는 그대로 내비치지. 너한테 보여줄 수 있으면 좋겠는데—" 형이 말을 하다 말고 다시 곰곰이 생각하더니 주머니에서 열쇠 꾸러미를 꺼냈다. "이래봤자 소용없지. 내 말을 믿지 못하겠다면 직접 확인해봐. 그다음에 나머지를 얘기해줄게."

형은 내게 열쇠 꾸러미를 던졌고, 나는 가슴에 대고 열쇠를 잡았다. 그 빌어먹을 트럭에 진짜 뭐가 들어 있는지 오빠한테 한번 물어봐. 소피아가 했던 말을 생각하자 소피아의 진짜 목소리가 문 밖에서 들려왔다. 무슨 말인지 알아들을 수는 없었지만 아주 필사적이었다. 문이 마구 흔들렸다. 우리가 잠글 수도 없는 문이라 두드릴 필요도 없는데 밖에서 극적으로 쾅쾅 두드렸다. 어쩌면 예의를 차리려는 걸지도 모른다. 하지만 소피아와는 조금 뒤에도 대화를 나눌 수 있었다. 형과 볼일이 끝나지 않았기에 나는 노크 소리를 무시했다.

"그냥 말해줘. 무슨 일이 일어나고 있는지 아는 것 좀 있어? 마크, 재닌 윌리엄스나 앨리슨 험프리스라는 사람들 혹시 알아?"

"험프리스는……" 형이 고개를 저었다. "모르겠어. 하지만 윌리엄스는…… 알 수도 있어. 브리즈번 사람들이라면." 너무 흥미로워서 몸을 앞으로 기울이다 하마터면 의자에서 떨어질 뻔했다. 형은 내가 관심을 보이자 좋아하는 눈치였다. "감옥에 들어가고 얼마 안 됐을 때 M&J 윌리엄스라는 사람한테서 편지 한 통을 받았어. 반송 주소가 브리즈번에 있는 우편사서함이었지. 아까 말했듯이 내가 가지고 있는 게 생각보다 더 가치가 있다는 걸 그때 깨달았어. 원하는 사람이 많거든. 그리고 그 편지를 쓴 사람은 뭐랄까. 창의적이라고 박수 받아 마땅해. 아무래도 나를 겁주려고 했던 것 같아."

"어떻게?"

"가짜 이름으로 편지를 끝맺었어." 형이 쿡 비웃었다. "아까 말했지만, 그냥 나를 자극하려는 거였어. 겁을 주려고 했던 거야. 그래서 답장은 안 했어. 왜?"

"마크, 재닌 윌리엄스랑 여기서 꽁꽁 언 시체로 발견된 사람이 같은 사람한테 살해당했을지도 몰라. 살해 방식이 유사해 보이는데 소피아한테 확인해봐야겠지. 우리 모두 여기 모인 **이번 주말**에 사람이 죽었다는 게 우연의 일치라고 하기엔 너무 이상하잖아—"

"—하필 내가 그걸 가지고 여기로 왔을 때 말이지. 맞아. 분명 연결되어 있어. 그냥 트럭 안을 봐봐. 그럼 이해할 거야."

나는 자리에서 일어섰다. "어젯밤에는 어디 있었어?" 물어보지 않고는 자리를 뜰 수가 없었다.

"트럭을 열어봐. 그 질문에도 답이 될 거야."

"트럭 안에 우주선처럼 말도 안 되는 게 들어 있어야 할 거야." 나는 말했다.

또다시 밖에서 노크를 해대는 바람에 문이 흔들렸다. 내가 흘긋 문을 쳐다보았다. 형이 고개를 끄덕였고, 잠시 멈춰 서서 나가도 좋다는 형의 허락을 기다렸다는 사실을 깨달은 나는 스스로가 정말 싫어졌다.

"뭐 떨어뜨렸어." 형이 내가 앉아 있던 의자 옆 바닥을 내려다보았다. 내 주머니에서 작은 정사각형 모양의 종이가 떨어져 있었다. 나는 당황해서 얼굴이 새빨개졌다. 형이 종이를 집어 들어 읽고는 히죽히죽 웃었다.

"소피아가 만든 거야?" 내가 고개를 끄덕였다. "하나 빼먹었네."

형이 펜을 집어, 빙고 카드에 손을 댈까 말까 고민하는 듯 잠시 나를 바라보았다. 그러고는 긴 의자에 빙고 카드를 대고 종이 위로 몸을 기울여 줄을 몇 개 쭉 그었다. 형의 몸통이 시야를 가려서 형이 뭐라고 쓰고 있는지는 안 보였지만 시간이 좀 걸렸다. 쓸 게 많거나 사소한 걸 두고 고심하는 듯했다. 나는 안절부절못하며 문을 뒤돌아보았다. 이제는 밖에서 두 사람의 목소리가 들려왔다.

형이 다 쓰고는 몸을 똑바로 일으켜 종이에 바람을 불고, 잉크가 말랐는지 확인하려 엄지손가락으로 종이를 꾹 눌렀다. 형이 뭘 하느라 그렇게 오래 걸렸나 했더니 의자 위에 놓인 형의 렌즈 통이 열려 있었다. 글자를 더 잘 쓰려고 렌즈를 낀 게 틀림없었다. 그러더니 형이 건조실을 가로질러 와(부끄럽지만 형이 올 때 목에서 맥박이 천둥처럼 울렸다) 내게 빙고 카드를 건넸다. 나는 형의 손에서 카드를 재빠르게 낚아채 살펴보았다. 이상하게 이 빙고 카드에 대한 소유욕이 일었는데, 무슨 이유에서인지 형이 나와 소피아만의 게임에 침범한 셈이니 형이 카드를 얼마나 망쳐놓았는지 보고 싶었다. 형이 너무 오랫동안 붙들고 있길래 많이 바꿔놓았을 줄 알았는데 달라진 건 딱 한 칸이었다. 형은 **누군가 죽는다**라는 문장에 쭉 줄을 그었다.

"그거 잃어버리지 마. 난 너 믿어. 날 믿어달라는 게 아니라, 그저 자세히 들여다보라는 거야." 나는 내 다른 손에 들린 열쇠를 바라보며 내가 트럭에서 보게 될 게 대체 뭘까 하고 생각했다. **자세히 들여다보라.** 그때 이제 형이 쉰 목소리로 은밀한 고백을 털어놓을 수 있을 만큼 나와 가까이 서 있다는 걸 깨달았다. 내가 가장 피하고 싶었던 상황이었다. 형이 마른침을 삼켰다. "그리고 있잖아, 에린이랑은⋯⋯."

"아니—" 나는 형의 말을 가로막으려 했다.

형이 나를 무시하고 말을 이었다. "우리는 일부러 그런 게 아니었어."

나는 유혹에 넘어갔다. 어쨌든 내겐 다른 사람들이 쓰는 객실을 들여다보지 않고는 못 배긴다는 문제가 있으니까. "우리가 아이를 가지려 했다는 거 에린이 얘기했어? 의사들이랑 클리닉 얘기를 했느냐고. 우리가 뭐 때문에 헤어졌대? 다른 문제가 있었다고 얘기해줘. 난 에린이 원하는 걸 줄 수 있었어. **그보단** 뭐가 더 있다고 얘기해달라고."

"언—"

정신이 돌아왔다. "마음이 바뀌었어. 알고 싶지 않아. 그리고 내가 형 돈 꽤 썼어.(사실 그렇게 많이 쓰지 않았다. 그리고 그게 못마땅했다. 나는 그저 마지막으로 악에 받친 말을 뱉고 싶을 뿐이었다.) 나도 일부러 그런 건 아니었던 것 같아."

문 반대편에서 크로퍼드와 소피아가 물컵을 들고 문 가까이 서 있진 않았지만 불안하면서도 호기심 가득한 얼굴로 문 주위에 모여 있었다. 나는 문틈을 막아주는 고무가 있어 다행이라고 생각했다. 고무 덕에 방음이 잘되어 크로퍼드와 소피아는 대화를 거의 못 들었을 것이다. 형이 고함을 친 건 들었겠지만. 아마 그 소리 때문에 노크를 해댔을 테고.

소피아는 **드디어 나왔구나** 하는 얼굴로 가면서 설명해주겠다며 게스트하우스 입구 쪽으로 내 팔을 홱 잡아당겼다. 그러고는 내가 뒤따라오길 바라며 서둘러 걸음을 옮겼다. 크로퍼드가 빗장을 다시 원래 자리로 밀어 넣고 문 옆에 있는 자리에 앉았다. 그는 급하게 움직이는 소피아를 보고도 불안해하는 것 같지 않았고, 그렇다고 그녀가 무슨 일 때문에 이러는지 알고 있는 것 같지도 않았다.

나는 소피아 뒤를 쫓아가기 전에 잠시 맑은 공기를 들이쉬었다. 건조실에 있을 때 목에 송골송골 맺힌 땀이 마르며 몸에 한기가 돌았다. 형이 많은 말을 했지만 뭘 믿어야 할지 알 수 없었다. 그러나 형이 위험인물은 아닐 거라는 건 인정했다. 물론 형이 여기로 위험한 걸 가져왔을지도 모른다는 생각은 들었지만. 그러나 제대로 이해가 되는 건 아직 아무것도 없었다. 내가 다음에 할 일은 간단했다. 형이 약속한 대로 트럭 뒤에 있는 게 어젯밤 형이 어디에 있었는지를 말끔히 설명해줄 수 있다면 형은 더 오래 건조실에 있을 필요가 없었다. 건조실에 30분 동안 있어 보니 한층 더 형을 건조실에서 구해주고 싶어졌다. 그럼 나머지 문제는 함께 해결해나갈 수 있었다.

나는 소피아 뒤를 따라 걸어가며 빙고 카드를 접었다. 외투 깊숙이 넣어둘 참이었다. 실수로 캐서린 고모 앞에 빙고 카드를 떨어뜨린다면 고모는 그 카드를 귀엽게 봐줄 것 같지 않았다. 카드를 꾹 접다가 보니 형이 끄적인 흔적이 하나 더 있었다. 방금 묻은 잉크가 반짝였다. 형은 여러 빙고 칸 가운데 하나, 그중에서도 한 단어에 줄을 긋고 다른 단어로 바꿔놓았다. 형이 구두점까지 찍었다는 걸 우리 편집자님이 참 좋아할 성싶다. 카드엔 이렇게 쓰여 있었다.

어니스트는 무언가를 망커뜨린터 **바로잡는다**.

21장

 이 글을 쓰고 있는 지금도 그렇고 형이 고쳐놓은 빙고 카드를 바라보고 있으니 형에 대한 애정이 물밀듯 밀려들어 가슴이 벅차올랐다. 정말 감동적이긴 하다만 이 감동에서 살짝 빠져나와 이제 우리 엄마에 대한 이야기를 좀 들려주려 한다. 솔직히 이 일화를 더 일찍 이야기할 수도 있었는데, 만약 그러느라 건조실에서 형과 내가 만나는 장면이 늦어졌다면 읽는 분들이 책을 냅다 벽에 던져버리지 않았을까 싶다. 물론 그래도 난 이해한다.

 앞으로 할 이야기를 제대로 전달하려면 내가 직접 목격하지 못했던 사건과 그저 추측해볼 뿐인 다른 사람들의 시선을 이용해 이야기를 풀어나가야 한다. 하지만 이렇게 재구성한 이야기도 난 사실이라고 본다. 사람들이 입고 있었던 외투의 색깔이나 날씨에 관해 나누던 이런저런 잡담을(사실 날씨는 정확하게 기억하고 있으므로 꾸며낼 필요가 없다. 그날은 푹푹 찌는 여름날이었다) 지어내 보완해야 한대도 타협할 가치가 있다. 왜냐하면 어린 시절이라 기억이 온전치 않기도 하고 그날 자유롭게 돌아다닐 수 있었던 것도 아니어서 내가 기억하는 사건들은 딱히 쓸모가 없을 것이기 때문이다.

그래, 바로 그날. 중요한 날이다. 그날 누군가 죽었고, 엄마는 누군가를 총으로 쐈다. 그리고 그날 엄마의 오른쪽 눈 위에 흉터가 졌다. 달리 말하자면 엄마에게 커닝햄이란 딱지가 졌다.

우리 아빠가 죽고 몇 달이 흐른 뒤였지만 다들 그런 줄 몰랐을 거다.

엄마는 고분고분 참아주는 사람이 아니다. 엄마는 자기 자식들이 까부는 것도, 세상이 못되게 구는 것도 마냥 참아주지 않았다. 앞에서 얘기했지만 나는 아빠가 떠난 빈자리로 아빠를 보았다. 이제 아빠가 가장 큰 빈자리를 남겨두고 갔지만, 우리에겐 그를 알아차릴 새가 없었다. 엄마는 우리가 눈코 뜰 새 없이 바쁜 생활을 하게 했다. 하버드 대학에 지원이라도 할 것처럼 교외활동이 세 배로 늘었다. 일정 사이에 조금의 틈도 없었다. 한번은 이틀 연속으로 머리를 자른 적도 있었다.

우리는 영재라도 되는 것처럼 운동 팀에 들어갔다.(우리 나이를 생각하면 진짜 운동을 배운다기보다는 다양한 도구를 사용한 놀이에 가까운 활동들이었다.) 나는 수영을 했고 제러미는 테니스를 쳤으며 형은 운동 말고 피아노를 치기로 했다.(지금 어깨가 벌어진 사람은 형이지만.) 우리 셋은 다 같이 수업하는 곳으로 가 심판 의자에 앉아 있거나 칠판에 낙서를 끼적이거나 다리를 흔들며 수영장에 앉아 있었다. 우리는 여덟 개의 팔을 흔들며 다 함께 시내를 돌았다. 이렇게 하면 아이 돌봐주는 사람에게 드는 비용도 아끼고 우리를 계속 바쁘게 만들 수 있다는 두 가지 목적이 충족됐다. 엄마는 우리가 아무렇지 않다고 느끼도록 만들려 애썼다. 우린 아빠에 관한 이야기를 일절 하지 않았고 잠시 멈춰서 삶이 달라질지도 모른다는 사실을 인정하려 들지 않았으며 그저 앞으로 나아가기만 했다. 처음에는 친구들이 캐서롤이나 라자냐를 가지고 찾아왔지만 음식들이 고양이 밥이 되고 나서는 음식을 들고 찾아오는 친구들이 거의 없었다. 같은 반이었던 나탄이라는 남자아이는 아버지가 암으로 돌아가시고 몇 주 동안 학교에 나오지 않았다. 그러나 나는 단 하루 쉬었고, 바로 조이스카우트(Joey Scouts) 활동에 참여해야 했다.

아이들이 트라우마를 억누르도록 하는 양육 방식은 의문스럽긴 해도 어느 정도 효과가 있었다. 하지만 나는 엄마 역시 우리의 새로운 숨 가쁜 일정에서 위안을 찾았다고 생각한다. 엄마는 우리 셋을 차에 태워 디즈니 시트콤에 나올 법한 카시트에 나란히 앉히고는 우리에게 안전띠를 매주었고, 우리를 학교에 데려다준 뒤 직장으로 출근했다. 그러고는 다시 우리를 데리러 와 우리에게 철커덕 안전띠를 채워주고는 방과 후 수업 가운데 하나로 데려갔다. 우리는 늘 집 밖을 나다녔다. 슬픔으로부터 달아나고 있었다.

성인이 되어 또다시 트라우마를 겪고(차에 가서 기다리고 있어) 이 나날을 돌아보니 당시 엄마가 했던 행동의 다른 측면을 볼 수 있었다. 너무 충격적인 일을 겪고 난 뒤 몇 달 동안은 늘 잠든 채로 돌아다니는 느낌이 든다는 걸 이제는 알기 때문이다. 하루하루 멍하니 정해진 일을 해나가는데 슈퍼마켓에 걸어가는 것조차 건조실만큼 텁텁한 공기를 헤치고 사지를 질질 끌고 가는 것처럼 느껴진다. 기본적인 일도 하나하나 다 결정해야 하는 것처럼 느껴지기 시작해서 금세 진이 다 빠져버리니 결국은 아무것도 못하게 된다. 부엌에 가긴 갔는데 왜 갔는지 이유를 알 수 없는 것이다. 그래서 우리는 화요일에 테니스 대신 수영 수업에 갔다. 미용실에도 두 번을 갔는데, 이건 바빠서가 아니라 어제 갔다는 걸 까먹어서였다. 우리의 반복적인 일정은 물론 우리를 계속 바쁘게 만들기 위해서였지만, 한편으론 반복이 의사 결정을 내려야 하는 부담을 덜어주었기 때문이기도 하다. 나도 지금은 알지만, 당시 엄마는 이 부담을 힘겹게 지고 있었다.

문제의 그날, 모든 일은 다 정해져 있다. 우리는 별일 없이 아침 식사를 마친다. 엄마가 우리를 차에 태워 안전띠를 매주고, 가는 길에 계속 초록 불이 켜진다. 심지어 엄마는 은행에 5분 일찍 도착해, 커피를 만들고 상사와 간단히 잡담을 나눌 수 있다. 이야기에 살을 붙여 좀 꾸며보면 이 상사는 파란색 코트에 초록색 넥타이를 매고 날씨에 관한 이야기를 나누고 싶어 한다.

엄마는 은행 관리직에서 은퇴한 후로 은행에서 이런저런 업무를 옮기며 담당했는데 이날은 은행 창구 직원으로 일하고 있었다. 이때는 정장을 차려입고 아이패드를 쓰며 대담하게 능동적으로 일을 하려는 대학 졸업생들이 아니라 투명 아크릴 창 뒤에서 네커치프를 맨 젊은 여성들이 은행 업무를 보던 90년대였다. 나중에 알게 됐는데 은행은 엄마에게 아주 좋은 직장이었다. 그들은 아빠의 악명 높은 사건에 관대했다. 보통 같았으면 엄마가 그 은행에서 일을 할 순 없었을 텐데 아빠의 죽음으로 아빠의 만행이 만천하에 드러난 뒤로도 엄마는 하던 일을 계속할 수 있었다. 아빠가 죽고 난 뒤 몇 개월 동안 엄마가 거의 잠든 상태로 일상생활을 이어나가느라 저질렀던 몇몇 비싼 실수도 은행 측은 너그럽게 넘어가주었다. 심지어 엄마에게 휴가를 더 주었는데, 과연 엄마가 휴가를 다녀왔는지 알려드리도록 하겠다. 엄마는 아빠의 장례를 치르고 사흘 뒤에 직장에 복귀했다. 그저 장례식이 금요일에 치러졌기 때문이었다.

9시 10분, 막 일을 시작했을 때 엄마는 지점장실에서 엄마를 찾는 전화가 왔다는 얘기를 전해 들었지만 너무 바빠 받을 수가 없다. 9시 30분, 전화가 한 번 더 울리지만 이번에는 전화가 왔다는 소식이 엄마에게 전해지지 않는다. 전화기는 계속 날카롭게 울리기만 한다. 전화는 원래도 고요한 은행에서 꽤 시끄럽게 울리는 편인데, 이날은 지점장실 문이 열려 있는 데다 은행 앞문은 잠겨 있고, 창구 직원들은 두 손을 머리 뒤에 갖다 대고 채 상다리를 한 채 소리 없이 바닥에 앉아 있어 더더욱 요란히 울린다.

두 남자가 있다. 이들이 어떤 차림인지는 내가 꾸며낼 필요가 없는데, 트렌치코트를 걸치고 선글라스를 끼었으며 모자를 쓰고 있다는 걸 알고 있기 때문이다. 한 사람은 현금 서랍을 뒤지고 있고, 다른 한 사람은 한 줄로 앉아 있는 직원들 옆을 성큼성큼 걸으며 조용히 하라고 윽박지르고 있다. 그는 흑색 산탄총처럼 생긴 부피가 큰 총기를 들고 있는데, 손잡이 대신 총열을 잡고 본인 옆으로 총을 빙빙 돌리며 걷는다. 경기를 뛰고 있지 않을 때 야구방망이를 쥐는 폼으로.

경보 장치는 울리지 않는다. 아무도 경보기 가까이 갈 수 없었다. 이 애송이 패거리는 지점장을 구타해 금고에 접근하기로 한다. 또 한 번 전화기가 울리지만 현금 서랍을 뒤지던 사람이 욕지거리를 내뱉으며 지점장실로 들어가 수화기를 내려놓는다.

자식들이나 세상이 주는 굴욕을 가만히 당해주지 않는 우리 엄마는 이 좀도둑들의 만행도 참아주지 않는다. 이다음에 일어나는 일은 엄마에게서 남편을 앗아 간 범죄와 강도질의 어리석음에 대한 반항이었을 수 있겠다는 생각이 든다. 아니면 이 패거리의 존재 자체에 대한 반항일 수도 있고. 엄마는 이들이 쓴 선글라스 뒤에서 아빠를, 아빠가 엄마에게 남겨둔 모든 것을 본 순간 방아쇠를 당겼을지도 모른다. 아니면 그저 애송이 패거리가 산탄총을 제대로 들고 있지 않아 발사할 수 없을 거라고 생각한 건지도 모른다. 어떤 게 가능성이 가장 높은 이야기인지는 정할 수 없다.

확실한 건 엄마가 안에서 솟아오르는 어떤 느낌 때문에 자리에서 일어났다는 것이다. 그리고 30초 후에 엄마는 코뼈가 부러지고 손에 산탄총을 든다. 애송이 패거리는 바닥에 주저앉아 허둥지둥 뒷걸음을 친다. 엄마는 총을 돌려 잡는다. 거리는 산탄총으로 누군가를 반으로 찢어버릴 정도로 아주 가깝다. 현금 서랍을 뒤지던 남자는 두 손을 들어 올리고 엄마에게 진정하라고 말한다. 엄마는 애송이 패거리의 가슴에 총을 겨누고―엄마가 머뭇거렸는지 아닌지에 대한 추측은 함부로 않겠지만, 엄마는 몽롱한 정신이 깨어 아주 오랜만에 머리가 맑은 상태였을 거라고 생각한다―방아쇠를 당긴다.

엄마는 그의 가슴 정중앙에 총을 쏜다.

콩주머니 탄환은 천 주머니에 총알이 든 산탄총 탄약통으로, 이 탄환에서는 피부를 찢어발기는 총알이 터져 나오지 않는다.

폭동을 진압하는 경찰들이 종종 사용하며, 살상용이 아닌 진압용으로 만들어졌다. 엄밀히 따지면 콩주머니 탄환은 전혀 치명적이지 않다기보다는 덜 치명적인 탄으로 분류된다. 예를 들어 이 탄환은 갈비뼈를 부러뜨리거나 심장을 파고들지만, 콩주머니 총으로 인해 죽는 일은 실수로 진짜 탄약을 장전하는 경우가 제일 흔하다.

걱정 마시라. 이 책은 내가 총알이 초당 몇 미터의 속도로 발사되고, 총이 어디 제품이며 어떤 모델이고, 문제의 총을 주문받은 공장이 어디고, 탄도에 영향을 미칠 수 있는 상대습도나 바람 상태 따위를 묘사하는 책이 아니다. 다만 내가 짚고 넘어가야 할 점이 있다.

바로 애송이 패거리가 자신을 향해 겨눈 총을 보고 겁을 상당히 먹고 있는 사이 엄마가 그에게 총을 쏴 갈비뼈 네 개를 부러뜨렸지만 그를 죽이지는 않았다는 점이다.

엄마가 총의 방아쇠를 당기기로 했을 때 엄마는 자신이 들고 있던 총이 덜 치명적인 무기라는 건 몰랐을 거라고 생각한다. 아마 나중에 알게 됐을 것이다. 그리고 엄마의 상처는 오른쪽 눈 위에 져 있는데, 이 은행 강도로 인해 엄마는 코가 부러졌다. 경찰과 구급대원이 건물을 치우고 엄마의 코에 솜뭉치를 쑤셔 넣은 건 늦은 오후였다. 그때 마침내 누군가 수화기를 다시 올려놓았는데 그 즉시 전화가 울리기 시작했다. 나는 그날의 온도를 기억한다. 찌는 듯 더웠다. 전화는 커닝햄 아이들 셋 모두 그날 아침에 학교에 오지 않았다는 걸 엄마에게 알려주기 위해 학교에서 준 전화였다. 엄마는 여느 날과 다를 바 없이 일정이 아주 빡빡한데도 5분 일찍 회사에 도착했었다.

엄마는 누군가에게 총을 쏘았지만 그를 죽이진 않았다.

하지만 이날 누군가는 죽었다.

몽롱한 상태였고, 잠든 채로 돌아다니는 듯했으며, 집중이 잘 되지 않아 실수를 저질렀다.

타는 듯 더운 여름날, 엄마가 학교에 내려다주는 걸 깜박한 세 남자아이는 건물 옥상 주차장에 있는 차 안에 그대로 매여 있었다. 깨진 창문과 흉터가 남을 정도로 유리에 깊이 베여 엄마의 이마에서 쏟아지던 피는 기억나지 않는다. 내가 확실히 기억하는 건 병원이고, 나머지는 나중에 들었다. 지금 이날까지도 숨이 막히는 악몽을 꾸다 깬다. 하지만 솔직히 말하면 그날은 정말 전혀 떠오르지 않는다. 기억에 아주 커다랗고 검은 헝겊 조각이 덧대어져 있다.

내가 아는 건 제러미가 죽을 때 내가 그 애의 옆에 앉아 있었다는 것이다.

보낸 사람: ⟨삭제⟩

받는 사람: ECunninghamWrites221@gmail.com

제목: 우가모살에 들어갈 사진들

어니스트, 안녕하세요,

메일 잘 받았어요. 안타깝지만 중간에 사진이 삽입되면 컬러 인쇄는 물론이고 종이는 광택지를 써야 해서 생산 과정이 아예 달라질 거예요. 그럼 비용이 너무 많이 들어서 이 책 예산으론 감당할 수가 없습니다. 설명을 적절히 배치하면 사진 역할을 똑같이 할 거예요. 죄송하지만 예산을 늘릴 방도가 없네요.

그나저나 작업은 잘 진행되고 있나요? 가벼운 잡담은 좀 정리하셨는지요? 작가님 방식일 수도 있겠지만, 많은 인물이 죽었으니까 독자들이 공감을 못 할 것 같아서요. 저희가 책 표지에서 총알 자국은 빼기로 했다는, 작가님이 좋아하실 만한 소식 전합니다. 좀 과하다고 생각하셨잖아요. 작업하시면서 제가 검토했으면 하는 부분들이 있으면 연락 주세요.

보낸 사람 삭제

추신. 다른 질문에 답변드릴게요. 인세 일부를 루시 샌더스에게 돌리는 건 문제없을 겁니다. 자세한 내용 보내주시면 조정하겠습니다.

새아버지

22장

나는 로비에서 소피아를 따라잡았다. 소피아가 입구 옆에 서 있었다.

"누가 창고를 기웃거리고 있어." 소피아가 말했다. 소피아가 양쪽에 달린 여닫이문을 밀어 열자 폭풍이 입구 너머에서 불어닥쳤고 얼음이 내 부츠에 후두두 떨어졌다. 내가 주춤거리고 있는데 소피아가 나를 밖으로 몰아냈다. 건물 입구에는 아무도 없었다. 남편들도 오들오들 떨며 기사도를 발휘하기보다는 혼이 나더라도 따뜻하게 있기로 하고, 차에서 물건을 가져오라는 심부름을 포기해버린 것이다. 귓속에 바람 소리가 울려 퍼졌다. 마치 누군가 내 옆에서 셀로판지를 구기고 있는 것 같았다. 말이 들리려면 소피아는 고함을 질러야 했다. "그림자를 봤어." 그녀는 망설이다 입을 열었다. "바에서."

"그래서?" 내가 소리쳐 대답했다. 바람이 입속으로 마구 달려들어 입 밖으로 낼 수 있는 말은 이게 전부였다. 강풍이 불어서 숨을 쉬려고 하면 바람을 먹을 수밖에 없었다.

"원래 나쁜 놈들이 범죄 현장에 얼쩡거리는 거 좋아하지 않아?" 맞는 말이었지만 문 앞에서 느껴지는 추위에 겁이 나기 시작했다. 나는 잠깐 기다리자고, 아니면 크로퍼드를 데려오는 게 더 낫겠다고 말하려던 참이었는데, 무슨 말을 꺼내기도 전에 소피아는 이마 위로 한쪽 팔을 받치고 폭풍 속으로 맹렬히 걸어 들어갔다.

소피아가 너무 멀리 가버려서 그림자도 안 보일까 걱정돼 소피아를 뒤쫓아 갔다. 얼마 지나지 않아 어디가 위고 어디가 아래인지 분간할 수가 없었다. 잘은 몰라도 비탈 아래로 잘못 내려갔다간 언 호수 위를 배회하다 약하게 얼어 깨지기 쉬운 얼음 밑으로 쑥 빠져 죽을 수도 있었다. 갑자기 찬물에 훅 들어가면 폐가 기능을 멈춘다는 글을 읽은 적이 있었다. 낮은 온도는 혈액에도 영향을 미친다. 그럼 바로 정신을 잃을 수 있다. 언 호수에 들어가는 게 위험하다는 건 누구나 안다. 일단 얼음 구멍 속으로 들어가면 그 밑에서는 다시 구멍을 찾을 수 없기 때문이다. 하지만 투명한 얼음을 주먹으로 쾅쾅 두드리다 익사하는 사람이 등장하는 진부한 장면은 사실이 아니다. 그 정도로 차가운 물속에서는 모든 게 그대로 멈춰버린다. 주먹으로 쾅쾅 세게 치는 장면이 없다면 분명 실망스럽긴 하겠지. 내가 죽을 땐 내 죽음에 분노해 맞설 기회가 있었으면 좋겠다.

소피아를 놓치고 말았다. 나는 힘겹게 주위를 둘러보았다. 사방이 온통 소용돌이치는 잿빛이었다. 귓속에 울리는 바람 소리는 격렬하다 못해 비명처럼 들렸다. 마치 전기톱 소리 같았다. 눈이 따가워서 눈을 팔뚝 안쪽으로 깊이 파묻고 필요할 때에만 위를 쳐다보았다. 발을 끌어 몇 걸음 더 앞으로 옮겼다. 소용돌이치는 잿빛 속에서 거대한 형체가 나타났다. **곰**이다. 장소가 호주라서 터무니없는 생각이었지만 처음엔 정말 곰인 줄 알았다. 하지만 나는 금세 차라는 걸 깨달았다. 여긴 주차장이었다. 다행히 제대로 가고 있었던 것이다.

폭풍이 너무 거세 차들이 서스펜션 위에서 마구 흔들리고 있었다. 캐서린 고모의 볼보는 창문이 부서져 뒷자리에 눈이 잔뜩 쌓여 있었다. 새아버지의 차가 저 지경이 아니라 다행이었다. 눈이 가죽으로 된 차량 좌석을 망가뜨리고 복잡한 전기장치에 합선을 일으켰을 테니까. 순간 어떤 생각이 번뜩 떠올랐는데, 일단 뒤로 미뤄두기로 했다.

내가.서 있는 곳에서는 저 멀리 언덕 위 창고만 간신히 알아볼 수 있을 터였다. 저 건물은 차라고 하기엔 너무 멀리 있었고, 현실적으로 곰일 수 없었으며, 오두막의 삼각 지붕도 아니었다. 이 정도면 내가 어디 서 있는지 확인하기에 충분했다. 걸음을 옮기고 보니 오른쪽에 마이클 형의 트럭이 있었다. 뿌옇게 보였지만 착각할 수가 없는 크기였다. 트럭의 양 측면이 휘몰아치는 바람 속에서 사실상 돛의 역할을 하고 있었고, 차체는 금방이라도 기우뚱 기울어질 것처럼 작은 바퀴 위에서 사정없이 흔들렸다. 주머니 속 열쇠가 다리에 닿는 게 느껴졌다. 창고는 잊어버리자. 나는 트럭을 향해 걸음을 옮겼다.

그때 누군가 내 팔을 잡았다. 소피아였다. 소피아의 입술이 내 귀 가까이 있어 내 목에 침이 튀었다. "거기 아니야, 언."

그러더니 소피아는 나를 언덕 위, 주차장 밖으로 끌고 갔다. 눈이 점점 더 수북이 쌓이는 게 눈에 보일 정도였고, 나는 종아리까지 올라오는 눈에 구멍을 푹푹 내며 걸음을 옮겼다.(범죄 현장에 남아 있던 발자국들은 다 안녕이었다.) 평평한 지붕이 드리운 그림자에 가까이 다가가자 지붕 위에 쌓인 엄청난 양의 눈을 볼 수 있었다. 건물 정면이 바람을 더 잘 막아주겠지만 우리는 옆에서 다가갔다. 마지막 몇 걸음을 힘겹게 옮겨 물결 모양의 양철 벽에 등을 딱 붙였다. 바람이 창고 주위로 갈라졌다 다시 우리 바로 앞에서 합쳐졌다. 마치 강 속에 있는 바위 뒤에 몸을 피하고 있는 것 같았다. 귓속에서 바스락거리던 소리가 약해지고 귀신 우는 소리가 들렸다. 나는 몇 번 연이어 숨을 크게 들이쉬고는 어깨와 팔에 2, 3센티미터가량 쌓인 가루눈을 흔들어 떨어냈다. 장갑을 끼고 있지 않아 손에 열을 내보려고 두 손을 주머니에 찔러 넣고 쥐었다 폈다를 반복했다. 내 위로 펼쳐진 차양에 긴 손가락 같은 고드름이 매달려 있었다. 언젠가 공포 영화에서 떨어지는 고드름에 사람이 푹 찔리는 장면을 본 적이 있었는데, 그게 불가능하다는 걸 알면서도 나는 최대한 등을 벽 가까이에 붙이고 있었다.

소피아가 모퉁이 가까이 몸을 기울이더니 재빨리 고개를 빼고는 팔꿈치로 내 옆구리를 쿡 찌르며 내게 눈짓을 해 보였다. 봐. 창고 문이 열려 있었다. 크로퍼드가 창고를 잠그는 데 썼던 맹꽁이자물쇠가 눈 위에 놓여 있었다. 자물쇠가 잘린 건 아니었다. 그가 자물쇠로 고리를 걸어두었던 손잡이가 나사까지 완전히 뽑혀 있었다.

"크로퍼드를 데려와야 해." 내가 말했다.

"그럼 네가 가서 데려와." 소피아가 모퉁이를 돌려고 했다.

나는 한 팔로 그녀를 가로막고는 벽 가까이 밀어붙이며 말했다. "안 돼!"

"난 시체를 더 자세히 보고 싶단 말이야, 알겠어? 그리고 지금
보다 더 좋은 기회는 없을 거야. 크로퍼드가 다시는 아무도 시체
에 가까이 다가가지 못하게 할 거라고. 그리고 본인이 해결하려
고 하겠지. 그 사람은 분장 놀이나 하라 그래. 만약 이게ㅡ" 소
피아는 상상으로 만든 풍선을 터뜨리며 말을 이었다. "더 큰 문
제라면 새벽엔 우리 다 죽어 있을 수도 있어. 우린 정보로 무장
해야 해. 게다가 우리가 지금 여기 와 있는데 문도 열려 있잖아.
범인은 갔을 거야."

"안 갔으면?"

"글쎄, 그러니까 내가 널 데려왔지. 경호원으로."

"잘못 골랐네."

"그럼 이건 어때? 문틈으로 아주 살짝만 엿보는 거야. 만약 누
가 안에 있으면 문을 막고 안에 가둬버리자. 입구는 하나뿐이야.
그리고 다른 사람들을 데려오는 거지. 카피쉬?(알겠어?)"

물어보고 싶은 게 많았다. 손잡이가 부서졌는데 대체 어떻게
가둘까? 문을 막고 있으면서 동시에 도움을 청하러 달려가는 일
이 어떻게 가능한가? 만약 무기를 가지고 있는 사람들이라면?
카피쉬 철자가 어떻게 되더라?

그러나 내게 선택의 여지가 없다는 걸 알고 있었다. 내가 도움
을 청하러 게스트하우스로 다시 돌아간다 해도 소피아는 내가
지원군과 함께 올 때까지 잠자코 기다리고 있지 않을 것이다. 같
이 붙어 있는 게 더 안전했다. 그리고 트럭에 있는 게 형이 고친
빙고 칸(어니스트는 무언가를 바로잡는다)을 지우는 데 도움이 됐으면
했는데, 시체를 제대로 살펴보는 것도 도움이 될 것 같았다. 사

람들이 이딴 이유로 멍청한 결정을 내릴 때 짜증이 난다는 거 알지만—고드름에 박혀 꼬치구이가 된 인간이 그 공포 영화에서 살아남지 못한 이유였다—나는 그저 좀 궁금했다.

우리는 모퉁이를 돌아, 들키지 않게 살며시 움직이면서도 고드름에 찍히는 일이 없도록 등을 벽에 꼭 붙인 채 벽을 따라 조금씩 나아가 열린 문으로 다가갔다. 소피아가 문틈으로 머리를 기울이더니, 뱀에게 물리기라도 한 듯 눈이 휘둥그레진 채 고개를 도로 뒤로 젖혔다. 소피아가 입을 벙긋거렸다. "누가 있어." 나는 문을 가리키며 닫는 시늉을 해 보였다. 소피아가 고개를 내젓더니 내 눈과 문틈을 차례로 가리키고는 나를 지나쳐 옆으로 물러섰다. 이제 문과 가장 가까이 서 있는 사람은 나였다. 소피아가 나를 슬며시 밀었다. **꼭 봐야 한다**는 의미가 분명했다. 나는 이건 **우리 계획과 다르지 않느냐**라는 뜻으로 최대한 배신당한 표정을 지으며 소피아를 향해 눈을 부릅떴다. 소피아가 나를 또다시 쿡 밀었다.

나는 숨을 깊이 들이쉬며 소피아를 한 번 더 매섭게 째려보고 싶은 걸 간신히 참고 문틈으로 고개를 쑥 내밀었다.

그린 부츠는 우리가 놓아둔 자리에 그대로 있었다. 팔다리는 면적이 작아도 너무 작은 화물 운반용 나무 받침대 더미 위에 축 늘어져 있었고 가슴은 거꾸로 스카이다이빙을 하는 것처럼 위로 불룩 솟아 있었다. 다른 게 있다면 지금은 누군가 그 남자 위로 몸을 기울이고 있다는 점이었다. 나는 뒷모습만 보고도 누군지 바로 알아보았다. 그는 시체에 정신이 팔린 나머지 우리의 낌새를 전혀 눈치채지 못하고 있었다. 계획대로라면 아까 얘기했던 대로 천천히 뒷걸음쳐 그를 가둬두고는 진짜 경찰을 데려올 때였다. 하지만 나는 그러지 않았다. 마치 보이지 않는 실이 나를 창고 안으로 잡아당기고 있는 것 같았다. 소피아가 내 팔을 미친 듯이 치는데도 잘 느껴지지 않았다. 소피아의 쉿 하는 경고음은 바람에 휩쓸려 흩어졌다.

나는 아무도 모르게 안으로 들어섰다. 양철 벽이 덜컹거리고 계속해서 쌓이는 눈에 지붕이 끙끙거리는 소리가 내 발소리를 가려주었다. 금속 벽으로 밀려들고 콘크리트 바닥에서 올라오는 찬기로 창고 안은 얼어붙을 듯 추웠다. 부연 입김이 피어올랐다. 나는 목을 가다듬었다. 창고에 들어와 있던 그 사람이 몸을 잽싸게 바로 세우더니 시체에서 두 발자국 물러서며 두 손을 들어 올렸다. 현행범이었다.

"좋은데." 내가 말했다. 이 말은 우리만의 농담이었다.

23장

내가 에린에게 자주 "좋은데"라고 말하는 이유는, 결혼할 때 에린에게 얘기해주었듯이, 에린이 내게 화가 나는 일이 있어도 "어니스트랑은 어때?"라는 질문에는 언제나 솔직하게 "글쎄, 남편은 항상 좋다더라"라고 답할 수 있기 때문이었다.

에린은 어깨를 늘어뜨리며 손을 도로 내려놓고 안도의 숨을 크게 내쉬며 말했다. "아, 살았다." 에린은 내가 본 그 어느 때보다 환히 미소를 지었다. 에린이 내게 다가오다 내 무정한 목소리를 듣고 멈춰 섰다.

"여기서 뭐 해?"

"마이클이랑 얘기해봤어?" 에린은 혼란스러우면서도 놀라운 듯 의외라는 목소리였다. 형과 옥신각신하며 수수께끼 같은 대화를 나누고 나면 그다지 복잡할 건 없다고 여기는 것 같았다. "마이클이 앨런에 대해 얘기했어?"

"얘기했어."

"좋아. 그럼……." 에린은 빈칸은 충분히 다 채워주었다는 듯 또다시 말을 멈추었다가 자신이 상냥한 선생님 같은 목소리로 설명해줘야 한다는 걸 깨닫고는 입을 열었다. "어떻게 생각해?"

"모든 게 확신이 안 서." 에린에게 거짓말해봤자 소용없었다. 언제나 에린이 나보다 거짓말에 더 능했으니까. 그래그래, 나도 안다. 이건 에린이 반박할 힘이 없는 책에서나 나오는 비아냥거림으로 들리겠지. 하지만 사실은 **사실**이다. 외도를 한 사람은 그녀였다.

"우리 옆에 죽은 사람이 있어." 에린이 불쑥 말을 꺼냈다.

"있지, 나도 알아."

"이건 단순한 사고가 아니야, 언. 휴양원 주인은 아니라고 믿고 싶겠지. 그래야 모두 우왕좌왕하지 않을 테니까. 하지만 당신이랑 나, 그러니까 우리는 이게 커닝햄 사람들 문제라는 걸 **알아**. 커닝햄가 사람들이 초래한 거야……." 에린은 입을 꾹 다물었지만, 그 뒤에 따라 나올 말이 맴돌았다. **커닝햄가 사람들이 저지른 거야.**

나는 살짝 수그러진 태도로 말했다. "내가 형의 말을 믿는다면, 우리 아빠를 죽인 남자라는 앨런은 이미 죽었어. 이야기는 종지부를 찍었다고. 또 뭐가 있는 건데?"

"믿는다면?"

"형이 그 이야기를 믿고 있다는 건 알겠어. 지금은 이게 다야."

거미줄로 덮인 공터에 대한 기억이 떠오르자 몸에 선뜩 한기가 돌았다. 어쩌면 나는 공터에서의 기억 때문에 형이 내게 말해준 것들을 받아들이려 하지 않는 건지도 모른다. 물론 표면적으론 앨런이 나쁜 놈 같았지만, 나는 그날 아침 그 공터에 있었던 유일한 목격자였고, 앨런이 어떤 사람이었고 어떤 짓을 저질렀든 앨런의 죽음과 형의 살인이 정당화되는 건 원치 않았다.

"하지만 복잡할 게 없어. 앨런이 자기 구린내를 감추려고 당신 아버지를 죽인 것도 물론 맞지만, 앨런이 살인을 저지른 데에는 **또 다른 이유**가 있었어." 에린은 생각을 다 마치자 혀를 찼다. "그리고 당신 아버지를 죽이게 만들었던 바로 그걸 마이클에게 팔려고 했던 거야. 그래서 이 지경까지 온 거지."

"그건 형이 이미 얘기해줬어. 하지만 왜 그렇게 오래 기다려온 건데?"

"일이 끊겨서일지도 몰라. 절박했을 수도 있고. 확실한 건 반평생 전에 사람을 죽일 정도의 가치가 있었다면, 그 가치는 지금도 다르지 않다는 거지." 에린이 엄지손가락으로 그린 부츠를 가리켰다. "내가 또 짚어줘야겠어?"

"알겠어. 그럼 형이 앨런한테 사려고 했던 정보가 뭔데?"

"모르겠어." 에린은 망설였다. "나한테 얘기해주지 않을 거야. 위험하다고 그랬거든." 녹스의 십계명 9번에 따라 나는 어떤 생각이 떠오르면 모두 말해줘야 하는데, 이때 문득 에린이 지금 진실을 말하고는 있지만 내게 전부 털어놓고 있지는 않다는 생각이 들었다.

"그래서?" 내가 떠보았다.

"우리가 뭔가를 파냈어."

게스트하우스 앞에서 악수할 때, 감옥의 때가 묻은 듯 아주 지저분했던 형의 손이 떠올랐다. 손톱 아래 때가 끼어 있었다. 형은 손 말고는 모두 말끔했다. 산뜻하게 면도한 데다 머리 염색도 했다. 대체 왜 손톱은 더러웠던 걸까? "트럭 뒤에 있는 거야?"

에린은 고개를 끄덕였다.

"좋아. 그래서 대체 뭔데? 그만한 가치의 돈? 세이버스가 강도질한 물건? 보석? 마약?" 이렇게 말하고 보니 참 간단하게 들려서 정말 그럴지도 모른다는 느낌이 들었다.

"그런 것 같아. 난 아직 못 봤어."

나는 웃음을 터뜨렸다. 그러다 반쯤 얼어버린 목에서 마른기침이 나왔다. "이게 다 보물찾기였던 거야?"

"웃을 일 아냐." 에린이 팔짱을 꼈다. "난 마이클 믿어."

'믿는다'라는 말에는 이중적인 의미가 있었다. 저 문장에서 믿는다는 말을 빼고 다른 단어로 대체할 수 있을 것 같았다.

"이러는 이유가—"

"이러지 마, 언. 그런 거 아니야."

그런 게 아니기도, 그런 거기도 했다. 나는 부부 관계로 상담을 받을 때조차 에린을 이렇게 똑바로 마주한 적이 없었다. 수치심과 슬픔에 분노가 억눌려 있었다. 하지만 그때 내가 에린을 똑바로 마주했다면 우리는 그 시기를 넘겼을지도 모른다. 자리에 앉아 아이를 갖는다는 게 우리 각자에게 어떤 의미이고, 내가 아침 식사 시간에 열어보았던 불임 검사 결과지가 우리에게, 우리가 만들려고 노력해왔던 가족에 어떤 영향을 미쳤는지 제대로 대화를 나누었을지도 모른다.

우리는 검사 결과지를 오랫동안 기다렸다. 삶을 변화시킬 만한 소식을 우편함에 넣어둔다는 게 이상했지만, 병원에서는 전화 상담을 건너뛸 정도로 별거 아닌 일로 여기나 보다 했었다. 편지는 더디 왔다. 에린은 두 손을 비비적대며 내게 안타까운 소식을 전해주었다. 첫 결과지는 주소에 착오가 있어서 에린이 클리닉에 전화를 걸어 주소를 수정해야 했고, 두 번째로 발송된 결과지는 몇 주 후에야 도착했는데 비에 흠뻑 젖어 도무지 읽을 수가 없는 상태였다. 에린은 속상해했다. 매일 아침 에린은 제일 먼저 우편함으로 향했고 우리 집 진입로를 따라 걸어오면서 피자 할인 쿠폰과 부동산 홍보 전단지를 획획 넘기며 고개를 저었다. 오늘도 결과지가 오지 않았다는 뜻이었다.

사실 나는 아직도 그 검사 결과지를 갖고 있다. 그날 아침 나는 도무지 믿을 수 없다는 눈으로 결과지를 바라보며 어떻게 하면 내가 알던 이야기와 이렇게 다를 수 있는지 생각하다 결과지를 꽉 구겨버렸다. 에린이 곱슬거리는 머리칼을 귀 뒤로 넘기며 부엌으로 들어올 때 나는 구겨진 결과지를 버터 옆에 반듯하게 폈다. 팔은 더러웠고 손목엔 악취 나는 액체가 묻어 있었다. 나는 에린에게 앉아달라고 했다. 나를 바라볼 때, 그 결과지를 읽을 때 에린의 얼굴에 떠오른 표정은…… 이게 우리의 끝일 거라는 걸 우리 둘 다 알고 있었으리라. 우리는 한동안 서로를 놓지 않으려 했지만 부싯돌은 사라졌다. 그때 내게 부싯돌이 있었다면 나는 부싯돌을 그 빌어먹을 결과지를 태워버리는 데 사용했을 것이다.

우리는 그 후 18개월 동안 서로의 궤도에 남아 있었다. 떠나고 싶지도, 남고 싶지도 않았으므로. 한 사람은 아이를 원하지만 다른 한 사람은 그렇게 해줄 수 없는 결혼 생활 중에 이런 일이 일어난다.

그래, 이때가 내 삶에서 세 번째이자 마지막으로 중대한 사건이 있었던 아침 식사 시간이다. 정자와 관련이 있다고 했던 아침 말이다.

"그럼 진짜야?" 내가 물었다. 우리 둘 다 무슨 의미인지 알고 있었다. 에린과 형에 대한 질문이었다.

에린이 한숨을 내쉬었다. "진짜야. 하지만 그렇지 않았대도 마이클을 믿었을 거야. 아빠를 다시 볼 수 있는 기회가 누구에게나 있는 건 아니야. 그건 특권이라고."

나는 그때 깨달았다. 에린은 형이 우리 아빠 로버트를 더 잘 알아갈 수 있도록 도움으로써 폭력적인 그녀의 아버지에 대한 문제에 끝을 보려 하고 있었다.

"어서 얘기해봐," 내가 애원했다. "당신 똑똑한 사람이잖아."

"항상 말은 번지르르하다니까." 에린이 씁쓸한 미소를 지었다. "트럭 열어봤어?"

나는 고개를 저었다. "형이 열쇠를 줬어. 그런데 이리로 당신 따라왔지."

"마이클은 당신이 트럭 안을 보면 이해할 거랬어."

나는 사람들이 트럭에 들어 있는 게 내 삶을 바꿀 거라는 말 좀 그만했으면 했다. 물론 이제 곧 나오겠지만 그건 내가 믿고 있던 사실과 내 오른팔의 기능적 측면에 지대한 변화를 가져오게 된다. 그래도 그 말은 그만 듣고 싶었다.

"이래선 아무 진전이 없을 거야." 나는 분위기를 풀어보기로 했다. "우리 의견이 일치하는 부분을 찾아보자."

"꼭 김 선생님처럼 얘기하네."

"우리가 상담받는 데 돈을 좀 썼어야지. 이렇게 도움이 될 줄 누가 알았겠어." 나는 억지 미소를 지어 보였다.

"자, 그럼 뭐죠?" 에린이 우리 전 치료사의 단조로운 어조로 말했다. "우리를 하나로 단결시켜주는 게 뭔가요?"

"우리 둘 다 형에게 책임이 있다고는 생각하지 않지……." 나는 시체를 가리켰다. 시체 옆에서 아무렇지 않게 대화를 하다니 좀 이상하게 느껴졌다. "그리고 당신이 창고에 몰래 들어와 이리저리 살피는 걸 보니까, 당신도 자연사라고는 안 믿는 거야. 당신은 누군가 형을, 둘이서 파낸 물건을 노리고 있다고 생각해. 그리고 난 그저 형이 처벌을 받지 않도록 도와주고, 살면서 처음으로 뭔가를 바로잡아보려 하고 있지. 우리 공통점은 이거야. 둘 다 살인 사건을 풀려고 한다는 거." 내가 이 모든 걸 써 내려간다는 이유로 나를 주인공으로 볼 순 없겠다는 생각이 다시금 들었다. 사실 살인을 저지를 동기가 있는 사람보다 이 빌어먹을 살인 사건을 풀고자 하는 동기를 갖고 있는 사람이 더 많은 것 같았다. "그러니까 여기서부터 시작하자. 누가 범인인지 알아내면, 형의 말이 진실인지 아닌지도 알아낼 수 있을 거야."

"하나가 다른 하나를 증명한다." 에린이 내 말에 동의하고는 두 집게손가락을 맞붙여 턱 아래에 두고 이마를 찌푸렸다. "오늘 진전이 좀 있었던 것 같군요. 그렇지 않나요?"

그러고 싶지 않았지만 나는 소리 내 웃었다. 우리에게 무슨 일이 있었든 우리가 사랑에 빠진 이유가 있었다. 그 모든 걸 다 잊기는 어려웠다.

"내가 오기 전에 시체를 좀 보고 있었잖아. 뭐 좀 찾았어?"

"난 이런 데 전문가는 아니지만, 다 이상해 보여." 에린이 시체 위로 몸을 기울였고, 나는 가까이 다가갔다.

그린 부츠의 발을 들어 나를 때에는 속이 너무 메스꺼워서 제대로 보지 못했고, 이후에 크로퍼드가 찍은 얼굴 사진만 언뜻 본 게 다였기 때문에 나는 이제껏 그린 부츠를 제대로 본 적이 없었다. 그린 부츠의 눈은 감겨 있었다. 창고가 얼음장 같아서 머리카락에 얼음 결정이 맺혀 있었다. 처음에 동상의 흔적이 남은 줄 알았던 얼굴엔 검은 재가 두껍게 덮여 있고 입가엔 굳은 타르가 번들거리고 있었다. 빨갛게 곪은 상처가 목 주위에 나 있었다. 전에 소피아가 얘기했던 상처, 크로퍼드의 소매에 닿았던 상처였는데 가까이서 보니 더 끔찍했다. 살을 파고들 정도로 아주 꽉, 무언가로 남자의 목을 조른 것이다. 깊은 상처에 난 피도 추위 속에서 얼음 결정으로 맺히기 시작했다.

한창 탐정 노릇을 하고 있는데 에린이 불쑥 끼어들었다. "누가 목을 조른 것 같아. 검은 건 뭔지 모르겠고. 독인가?"

"재야." 나는 소피아가 했던 말을 그대로 되풀이했다. "듣자하니 그래."

"불에 탔다는 거야? 여기서?"

나는 고개를 끄덕였다. "그런데 눈은 전혀 녹지 않았어. 그리고 정말 불에 타고 있었다면, 데굴데굴 구르지 않았겠어? 화상 자국도 있었겠지? 소피아는 연쇄살인범이라고 생각해. 언론에서 블랙 텅이라고 부르는 살인범이래. 하지만 형이 아빠처럼 어둠의 세계에 휘말린 거라면, 조직폭력배가 저지른 짓일 수도 있으려나?"

"어쩌면. 꽤 폭력적으로 보이는데, 난 사람이 정말 해를 가하고 싶거나 어떤 메시지를 보내고 싶을 때에만 이렇게 한다고 생각해. 그런데 아까 당신이…… 이게 재라고 했잖아. 눈은 전혀 녹지 않았다고 했고. 이 살인자가 불도 붙이지 않고 불을 붙였다는 거야?"

"사실 한때 페르시아 왕들이 썼던 고대 고문 기술이야." 소피아가 문가에서 말했다. "뭐? 추워 죽겠어."

"고문이라고?" 내가 에린을 향해 눈썹을 치켜올렸다. "그럼 메시지를 보내는 쪽이네."

"소피아가 얼마나 알아?" 에린이 팔짱을 꼈다. "마이클은 당신만 믿으랬어."

"괜찮아. 소피아는 돈에 대해서도 알고 있어."

"안타깝게도 언이 이미 써버렸잖아." 소피아가 능글맞게 나를 힐끗 바라보았다. "액수가 꽤 됐는데. 최소 5만 달러였지?"

에린이 무슨 의미인지 알 수 없는 표정으로 나를 뚫어져라 쳐다보았다. 내가 형의 돈을 써버려서 짜증이 났거나 내 비밀을 털어놓을 정도로 소피아와 가까워져서 짜증이 난 거였다. 내 결론은 후자였고, 나는 어제 형과 밤을 보낸 사람이 무슨 자격으로 그러는지 어이없는 노릇이라고 생각했다. "이 연쇄살인범에 대해 굉장히 많이 아는 것 같네." 에린이 여전히 경계하는 태도로 말했다.

만약 자기를 범인으로 몬다고 생각했다면 소피아는 입을 다물었을 것이다. "우리 병원에 피해자가 실려 왔었어. 험프리스라는 여자 말이야. 누가 발견해서 병원에 왔는데 다들 그녀가 늦지 않게 도착했다고 생각했어. 하지만 폐가 완전히 망가져 있어서 병원에선 산소호흡기를 뗄 수밖에 없었지. 특이하다고 생각해서 팟캐스트를 몇 개 들어봤는데, 살면서 팟캐스트에서 들었던 정보가 필요하게 될 줄은 전혀 몰랐어. 그런데 이렇게 됐네."

"그럼 됐어. 팟캐스트를 들은 거라면……."

"소피아에게 기회를 줘, 에린. 소피아가 우리보다 많이 알아."

"그럼 우리가 역사광을 찾고 있는 거야? 중세 고문이 취향인 사람을?"

"그런 셈이지." 소피아는 당황한 듯했다. "내가 꾸며낸 이야기가 아니야, 알겠어? 재에 의한 질식이라고 해. 어니, 전에도 말했지만 집에 불이 나서 죽는 사람들은 대부분 타 죽지 않아. 질식사하지. 일단 불이 공기 중에 있는 산소를 빨아들여서 사람이 들이마실 공기가 없는 거야. 하지만 연기를 너무 많이 마시면 연기가 폐를 뒤덮어버려서, 불이 진압된 뒤에 공기 중에 산소가 있어도 산소를 마실 수가 없게 돼."

"고대 페르시아 때 집에 화재가 그렇게 자주 났어?" 내가 물었다.

"거참 재밌는 농담이네. 고문은 페르시아에서 시작됐어. 고문을 위해 특별히 지은 탑도 있었지. 20미터가 넘는 거대한 탑 말이야. 탑에는 손잡이, 톱니바퀴 같은 것들이 있고, 바닥에 재가 한가득 쌓여 있었어. 페르시아에서는 신성모독을 한 사람을 탑에 밀어 넣었을 거야. 그 당시에 신성모독을 하면 사형이니까. 안에 재가 가득 차 있어도 재가 가라앉아 있는 곳에 있는 건 그다지 해가 되지 않지만, 누가 손잡이를 돌려서 거대한 톱니바퀴들이 공중에 재를 휘날리게 하면 말이지, 그 죄인은 질식으로 죽게 돼."

"루시 말로는 첫 희생자가 브리즈번에서 사는 노부부였다던데? 루시가 찾아봤더라고. 그 사람들이 그런 일을 당했다는 거야?"

"맞아. 하지만 글쎄, 정확히는 아니지. 분명 여기 어딘가에 3층 높이의 고문 탑은 없어. 그리고 어쨌든 그런 부츠는 목이 졸린 것 같고." 소피아는 가까이 있는 작업대에서 드라이버를 집어 목에 난 상처를 더 잘 볼 수 있도록 그런 부츠의 옷깃을 밑으로 내렸다. "뺨을 덮은 재의 밀도와 목에 난 상처의 깊이를 보면, 그가 머리에 재가 든 자루를 뒤집어쓰고 있었다고 할 수 있어. 단단히 조여져 있었겠지. 그리고 그가 죽은 다음에 벗긴 거야."

"눈을 보면 누가 좁은 공간 안에서 이리저리 움직인 것 같았어."

"맞아. 산소가 부족해지면 빠르게 방향감각을 잃게 돼. 그린부츠는 자루를 벗어버리려고 했을 거야. 공황 상태였겠지. 원 모양으로 미친 듯이 뛰어다녔을 거야."

"그건 중세적이지 않은데." 에린이 너무 날 선 목소리로 말했다는 걸 깨닫고는 미안하다는 듯 두 손을 들어 올렸다. "미안, 딴지를 걸려는 건 아니야. 물론 흥미로운 얘기야. 하지만 그냥 목을 조르면 되는데 어느 누가 머리에 자루를 뒤집어씌울까 싶어서. 왜 굳이 재를 쓰겠어?"

"나도 같은 생각이야. 살인범이 급해서 서두르고 있었던 것 같아. 날이 밝아올 무렵이었는지도 모르고, 다른 리조트 투숙객이 방해했는지도 모르지. 브리즈번에서 사는 부부는 살인범이 시간을 들여 죽였어. 아까 고문 탑은 없다고 했지만, 그 고문법이 현대식으로 재탄생한 거나 다름없어. 부부는 차고에서 차에 갇힌 채로 발견됐는데, 손이 운전대에 케이블 타이로 묶여 있었어. 마치 누가 차 위에 서 있었던 것처럼 자동차 지붕엔 움푹 들어간 자국이 남아 있었고, 그리고 바닥에 송풍기가 버려져 있었대. 살인범이 선루프로 차 안에 재를 붓고 송풍기를 아래로 집어넣어서 재가 공중에 일게 한 거야. 우리 응급실에 실려 왔던 여자도 똑같아. 케이블 타이에 묶인 채로 잠긴 화장실에서 발견됐어. 창문이랑 환풍기는 송풍기가 들어갈 공간만 빼고 테이프로 막혀 있었고. 살인범이 좋아하는 방식이 바로 이거야. 천천히 죽이는 거지. 분명 모두 다 추측이긴 하지만."

"팟캐스트에서 그랬다는 거지." 에린이 딱 잘라 말했다.

"팟캐스트에서 들었어."

"공기 중에서 익사당하는 느낌일 거야." 내가 말했다. 나는 내가 꿈에서 겪는 질식을 다른 사람은 겪지 않길 바란다. 내가 어렸을 때 엄마의 차에 매여 있었던 기억은 잘 나지 않았다. 물에서 나가 살아남을 것만 같은데 힘이 닿지 않아 결국 불과 몇 센티미터를 앞두고 익사한다는 잠수부에 대한 글을 읽은 적이 있었다. 코앞에 있는 공기를 들이쉬려 하는데 도무지 숨을 쉴 수 없다는 건 상상조차 할 수 없었다. "같은 살인범이라면 같은 장비를 쓸 거라고 생각하는 거지? 네가 블랙 텅을 떠올린 건 재 때문만이 아니야. 그린 부츠 목에 남은 상처가 케이블 타이로 생겼다고 생각해?"

"맞아. 살을 깔끔하게 베고 들어갔으니까 밧줄보단 플라스틱 같은 거야. 밧줄은 피부를 찢어지게 했을 테고, 낚싯줄이었으면 상처가 더 깊었겠지. 하지만 여기를 봐……." 소피아가 살짝 벌어진 시체의 입을 가리키고는 핸드폰을 꺼내(배터리는 85퍼센트 남아 있었다) 불빛을 비추었다. 언론이 살인범에게 블랙 텅이라는 별명을 지은 데에는 이유가 있었다. 죽은 남자의 입에 새까만 숯이 덕지덕지 묻어, 더럽혀진 치아 뒤에 있는 혀가 두툼한 검은 민달팽이 모양이었던 것이다. "재는 사인이 아니라 장식에 가까워. 어쨌든 봉지로 질식시켰을 거야. 그러니까 재로는 흔적만 남긴 거지."

"대체 왜?" 에린이 물었다.

"응급실에서 기묘한 걸 봐서 몇 가지 이유를 짐작해볼 수 있어. 언, 분명 너는 내가 무슨 생각 하는지 알 거야. 이런 내용으로 글 쓰잖아. 정신병자 살인범이 쓰는 작업 방식의 기본 원칙이 뭐야?"

"글세, 흔히들 사이코패스들은 **반드시** 특정 방식으로 일을 처리한다고 보지. 그 방식이 일을 처리하는 과정의 일부인 거야. 그들에게 의미가 있거든. 그리고 그게 그렇게나 중요하다면, 사이코패스들은 방해받지 않는 한 공들여 살인하고는 반드시 그들이 할 법한 자기과시의 흔적을 남길 거야. 자신의 흔적이 남지 않는다면 살인을 저지를 가치가 없는 거지. 그리고 누가 여기서 모닥불을 피운 것 같진 않아. 그럼 눈에 띄었을 거야. 그래서 이게 뭐 어떻다는 건지 모르겠네."

"사실 생각만큼 큰불이 있어야 하는 건 아니야. 작은 입자들을 공기 중에 날리기만 하면 되는 수법이니까. 그리고 큰 봉지에 든 재는 아무 정원이나 철물점에서 구할 수 있어. 그러니까 내 말은, 살인범이 재를 가져왔을 거라는 거야. 미리 준비한 거지. 그래서 아무래도 내가 세운 두 번째 가설이 더 그럴듯해."

소피아가 하려던 말을 추론하자 간이 철렁했다. 그건 에린의 가설과 형의 가설과도 아주 잘 맞아 들어갔다. 하지만 금속을 비틀어 당기는 소리에 우리의 주의는 그리로 쏠렸고, 크로퍼드가 창고 문을 획 열어젖혔다. 그는 잔뜩 흥분해서는 벌건 얼굴로 땀을 뻘뻘 흘리고 있었다. 한 손으로는 맹꽁이자물쇠가 매달려 있는 부서진 문고리를 들고 있었고 다른 손으로는 경찰용 손전등을 움켜쥐고 있었다. 그는 우리 셋을 번갈아 쳐다보았다. 입으로 몇 마디 말을 뱉으려 옴짝거렸지만 분노를 제대로 표현하는 말을 고를 수가 없었는지 그저 "나가!" 하고 소리쳤다.

우리는 어린아이들처럼 고개를 푹 숙이고 줄지어 밖으로 나가면서 "경관님, 죄송해요" 하고 웅얼거렸다. 우리가 창고에 온 후로 폭풍이 살짝 잦아들어서, 여기서 다시 게스트하우스 건물을 볼 수 있었다. 그 어느 때보다도 게스트하우스는 이제 막 아이싱을 얹은 쿠키 집처럼 보였다.

크로퍼드는 우리 뒤에서 거칠게 언덕을 걸어 내려갔다. 우리 편집자는 사람이 거칠게 걷는 건 불가능하다고 얘기했는데, 자기 두 걸음 뒤에서 크로퍼드가 씩씩거리며 내려간 적이 없어서 그러니 나는 이 부사를 그대로 쓸 것이다. 주차장을 향해 걸어가면서 내가 에린에게 트럭 열쇠를 들어 올려 보였더니 에린은 고개를 끄덕였다. 그리고 에린은 소피아를 향해 몸을 돌려 크로퍼드가 듣지 못하도록 속삭였다.

"네가 세운 두 번째 가설은 뭐야?"

"블랙 텅은 자기 존재를 알리고 있다는 거야. 자기가 여기 있다는 걸 우리가 알아주길 바라는 거지."

24장

트럭 뒤에는 위로 밀어 올리는 물결 모양의 문이 있었다. 트럭 가장자리에 빈 커피 잔이 놓여 있었다. 열쇠가 부드럽게 돌아갔고 내가 손잡이를 90도로 돌렸다. 중요한 순간처럼 느껴져 나는 가만 멈춰 트럭 주위에 모여 있는 세 사람을 바라보았다. 에린은 두 손을 비비며 이걸로 날 설득할 수 있을지 초조해했고, 형이 말해주지 않은 사실을 내가 자신에게 얘기해줄지 마음을 졸이는 듯했다. 한편 입술을 삐죽 내민 소피아는 자신만만한 태도로 형의 비밀이 드러나길 기대하고 있었고 크로퍼드는 조바심이 나 보였다. 그는 최대한 권위적인 목소리로 곧장 게스트하우스로 돌아가야 한다고 했으나, 내가 보기에 그가 열정적으로 우리를 막아 세우려 할 것 같진 않았다. 결국 내 생각대로였다. 퇴짜를 맞은 크로퍼드는 우리가 허튼 짓거리를 하지 못하도록 우리 뒤를 졸졸 따라왔다. 나는 어땠느냐고? 나는 실망할 마음의 준비를 하고 있었다. 형에게 얘기했던 대로 우주선만 한 게 아니면 놀라지 않을 테니까.

내가 살짝 문을 들어 올렸다. 우선 폭발하는 건 아니었다.(미친 소리처럼 들리는 거 아는데, 수많은 시나리오가 머리를 스치고 지나갔고, 인정하기 부끄럽지만 트럭에 차 전체가 다 터져버리는 장치가 설치되어 있을 거라는 게 가장 평범한 시나리오 중 하나였다.) 내가 문을 천천히 연 건 이야기에 긴장감을 불어넣기 위해서가 아니다. 문과 맞닿은 부분이 얼어 있었다. 힘을 세게 주어서 들어 올려도 아주 약간의 틈만 어둡게 보일 뿐이었다. 장갑을 끼지 않은 손으로 얼음장같이 차가운 금속을 만졌더니 마치 불에 덴 듯 손이 화끈거렸다. 또 한 번 문을 들어 올리려 하는데 누군가 내 팔에 손을 얹어 나를 멈춰 세웠다.

"당신만 봐야 할 것 같아. 처음에는 말이야." 에린이 말했다.

트럭에 있는 물건에 대해 분명 에린은 **뭔가** 알고 있었다. 어쨌든 에린은 형을 도와 뭔가를 파냈다. 그녀는 돈이나 적어도 귀중품이라고 생각했는데 트럭으로 운반되어야 한다는 점으로 미루어 보아 그 양이 엄청나다는 뜻이었다. **마이클은 당신만 믿으랬어.** 형도 같은 말을 내게 직접 했었다. 내가 형에게 불리한 증언을 했으니까 오직 나만 믿는다고. 형은 내게 따로 열쇠를 건네주기 위해 썩은 내 나는 양말 서랍 같은 곳에 혼자 격리되는 것도 마다하지 않았다. 소피아와 크로퍼드가 따라붙어선 안 됐다. 에린의 말이 맞았다.

"혼자서 볼 시간이 좀 필요해요." 나는 윙윙대는 바람보다 목소리를 높여 말했다. "음…… 위험할 수도 있으니까요."

당치도 않은 핑계라는 건 알고 있었다. 소피아가 눈을 굴렸다. 소피아는 소외되었다는 데에 짜증이 난 걸까, 아니면 내가 에린이나 형의 편에 설 때마다 자신이 돈뭉치에서 점점 더 멀어지고 있다는 생각 때문에 짜증이 난 걸까. 어쩌면 그래서 에린과 내가 서로 공통 의견을 찾고 마치 한 팀처럼 이야기하기 시작한 직후에 소피아가 창고에 나타나 우리 대화에 끼어들었던 건지도 모른다. 크로퍼드는 갖가지 이유를 대며(이것도 증거라고 하거나 유능한 경찰인 척하는 등) 더 심히 반대할 줄 알았는데 이젠 경찰 노릇을 완전히 포기해버린 듯했다. 에린이 크로퍼드와 소피아를 트럭 옆으로 이끌었고, 내가 두 번 더 힘주어 문을 들어 올리자 성에가 깨지며 문이 열렸다.

아직도 얼음 같은 눈이 내리고 있었고 하늘이 너무 우중충했기 때문에 문이 열려도 트럭 내부에 빛이 잘 들지 않아 안쪽 깊숙이는 보이지 않았다. 트럭엔 가구를 옮기는 데 사용하는 밧줄과 끈이 줄지어 걸려 있었다. 하지만 더 뒤쪽에서 어떤 물건 특유의 모양을 봤는데 생긴 게 마치…….

하지만 확신할 수 없었다. 더 가까이서 봐야 했다. 내가 트럭 안으로 기어 올라갔다. 그 물건을 향해 다가가자 트럭이 끽끽 소리를 내며 바퀴 위에서 흔들렸다. 퀴퀴한 공기에서 방금 파낸 흙 냄새가 유난히 진동했다. **우리가 뭔가를 파냈어.**

어둠에 눈이 익었다. 어젯밤 형이 어디 있었는지를 밝혀줄 **뿐만** 아니라 형의 무죄를 입증해줄지도 모를 트럭 속 물건은 내 상상을 완전히 벗어났다. 내가 아연한 채로 잠시 가만히 서 있는데 누가 트럭 옆을 쾅쾅 쳤다. 소피아가 외쳤다. 소리가 작아졌지만 분명히 들렸다. "그래, 뭐가 있어?"

나는 트럭 문가로 걸어가 문을 아래로 밀어 내려 나를 어둠 속에 봉해버렸다. 에린의 말이 맞았다. 나만이, 오직 나만이 봐야 했다.

관에는 흙이 덕지덕지 들러붙어 있었다. 방금 파낸 흙 냄새가
나는 이유가 있었다. 핸드폰 손전등을 켜 관을 살펴보았다.(배터
리는 37퍼센트 남아 있었다.) 비싸 보이는 관이었다. 오크인지 튼튼
한 나무로 만들어진 데다 손상을 방지하기 위해 광택제가 말끔
히 칠해져 있었고, 양쪽에 크롬 도금 손잡이가 달려 있었다. 관
은 새것처럼 보이진 않았지만 수백 년 된 것 같지도 않았다. 정
확히 얼마나 된 물건인지 알기 어려웠다. 어쨌든 루시는 기뻐할
것이다. 도굴이라면 첫날밤을 치르지 않았다는 알리바이로 꽤
괜찮으니까.

먼저 앨런 홀턴의 관일 수도 있겠다는 생각이 들었다. 순전히
앨런 외에 형이 관을 파낼 이유가 있는 사람은 떠오르지 않아서
였다. 게다가 처음에 형은 앨런을 묻으려 했으니 돌고 도는 멋진
아이러니이기도 했다. 하지만 이 관은 사람들에게 사랑과 존경
을 받는 사람의 열린 관 장례에 어울리는 과시용 관이었다. 앨런
이 수감자 절반에게 돈을 빚졌다는 형의 얘기를 고려해보면, 앨
런에게 이런 휘황찬란한 안식처를 마련해주기 위해 돈을 내놓을
사람이 있을 것 같진 않았다.

나는 관 옆을 걸으며 손끝으로 나무 관을 가볍게 쓸어보았다.
얇은 금속 바닥을 가로지르며 내 몸을 옮기자 트럭의 차축이 삐
걱거렸다. 관의 덮개를 열기 위해 뽑힌 못들이 관의 가장자리에
한 줄로 놓여 있었다. 어쩌면 이건 관이 아니라 관으로 가장한
보관 상자이고 형은 이미 자기가 원하던 물건을 꺼냈을지도 모
른다. 사람들은 관에 물건을 숨기지 않는가? 하지만 지금이 그

런 경우라서 형이 이미 관을 비웠다면 대체 형은 왜 나로 하여금 이 관을 보게 했을까? 그리고 내게 보여주려는 게 **사람**이라면 땅에 그토록 오래 묻혀 있던 사람을 대체 무슨 수로 알아봐야 할까? 누구의 뼈든 알아볼 재간이 없으므로 해골 더미는 내게 아무런 의미가 없었다. 이런 생각들을 하고 있는데 내 손끝이 매끄러운 나무에 난 꺼끌꺼끌한 홈을 스쳤다. 관에 어떤 마크가 새겨져 있었다. 나는 그 위에 핸드폰 손전등을(배터리는 36퍼센트였다) 비추었다.

나무에 무한대 기호가 새겨져 있었다.

불현듯 어떤 기억 하나가 떠올랐다. 국가 장례식이었고 고급 관이 필요한 행사였다. 누군가 스위스 군용 칼로 오크로 만든 나무 관에 영원한 결속을 새겼다. 가슴 가까이 모자를 갖다 댄 사람들은 흰 장갑을 끼고 있었고 옷에서 금색 단추가 반짝였다. 나는 관 안에 든 해골을 알아볼 수는 없을지언정 이 관은 **알고** **있었다.**

형과 에린이 파 올린 건 앨런 홀턴의 동료, 아빠가 쏘아 죽인 경찰이었다.

25장

나는 관을 열어야 했다. 이 빌어먹을 판도라의 상자 같으니라고.

원래 관 뚜껑은 말도 못 하게 무겁다. 비싼 고급 관은 테두리를 납으로 땜질해 관 속 시체가 액화되어도 그 액체가 나무 사이로 새어 나오지 않도록 하는데, 관 뚜껑의 무게가 아니더라도 관의 이음매는 습기와 약 180센티미터 두께의 흙더미가 내리누르는 압력에 뒤틀린다. 생명이 없는 물건이 사후경직을 일으키는 셈이었다. 형이 억지로 열어놓지 않았다면 나 혼자서는 영 무리였을 것이다. 형과 에린은 트럭에 걸려 있는 움직이는 끈으로 도르래 같은 걸 만들어 이 관을 트럭에 실은 게 틀림없었다.

나 혼자 힘으로 관의 덮개를 옮기려면 경첩 가까이 서서 관 위로 몸을 기울이고 뚜껑 가장자리 아래에 손가락을 건 뒤 내 체중을 실어 있는 힘껏 뒤로 당겨야 했다. 추운 날씨를 고려해보면 꽤 힘이 드는 일이었다. 산속에 있는 데다 사면이 금속 벽으로 둘러싸인 화물 트럭은 차라리 냉동차로 쓰는 게 나을 것 같았다. 힘을 쓰자 찬 공기에 입김이 피어올랐다. 처음엔 괴로울 정도로 느리게 몇 센티미터가량이 간신히 열리다가 관성이 내 체중을 압도하면서 덮개가 완전히 위를 향했고, 이윽고 덮개가 홱 뒤집혀 나는 엉덩방아를 찧을 뻔했다. 관이 내 쪽으로 살짝 흔들렸는데 다시 균형을 찾아 다행히도 해골 세례를 맞지 않아도 됐다. 제발 그렇게 많이는 움직이지 말아달라고 애원하듯 트럭이 또다시 끙 하고 앓는 소리를 냈다.

관에 핸드폰 불빛을 비춰보았다.(배터리는 31퍼센트 남아 있었다.)

관은 비어 있지 않았다. 그럴 거라고 어느 정도 예상했기 때문에 시체를 봐서 충격이었다기보다는 오히려 안심이 됐다. 왜냐하면 적어도 거기 있어야 할 게 있는 거니까.

여기서 잠깐 짧게 과학 수업을 해드리겠다. 관의 재질이나 밀봉 상태에 따라 다르지만 35년이란 시간이 지나면 시체는 어느 정도 미라 상태가 된다. 하지만 모든 세포조직이 액화될 만한 시간은 아니고 뼈는 100년 가까이는 되어야 먼지로 바스러지므로, 시신은 너덜너덜해진 잿빛 힘줄이 얇게 들러붙어 있는 해골이 된다. 당시 이런 과학은 잘 몰라서—이걸 쓰려고 나중에 찾아봐야 했다—반쯤 부패한 시체를 보고 법의학적 측면에서든 직감으로든 대체 형이 내가 뭘 깨치길 바라는 건지 당최 알 수가 없었다. 이 일에 담긴 의미를 전혀 알 수 없어 나는 고개를 저었다.

그래도 그 관에 숨겨진 뭔가가 있을 수도 있었다. 아까 형이 내게 뭔가를 보여주려다가 도무지 찾을 수 없어 자기 몸을 탁탁 두드리며 욕지거리를 중얼거리긴 했지만, 형은 분명 정말 가치 있는 무언가를 옮겨 왔을 터였다. 하지만 그게 주머니에 딱 들어갈 만큼 작은 물건이라면 왜 애초에 커다란 관에 물건을 숨긴 걸까? 그리고 형이 필요한 걸 이미 손에 넣었다면 대체 형은 왜 관을 통째로 이리로 가져왔을까?

더 자세히 살펴봐야 했다. 먼저 내 핸드폰 손전등의 불빛으로 (배터리는 31퍼센트였다) 썩다 남은 인간의 발을 비추었다. 따로 떼놓고 보면 작은 새 같았다. 가늘고 긴 뼈가 새장 같은 모양을 하고 있었다. 나는 부패해 밀랍이 흐르는 듯한 다리 위를 살펴보며 무슨 이상한 점이라도 알아낼 수 있나 해서 고등학생 때 배운 생물학을 떠올려보았다. 그동안 내가 본 어떤 해골 모형보다도 복잡하게 흐트러져 있었다. 늑골 모양이 약간 무너져 있어서 마치 늑골이 하나 더 있는 것처럼 보였다. 너덜너덜한 돛 같은 가슴의 잔해와 그 위에 달린 금색 단추 몇 개가 갈비뼈에 걸려 있고 허리띠 버클이 속이 텅 빈 골반 가운데를 감싸고 있을 뿐 옷은 조금도 남아 있지 않았다.

아빠가 쏜 총에 목을 맞아 죽은 남자를 보고 있었지만 사실 아무런 느낌도 들지 않았다. 아무런 죄책감도 혐오감도 일지 않았다. 산에 누워 있던 시체를 볼 때와 같았다. 나는 순전히 탐구적인 시선으로 시체를 살폈다. 이 시신이 부도덕한 사람이자 아빠를 죽이려 했던 사람이었다는 걸 형에게 듣고 보니 더더욱 아무 느낌이 없었다. 관에 든 시체는 내게 무의미했다. 나는 나를 보호하기 위해 아빠와 관련된 것들을 철저히 외면해왔으므로 오래전에 죽은 경찰에 대해 아는 게 조금도 없었다. 그의 이름조차 아는지 모르는지 가물가물했다.

그렇긴 해도 지난번에 봤을 때 그에게 머리가 두 개 달려 있진 않았었다.

　나는 전에 참석했던 장례식에서 이 관 안을 본 적이 있었다. 관은 분명 1인용이었다. 이 관 안에 있는 또 다른 시체는 대체 누구이며 이 시신을 어떻게 여기 넣어놓았는지 정말 의문이었다.

　부패가 된 정도는 같았지만, 관에 든 또 다른 두개골은 크기가 더 작았다. 가죽 같은 팽팽한 살갗이 두피 위에 덮여 있었다. 고개가 아래로 기울어져 있고, 턱이 예전엔 새하얗고 부드러운 살이었을 곳을 향하고 있어 두개골 뒤에 삐죽삐죽하게 깨진 구멍과 귀까지 난 금이 보였다. 총에 맞았는지 머리에 가격을 당했는지 알 수 없었지만 누구든 죽음에 이를 만한 상처인 게 분명했다. 자세히 들여다보니 홀쭉한, 가는 척추가 더 큰 골격의 뼈로 바뀌어 있었다. 살이 해지면서 갈비뼈들이 맞물려 있었으니 부패하고 있다고 생각했던 갈비뼈는 사실 또 다른 시신의 유골이었던 것이다.

　나는 척추를 따라 골반, 무릎, 발(뼈만 남은 작은 새 같았다)을 더욱 주의 깊게 살펴보았는데, 이 발뼈가 마치 더 큰 해골을 숨겨주고 있는 것처럼 큰 골반 위에 끼여 있었다. 오노 요코와 존 레넌이 찍은 그 유명한 〈롤링 스톤〉 표지처럼 두 시신이 부둥키고 있었다. 생물학 점수가 어떻든 이 모습 전체를 보면 부인할 수 없는 점이 하나 있었다. 바로 뼈가 가늘다는 거였다. 또 다른 시신은 체구가 작은 어린아이였다.

　형은 내게 한 경찰의 해골과 그에 딱 붙어 몸을 웅크린 아이의 시신을 보여주기 위해 여기까지 이 관을 가져왔다. 이젠 형에게 그 이유를 물어봐야 했다. 나는 뒤쪽 문을 향해 반보 앞으로 발을 뗐다.

바로 그때 트럭이 움직이기 시작했다.

처음에 트럭이 갑자기 덜컹했을 땐 살짝 휘청하고 놀라 당황하는 정도였다. 내가 휘청하자 빠르게 제자리를 찾으려는 장기들이 마치 번지점프라도 한 듯해 속이 살짝 울렁거렸다. 주위가 온통 어둑했지만 아직 균형을 잡고 서 있어 다행이란 생각이 뒤늦게 들었다. 나는 똑바로 걸어 조금씩 문 앞으로 다가갔다. 문까지 불과 몇 미터였지만 다음에 일어난 일들은 모두 몇 초 이내에 빠르게 일어났다는 걸 알아두시길 바란다. 누군가 다급히 트럭 옆을 쿵쿵 두드렸다.

"어니, 트럭에서 나와야 해!" 여자 목소리가 들렸다. 에린인지 소피아인지는 알 수 없었다.

나는 균형을 잡으며 서둘러 움직였다. 이상하게 언덕을 오르는 기분이었는데, 트럭은 **앞으로** 움직이고 있고 나는 그것을 거슬러 트럭 뒤에 있는 문으로 향하고 있어서였다. 트럭에 걸린 캔버스 끈이 앞쪽 운전석을 향해 기울었다. 누가 계속 트럭 옆을 두드렸는데, 이제 바퀴가 점점 빠르게 굴러가며 대차게 우르릉거리는 바람에 트럭을 두드리는 사람의 다급한 목소리는 들리지 않았다. 그러나 무슨 말을 하고 있는지 모를 수가 없었다. **서두르라**는 거였다. 나도 이미 알고 있었다. 트럭은 비탈 아래를 향하고 있었다. 그리고 산의 경사가 평평해지는 지점은 오직 꽁꽁 얼어붙은 호수 한가운데뿐이었다……

트럭 문이 마구 흔들리며 50센티미터 위로 올라가자 그 틈으로 빛이 들어왔다. 트럭과 보조를 맞춰 걷던 에린이 숨을 헐떡이며 트럭 안으로 머리를 쏙 들이밀었다. "아니, 어니. 서둘러! 경사가 점점 더 가팔라져."

"대체 무슨 일이야?" 나는 기울어진 바닥을 거슬러 비틀거리며 그녀에게 다가갔다.

"핸드브레이크가 풀렸어. 당신이 브레이크를 좀 흔들었는지 트럭이 그냥 움직이기 시작했어. 크로퍼드가 운전석으로 들어가서 브레이크를 밟으려고 해. 땅에 이상한 갈색 물이 뿌려져 있는데 브레이크 오일인 것 같아. 그러니까 시간 버리지 말고, 우리가 트럭을 못 멈출 수도 있으니까 그냥 나와." 에린이 트럭의 셔터 문 아래를 꽉 잡고 있으려 했지만 문을 계속 붙들고 있으면서 천천히 달리는 건 무리였다. 몇 초밖에 지나지 않았는데 눈이 정강이까지 쌓인 길을 잰걸음으로 걷고 있던 에린은 이제 큰 보폭으로 살짝 뛰어야 했다. 트럭이 아주 빠르게 움직이는 건 아니었지만 진창길에서 트럭을 계속 따라가는 건 힘든 일이었다. 도로까지는 거리가 대략 100미터였고 거기서 200미터를 더 가면 호수였다. 정말 속도가 나는 건 도로를 지난 뒤 이어지는 비탈에서 겠지만, 트럭 무게가 상당해서 속도가 붙으면 트럭을 멈추는 건 불가능했다. 트럭이 제대로 움직이기 전에 반드시 밖으로 빠져나가야 했다.

"몸을 낮춰야 할 거야." 에린이 손을 뻗으며 말했다. "눈이 부드러워서 그대로 떨어져도 되니까 그냥 굴러서 나와."

내가 쭈그려 앉아 한쪽 무릎을 꿇는 순간 트럭이 처음보다 심하게 덜컹거렸다. 나는 에린의 손을 잡지 못하고 나동그라졌다. 끈을 잡으려 손을 뻗었지만 놓쳐버렸고, 엉덩방아를 세게 찧으며 뒤로 미끄러지다 숨이 턱 내뱉어질 정도로 운전석에 등을 쾅 부딪쳤다. 트럭이 이제 본격적인 비탈길에 도달한 게 틀림없었다. 왜냐하면 모든 게 움직이고 있었기 때문이다. 트럭에 매달려 있는 끈이 트럭의 벽과 내 얼굴을 찰싹찰싹 때려댔고, 어딘가에 연장 통이 떨어졌으며, 바닥에 떨어졌다 튀어 오른 볼트와 스패너가 트럭 뒷벽에 후드득 떨어졌다. 나는 드라이버의 뾰족한 끝이 내 눈을 향해 날아오는 순간 고개를 기울여 피했고, 드라이버는 내 귀 옆을 스치며 금속 바닥에 툭 떨어졌다.

그때 길고 느리게 끼익 움직이는 소리가 들렸다. 무언가 바닥에 긁히는 소리였다. 나를 향해 관이 미끄러지고 있었다. 납과 나무와 시체 두 구를 합쳐 관의 무게는 700킬로그램에 육박했다. 나는 몸을 움직여보려 했지만, 사태가 심각하면 사람은 당황하기 마련이다. 이 모든 글을 한 손으로 쓰고 있다고 이미 얘기했는데, 바로 이런 이유에서였다.

오른쪽 손목에 터질 듯한 고통이 느껴졌다. 그러고는 거의 바로 감각이 없어졌다. 마치 내가 고통을 미뤄두고 있는 것처럼. 벽에서 몸을 빼내려 했지만 어깨가 당기는 느낌만 들고 팔이 말을 듣지 않았다. 바보 같은 소리 같지만 내 눈으로 보고서야 무슨 일이 있었는지 깨달았다. 관이 내 팔뚝 한가운데를 강타해 팔이 벽에 딱 붙어 꼼짝할 수 없었다. 방금 손가락뼈를 봤던 터라 수십 개의 작은 뼈가 으스러진 메스꺼운 장면이 떠올랐다. 하지만 진짜 문제는 따로 있었다. 아까 내가 휘청거리며 태평스레 트럭에서 나오려 할 땐 트럭이 천천히 비탈을 내려가고 있었다. 하지만 이젠 트럭에 점점 속도가 붙고 있었고 나는 꼼짝없이 트럭에 갇힌 신세였다.

성한 팔을 사용해 도무지 움직이지 않는 팔꿈치를 힘껏 잡아당겨보았지만 옴짝달싹도 하지 않았다. 그러고는 아주 조금이라도 내 팔을 압박하는 무게를 덜어보려 관과 벽 틈에 손가락을 넣어보았지만 관은 너무나도 무거웠다. 손가락을 빼보니 손이 미끈거리고 축축했다. 피였다. 충격으로 모든 감각이 사라져 아무 느낌도 없었지만, 내가 손을 잡아당겨 피부가 찢어지고 있었다. 나중에 구급대원이 둥글게 굽은 금속 바늘로 너덜거리는 살갗을 꿰매주며—사람 셋이 더 죽고 살인범의 정체가 밝혀진 뒤 산에서 내려왔을 때였다—이를 의학 용어로 "벗겨진 손상"이라 한다고 말해주었다. 그때 이런 용어를 몰라 다행이었다. 알았으면 기절했을 테니까.

내가 구조될 수 있을지 가늠해보려고 다시 입구를 쳐다보았지만 불안감은 전혀 줄지 않았다. 눈이 깊이 쌓여 있는데도 에린은 여전히 트럭을 쫓아오고 있었다. 하지만 표정에서 다급함이 그대로 묻어 나왔다. 트럭을 붙잡아 재빨리 안으로 들어오려고 트럭 안으로 손을 뻗고 살짝 뛰어오르는 에린의 머리가 보였다. 결국 에린은 트럭을 손에서 놓쳐 점점 멀어졌는데 또다시 쫓아와 트럭 안으로 들어오려 했다.

"꼼짝도 못 하겠어." 관이 내 팔을 찌부러뜨리고 있는 모습을 에린이 볼 수 있는지 모르겠지만 나는 에린에게 외쳤다. 나사와 볼트가 쨍그랑거리며 바닥을 굴렀다. "호수까지 얼마나 남았어?"

"그게 문제야." 이제 에린은 숨을 헐떡이고 있었다. 두툼히 쌓인 눈을 헤치고 걷느라 에린은 지쳐가고 있었다. 게다가 눈 때문에 허리 높이의 트럭 안으로 뛰어오르기도 어려웠다. "그다지 알고 싶지 않을걸."

그런 대답은 사실 대답하지 않는 거나 다름없었다. 지체된 시간에 이자까지 붙고 있었다. 나는 관에 발을 갖다 대고 옆으로 밀며 어깨에서 팔이 헐거워질지도 모르겠다 싶을 정도로 세게 몸을 뒤로 젖혀보았다. 그러나 관은 조금도 움직이지 않았다.

"도로는 어디쯤이야?" 내가 외쳤다. "도로 옆에 눈 더미가 쌓여 있다면⋯⋯" 호흡을 고르기가 어려웠다. "트럭을 막아줄지도 몰라."

"아까 바로 뚫고 지나갔어." 망할. 방금 그 눈 더미 때문에 구른 게 틀림없었다. 구세주일 줄 알았더니.

머릿속에 지도를 다시 그려보았다. 이미 그 도로를 지났다는 건 곧 비탈이 상당히 가팔라질 거라는 뜻이었다.

"언." 처음으로 소피아 목소리가 들렸다. 빛이 좁은 틈으로 비치는 데다 트럭에 가속이 붙어 잘 보이지는 않았지만 소피아의 머리 같은 게 까닥거리며 시야에 들어왔다. "대체 무슨 일이야? 이렇게 거리가 벌어지기까지 30초는 있었잖아. 빨리 나와!"

"나 다쳤어. 움직일 수가 없어."

"잠깐만. 저거 혹시 과—?"

"안에 들어가게 나 좀 도와줘." 에린이 불쑥 끼어들어 말했다.

"안전할까?"

"당연히 위험하지. 날 들어 올려줘."

모든 게 가물가물 흐려지기 시작했다. 아드레날린이 점차 사그라지고 있었는지 통증이 서서히 손목에 느껴지기 시작해 팔 위로 뻗쳐올랐고 이에 시야의 가장자리가 뿌예지고 초점이 흐려졌다. 온 힘을 다해 에린과 소피아에게 집중해보려 했다. 둘은 밝은 곳에 있었다. 그리고 단단한 몸이 있었다. 그러나 무한히 멀리 있는 것처럼 보였다. 그때 세 번째 그림자가 다가왔다.

"안 되네요." 남자 목소리가 들렸다. 크로퍼드였다. "창문을 깨긴 했는데 너무 높습니다. 시간이 없을 것 같은데…… 잠깐……." 크로퍼드가 이다음에 뱉은 말들은 먹먹히 들렸지만 무슨 말인지 충분히 알아들을 수 있었다. "아직도 안에 있는 겁니까?"

"갇혔어요." 소피아가 말했다.

"갇혔다고요?"

"다쳤고요."

"얼마나 다친 겁니까?"

"모르겠어요."

"밖으로 못 나올 정도로 심각해요." 에린이 톡 쏘듯 말했다.

"아악, 발 좀 조심해줘요." 에린에게 발을 밟힌 크로퍼드가 외쳤다. 셋이 함께 트럭 셔터 문을 조금 더 들어 올린 모양인지 트럭에 빛이 쏟아져 들어왔다. 크로퍼드가 다시 입을 열었다. "맙소사. 이게 대체……?"

바로 그때 설마 했던 미약한 불안이 갑자기 극심한 공포로 바뀌었다. 더 가파른 비탈길에 다다랐는지 이제 셋 모두 거의 뛰다시피 했다. 게다가 트럭 안에 빛이 더 들이치면서 내가 얼마나 다쳤는지 훤히 드러나자 혼란이 가중되었다. 에린은 트럭 안에 들어갈 수 있도록 자기를 들어 올려달라고 크로퍼드에게 꽥 소리를 질렀다. 크로퍼드는 그건 너무 위험하고, 될지 안 될지 모른다며 에린에게 퇴짜를 놓았다. 겉으론 용감한 척 속으론 성차별을 하고 있었으므로 에린의 귀가 새빨개졌을 듯했다.

나는 에린 대신 크로퍼드가 철커덩하는 소리를 내며 트럭을 딛고 들어오기를 기다렸다. 끈이 얼굴을 찰싹 때렸다. 나는 자유롭게 움직일 수 있는 손으로 끈을 잡고 온 힘을 다해 홱 당겼다. 트럭에 끈을 매달아놓은 사람이 아주 단단히 매어놓지는 않아 트럭에 붙어 있던 쇠뭉치가 바닥에 철커덩하고 떨어지며 끈도 떨어졌다. 마치 거대한 안전띠 같았다. 나는 끈을 감아 한 손으로 더듬더듬 손목에 매듭을 묶었다. 손목에 건 고리가 느슨해도 이만하면 충분할 듯했다.

"서둘러! 젠장, 어니, 뭐라도 해봐!" 이번엔 소피아가 공포에 질린 듯 날카롭게 빽 소리를 질렀다. 그러고는 소피아 목소리가 조금씩 멀어졌다. 그러고 보니 크로퍼드가 트럭으로 들어오는 소리가 들리지 않았다. 나는 크로퍼드가 기사도를 발휘해 직접 나를 구하려고 트럭에 들어오려는 에린을 막은 게 아니라 에린도 들어가지 못하게 막은 것이었다는 사실을 깨달았다. 끈을 갖고 애를 쓰다 눈을 들어 보니 세 사람 모두 점점 더 작아지고 있었다. 그때 트럭에 매달린 끈이 모두 일자 모양으로 돌아왔다. 중력이 다시 원상태로 돌아왔고, 내 배 속에서 느껴지던 관성은 그 힘이 서서히 사그라들었다. 트럭이 멈춰 섰다는 뜻이었다.

트럭이 소피아와 에린, 크로퍼드를 앞질렀다는 점을 몰랐다면 달가운 소식이었을 거다. 세 사람이 멈춰 선 건 그 이상 트럭을 쫓아오는 게 위험해서였다. 그들에겐 나를 구할 시간이 없었다.

그러니까 이제 나는 언 호수의 한복판에 선 4톤짜리 금속 안에 갇혔다는 뜻이었다.

얼음이 서서히 으드득 깨지고 표면이 거미줄 모양으로 갈라졌다는 거짓말로 긴장감을 조성하진 않겠다. 트럭은 5초도 되지 않아 몇 미터를 덜컥 내려가더니 30도로 기울었다. 내가 등을 맞대고 있는 운전석이 먼저 호수에 처박혔다. 또 한 번 휘청하고 트럭이 45도로 기울었다. 무슨 수를 생각해내야 했다. 그리고 서둘러야 했다.

계획의 골자가 잡혔다. 나는 묵직한 쇠쇠를 힘껏 던졌는데, 너무 높이 던지는 바람에 쇠쇠가 여전히 반쯤 닫혀 있는 문에 쾅하고 튕겨 나와 다시 내게 미끄러졌다. 다음번엔 쇠쇠를 미끄러뜨렸더니 쇠쇠가 열린 문틈 밖으로 잽싸게 미끄러져 나갔다. 호수 위에 아무것도 없었으므로 쇠쇠가 내 무게를 버틸 만한 데 걸릴 거라고는 기대하지 않았다. 하지만 빙판 위에 안착해 있었으면 했다. 물에 빠지면 빙판에 난 구멍을 다시 찾아내는 일이 내게 제일 중요했다. 장담할 순 없지만 만약 내가 끈을 잡아당기지 않는다면 수면 위까지 끈을 따라갈 수 있었다. 밖에서 조여오는 물의 압력에 트럭이 끙 하는 소리를 냈다. 물이 똑똑 떨어지는 소리가 들렸고 찬 냄새가 났다. 확실하지는 않지만 이때 수면 아래에 있었을 것이다. 나는 크롬 도금을 한 관의 손잡이를 성한 손으로 붙잡고 다음을 기다렸다. 기회는 한 번뿐이었다.

일이 순식간에 일어났다. 또 한 번 얼음이 갈라졌고, 어느새 나는 등을 대고 누워 있었다. 반쯤 열린 문으로 오직 하늘만 보였다. 이제 트럭은 수직으로 기울었다. 내게 필요한 건 이뿐이었다. 지금껏 시도했던 것처럼 관을 중력을 거슬러 밀어내지 않고 트럭의 천장을 향해 손잡이를 잡아당겼다. 차가 기울어지기 전에는 누워서 역기를 들어 올리는 일이나 다름없었겠지만 일단 지금은 관이 세로로 서 있었다. 따라서 뒤로 살짝 건드리기만 하면 됐다. 나는 관이 내 아래팔에 절구질을 해댔다는 사실을 무시하고 온 힘을 다해 밀어냈다. 그러자 마침내 일이 바라던 대로 굴러갔다.

관이 기울었다.

내가 얼마나 신났는지 제대로 전하지 못했다면 미안하게 생각한다. 관이 넘어갔다!

관이 트럭 천장에(이제는 트럭의 벽이었다) 쾅 부딪쳤다. 내 위에 사선으로 기대어 선 관에서 뚜껑이 벌어져 뒷벽에(이제는 바닥이었다) 흙먼지와 유골들이 사방에 흩뿌려졌고, 그러다 내 손이(이제 납작해졌다) 풀려났다. 관이 원래 있던 자리로 도로 돌아올까 봐 짓이겨진 손을 움켜잡고 옆으로 굴렀다. 손이 축축했지만 얼마나 다쳤는지 볼 정신이 없었다. 너무 추워서였는지 내가 너무 큰 충격을 받아서였는지 고통이 제대로 느껴지지 않았다.

일어서서 하늘을 올려다보았다. 내가 던진 끈은 여전히 구불구불한 선을 그리며 내 머리 위 바깥으로 이어져 있었다. 누가 고함치는 소리가 들린 것 같았는데, 내 이름을 외친 듯했다. 확실치는 않았다. 나는 감옥이나 다름없는 트럭 안을 둘러보았다. 잔혹하게 짓이겨진 한쪽 팔로는 트럭의 바닥 겸 벽을 오를 수가 없었다. 끈이 어디 걸려 있는 게 아니라서 타고 오를 수도 없었다. 게다가 트럭은 계속 아래로 가라앉고 있었다. 트럭 벽에 난 어느 틈에서 새어 들어 차오른 물이 내 발목에서 찰랑거렸다. 에스키모인들에겐 눈을 표현하는 단어가 천 개쯤 있겠지만, 감각이 마비될 정도로 물이 차다는 걸 표현할 수 있는 단어는 하나도 없었다. 몇 년 전 불임 클리닉에서 진단 결과를 기다리던 무렵, 음낭의 열이 정자 수에 영향을 미친다는 걸 알게 된 후로 나는 삼각팬티를 사각팬티로 바꾸었고, 주유소에서 파는 얼음 봉지를 어깨에 메 집 목욕탕까지 날랐다. 어쩌면 그땐 물이 이 정도로 차가울 수 있다는 데 흥분했을지도 모르겠다. 하지만 지금은 아니었다. 물이 닿자 감각이 마비되고 심장이 멎는 듯했다. 캐비아를 이런 식으로 만든다는 생각이 머리를 스쳤다. 철갑상어를 찬물에서 기절시키고 몸을 갈라 캐비아를 빼내니까.

얼마 지나지 않아 문의 가장자리로 물이 쏟아져 들어오기 시작했다. 처음엔 한쪽 구석에서 일정하게 흘러들다가 곧 주변에서 대여섯 개의 물줄기가 폭포처럼 쏟아졌다. 얼음처럼 차가운 포말이 내 무릎을 씻어 내렸다. 나는 끈이 빙판 위에 그대로 놓여 있기를, 트럭 안으로 미끄러져 들어오지 않기를 바라며 위를 올려다보았다. 성한 손의 손목에 맨 매듭을 확인했다. 내 계획은 간단했다. 물에 몸을 맡겨 최대한 트럭 입구 가까이 올라가고, 트럭이 물로 가득 차 가라앉으면 곧장 위로 쭉 수영해 올라가는 게 다였다. 트럭에 갇히지 않도록 바닥을 이용해 방향을 잡고 문틈으로 빠져나가야 했다. 그리고 차가운 얼음물 때문에 놀라 기절하지 않아야 했고 끈을 당기지 말아야 했다. 하지만 나도 모르게 끈을 당겼다 하더라도 나는 계속 위로 올라가는 수밖에 없었다. 간단했다. 당연히 복잡하게 생각할 게 없었다. 손목에서 끈이 위로 당겨지는 느낌이 들었다. 누가 잡아당기는 것 같았다.

물이 가슴께까지 차올랐다. 귓가엔 웅웅 울리는 물소리만 들렸다. 그리고 물보라와 포말로 얼룩진 하늘만 보였는데 그마저도 점점 줄어들고 있었다. 목 아래 몸의 모든 부분이 추위로 수축되었다. 그 순간 철갑상어를 떠올렸다. 심장이 쇼크로 멈춘다면 적어도 내가 익사하고 있다는 사실은 몰라도 된다고 생각하자 위안이 됐다.

위로 가자, 위로, 위로. 나는 마음속으로 되뇌었다. 이제 더 이상 하늘이 보이지 않았다. 나는 숨을 깊이 들이마셨다. 위로 가자, 위로, 위로.

26장

나는 발가벗은 채로 깨어났다.

머릿속으로 누가 나를 얼음 위로 끌어내 눈 더미로 데려왔는지 기억의 파편들을 맞춰보려 했다. 감각이 좀 더 돌아오자 밖에 있는 것만큼 춥지 않다는 걸 깨달았다. 나는 침대에 누워 있었다. 매일 악몽을 꾸는 아이라도 되는 양 이불이 내 목까지 덮여 있었는데, 목을 꽉 조여 정신병원에 있다 해도 될 것 같았다. 나는 눈을 깜박이며 정신을 좀 차려보려 했다.

높은 곳에 누워 있는 건 아니었으니 오두막 다락에 있는 침대는 아닐 터였다. 게스트하우스 객실에 있는 것 같았다. 방이 어둑어둑하고 커튼이 드리워져 있어서 어딘지 알아볼 수 있는 특징이 별로 없었다. 그게 좀 못마땅했다. 몇 시쯤인지 분간도 안되고, 일어나자마자 처음 한다는 질문이 "몇 시예요?"나 "저 얼마나 이러고 있었어요?"인 진부한 사람은 되고 싶지 않았으니까. 두 그림자가 내가 깬 줄도 모르고 목소리를 낮춰 대화를 나누고 있었다. 오른손이 계속 욱신거렸다. 얼마나 다쳤나 싶어 이불을 밑을 내려다보니 손에 꽃무늬 오븐 장갑이 씌워져 있었다. 장갑이 안 벗겨지기에 움찔거리며 장갑을 잡아당겼다. 장갑 안에 손가락 하나를 넣어보니 끈적이는 피부막이 느껴졌다. 이 빌어먹을 장갑이 내게 붙어버린 것이다.

누군가 내 어깨에 손을 올려 장갑을 잡아당기는 나를 말렸다. "그냥 둬요." 위를 올려다보니 휴양원 주인인 줄리엣이 고개를 가로젓고 있었다. 줄리엣 뒤에는 캐서린 고모가 서 있었다. "보기 싫을 거예요."

고모가 작은 주황색 병에서 꺼낸 알약 하나를 내게 건넸다. 나는 알약을 받아 가만 들여다보았다. "옥시코돈이야. 진통제. 아주 잘 들어." 고모가 약을 주는 이유를 말해주었다. 내겐 진통제라는 말이면 충분했다. 나는 약을 입에 쏙 넣었다. 고모는 자신이 그런 알약을 가지고 있는 게 늘 맑은 정신을 유지하는 자신의 체면을 떨어뜨릴까 싶었는지 잠시 생각에 잠겨 있다 방어적으로 덧붙였다. "내 다리 때문에 갖고 있는 거야."

나는 스스로에게 실망하며 이렇게 물었다. "저 얼마나 이러고 있었어요?"

고모가 창가로 다가가 커튼을 걷어, 어젯밤 잠들 때와 똑같이 끝도 없이 캄캄한 하늘을 보여주었다. 눈은 그쳤지만 바람이 여전히 거센지 창틀 속 창문이 덜커덕덜커덕 흔들렸다.

"몇 시간 됐어요." 줄리엣이 대답했다. 내가 몸을 일으켜 세워 앉았더니 갑자기 기침이 나왔고, 그 바람에 이불이 스르륵 내려가 나는 내 존엄을 지키기 위해 이불을 재빨리 붙들었다. 고모가 손바닥으로 눈을 가리며 내게 흰색 호텔 가운을 건네주었다. 그때 새아버지가 그 방에 있는 작은 소파에 앉아 우리 모두를 그저 지켜보고 있었다는 걸 깨달았다. 사뭇 놀라웠다. 그가 아버지 노릇을 하지 않았다고는 할 수 없었지만 아픈 자식 침대 옆에 앉아 있는 의붓아버지는 아니기 때문이었다.

기침이 멈추지 않았고 눈앞에 별이 가물거렸다. 일어나기엔 아직 너무 일렀다. 줄리엣이 내게 안정을 취해야 한다며 다시 나를 침대에 눕혔다. 줄리엣이 고모에게 손을 내밀었지만 약에 박하게 구는 고모가 고개를 저었다. 줄리엣이 큰 소리로 목을 가다듬자 고모가 체념한 듯 한숨을 내쉬었다. 그러고 가느다란 알약 하나가 입술 사이로 비집고 들어오더니 모든 게 흐릿해졌고, 나는 또다시 수면 아래로 가라앉았다.

산에서 맞는 밤은 유난히 어둡다. 특히 동이 트는 경사면은 해가 일찍 지고 빠르게 어둠으로 물든다. 어둠에 훼방을 놓는 도시의 불빛이 없어, 늦은 오후를 지나면 먹처럼 어두운 심연 같은 하늘이 펼쳐지고 어느 때든 자정과 새벽녘 사이인 것만 같다. 나는 이런 어둠 속에서 깼다. 그래도 이번엔 가운을 입고 있었다.

고모와 줄리엣은 자리를 뜨고 없었지만 새아버지는 여전히 창가에 앉아 하나 있는 전등의 빛을 받으며 도서실에서 집어 온 읽을거리를 읽고 있었다. 새아버지는 내가 뒤척이는 소리를 듣고 책을 내려놓고 의자를 끌어 내 곁으로 다가왔다. 나는 기침이 나오려는 걸 참으며 다시 몸을 일으켰다. 아까보다 한결 가벼워 약간 둥둥 떠오르는 느낌이 들었고 통증도 훨씬 덜했다. 약 덕분인 게 분명했다. 고모의 꽉 닫힌 가방에서 알약을 하나 더 얻어낸 줄리엣에게 고마운 마음이 들었다.

"무사해서 다행이구나." 새아버지가 툴툴거리듯 말했다. 애정 어린 말을 재채기하듯 빠르게 내뱉어 감정을 표현하는 나이 든 남자들처럼.

"죽진 않겠죠." 내가 손에 눈길을 주지 않은 채 말했다. 혹여 손을 보면 대답이 달라질까 두려웠다. "다들 어딨어요?"

"기억하는지 모르겠지만 네가 처음에 깨고 나서 기절하듯 잠들었어. 얼마 안 지났단다. 네 고모랑 휴양원 여주인은 너한테 줄 음식을 찾아보러 방금 나갔고."

"형은요?" 새아버지가 어깨를 으쓱였다. "안 그래도 네가 얘기해줬으면 했는데. 크로퍼드가 아직도 나를 못 들어가게 하고 있거든."

"크로퍼드가 밖에서 저를 구조하는 동안 건조실에 안 들어가셨다니 놀라운데요. 내내 지키고 있는 사람도 없었을 텐데요. 그리고 밖에는 옆으로 미는 빗장밖에 없잖아요."

"아까 그런 생각이 들었으면 좋았을걸." 새아버지가 한쪽 입가로 혀를 날름거렸다. 거짓말을 감추려 무의식적으로 나온 행동인지 입술이 건조해서인지 콕 집어 말하기가 어려웠다. 여기는 공기 때문에 입술이 금세 건조해졌다. 그러고 보니 갈증이 심히 나는 데다 목이 따끔거렸다. 내가 콜록콜록 기침을 해대자 새아버지가 자리에서 일어나 화장실로 들어가서 내 쪽을 향해 외쳤다. "그리고 네가 호수에 빠져 들어가는 위험천만한 모습에 다들 거의 넋이 나가 있었지. 다른 투숙객들한테 공연비라도 받을 걸 그랬어. 다들 너만 보고 있었거든." 새아버지가 다시 자리에 앉아 내게 물 한 잔을 건넸다. "사실 네 말이 맞아. 몰래 들어가서 마이클을 만날 수 있는 완벽한 기회였겠지."

나는 물을 쭉 들이켜 잔을 비웠지만 물을 다 마시고 난 뒤에도 갈증은 여전했다. 물에 빠져 죽을 뻔했다는 사실이 우스울 정도였다. "그래서 보호자로서 제 침대 옆을 지키고 계신 거예요, 아니면 제가 깼을 때 제일 먼저 대화를 나눈 사람이라는 걸 확실히 해두고 싶으신 거예요?"

"네가 괜찮은지 내가 보고 싶어 한다는 게 그렇게 이상하니?" 새아버지가 자세를 바꿔 앉으며 웃어넘기려 했다. "하지만 그렇다고 물어볼 게 없진 않지."

"괜찮으시면 제가 먼저 여쭤볼게요." 우리 둘 다 내가 질문을 하는 사람이 아니라는 걸 알고 있었다. 법정과 변호사 업무가 주는 중압감에도 휘둘리지 않는 마르셀로 가르시아가 불리한 입장에 처해 있는 모습은 보기 드물었다. 그는 내가 알고 있는 사실을 알고 싶어 했는데, 그건 곧 내가 몸을 움직일 순 없어도 칼자루는 내 손에 쥐여 있다는 뜻이었다. 몸에 감각이 돌아오면서 또다시 손이 욱신거리던 참이었는데 내가 유리한 고지를 점하고 있다는 데서 느껴지는 작은 기쁨이 손에 느껴지는 통증을 좀 잊게 해주었다.

새아버지가 숨을 깊이 내쉬었다. 치아 사이로 휘파람 소리가 났다. "마이클이 무슨 얘길 했니?"

"앨런에 대한 얘기요."

새아버지는 지그시 눈을 감고 잠시 그대로 있다 눈을 떴다. 그렇게 천천히 눈을 깜박이는 게 어떤 의미인지 잘 알고 있었다. 사람들은 딱 몇 초 전으로 돌아갔으면 할 때 느리게 눈을 끔벅인다. 그러니까 연인이 다른 사람과 침대에 누워 있는 모습을 보기 전으로, 거짓말이라는 걸 아는 변명을 듣기 전으로, 혹은 진실이라는 걸 아는 말을 듣기 전으로 돌아가고 싶을 때 말이다. 사람들은 그렇게 눈을 꼭 감고 전처럼 변한 게 하나 없는 세상을 다시 만들어본다. 그날 아침 나는 식탁 앞에서 그렇게 눈을 깜박였다. 차라리 검사 결과지를 읽지 않았으면 했다.

"그럼 세이버스를 알겠구나."

"약간요. 아버지보단 모르겠죠. 그 격차를 좀 줄이고 싶은데요."

"갱단이라고 하기는 뭐한 집단이었어. 너희 아빠는 세이버스란 이름도 좋아하지 않았지만, 그들에겐 자기들을 칭할 이름이 필요했지. 주로 도둑질을 했는데, 법에 저촉되는 일이긴 했지만 악착같이 추적당할 정도는 아니었어. 너희 아빠는 범죄자라기보다는 골칫거리에 가까웠단다. 처벌을 그럭저럭 빠져나갈 정도로만 활동했지. 그건, 그래, 상황이 심각해지기 전이었어."

내가 형에게 이미 얼마나 들었는지, 그래서 어느 부분을 대충 얘기해 온전한 진실 그대로 전하지 않아도 되는지 알아보려 새아버지가 내 표정을 살피고 있다는 걸 알 수 있었다. 나는 포커를 정말 못 치는데, 아무래도 굳게 인상을 써(심히 짓이겨진 손에 자꾸만 신경이 갔기 때문에 새아버지에게 집중하기 위해서는 뿌드득 이를 갈 수밖에 없었다) 변비가 있거나 실망한 것처럼 보여서일지도 모른다.

새아버지가 말을 이었다. "난 우연한 계기로 너희 아빠랑 너희 아빠 동료들을 만나게 됐어. 내가 기업법 분야에서 일하기 전이라 문 열고 들어오는 사람은 누구나 받던 때였단다. 그때 난 수임료도 쌌고, 악착같이 변호해서 강도 혐의를 받던 몇몇 사건을 무단 침입 선으로 마무리해주는 그런 일들을 했었어. 그리고 나를 찾는 사람들이 더 많아지기 시작했지. 내가 신중하고 누구든 똑같이 대해서 입소문을 탔던 것 같아. 하지만 아예 세이버스의 변호사로 일했던 건 아니고 절대로 법을 어기지도 않았어. 하지만 특정 집단의 사람들이 특정한 문제로 찾기 쉬운 변호사이긴 했지. 난 무슨 일이 벌어지는지 전혀 눈치채지 못할 정도로 어리석진 않아. 하지만 돈이 필요했어. 소피아를 위해서."

"소피아를 위해서." 내가 멍하니 새아버지의 말을 따라 중얼거렸다.

나는 형이 건조실에서 했던 말을 떠올렸다. **아빠는 우리를 보살피려고 법을 어겼던 거야.** 새아버지도 같은 말을 하고 있었지만 나는 그 말을 믿지 않았다. 왜냐하면 형이 하려던 말은 아빠가 돈을 많이 모으려고 범죄를 저지른 건 아니었다는 거니까. 하지만 새아버지가 아빠랑 똑같다고 볼 순 없지 않은가?

"정말이야." 새아버지가 방어적으로 말했다. 내가 형의 말을 곰곰이 생각하며 새아버지가 찬 롤렉스를 빤히 쳐다보고 있는데 이를 알아차린 새아버지가 시계를 찬 손목을 들어 시계를 가볍게 톡톡 두드렸다. "이건 돈을 함부로 써서 산 게 아니야. 실은 너희 아빠가 유언으로 제러미한테 남긴 거야. 물려줄 수 없어 안타깝지."

나는 새아버지의 말에 크게 당황했다. 형이 했던 이야기들이 이제 막 연결되려는 찰나 작은 거짓말이 이야기 전체를 혼란에 빠뜨렸다. 형은 아빠가 범죄자들의 로빈 후드, 고결한 도둑이라고 철석같이 믿고 있었는데, 만약 아빠가 부정하게 손에 넣은 돈을 호화스러운 장신구를 사는 데 썼다면 어쩌면 아빠는 내내 탐욕을 채우려 그 일에 몸담고 있었던 건지도 모른다. 그리고 아빠가 죽을 때 자식에게 물려줄 고급 시계를 가지고 있었다면, 아빠는 또 다른 귀중품을 어딘가에 숨겨두었을지도 모른다. 그게 에린이 기대하던 바였다. 어쩌면 형은 앨런에게서 다른 귀중품을 사고 있다고 생각했을지도 모른다. 그리고 어쩌면 그 귀중품 때문에 사람이 죽었던 건지도 모른다.

"롤렉스를 어떻게 광고하는지 아니?" 새아버지가 물었다.

뜬금없는 질문 같은 데다 새아버지가 자신의 성공에 대해 자랑하는 걸 듣고 있을 시간이 정말 없었지만 간결한 메시지의 광고를 봤던 게 떠올라 대답했다. "자손에게 물려주는 유산처럼 팔죠."

"맞아. 한동안 우리는 이 시계를 갖고 있지 않았지. 그러니까 제러미가 그렇게 된 후에―" 새아버지가 불편한 듯 목을 가다듬었다. "그러니까 이건 너랑 마이클 거야. 난 그냥 맡아두고 있을 뿐이고."

"정말 오랫동안 맡아두고 계시네요."

"네 엄마랑 같이 정했어. 오드리가 죽으면 너희 중 하나가 갖게 될 거야. 나랑은 아무 상관도 없단다. 네 엄마 유언이지. 하지만 원한다면 지금 가져도 돼." 새아버지가 시계를 풀려 했는데, 허세였을 거다. 피자 마지막 조각을 권하면서 사실 속으론 괜찮다고 거절하기를 바라는 것처럼.

나는 오븐 장갑을 들어 올리며 말했다. "전 정말 손목시계는 살 생각 없어요."

"이 시계는 네 거고 마이클 거야. 너희가 원한다면 말이지. 하지만 무엇보다도 이건 가족들에게 물려주도록 만들어진 시계야. 나는 이 사실을 잊지 않으려고 시계를 차." 새아버지가 말을 멈추고 감상에 젖은 듯 시계를 바라보았다. 정말 우리 아빠가 가지고 있었다고는 믿을 수 없었다. "너희 둘을 돌봐야 한다는 사실 말이야. 그리고 너희 엄마를."

나는 비웃음이 나오려는 걸 마른기침을 콜록거리며 감췄다. 내겐 그저 돈 많은 남자가 세상을 떠난 친구의 아내를 자기 아내로 삼고 고귀한 행위로 정당화하며 자기가 가진 걸 추앙하는 모습으로만 보일 뿐이었다. 새아버지의 허영을 지적하면 고모한테 약을 받는 것보다도(솔직히 고모가 가지고 있는 약이 정말 간절했다) 더없이 즐겁겠지만, 우리 대화는 주제에서 너무 벗어났고 나는 다시 그에게서 중요한 얘기를 듣고 싶었다. "세이버스를 도와주셨다면, 아빠 변호를 맡으셨겠네요? 아빠 변호사셨어요?"

"우린 그렇게 처음 만났지. 그리고 서로 알게 되면서 점점 가까워졌어. 나는 내가 할 수 있는 모든 걸 다했지만 너희 아빠는 이미 어떤 길에 들어섰고, 때로는 한번 들어선 길을 바꾸기 어려울 때가 있단다. 로버트는 계속 경고를 받았고, 너도 알겠지만 45일 동안 돈 안 내고 들어가 있는 곳에 갈 수밖에 없었어." 분명 아빠가 6주 동안 어디 머물다 왔다는 건 기억이 나지 않았지만, 내가 아빠의 부재로 아빠의 존재를 알았다는 점과 딱 맞아떨어졌다. 새아버지가 말을 이었다. "그 일로 우리 둘 다 정신이 번쩍 들었어. 로버트가 나왔을 땐 새출발할 준비가 되어 있었고, 그때쯤에는 돈의 출처가 어딘지도 모르는 돈 봉투를 받는 데서 나도 손을 뗐어. 하지만 모든 게…… 어떻게 표현해야 할지 모르겠지만 너희 아빠는 또 그 일에 휘말렸어. 뭔가 달라진 것 같았지. 얼마 지나지 않아서 세이버스 쪽에서 폭력적인 사건을 많이 벌였어. 법적으로 관대한 처분을 받기는 어려워졌고."

"형 말로는 도둑질보다 인질의 몸값을 받는 게 돈이 더 됐다던데요."

"맞아. 어떤 부동산 중개인이 금고를 안 열겠다고 했다가 총을 맞았어. 죽진 않았지만 그동안 세이버스가 맞닥뜨리던 상황은 아니었지. 그들은 이제 서랍에서 보석을 긁어모으는 걸로 만족하지 못했어. 금고 안에 들어가고 싶어 했지. 그러다 그마저도 부족하다 싶을 땐 은행 계좌를 노렸어. 이때가 80년대 후반이었고 몸값을 요구하는 범죄가 유행이었단다. 세이버스도 해봤는데 자기들한테 딱 맞는다고 좋아했지. 그리고 세이버스가 바로 경찰의 귀에 들어갔어. 그때쯤엔 세이버스에 연루된 모든 사람이 어느 정도 방조자로 찍힐 수 있었어. 로버트는 또 한 번 타격을 받으면 다음에 널 볼 땐 네가 면도를 하고 있을 거라는 걸 알았지."

"그래서 거래를 하게 하셨군요." 나는 힘겹게 말을 쥐어짜내야 했다. 손이 욱신거리는데 그 통증이 심한 데다 타는 듯해 밖에 나가 누우면 눈이 증발될 것만 같았다. "아빠가 처벌을 면제받는 대신 정보를 넘겨주기로 한 건가요?"

새아버지가 손목 주위로 시계를 돌렸다. 그는 또 느리게 눈을 깜박이며 맞닥뜨리고 싶지 않은 과거를 지웠다. "내가 거래를 맺게 도와줬지. 로버트가 조직의 핵심 인물을 대략 알려주면 되는 거였어. 그런데 로버트가 형사에게 하나를 대답해주면 그녀는 둘을 더 물었지. 그 여형사는 로버트가 세이버스에 남아서 세이버스와 같이 일하기를 바랐는데 그게 문제였어. 형사의 비위를 맞춰주려고 입수한 정보를 넘겨주는데 그럴수록 세이버스가 벌인 사건에 더 깊이 연루될 뿐이었으니까. 특히 그 형사는 세이버스에게 돈을 받는 부정직한 경찰이 누군지 알아냈으면 했어. 그녀는 결정적 증거를 손에 넣기 전에 로버트를 놓아주지 않았을 거야."

"홀턴과 홀턴의 동료를 고발할 수 있는 발뺌 못 할 증거 말인 가요? 형은 아빠가 그날 밤 모함에 빠져 죽은 거라고 했어요. 그러니까 거래를 이행하기 위해 고발해야 했던 사람이 이 둘이 라는 거죠? 어쩌면 아빠가 드디어 증거를 찾았던 걸 수도 있겠 네요."

새아버지가 어깨를 으쓱였다. "난 늘 그렇게 짐작했었단다. 로 버트는 내게 어떤 증거도 보여주지 않았어. 로버트와 로버트의 공작관 사이의 일이었지. 로버트는 경찰 측에서 시키는 일을 재 미있어하곤 했어. 진짜 스파이 짓이라면서 말이야. 그리고 위장 근무가 꽤 멋지다고 생각했지. 어쨌거나 처음엔 그랬단다." 새 아버지는 슬며시 의자에 등을 푹 기대고 손으로 무릎을 문지르 면서 잠시 말을 멈추었다. 옛 생각에 잠긴 채 친구를 그리워하고 있었다.

아빠를 그런 사람으로 생각한다니 이상했다. 그리고 누군가 아빠를 그리워한다는 것도. 그 일이 아빠에게 악명보다는 유산 을 주었던가? 새아버지의 이야기로 나는 아빠에 대해 아주 조금 더 알게 되었다. 아빠는 스파이 짓에 관해 농담을 했고 친구가 있 었다. 나는 새아버지가 혼자만의 생각에 빠져 있는 틈을 타 벽에 머리를 기대고 눈을 감아 욱신거리는 손에서 애써 신경을 돌리 려 했다.

위장 근무. 공작관. 스파이 짓. 나는 머릿속으로 이 단어들을 곰곰이 생각해보았다. 스파이 소설 작법서를 쓴 적이 있어서 로 버트 러들럼과 존 르 카레의 책으로 스파이 활동에 필요한 지식은 아주 조금 알고 있었다. 책은 그다지 잘 팔리지 않았지만.

"내가 알고 있는 건 그게 다야." 사색에 빠져 있는 내게 새아버지의 목소리가 스멀스멀 기어들었다.

"그래요?" 나는 반쯤 죽어가는 내 몰골이 전혀 위협적이지 않아 좀 더 털어놔도 되겠다 싶어 보이길 바라며 계속 눈을 감고 있었다. 새아버지가 미끼를 물지 않아 나는 좀 더 몰아붙였다. 어쨌든 엄밀히 따지면 지금 나는 변호사였다. 그러니까 인정사정없이 굴어도 괜찮았다. "형의 재판이 진행되는 동안 이 모든 걸 알고 계셨던 거죠. 앨런의 과거를 이용해서 검찰 측이랑 합의를 보셨잖아요. 검찰 측에서는 공개재판에서 앨런의 더러운 과거를 얘기하느니 그런 정보는 덮어두려 할 거라는 걸 아셨으니까요. 그래서 형이 큰돈을 인출했는데 아무도 캐묻거나 돈을 찾아내려 하지 않았고, 총에 관한 이상한 점도 강하게 몰아붙이지 않았어요."

"무슨 돈?"

나는 살짝 당황했다. 설마 새아버지가 형의 계좌를 확인하지 않았던 걸까? 어떻게 살인 사건 재판에서 그렇게 큰 금액의 돈이 인출됐다는 사실을 다들 모를 수 있는 거지? 형이 액수를 조금씩 늘려가면서 인출했다 하더라도 분명히 드러났을 것이다. 나는 증거 개시 절차에 관한 구체적인 내용은 잘 몰랐다. 법정 스릴러를 좀 더 읽어야겠다는 생각이 들었다.

"무슨 뜻인지는 모르겠지만 나는 마이클 재판을 내가 이끌어낼 수 있는 최선의 합의로 마무리 지었어. 내가 할 일을 해서 말이야. 그게 내 일이잖니."

"형을 위해서는 그렇게까지 애써주시고 소피아는 도와주시지 않네요." 나는 새아버지가 자기 딸의 의료 과실 소송은 변호를 맡아주지 않기로 했다는 사실이 떠올랐다.

"그건……" 새아버지가 발끈하며 반박했다. 그가 곤추앉자 옷이 바스락거렸다. "꼭 그런 건 아니야. 안 믿을지도 모르겠지만 소피아에게 최선인 일을 하고 있어."

"그럼 진실이 뭐예요?" 나는 목소리를 높이고 눈을 뜨며 새아버지에게 곤혹스러운 질문을 던졌다. 눈이 이글거리지만 충혈된 데다 반쯤 젖어 있을 터였다. 새아버지가 흘끗 복도를 바라보았다. 이를 본 나는 새아버지가 아직 나와 단둘이 나눌 이야기가 있어서 우리 대화가 방해를 받을까 걱정하는 거라고 생각했다. 흥분하면 손이 아팠지만 새아버지를 몰아붙이고 있었으므로 나는 멈추지 않았다. "제가 형과 이야기를 나누고 오늘 아침에 발견된 희생자를 더 자세히 들여다보고 나서 트럭이 비탈 아래로 미끄러져 내려갔던 건 우연의 일치가 아니에요. 트럭 핸드브레이크가 풀려 있었어요. 에린은 땅에 브레이크 오일이 떨어져 있다고 생각했죠. 틀림없이 고의적인 거예요. 누군가 35년 전에 묻히길 바랐던 무언가를, 앨런과 형이 다시 수면 위로 떠오르게 한 무언가를 은폐하려는 거죠. 아빠는 죽기 전에 결정적인 증거를 찾고 있었어요. 그리고 우리는 알고 있잖아요. 앨런이 형에게 어떤 정보를 팔려고—"

"알겠다, 알겠어." 새아버지가 이를 갈며 내 말을 막았다. 새아버지가 또다시 흘끗 문을 쳐다보았다. "내가 아는 건 로버트가 그날 밤에 공작관을 만나기로 되어 있었다는 거야. 그녀에게 중요한 걸 전해주려고 말이다. 로버트가 살인 사건을 목격했던 것 같아."

마침내 이 이야기가 나왔다.

"아이가 죽었죠." 내가 무미건조한 목소리로 말했다.

새아버지의 얼굴이 기절한 철갑상어처럼 창백해졌다. "어떻게 알았니?"

"직감으로요."

"나도 그게 전부야. 직감과 가설 말이다." 새아버지는 그렇게 말했지만 그대로 믿을 순 없는 말투였다. 마치 알려줄 이야기와 알려주지 않을 이야기를 아직도 결정하고 있는 듯했다. "로버트가 죽고 나서, 그 친구가 죽을 만큼 큰일이 대체 뭔지 알아내려 했었어. 로버트가 총을 가지고 다니기 시작할 정도로 겁을 내는 일이 대체 뭔지 말이야. 그건 정말 정상이 아니었어. 세이버스가 더 위험한 조직이 되어가고 있었다고 말했잖니. 사람들이 그냥 다치기만 하는 게 아니었어. 네가 말했지만 몸값을 받는 게 벌이가 더 좋았단다. 하지만 그건 자기 자식이 없을 때에도 네 아빠가 용납할 일이 아니었지. 그런데 로버트가 죽기 일주일 전에…… 오래된 얘기야. 들어봤을 법한 얘기지. 한 부잣집 아이가 몸값 때문에 유괴당했어. 그 가족은 몸값을 넘기는 일을 망쳐버렸지. 몸값을 지불할 돈이 있었는데 여행 가방에 돈 대신 전단지를 가득 채웠던 거야. 그러고 유괴당한 여자아이는 다신 볼 수 없었어. 밝혀진 건 아무것도 없었지만 세이버스가 벌인 게 분명했어. 혹시 마이클이 그런 말—"

"그 여자아이 이름이 뭐였는데요?" 나는 말을 더듬었다.

"매컬리."

"성 말고 이름은요?" 나는 그녀의 진짜 이름을 알고 싶었다. 성은 유산이었다.

"레베카."

"몸값이 얼마였는데요?"

"30만 달러였지."

곧이곧대로 믿을 수 없었지만 형이 했던 말이 떠올랐다. 나는 내가 마련할 수 있는 만큼의 돈을 가져왔는데, 앨런이 가져오라던 액수엔 못 미쳤어.

앨런은 형에게 수십 년 전 유괴당해 돌아오지 못한 레베카 매컬리에 관한 정보를 팔았다. 아마 레베카를 죽인 살인범에 관한 정보였을 것이다. 그리고 그녀의 시신을 찾을 수 있는 장소를 알려준 게 분명했다. 그녀는 한 경찰관의 관 속에 아주 오랜 시간 동안 묻혀 있었다. 지면에서 180센티미터 깊이에 있는 다른 사람의 관은 뭔가를 숨기기에 가장 완벽한 장소였다. 산악 지방이 아닌 곳에서 속도가 빠른 인터넷을 사용하며 이 모든 이야기를 타자로 치던 나도 이렇게 관에 묻는 게 시카고 마피아가 사람을 없애는 데 흔히 쓰는 방법이라는 걸 알게 됐다. 그러니 경찰들은 당연히 알고 있었다. 관에 넣어버리는 건 발에 시멘트를 굳혀 물속에 빠뜨리는 방법과 밀접한 관련이 있었다.

시신이 어디 있는지 앨런이 안다는 건 이상한 일이 아니었다. 그가 시신을 숨긴 장본인이었다.

장례식장에서 고인의 유족과 약간의 말다툼이 있었다. 이제는 앨런임을 아는 그 경찰관은 동료가 근무 중에 화장을 바란다고 얘기했다면서 시신을 화장하길 바랐다. 하지만 유족은 유언에 따라 매장해야 한다며 뜻을 굽히지 않았다. 앨런은 화를 참지 못했는데, 당연히 그랬을 거다. 왜냐하면 레베카의 시신을 묻는 건 재로 만들어버리는 것만큼 완벽하지는 않으니까.

그럼 그 액수는? 그건 짐작하기 쉬운 부분이었다. 앨런은 몸
값을 지불하지 않은 유족이 자신에게 빚지고 있다고 생각했던
금액만큼 형이 가져오기를 바랐다. 바로 35년 전의 몸값이었다.
그리고 형은 아빠의 죽음에 책임이 있는 사람을 찾아내기 위해
기꺼이 돈을 가져올 터였다.

나는 정신없이 자신의 죄를 감추려는 앨런을 떠올려보았다.
그는 몸값을 치르지 않은 한 여자아이의 시신을 숨겨야 했다. 만
약 앨런이 아빠가 증거를 갖고 있다는 걸 알았다면 아빠를 죽이
려는 게 이치에 맞았다. 앨런의 동료가 죽었을 때 기회는 문을
두드리며 찾아왔고, 앨런은 자신의 비밀을 묻을 수 있었다.

"형이 레베카의 시신을 찾았어요." 나는 일단 믿기로 했다,
이 사실을 새아버지에게 얘기해도 괜찮으리란 것과 트럭에 있었
던 두 번째 유골이 레베카라는 걸.(대체 어느 누가 거기 들어 있겠
는가?) 새아버지의 눈이 휘둥그레졌다. 나는 계속 말을 이었다.
"형이 끌고 온 트럭 뒤에 있었어요. 형이 출소하고 제일 먼저 한
일이었죠. 그러니까 만약 형이 3년을 기다려 관을 파냈다고 한다
면, 앨런이 형에게 관의 위치를 알려줬다고 할 수 있겠죠. 문제
는 만약 아빠가 레베카의 살인에 관한 증거를 갖고 있었다면 그
증거가 레베카의 시신이 묻힌 장소는 아니라는 거예요."

"로버트가 죽은 뒤에 레베카가 묻혔으니까." 새아버지 역시
나와 같은 의견이었다. "그럼 그날 밤 너희 아빠는 공작관에게
다른 정보를 주려고 했던 거야. 다른 증거를. 넌 로버트가 공작
관에게 전하려 했던 마지막 메시지를 앨런이 팔려 했다고 생각
하는 거지?"

"아마도요. 하지만 왜 자기가 저지른 살인에 관한 정보를 형에

게 팔려고 했는지 이해가 안 돼요." 이 수수께끼의 답이 없다면 앞뒤가 맞지 않았다. 내가 완전히 이해했는지 확신할 수 없었다.

"그게 아니라면 앨런은 살인을 저지른 게 아니라, 살인을 저지른 진범을 그저 보호하고 있었던 거겠지. 앨런은 경찰이었잖아. 만약 그가 덕 보고 있는 사람이 있었다면 틀림없이 위험한 인물일 거야."

그건 형이 앞서 건조실에서 내게 했던 말과 딱 들어맞았다. 형은 앨런이 다른 누군가에게 정보를 판다고 생각했다. 그리고 형이 살인죄로 약소하게 3년 형을 선고받았다는 사실이 떠올랐다. 형의 말로는 앨런의 과거가 공개재판에서 드러나지 않기를 바라는 사람들이 있어서였다. 조각들이 맞아 들어가고 있었다. 독자 여러분, 분명 여기는 '완전히 정점에 도달해간다' 장면이다.

새아버지는 내가 자기 말을 믿는지 살피며, 이 모든 정보를 받아들이고 있는 나를 바라보고 있었다. "3년 전으로 돌아가 보자. 앨런의 삶은 내리막길을 타고 있었어. 교도소를 들락날락했고 간신히 입에 풀칠하며 살았지. 어쩌면 앨런은 모든 일이 잘못되기 시작한 지점이 레베카 매컬리를 유괴했던 때라고 생각하고는 누군가를 끌어내릴 거라고 마음을 먹었던 건지도 몰라. 그래서 모든 일의 시작점으로 돌아와 마이클을 꾀어낸 거지. 아빠에 관한 비밀을 알려주겠다면서 말이야."

"앨런이 왜 절 택하지 않았는지 알겠네요." 나는 고개를 절레절레 흔들었다. "저는 가족사에 관심이 있는 사람이 아니었으니까요. 그래서 형이 유일하게 저를 믿는 거고요. 저는 법정에서 형에게 불리한 증언을 서슴지 않았어요. 그러니까 아는 게 없어서 무서운 것도 없었다는 거예요. 겁 좀 먹었어야 했던 것 같지만요. 전 형에게 불리한 증언을 해서 형의 신뢰를 얻었어요."

새아버지의 턱에 힘이 들어갔다. 자기 덕에 형이 처벌을 가볍게 받았으니 본인을 신뢰해야 한다고 열렬히 토로하고 싶은데 그러지 않기로 한 것 같았다.

이 점을 입 밖에 내지는 않았지만 새아버지는 나이 때문에 용의자 명단에 들었다. 지금 나는 30년 전과 오늘 아침에 살인을 저지른 사람을 찾고 있었다. 그럼 엄마, 새아버지, 앤디 고모부가 가능했고, 어쩌면 캐서린 고모일 수도 있었다. 당시 고모는 어린 축에 속했지만 거침없는 청년기를 보냈다. 고모가 어떤 일에 휘말렸었는지는 아무도 모를 일이었다. 그때 나는 이불에 지도를 그리던 때라 용의자가 아니었다. 한편으로 나는 두 희생자를 같은 살인범이 죽였다고 가정하고 있었다. 하지만 살인 동기가 그저 복수라면? 분노는 롤렉스처럼 가보로 이어진다. 그럼 나이와 상관없이 모두가 용의자였다. 젠장, 어쩌면 레베카가 커서 사람들을 죽이고 있는 건지도 모른다.

"지금 분명한 걸 잊고 있어요. 살면서 아빠가 좋은 사람이었다는 말을 지난 열두 시간 동안 제일 많이 들었어요. 만약 아빠가 좋은 사람이 아니었으면요? 아빠가 레베카를 납치해서 죽인 사람이면요?"

새아버지가 몸을 앞으로 기울여 내 어깨를 힘주어 잡았다. "네 아빠를 더 잘 알 수 있는 기회가 네게 없어서 안타까워. 와닿지 않겠지만 네게 네 아빠를 알 기회가 있었다면 그런 일을 할 사람이라고는 생각도 못 했을 거야. 솔직히 앨런이 그랬다는 것도 놀라워."

"그럼 아직 연결 고리는 못 찾은 거네요. 앨런의 동료 이름은 뭐였어요?"

"클라크. 브라이언 클라크. 뭐 생각나는 거 있니?"

크로퍼드나 헨더슨, 밀롯처럼(밀롯은 고모가 결혼 후 얻게 된 고모부의 성인데, 사실 고모부의 진짜 성이 밀턴이라는 걸 얘기할 때가 된 것 같다. 몇몇 이름은 재미로 바꿨다고 앞서 얘기하지 않았는가. 고모부 이름이 그중 하나였다) 모든 걸 하나로 모으는 이름을 기대하고 있었다면 실망시켜 미안하게 생각한다.

"지금까지 만났던 어느 누구와도 연결이 되지 않는데요. 그 사람이나 홀턴한테 아이가 있었어요? 범죄라는 가족의 유산을 지켜내려고 우리 가족을 모두 노리려 한다는 건 과장이겠죠⋯⋯."

"그래. 그리고 아이들은 없었단다."

새아버지는 실망했는지 말이 없어졌다. 앨런의 동료 쪽은 막다른 길이었다. 나는 이야기의 맥락과 가설을 모두 놓지 않으려 애쓰고 있었다. 손과 더불어 머리까지 일정한 박자로 둥둥 울렸고, 통증이 밀려들었다 빠져나가기를 반복했다. 새아버지와 얼마나 이야기를 나누었는지는 모르겠지만 기진맥진했다. 눈을 감고 있었던 잠깐의 시간이 현실에서 더 긴 시간으로 바뀌었는지 내 뺨을 부드럽게 톡톡 두드리는 손길에 정신이 들었다. 내 위로 몸을 기울인 새아버지의 얼굴이 보였다.

"미안하다. 캐서린이 돌아오면 약 하나를 더 줄게. 하지만 내 말을 끝까지 들어다오. 난 정말 겁이 났었어. 알겠니? 뭔가 아는 사람들이, 이제 안타깝게도," 새아버지가 후회하는 듯한 목소리로 말을 오래 끌었다. "너를 포함해야겠구나. 다칠까 봐 걱정이 됐어. 소피아가 아침 식사 시간에 블랙 텅 얘기를 꺼내기 전까지는 블랙 텅에 대해서 들어본 적도 없었어. 그러다 네가 희생자들을 확인해달라고 부탁했지. 그래서 머리를 떠나지 않더구나. 내가 너한테 얘기해준 것들은 모두 수년 동안 생각했었던 거야. 어설픈 생각일 뿐이었지. 누군가와 공유해야겠다는 생각은 한 번도 해본 적이 없었어. 하지만 오늘 아침에 일어난 사건과 블랙텅에 관한 일들은 무시할 수가 없었단다. 네가 만든 규칙 중 하나 아니냐? 우연은 없다는 거?"

나는 빙긋 미소를 지었다. 녹스의 규칙은 아니었지만 녹스가 추리 클럽에서 따르기로 맹세한 서약의 일부이긴 했다. 그래서 나는 비슷하다고 인정해주었다. "제 책을 읽으셨네요."

"너도 알겠지만 난 널 아낀단다." 그가 또 재채기하듯 말했다. 속사포같이 쏟아낸 데다 조용히 얘기해 거의 못 들을 뻔했는데, 마치 어린아이가 사과하는 것 같았다. "분명 누군가 뭔가를 싹 정리하고 있어. 네 아빠의 죽음을 초래한 거래와 관련된 사람이 세 명 있거든. 나랑 로버트만 있는 게 아니야."

소등나팔을 들었을 때보다도 정신이 번쩍 들었다. 내가 블랙텅의 희생자들을 조사해달라고 부탁했을 때 새아버지가 머뭇거렸던 모습이 떠올랐다. 새아버지는 한 희생자의 이름을 한 번 더 얘기해달라고 했었다.

"그 형사요. 아빠를 스파이로 쓴 공작관 있잖아요. 그 사람 이름이 뭐였어요?"

"달가운 이름은 아닐 거야."

"그렇겠죠."

"앨리슨 험프리스야."

27장

"깼네!" 캐서린 고모가 활짝 웃으며 어깨로 문을 열고 들어왔
다. 고모는 카키색의 커다란 플라스틱 가방을 들고 있었다. 가방
옆면에는 스프레이를 마구 뿌려 그려 넣은 붉은색 십자가가 있
었는데, 한때 낚시 도구가 들어 있었던 게 분명했다. 고모가 들
어오는 바람에 새아버지와의 대화가 끊겼지만 그런 건 전혀 중
요하지 않았다. 고모를 보니 기뻤다. 정말로 기뻤다.

"손 아파요." 약간 아픈 정도가 아니었다.

"약을 또 하나 먹으려면⋯⋯." 고모가 구급상자를 작은 탁자
위에 내려놓고는 몸을 구부려 새아버지가 찬 시계를 확인했다.
"모르는 게 낫겠구나."

"제발요."

고모는 구급상자를 열어 안에 든 것들을 뒤적거리다 만족스러
운 듯 혀 차는 소리를 내더니 내게 무언가를 건네주었다. 크기가
작은 초록색 봉지가 이불 위로 툭 떨어졌다. "지금은 파나돌이

면 될 거야." 어떻게 이럴 수 있느냐는 내 눈빛을 봤는지 고모가 한결 부드러운 목소리로 말했다. "아픈 거 알아, 언. 하지만 그런 일이 있었다 해도 네가 약을 과다 복용하게 할 순 없어. 이미 저 여자분이 네게 심폐소생술을 했는걸." 고모가 엄지손가락으로 줄리엣을 가리켰다.

깜짝 놀랄 일은 아니다. 우리가 입을 맞붙인다는 걸 읽게 될 거라고 했으니까. 앞으로 세 쪽 뒤에서 누군가 죽는다고 미리 말해두었던 것처럼.

"미안해요. 옷을 벗길 수밖에 없었어요." 줄리엣이 겸연쩍은 듯 말했다. "옷 때문에 저체온증이 오거든요. 아시겠지만." 하지만 줄리엣은 내가 모를 것 같다는 말투였다.(만약 여러분이 이 원고의 초안을 봤다면 알겠지만 사실 몰랐다. 우리 편집자님은 내가 처음에 썼던 문장에 줄을 찍 그어놓고는 여백에 "저(Hypo)=춥다, 고(hyper)=덥다"라고 적어두었는데, 편집자들은 원래 그렇게 타고났는지, 도움이 되긴 하는데 잘난 척하는 목소리로 잘못된 부분을 정정하고 자기 말이 맞는다는 걸 알려주고 싶어 한다.) 줄리엣이 이어 말했다. "그런데 난 한 게 별로 없어요. 당신이 손목에 끈을 안 감았으면 내가 뭘 했겠어요. 그리고 에린이 혹시라도—"

"에린?" 순간 번득 떠올랐다. 얼음 위에서 들렸던 목소리와 내가 가라앉기 직전 끈이 당겨지던 느낌이. "무슨 소리예요?"

"네가 문밖으로 끈을 던지는 걸 에린이 봤어. 소피아 말로는 크로퍼드가 말릴 수도 없었다더구나." 캐서린 고모가 내 머리를 스치고 지나가는 사실을 있는 그대로 무미건조하게 말해주었다. "에린이 널 살렸어."

"에린이 뭘 했는데요? 에린은 괜찮아요?" 나는 벌떡 일어났다. 피가 머리로 솟구쳐 나는 휘청했다. 네 개의 손이 나를 받쳐주었다. 고모가 다시 나를 침대에 눕히려 했지만 나는 고모를 밀치고 문으로 향했다. "에린 어딨어요?"

"밖으로 나갔는데."

"에린!" 나는 문을 열고 비틀거리며 복도를 걸었다. "에린!"

그때 에린과 딱 부딪쳤다.

"세상에, 어니." 에린이 뒤로 휘청였다 다시 쟁반을 꽉 붙잡았다. 쟁반에는 탄산음료 한 캔과 따뜻한 감자튀김 두 그릇이 놓여 있었다. 에린이 이마를 찌푸리며 말했다. "누워 있어야지." 그러고는 내 어깨 너머를 바라보며 말했다. "이이는 더 누워 있어야 해요."

내가 균형을 잃은 건지 진심으로 에린의 품에 와락 안긴 건지는 기억이 나지 않는다. 나는 대놓고 표현을 하는 사람이 아니니까. 하지만 내 기억에 그다음 순간 나는 옥시코돈에 절어 기운 없는 몸으로 에린을 꽉 껴안았다. 에린이 내 포옹에 화답했고, 우리는 그렇게 잠시 서 있었다. 마치 여기가 산이 아니라는 듯이. 우리에게 달라진 건 아무것도 없다는 듯이. 그리고 앞으로 그녀의 이야기가 담긴 장이 나오지 않는다는 듯이.

"얼음 목욕 한 지 꽤 됐는데." 나는 에린의 귓가에 속삭였다. 에린이 내 어깨를 꽉 붙잡았다. 에린은 울음이 섞인 웃음을 지으며 껄껄거렸다. 그리고 우리는 서로를 부둥켜안은 채 떨고 있었다. 내 목이 눈물로 젖어들었다.

이제 이 이야기를 하는 게 좋겠다. 아침 식사 시간에 내가 열어본 불임 클리닉의 편지는 **좋은** 소식을 전해줄 예정이었다. 내 몸 안에서 헤엄치는 친구들은 올림픽 선수들이나 다름없었다.

나는 생식능력을 높이기 위해 얼음 목욕을 하고 사각팬티를 입고 술을 끊고 굴을 먹었는데, 의욕적으로 갖은 노력을 기울였던 이 모든 시도가 허사였다. 나는 혼란스러워 그 이유를 알아내려 클리닉에 전화를 걸었다. 클리닉에서는 내가 자꾸 전화를 못 받아 그 소식을 아내분에게 전해주었는데 아내분이 소식을 듣고 아주 좋아했다고 했다. 나는 전화를 못 받은 적이 없다고 얘기했고, 그 말에 클리닉 측에서 확인해보니 전화번호부엔 내 번호가 아닌 에린의 번호가 기재되어 있었다. 에린이 클리닉 쪽에 내가 우편으로 결과지를 받고 싶어 한다고 얘기해 클리닉에서 내 파일에 그렇게 적어둔 터였다. 클리닉에선 주소를 잘못 알았던 적이 없어서 내가 왜 계속 우편을 보내달라고 하는지 이해할 수 없었다고 했다. 나는 전화로 이 이야기를 듣다가 에린이 우편을 가지러 꼭 자기가 먼저 나가보겠다고 했던 모습이 떠올랐다. 첫 번째 결과지는 우체통에 없다고 했었다. 두 번째 결과지는 비 때문에 엉망이 됐었고.

그날 아침, 식사 시간에 결과지를 읽으면서 내 마음에 사이클론이 불어닥친 것처럼 이 모든 사실이 내 속을 북북 찢어놓았다. 내가 에린보다 먼저 우편함으로 갔던 건 순전히 운이 좋아서였다. 어쩌면 전에 수없이 해오던 일이라 에린이 안일해졌던 건지도 모른다. 결과지를 읽으면서 앞쪽 연석에 놓여 있는 쓰레기통을 확인해봐야겠다는 어둡고 불신에 가득 찬 생각이 슬그머니 들었다. 몇 주 지난 볶음 요리에서 생긴 역한 액체가 내 손목을 타고 흘렀고, 나는 작은 알루미늄 곽을 움켜쥔 채 집으로 돌아왔다. 아마 당신도 알 거다. 그 알루미늄 곽에는 각 요일이 표시되어 있었다.

부싯돌은 그렇게 가버렸다.

그러나 지금 그런 건 아무래도 상관없었다. 에린은 내 목숨을 구했다. 그리고 그녀가 여전히 여기 있었다.

내 뒤에 세 사람이 서서 나를 재촉하는 게 느껴졌다. 그들은 혹시라도 내가 또 기절할까 봐 나를 찾았던 거지만 나는 마음이 갑갑했다. 나는 누군가 관을 호수 바닥으로 보내버리려 했다는 걸 아주 잘 알고 있었다. 어쩌면 나도 같이 죽여버리고 싶었을 수도 있고, 아니면 내가 그저 방해가 되었던 건지도 모른다. 형이 나를 트럭으로 보냈다. 그래서 의심이 가긴 했지만, 형이 그저 관을 없애려고 지나치게 많은 노력을 기울여 이 산까지 관을 싣고 올라왔을 리가 없었다. 만약 나를 함정에 빠뜨려 죽이려고 했다면 형은 내 얼굴 앞에서 트럭 열쇠보다 더 나은 걸 달랑거렸을 것이다. 아니면 건조실에서 바로 나를 공격하거나. 내가 형을 완전히 믿든 믿지 않든 형은 위험한 비밀을 내게 알려주었다. 이제 어떻게 그 모든 게 맞아 들어가는지 형에게 물어봐야 했다.

천천히 계단을 내려갈 수 있도록 에린이 나를 도와주었다. 다른 사람들은 내가 계속 휴식을 취해야 한다며 반대했다. 그러나 진통제와 아드레날린이 타올라 정신은 멀쩡했다. 로비에 찬 바람이 불고 밝은 빛이 쏟아졌다. 성에 낀 앞 창문 너머로 빛이 반짝거리는데 뭔지 알 수 없었다. 건조실 문에서 익숙한 악취가 났다. 건조실은 고무로 틈이 봉해져 완전히 밀폐되어 있었다. 그래서 문을 열기 전엔 안에서 나는 이상한 냄새를 맡을 수가 없었다. 짙은 재의 냄새도.

고모

27.5장

 여기서 결말을 밝히려는 건 아니다.

 어쩌면 날카로운 독자분께선 여러 장을 묶는 제목으로 보아 방금 건조실에서 시체가 된 채로 발견된 형은 나의 새아버지가 죽인 거라고 추리하실지도 모르겠다. 타당한 추론이다. 각 부마다 누군가 죽을 거라고 예상하게 만들기도 했고 정말로 그랬으니까.

 나는 항상 미스터리 소설에는 종이에 적힌 내용보다 더 많은 단서가 있다고 생각한다. 결국 책도 물건이라 작가가 의도치 않은 몇 가지 비밀이 드러날 수 있다. 각 부를 어디서 끝내느냐, 여백을 얼마나 두느냐, 장의 제목이 무엇이냐 따위로 드러나는 것이다. 엄청난 반전이 있다는 책 표지의 짤막한 광고문도 반전이 있다는 걸 드러내 잘 만들어진 작품을 망쳐버리고 만다. 이런 미스터리 소설에서는 모든 단어에 단서가 있다. 정말이지 구두점 하나에도 단서가 있다. 내 말이 이해가 되지 않는다면 당신 손에 든 책에 대해 생각해보라. 만약 살인범의 정체가 드러나는 지점에서 오른손 엄지손가락 쪽에 남은 장수가 왼쪽보다 많다면 그 자는 진짜 살인범일 수가 없다. 단순히 아직 읽어야 할 부분이 너무 많이 남아 있기 때문이다. 마찬가지로 이런 게 영화의 재미를 망치기도 한다. 대사 몇 마디 없는 유명 배우는 늘 그렇듯 악당이고, 길을 건너고 있는 어떤 인물을 불쑥 넓은 화면으로 잡는다면 그는 곧 차에 치이게 된다. 좋은 작가는 반드시 이야기 안에서, 그리고 소설이라는 형식 내에서 독자에게 놀라움을 안겨준다. 물건 자체에 깃든 단서들이 있다.

나는 이 점을 유념해야 한다. 내가 이 모든 이야기를 써 내려가고 있다는 걸 바로 당신이 알고 있다는 거다.

우쭐거리기 전에 한 말씀 드리자면, 여러분은 나를 간파하지 못했다. 이 책의 논리로 알 수 있는 게 있긴 하지만, 이 경우는 그렇지 않다. 결말을 미리 좀 말해주는 편이 낫겠다. 새아버지는 형을 죽이지 않았다. 그리고 그는 블랙 텅이 아니다.

나는 내내 진실을 이야기했고, 이건 이야기의 구멍이 아니다. 비록 하나 있을 거라고는 했지만. 공교롭게도 새아버지를 제목으로 한 이전 부에서도 이야기의 구멍이 있었다. 여러분이 기억한다면 앞서 나는 트럭이 쑥 들어갈 정도의 이야기상 구멍이 있을 거라고 얘기했었다. 그러니까 그건 문자 그대로의 의미였다.

28장

　허공에 재가 날리고 있었다. 코끝에서 작은 잿가루가 흩날리자 코가 씰룩였다. 건조실은 아까 내가 왔을 때처럼 어둡진 않았다. 주황빛 보온등이 비치는 데다 뒤창으로 한 줄기 달빛이 쏟아져 들어오고 있었다. 깨진 지 얼마 되지 않은 창문 뒤로 눈 더미에 원통 모양의 굴이 뚫려 있었다. 형이 창문 아래 고꾸라져 있었다. 그나마 밝아진 건조실 안에서 형은 머리부터 발끝까지 검댕으로 얇게 뒤덮여 있어서 한층 더 어두운 그림자로 보였다. 형의 양 손목은 형과 제일 가까이 있는 외투걸이의 기둥에 묶여 있었다.

　내가 소리를 지른 게 분명했다. 왜냐하면 에린은 손으로 입을 틀어막고 있어 소리를 지를 수가 없었기 때문이다. 큰 소리가 나 근심 어린 표정으로 줄리엣이 나타났지만 내게 그 기억은 없다. 내가 기억하는 건, 내가 오븐 장갑을 뜯어버리며(살점이 약간 뜯겼지만 그런 아픔은 느껴지지도 않았다) 형 앞에 스르륵 무릎을 꿇고는 케이블 타이를 움켜잡고 미친 듯이 어떻게든 해보려 애썼다는 것이다. 짓이겨진 내 손가락으로는 소용이 없었다. 내 뒤에 서 있던 에린이 줄리엣에게 가위나 칼을 가져오라고, 그리고 소피아가 바에 있으면 같이 데려오라고 소리쳤다.

나는 케이블 타이를 끊어내는 건 포기하고 멀쩡한 손의 손바닥으로 재로 두껍게 뒤덮인 형의 얼굴을 쓸었다. 마치 누에고치를 벗겨내는 것 같았다. 재로 덮여 있던 피부가 찼다. 형의 머리는 숯가루가 묻어 회색빛이었다. 내가 형에게 숨을 불어넣으려면 형을 똑바로 눕혀야 했지만 줄리엣이 아직 돌아오지 않아 케이블 타이를 끊어낼 수가 없었다. 내가 일어나 나무 기둥을 발로 차자 기둥이 뾰족한 창 같은 조각으로 부러지며 형이 모로 쓰러졌다. 나는 형을 굴려 바로 눕히고 형 위에 올라앉아 한 팔로 형의 가슴을 압박했다. 나는 형의 입가의 끈적거리는 검은 오물을 닦아내고 형에게 숨을 불어넣으려 했다. 끈적이는 타르로 범벅된 입술에서 역한 숨결만 느껴졌다. 나는 몸을 일으켜 다시 주먹을 들어 올렸다. 움직일 때마다 팔을 타고 통증이 치솟았다. 형의 입에 다시 입을 맞붙였지만 구역질이 나 형의 머리 옆에 구토를 하고 말았다. 아름다운 장면은 아니나 사실이었다. 형이 죽은 지 한참이 지났다는 건 이미 알고 있었다. 하지만 나는 계속해서 내 입을 닦고 또다시 형에게 숨을 불어넣으려 했다. 그렇게 하고 또 했다. 그런데 그때 누군가 내 어깨에 손을 얹어 나를 형에게서 떼어냈다.

형을 마지막으로 봤을 땐 검댕이 묻은 형의 뺨에 점점이 깨끗한 피부가 드러나 있었다. 내 눈물이 떨어진 자리였다.

바에 모인 우리 가족은 각자 무리 지어 여기저기 흩어져 있었다. 새아버지는 엄마 곁에 앉아 엄마의 손을 꽉 잡아주었고 그 둘과 함께 있던 루시는 엄마의 팔 아래를 감싸주었다. 원래 고부간 사이가 그렇듯 루시와 엄마가 아주 사이좋게 지낸 적은 한 번도 없었지만 그들에겐 함께 나눌 수 있는 같은 슬픔이 있었다. 두 사람 모두 형을 사랑했다. 그리고 두 사람 모두 단 한 번도 형을 의심한 적이 없었다. 이젠 둘 다 도둑맞은 기분을 느꼈다. 한편 고모는 바 여기저기를 서성였고 고모부는 바닥에 등을 대고 누워 있었다.

내가 바에 있었던 건 그저 아무도 나를 다시 건조실로 들여보내려 하지 않을 것이기 때문이었다. 그때 나는 이성을 잃은 사람 같았다고 한다. 에린은 신경을 곤두세운 채 나와 함께 있었지만 외따로 고립되어 있었다. 형을 잃은 건 에린도 마찬가지였지만 에린은 루시, 엄마와 함께 깊은 슬픔을 나눌 수 없었다. 형이 죽으면서 에린은 분명 이 가족 내 자기의 위치는 어딜까 하고 생각했을 것이다. 에린은 입을 굳게 다물고 있었다. 슬픔을 내색하지 않고 꿋꿋이 참았다는 의미이기도 하지만, 정말로 입을 꾹 다물고 있기도 했다. 왜냐하면 콧물로 범벅된 굵은 눈물을 피할 길이 없어 에린의 윗입술에 눈물이 고이고 그대로 굳어버렸으니까.

줄리엣은 바 뒤에서 바쁘게 움직이고 있었는데, 부러 신경을 딴 데로 돌리려는 것 같았다. 방금 전에 줄리엣은 내 어깨 위에 담요를 둘러주고 따뜻한 코코아를 가져다주었는데, 담요와 코코아 모두 마음을 가라앉히는 데 놀라울 정도로 효과적이었다. 컵을 건네줄 때 다치지 않은 내 손에 따뜻하고 부드럽게 머물던 줄리엣의 손길도 마찬가지로 위로가 되었다. 누군가 내게 오븐 장갑을 도로 돌려주었다. 고모가 줄리엣에게 걸어가 자기한테도 따뜻한 음료를 달라고 했을 땐 줄리엣이 고모에게 "몇 번 객실이시죠?" 하고 물었고, 이에 기분이 상한 고모는 딴 데로 성큼성큼 걸어가버렸다.

바에 없는 사람은 소피아와 크로퍼드뿐이었다. 우리는 두 사람이 부검 결과를 들고 돌아오기를 기다리고 있었다. 이때 내가 건조실로 들어가 이것저것 들쑤시며 천재적인 추리를 해냈다고 거짓말을 하고 싶지만, 사실 그러기엔 내가 너무 깊은 충격에 빠져 있었다. 내겐 범죄 현장을 분석할 여력이 없었다.

수수께끼의 답을 이미 알고 있었다면 우리가 모두 모여 있으므로 여기서 모든 사건을 장대하게 풀어내면 딱 좋겠다고 생각했을 것이다. 그러나 여긴 보통 탐정들이 한 손을 주머니에 찔러 넣고 거만하게 걸으며 자신의 명석함을 발휘하는 응접실이나 도서실과는 분위기가 아주 달랐다. 일단 나는 아직도 가운을 입고 있는 상태라서, 그러다가는 명석함뿐만 아니라 그보다 더한 걸 보여줄 수도 있었다. 게다가 바에 감도는 분위기도 적절치 않았다. 이 바에는 용의자들이 아니라 생존자들이 모여 있었다.

모든 게 바뀌어버렸다. 전에 우리가 본 시신은 잔혹하게 살해당하긴 했지만 자칫하면 우스꽝스러워 보일 수도 있는 신원 미상의 남자였다. 녹지 않는 설원에서 불에 타 죽은 듯한 모습은 너무 기묘해서 소름 끼치게 들릴지 몰라도 지적 호기심으로 바라볼 수 있었다. 아니면 연쇄살인마의 소행이라는 소피아의 말에 고개를 저었던 사람들은 시신을 완전히 무시해버리면 그만이었다. 그린 부츠는 풀어야 할 수수께끼였지만 좀 불편하고 호기심이 동하는 정도였다. 내가 도서실에서 탐정이라도 된 듯 으스

대며 걷는 동안 정말 그린 부츠를 **신경**이나 썼던가? 하지만 이번 희생자에게는 이름이 있었다. 애석하게도 망할 성과 이름을 모두 알고 있었다. 바로 마이클 라이언 커닝햄이었다.

그럼 나는 어땠느냐고? 나는 즉석에서 만든 감방에서 형을 풀어주려고 그린 부츠에게 무슨 일이 있었는지 알아내려 했었다. 형이 의심을 받는 상황에 어느 정도 책임을 느꼈고 나 때문에 거기 갇혔다는 죄책감을 느껴서였다. 이제 나는 형을 무덤으로 보내버린 사람으로 살아야 할 판이었다. 머릿속엔 온통 외투걸이에 묶여 있던 형과 건조실의 공기를 가득 채운 재, 그리고 손톱이 다 깨지도록 자기 목을 움켜잡았던 그린 부츠뿐이었다. 나는 옥시코돈의 약효가 떨어지면서 몸이 떨리기 시작해 덜그럭거리며 따뜻한 코코아를 홀짝였다.

건물 밖에는 짐과 아이들을 안아 든 사람들이 줄을 서 있었다. 내가 계단을 내려가면서 봤던 빛은 거대한 스노타이어를 끼운 버스 두 대의 헤드라이트였다. 두 버스는 계단 아래, 차를 돌릴 수 있는 공간에 주차되어 있었다. 사람들이 줄지어 나가자 문이 열린 로비에서 차디찬 바람이 들어왔다. 줄리엣은 손님들의 항의에 대응하는 데 지쳐 잠깐 폭풍이 잠잠해진 틈을 타 진다바인에서 여기로 올라오는 대형 버스를 대여했다. 산에서 내려가고 싶어 하는 손님들을 태워 보내기 위해서였다. 시간의 여유가 없었다. 날씨가 잠시 잠잠해졌을 뿐이라 다시 폭풍이 거세질 터였다. 줄리엣이 환불을 해줘야 하는데도 이런 대탈출을 준비한 건 내 느낌에 날씨 때문만은 아닌 것 같았다. 사무실에서 얘기를 나눌 때만 해도 손님을 불안하게 할까 봐 망설이는 것 같았는데, 내가 **사고**를 당하자 그녀는 형이 시체로 발견되기 전 어느 시점에 마음을 굳히고 버스를 불렀다. 결국 현명한 결정이었다.

처음에 사람들은 내키지 않아 하며 버스에 올라탔다. 물론 날씨가 암울하긴 했지만 휴양원에는 이런 날씨를 보상해줄 벽난로, 보드게임, 바가 있었다. 솔직히 사람들은 어쨌든 그런 오락거리를 즐기고 싶어 했다. 물론 휴양원에서 시체가 발견되긴 했지만 아무도 모르는 사람이었고, 기억했으면 하는데, 시체에 신경을 썼던 건 오직 우리 커닝햄 가족들뿐이었다. 공식적으로 그린 부츠는 여전히 체온 저하로 죽은 사람이었다. 물론 비극적인 일이었지만, 이 일 때문에 휴가를 예정보다 빨리 끝낼 필요는 없었다. 여덟 시간 동안 시드니로 돌아가는 차 안에서 왜 썰매를 타러 못 가는지 아이들한테 설명하는 게 진짜 비극이었을 거다. 하지만 두 번째로 죽은 사람을 보면 달라진다. 그는 확실히 더 폭력적인 죽음을 맞이했고, "들었어?" 하고 쑥덕거리던 이야기는 순식간에 "아직 못 들었어?" 하고 묻는 무서운 괴담이 되었다. 사륜구동 차를 몰고 온 사람들은 눈에서 차를 파내고 부리나케 휴양원을 떴다. 폭풍이 가라앉을 때까지 며칠 동안 휴양원에 차를 두고 떠날 수밖에 없는 나머지 많은 사람은 버스 자리를 차지하려 기를 썼다.

크로퍼드가 소피아를 바 안으로 데려왔다. 소피아는 두 손을 비비고 있었다. 마치 손에 잉크를 바른 것처럼 보였다. 적어도 내가 속으로 되뇐 바는 그랬다. 모두 몸을 앞으로 기울였다. 심지어 앤디 고모부도 아이처럼 다리를 교차해 바로 앉아 소피아에게 주의를 기울였다.

"마이클 오빠가 죽었어요." 소피아가 소리 내 말했지만 사실 이야기할 필요가 없었다. 무슨 진단을 내렸는지 소피아의 얼굴에 그대로 드러났다. 소피아는 그린 부츠를 옮기고 난 뒤 토할 때에는 창백해 보였고 그날 아침에 달그락거리며 차를 마실 때에는 금방이라도 부서질 것 같았는데 지금은 정말 수척해 보였다. 추위와 스트레스와 깊은 슬픔 때문인 것 같았는데, 시체가 한 구 더 나오면 몸이 버티지 못할 게 분명했다. 하지만 그래서 잘된 게 있다면 괴로워하는 얼굴 표정에 진실이 드러나 소피아의 의학적 진단에 고모조차 이견을 달지 않았다는 점이다. "오빠는 살해당했어요. 분명해요. 끈에 묶여 있었고, 질식했어요."

"말도 안 돼." 새아버지가 말했다. 내가 시체를 찾았을 때 크로퍼드는 최선을 다해 모두를 건조실 밖으로 내보내려 했고 오직 소피아만 들어오게 했다. 그리고 그동안 형이 살해당했다는 소식이 우리 가족에게 전해졌으므로 소피아가 첫마디로 내뱉은 사망 선고에 큰 충격을 받은 사람은 아무도 없었다. 오직 에린과 나만이 형이 어떻게 죽었는지 이미 알고 있었다. 나는 새아버지의 얼굴에서 공포와 깊은 슬픔이 뒤섞인 표정을 볼 수 있었다. 그는 우리의 마지막 대화를 떠올리고 있었다. 나 역시 마찬가지였다.

분명 누군가 뭔가를 싹 정리하고 있어.

"제발, 소피아." 에린이 슬픔의 단계에서 부정을 건너뛰어 분노로 곧장 접어들며 날카롭게 말했다. "네 말이 맞았어. 됐지? 연기는 이제 그만해."

소피아는 바 안을 둘러보았다. 자신이 하려는 말에 다들 얼마나 화를 낼지, 두 번째 버스에 자리를 잡기엔 늦었는지 가늠해보려는 것 같았다. 소피아는 한숨을 내쉬었다. 거짓말을 할 순 없었다. 소피아가 이런 끔찍한 참사를 설명해야 하고 나머지 다른 가족들처럼 무너져서도 안 된다는 건 불공평한 일이었다. 그러나 소피아는 숨을 깊이 들이쉬고 최대한 환자를 대하는 듯한 자세를 취했다. 의사들은 모두 나쁜 소식 전해주기라는 특별한 재능이 있다. "그래, 에린. 마이클 오빠는 오늘 아침에 발견된 남자랑 같은 방식으로 죽었어."

"그건 모르는 일이지." 루시가 빠르게 반대 의견을 내놓았다. 루시는 그린 부츠의 시신을 본 적이 없었고, 그래서 공식적으로 알려진 이야기를 믿지 않을 이유가 없었다. "말도 안 되는 소리야! 그냥 사람들 겁주고 있는 거잖아. 먼저 죽은 남자는 체온 저하로 죽었겠지."

"현실을 마주해야 해, 루시. 그 사람도 살해당했어." 소피아는 반대 의견이 있는지 기다렸다. 루시는 또 입을 열고 싶어 안달이었지만 아직 할 말을 생각해내고 있었다. "누가 그린 부츠의 머리에 봉지를 묶고 거기 재를 가득 채웠어요. 그 살인에 어떤 연출이 있었든 없었든 그린 부츠는 비닐 속에서 숨 막혀 죽었을 거예요. 하지만 그건 살인범의 명함 같은 거죠. 살인범이 마이클 오빠한테 똑같은 짓을 저질렀어요. 비록 이번엔 재가 목숨을 앗아 가긴 했지만요. 저희가 찾아냈어요." 소피아는 자기가 발견한 걸 인증해달라는 듯이 크로퍼드에게 손짓을 해 보였다. 크로퍼드가 고개를 끄덕였다. "부서진 창문에 끈적거리는 테이프 잔여물이 있었어요. 창문 뒤로 쌓인 눈에 좁은 굴이 뚫려 있었고요. 건조실은 꽤 밀폐된 공간이고 문틈은 고무로 막아놓았는데, 이게 소리를 감춰주는 데에도 도움이 되었을 거예요. 우리 모두 호수로 내려가 있을 때에는 말할 것도 없고요. 만약 살인범이 눈으로 만든 굴에 순환 장치를 밀어 넣고서 창문을 봉지랑 테이프로 막고 또 눈도 약간 다져서 그 주변을 막으면 건조실은 계속 밀폐된 상태를 유지하죠. 그럼 재는 공기 중으로 섞이기 쉬워질 거예요."

고모가 뭔가를 물어보려 했지만 눈물로 목이 메었다. 고모는 손목으로 눈가를 닦고 계속 바 안을 서성거렸다.

"미안한데." 앤디 고모부가 손을 들어 올렸다. 고모부는 크게 동요하지 않았지만 걱정은 많았다. 고모부는 계속 창밖을 힐끔거리며 한 줄로 버스에 오르는 행렬을 쳐다보았다. 자신을 보호하기 위해 관심을 보이는 것뿐이라 해도 나는 누가 질문을 하는 게 기뻤다. 내가 그럴 상태가 전혀 아니었기 때문이다. "순환 장치라니?"

"이런 식으로 재를 사용하려면 공기를 순환시켜야 해요. 눈에 원통 모양이 나 있었잖아요. 그러니까 누가 눈 속에 송풍기를 집어넣은 것 같아요."

소피아와 내가 비틀거리며 창고로 갔을 때 삐죽하게 날이 선 듯한 바람이 마치 전기톱 소리처럼 들렸던 게 어렴풋이 떠올랐다. 어렴풋하다고 표현한 이유는 기억이 가물가물하기도 하고 또 내가 다소 멍청하다는 생각이 들어서였다. 나는 그때 참 이상한 소리가 난다고 생각했어야 했다. 하지만 바람은 귓가에 전기톱이나 기차 소리, 비명처럼 별의별 소리로 다 들리므로 내가 8번 규칙을 어기고 일부러 정보를 애매하게 만들려고 했던 건 아니다. 만약 내가 정말 송풍기가 윙윙거리는 소리를 들었다면, 형은 내가 밖에서 탐정 놀이를 하는 동안 살해된 거였다. 또한 이전의 내용을 잘 기억하고 있다면 알겠지만, 그때 나와 함께 있었던 소피아에겐 두 살인의 알리바이가 있다는 뜻이기도 했다.

"그게 송풍기라는 걸 어떻게 알아?" 루시가 이의를 제기할 거리를 찾았다. 루시가 형의 죽음에서 허점을 찾으려 하는 게 이상하다는 생각이 들었지만 루시가 사실을 완강히 부인하는 모습을 보이는 건 전반적으로 사실을 수용하기 힘들어서인 것 같았다.

"그래," 소피아가 인정했다. "그건 블랙 텅에 관한 뉴스를 보고 추측한 거야. 아까 말했지만 눈에 원통 모양의 굴이 뚫려 있었어."

"아니. 난 네 말 안 믿어. 그 멍청이는 날씨 때문에 혼자 죽은 거야. 그리고 당신이," 루시가 손가락으로 크로퍼드를 가리켰다. "우리 마이클을 가뒀고, 누군가……" 루시는 목소리가 떨리기 시작했지만 그대로 말을 이었다. "네가 부추긴 이 난리 통을 누군가 이용했어…… 기회라고 생각해서……." 루시가 마음을 다잡고 말을 이었다. "불에 태워 죽이는 거든 뭐든 뉴스에서 기사를 찾아보는 건 그다지 어렵지도 않아. 모방하려면 말이야. 내가 직접 찾아봤어." 루시는 맥락 없이 말을 늘어놓고 있었다. 루시가 고개를 홱홱 돌리며 바를 둘러보았다. 비난할 사람을 찾고 있는 게 분명했다. 이제 루시는 한 사람 한 사람 비난하기 시작했고, 한 마디 한 마디 할 때마다 화가 들끓고 눈이 뒤집혔다. 루시가 크로퍼드를 향해 말했다. "당신은 마이클을 독 안에 든 쥐로 만들었어." 그러고는 소피아를 바라보았다. "너 때문에 이 난리가 난 거야." 이번엔 캐서린 고모를 노려보았다. "고모 때문에 우리가 이리로 오게 된 거고요."

그러고는 에린에게 이르렀다. 루시의 얼굴에 짙은 그림자가 졌다고 이야기하는 건 과장이겠지만 그래도 눈빛은 험악하게 바뀌었다. 루시는 문득 깨달았다. 자기가 꼭 붙들고 있어야 할 무언가를. "내가 말했지만 적절한 동기가 있는 사람이 주어진 기회를 잡았던 건지도 몰라. 마이클은 감옥에 있는 동안에만 **너랑** 가깝게 지낸 거야. 넌 그냥 놀잇감이었어. 갖고 논 거라고. 왜냐하면 마이클은 **내가** 밖에서 자기를 기다리고 있을 거라는 걸 알았으니까. 그이가 출소하면 그이한테 넌 더 이상 필요 없었지. 날보면 마이클은 기운이 날 테니까. 마이클이 날 사랑하지 않았다면 왜 그가 해결……" 잔인한 미소가 루시의 얼굴에 피어올랐다. "그이도 너한테 그렇게 얘기했겠지? 맞지? 네가 여기 오자마자 너랑은 그냥 실수였다는 걸 알았다고 그랬지? 네가 어떻게 들었을지 궁금한데?"

그러고 이제 루시는 나를 매섭게 쏘아보았다. "그리고 너." 루시의 입에서 말이 곪아가고 있었다. 순간 루시가 돈에 관해 알고 있다고 밝힐 거란 생각이 들어 가슴이 쿵쾅거렸다. 돈은 내게 중요한 동기처럼 보일 것이다. 루시는 돈 얘기를 꺼내는 대신 코웃음을 쳤다. "어쩌면 네가 가담했는지도 모르지. 왜 어니스트가 정신이 들자마자 그렇게 필사적으로 계단을 내려와서 마이클을 보려고 했을까? 어?" 루시가 바에 있는 사람들에게 호소했다. "아직 아무도 마이클을 발견하지 못했으니까 자기가 첫 목격자가 되려고 그랬던 거겠지. 내가 하고 싶은 말은 그뿐이야."

사람들은 끔찍한 말을 내뱉었을 때 "내가 하고 싶은 말은 그뿐이야"라고 말하곤 한다. 에린은 내 뒤에서 이를 갈고 테이블 아래로 다리를 달달 떨었다.

나는 나를 변호하기로 했다. "내가 왜 형을 해치겠어?"

"일단은 마이클이 네 아내랑 놀아났으니까."

"루시!" 엄마가 쉬 소리를 내며 루시의 주의를 돌렸다. 엄마가 내 편을 들고 있다는 사실에 나와 루시 가운데 누가 더 충격을 받았는지 알 수 없었다. "네가 비난하고 싶은 사람은 비난해도 좋지만, 밖에서 잠글 수 있는 유일한 방에 마이클을 가둬두자던 사람은 여기서 딱 한 사람뿐이었어."

순간 바가 고요해졌다. 엄마 말이 맞았다. 엄마는 지금까지 말없이 조용히 있었지만 속은 분노로 부글부글 끓고 있었다. 다른 사람들과 마찬가지로 엄마는 비난할 사람을 찾았다. 그리고 나를 두둔해준 게 아니라 그저 루시에게 칼을 꽂고 싶은 것뿐이었다. 건조실을 제안한 사람은 루시였다. 형이 빠져나올 수 없는 유일한 방. 나는 나 때문에 형이 그 방에 갇힌 거라고 느꼈을지 몰라도, 말 그대로 형을 거기 들어가게 한 사람은 루시였다. 그래서 루시는 바에 있는 사람들에게 비난을 퍼부었다. 그녀 역시 죄책감을 느끼고 있었던 것이다.

소피아가 크로퍼드에게 무슨 말을 속닥거리자 크로퍼드가 핸드폰 잠금을 해제해 소피아에게 건네주었다. 소피아는 핸드폰 화면을 보여주려 루시에게 다가가 루시 앞에 쭈그리고 앉았다.

"아직 못 본 것 같아서." 소피아가 부드럽고 침착한 목소리로 말했다. "내가 정신 나간 소리를 하는 것처럼 들린다는 거 알아. 하지만 이걸 본다면……." 소피아는 핸드폰 화면에 뜬 사진이 설명을 대신 마치도록 했다. "이 휴양원에 살인범이 있어. 이 남자는 체온 저하로 죽은 게 아니야."

루시의 얼굴에서 핏기가 싹 사라졌다. 옷장에 가득 들어 있다가 빛에 노출된 바퀴벌레처럼 증오가 그녀의 먼 끝으로 빠르게 달아났다. 루시가 화면에서 시선을 들었을 땐 마치 우리와 이 방에 있었다는 걸 잊어버린 사람처럼 혼란스러워 보였다. 에린과 나는 이런 일을 분노의 숙취라고 부르곤 했었다. 아무것도 아닌 일로 말다툼을 하다가 아침에 정신이 맑을 때 보면 자신이 그저 멍청해 보인다는 걸 알게 되는 것이다. 루시가 바로 그래 보였다. 혼란스럽고 창피해하는 것 같았다.

"이 사람이 밖에서 발견한 사람이야?" 루시가 나지막이 말했다. 검게 변한 얼굴에서 우리 모두 발견했던 사실을 이제 루시도 볼 수 있었다. 그린 부츠의 죽음이 기묘하고 폭력적이었다는 걸. 그리고 그 사실은 루시가 밖으로 나갈 수 없는 건조실을 제안해 형을 살인자에게 아주 수월하게 내주고 말았다는 점을 강조할 뿐이었다.

소피아가 고개를 끄덕였다. 소피아는 루시에게 사실을 보여주어 루시를 괴롭히려는 게 아니라 위로하려 했다. 그러나 루시의 눈에 비친 건 오직 비난뿐이었다.

"여기 못 있겠어요." 루시가 자리에서 일어섰다. "어니스트, 에린, 그렇게 얘기해서 미안해. 모두들 죄송해요." 루시가 바를 걸어 나갔다.

아무도 떠나는 루시를 붙잡으려 하지 않았다. 크로퍼드가 마지못해 로비로 쫓아가 루시에게 돌아오라고 외쳤지만 루시는 그를 떨쳐내며 신랄한 말을 내뱉었는데, 제대로 듣지는 못했지만 "당신이 책임자잖아" 같은 말이었고, 그건 분명히 크로퍼드가 그 책임자 노릇을 제대로 못 하고 있다는 뜻이었다. 나머지 가족들은 혹시 몰라서 루시가 형이 아직 누워 있는 건조실로 가진 않았는지 확인하려고 문가 주위에서 유심히 살폈다. 루시는 터덜 터덜 계단을 올랐다. 도서실로 가는 걸 수도 있었고 핸드폰 전파를 잡으러 옥상에 가는 걸 수도 있었다. 하지만 담배를 피우러

가는 건 아니었다. 당신과 나는 그녀가 마지막 담배를 태웠다는
걸 이미 알고 있으니까.

　"소피아." 루시가 자리를 뜨자 엄마가 부드러운 목소리로 말했다. 이번 주말에 처음으로 들은 차분한 말투에 우리는 엄마에게 귀를 기울였다. "내 아들이 죽었고, 난 그 이유를 알고 싶구나. 우리 모두 속상하고 각자 비난하고 싶은 사람이 있다는 거 알지만." 엄마의 시선이 나를 휙 스친 건지 그저 내가 그렇게 상상한 건지 모르겠다. "하지만 정보가 많은 게 낫겠지. 왜냐하면 난 대체 어떤 놈이 이런 일을 저질렀는지 찾아내고 싶거든. 그리고 그놈이 아직 여기 있다면 가만두지 않을 거야." 엄마는 숨을 고르며 평정을 되찾았다. 엄마가 침착하다고 생각했던 건 내 착각이었다. 엄마의 목소리는 침착한 게 아니라 싸늘했다. "그러니까 어떻게 송풍기랑 석탄이 든 가방으로 사람을 죽일 수 있는지 설명 좀 해주겠니?"

　"사실 석탄이 아니라 재예요. 더 엷은 조각들이요." 소피아는 마침내 자신의 가설을 얘기해달라는 부탁을 받아 목소리에서 신난 기미를 감추지 못하고 기뻐했다. "자잘한 입자들이 아주 많아서 들이마시면 폐에 시멘트 같은 게 만들어져요. 속에서 질식하게 되는 거죠."

엄마는 잠시 생각에 잠겨 마치 재를 휘저어보듯 손을 빙빙 돌려 허공에 원을 그렸다. 마치 와인을 따른 잔 위에서 손을 저어보는 듯했다. "꽤 많은 재 속에서 호흡해야 한다는 거 맞지? 재 때문에 다치려면?"

"맞아요. 제법 많아야 해요. 맑은 공기가 없는 방에선 덜 필요하겠지만요."

"시간이 얼마나 걸리는지 묻고 계신 거야." 나 역시 흥미가 동해 덧붙여 말했다. 거의 보이진 않았지만 엄마가 내 말이 맞는다고 퉁명스레 고개를 끄덕였다.

"아. 몇 시간 걸려요."

"몇 시간?" 엄마가 얼굴을 일그러뜨리며 아연한 표정으로 물었다.

"그럼 아프니?" 캐서린 고모가 코를 훌쩍였다.

소피아가 아무런 대답도 하지 않았는데, 고모의 질문에 대한 답으로 충분했다. 그렇게 죽는 건 고통스러웠을 것이다.

"몇 시간이라고?" 엄마가 같은 말을 되풀이했지만 이번엔 크로퍼드에게 하는 소리였다. 엄마는 죽기까지 몇 시간이 걸린다는 점을 분명히 하려는 게 아니라 설명을 요하고 있었다. "여기 우리 의사 선생님이 친절하게 과학적 사실을 설명해주셨네요. 이제 경찰 나리 당신이 이야기해주셔야지. 어떻게 **당신**이 지키고 있었던 그 방에서 내 아들이 **몇 시간** 동안 죽어갈 수 있었는지."

크로퍼드가 목을 가다듬었다. "어머님, 정말 죄송하지만," 그는 첫 단추를 잘못 끼웠다. 엄마는 격식을 차리는 것도 변명을 늘어놓는 것도 절대로 받아주지 않았다. "문틈을 고무로 막아놔서 방에 방음이 꽤 잘됩니다."

지난날 경찰 편을 들었다 교훈을 얻었던 나는 폭풍이 부는 소리가 어마어마했다고 말하려다가 입을 다물었다.

"하지만 솔직히 전 아무것도 못 들었습니다. 왜냐하면……." 크로퍼드가 말끝을 길게 늘어뜨렸다.

"어서 지껄여보시지."

"전 거기 없었으니까요."

순간 아주 고요해졌는데 금방이라도 폭발할 것처럼 분위기가 고조되었다. 펼쳐질 수 있는 상황은 두 가지였다. 침묵이 아주 길게 이어지거나 엄마가 자리에서 일어나 크로퍼드의 머리를 똑 따버리는 거였다. 결국 둘 다 아니었지만 엄마가 먼저 입을 열었다. 엄마는 낮게 속삭이는 소리보다 더 큰 소리는 낼 수 없었다.

"당신, 내 아들을 방에 가둬놓고 내내 거기 혼자 뒀다는 거야?"

새아버지가 엄마의 견갑골 사이를 단호하면서도 부드럽게 토닥였다.

"어므—" 크로퍼드가 이번엔 엄니처럼 들리는 미국식 억양으로 "어머님" 하고 엄마를 부르다 멈칫했다. 크로퍼드는 당황한 듯했다. 그는 뒤에 붙임표와 다른 이름은 덧붙이지 않고 그냥 커닝햄 부인이라고만 부르기로 하고 다시 입을 열었다. "건조실은 잠겨 있지도 않았습니다."

앤디 고모부처럼 집중력이 점점 떨어지는 사람과 나처럼 곧 기절할 것 같은 사람, 그리고 기진맥진해 자리에서 몸을 흔들흔들하는 소피아 모두 홱 크로퍼드를 쳐다보았다.

"줄리엣이 일기예보를 확인하더니 폭풍이 좀 잠잠해졌을 때 사람들을 산에서 내려보내야겠다고 했습니다. 기상 상태가 더 나빠지기 전에요. 지금까지 마이클이 협조적이었으니 마이클을 객실로 옮겨주려고 했고요. 이 사실을 알려주려고 갔을 때에는 어니스트 당신이 마이클과 대화를 나눈 후였습니다. 하지만 제가 창고로 당신을 따라가기 전이었죠. 그때 마이클은 곤히 잠들어 있었습니다. 몸을 웅크리고 의자 위에서 자고 있었는데, 문에 등을 돌리고 있었어요. 베개 같은 걸 베고 있었고 편안해 보여서 깨우고 싶지 않았습니다. 줄리엣도 같이 있었어요. 줄리엣이 제 말을 증명해줄 수 있습니다. 그렇죠?"

"맞아요. 저도 거기 있었어요."

"그러고는 창고에서 이 두 분을 쫓아가야 했습니다." 크로퍼드는 소피아는 잊어버리고 에린과 나를 향해 고개를 까닥였다. "그러다 상황이 바뀌어서 갑자기 타이타닉 같은 일이 이 남자분한테 일어났고, 이분을 여기로 데려왔을 땐 버스가 도착해서 사람들을 버스로 안내하게 됐죠. 그리고 눈에 묻힌 차도 파내야 했고요. 일이 끝이 없었습니다. 맹세코 제가 건조실에 없을 때 마이클이 그 방에 갇혀 있지는 않았으면 했어요. 일어났는데 못 나올까 봐요. 혹시라도……." 크로퍼드는 아이러니한 상황이 펼쳐졌다는 걸 깨달았는지 불이라는 단어를 뱉기 전에 말을 멈추었다. "아무튼 건조실을 뜨기 전에 문을 열어놨습니다. 틀림없어요."

나는 건조실 문을 열기 전에 빗장을 옆으로 밀었었는지 필사적으로 떠올려보았는데 빗장을 민 적은 없는 것 같았다. 크로퍼드의 말이 맞았다. 문은 잠겨 있지 않았다.

"마지막으로 형을 봤을 때 방에 창문이 깨져 있었어요?" 내가 물었다.

크로퍼드가 호소하듯 줄리엣을 바라보았지만 줄리엣은 어깨를 으쓱이기만 했다. 그가 고개를 가로저었다. "잘 모르겠습니다."

"형이 자고 있었던 거 확실합니까?"

"그러니까, 제가 물어보지는 않았죠."

"숨은 쉬고 있었나요?" 이번엔 줄리엣에게 물었다.

"아니…… 저기요, 확인 안 해봤어요. 이상해 보이는 건 아무것도 없었다고요."

"무슨 생각 해, 언?" 소피아가 물었다.

"그런 부츠 목에는 플라스틱 케이블 타이 때문에 생긴 톱니 모양 상처가 있었어. 형이 몸부림쳤다면 손목에 상처가 생겼을 거야. 하지만 내가 형을 발견했을 땐 손에 상처가 하나도 없었어. 소피아, 넌 봤어?" 내가 물었다.

소피아가 잠시 생각에 잠겼다 입을 열었다. "아니. 혈흔도 멍도 없었어. 몸싸움을 했다면 있었을 거야. 하지만 재로 한가득 뒤덮여 있어서 내가 못 봤을 수도 있지." 그러나 나는 소피아가 그 말을 믿지 않는다는 걸 알 수 있었다. "군더더기 없이 정확히 가격했던 건지도 몰라. 하지만 그렇다면 형을 가격한 사람은 형이 등을 보일 정도로 믿는 사람이겠지."

나는 생각에 빠진 채 말을 이어나갔다. "그러니까 창문은 부서졌을 수도, 부서지지 않았을 수도 있어요. 제가 형을 발견했을 땐 분명 깨져 있었어요. 바닥에 유리 조각이 떨어져 있었고, 빛도 들어오고 있었고, 그때에도 폭풍이 거셌으니까 건조실에 바람이 분다는 걸 누구나 알아차렸을 거예요. 그러면 이렇게 가정 해보죠—"에린이 팔꿈치로 내 갈비뼈를 세게 쿡 찔렀지만 나는 에린을 무시했다. 모두 내가 시간순으로 조각을 이어 붙이는 모습을 지켜보고 있었다. 머리를 써 분석해야 했지만 뭔가 발견해나가는 데서 얻는 힘이 충격에서 벗어나는 데 도움이 되었다. 다들 각자 방으로 서둘러 돌아가 혼자만의 시간을 보내고 싶어 할 게 분명했지만 우리 모두 이 일이 중요하다는 걸 알고 있었다. 어쩌면 이렇게 하면 살인범의 정체를 밝혀낼 수도 있었다. "당신이 형을 봤을 때 창문이 깨져 있지 않았다고 가정해보죠. 형은 자고 있었을 수도, 자고 있지 않았을 수도 있지만요." 에린이 나를 또 쿡 찔렀다. "왜?" 나는 에린에게 쉬잇 소리를 내며 짜증스레 대꾸했다.

"모두 굉장히 유용한 얘기지만 마이클이 깨어 있을 때 건조실에 있었던 마지막 사람이 당신이라는 걸 강조해줄 뿐이잖아." 에린이 속삭이듯 말했다. 모두가 듣고 있었다.

나는 뒤를 돌아보았다. 이런. 내가 가족들의 주목을 받은 이유는 그래서였다.

"제가 나올 때 형은 살아 있었어요." 나는 말했다. 그러나 모두의 얼굴이 딱딱하게 굳었고, 마치 배심원단 앞에서 진술하고 있는 것 같은 느낌이 들었다. 신문할 때 보면 꼭 죄 있는 사람들은 누가 부탁하지도 않았는데도 했던 말을 또 반복하니까 이래선 안 된다는 걸 알았지만 어쩔 수가 없었다. 마치 애원하는 듯한 목소리가 나왔다. "제가 나올 땐 형이 살아 있었다니까요."

우리 가족들은 아무도 버스에 오르지 않았다. 다들 암묵적으로 제일 먼저 산에서 내려가려고 하는 사람이 도망치려는 살인범일 거라 생각하고 있어서, 서로에게 말없이 휴양원에 남으라는 엄포를 놓았다. 이때쯤엔 거의 다들 살인범이 우리 중 하나일 거라고 생각하고 있었다. 나와 소피아를 포함한 몇 명은 휴양원에 남아 범인을 찾고 싶어 했다. 나머지 가족들은 겁이 나기도 했고 오기가 생기기도 했다. 엄마는 형의 시체를 두고 떠나지 않을 텐데, 시체를 버스 안에 실을 순 없는 노릇이었다. 캐서린 고모는 루시가 걱정돼 남아 있었고, 앤디 고모부는 고모가 남아 있으니까 따라 남아 있었다. 그리고 새아버지는 마침내 게스트하우스에 있는 방을 받기로 했으므로 남을 것이다. 크로퍼드는 우리에게 가도 된다고도 가면 안 된다고도 하지 않았지만 우리 마음대로 하게 놔둘 순 없다는 걸 알고 있었다. 만약 우리가 제멋대로 하게 됐다간 마침내 그의 상관이 나타났을 때 여기서 벌어진 대학살에 대한 변명을 늘어놓아야 할 수도 있었다. 줄리엣은 우리가 여길 태워버릴 수도 있으니 우릴 두고 갈 수 없다고 농담했다. 어쨌든 나중에 우리가 정말 불태워버리긴 하는데, 이때 줄리엣은 그럴 줄 꿈에도 모르고 있었다.

우리 가족들은 계속 바에 남아 있었고 마음속에 일었던 깊은 슬픔과 분노, 원망과 비난이 천천히 사그라지자 잠긴 목소리로 조곤조곤 형과의 추억을 나누었다. 고모부가 내 결혼식에서 형이 신랑 들러리 연설을 했던 이야기를 꺼냈다. 형은 내 책들 가운데 하나를 따라 하는 게 기발하다고 생각해 완벽한 들러리 연설의 열 가지 규칙을 준비했었다. 하지만 술기운을 빌려 용기를 내려다 너무 과음해버린 나머지 그중 일곱 개를 잊어버렸다. 지금 여기 있는 사람들 사이에서 그때 얘기를 꺼내는 건 바보 같아

보였지만 덕분에 어색함은 빠르게 사라졌고, 콧물 때문에 훌쩍거리면서도 껵껵대는 웃음이 번졌다. 내겐 형의 행동을 단순한 실수로 대수롭지 않게 넘길 수 있을 만한 말재주는 없었지만, 형과 함께했던 시간은 지난 3년이 다가 아니었다.

다들 자리를 뜨지 않고 있다는 걸 깨달았을 때 누군가 잠 좀 자자고 했고, 좋다고 지친 목소리로 웅얼거리는 소리가 이어졌다. 크로퍼드는 형의 시체를 옮기는 걸 원치 않아 건조실의 문을 잠그고는 다들 가까이 다가가지 말라고 일러두었다. 줄리엣이 이제 비게 된 게스트하우스 방의 열쇠를 건넸다. 나는 오두막이 더 좋다고 거절했다. 만약 누군가 나를 살해하러 온다 해도 다락에선 적어도 그 사람이 사다리 위로 올라오는 걸 볼 수 있었다. 그리고 어찌 됐든 오두막으로 돌아가야 했다. 그날 아침 이후로 돈 가방을 확인한 적이 없었으니까. 나는 돈 가방과 가까이 있고 싶었다. 새아버지가 그 돈에 대해 모르고 있다는 사실을 알았으니 소피아와 에린을 제외하고 돈에 대해 아는 사람은 아무도 없다는 데 감사했다. 돈은 내가 형을 죽인 동기로 비칠 테니까. 대체로 나를 경계하고 의심하며 내 말은 듣지 않는 우리 가족들이 내가 형과 마지막으로 대화를 나눈 사람이라는 사실에 더해 내가 25만 달러 상당의 형 돈을 갖고 있다는 걸 알았다면 나를 갈기갈기 찢어버렸을지도 모른다. **가족 돈**이라면서.

사람들이 하품을 하며 밖으로 나갔다. 고모가 내 옆을 지나갈 때 나는 고모의 팔꿈치를 톡톡 쳐, 밤중에 진통제가 든 약병을 내가 가지고 있어도 되겠느냐고 물었다.

"언, 미안하지만 약이 너무 독해. 내가 보관하고 있으마." 고모가 내게 미안하다는 듯 살짝 얼굴을 찡그리더니 알약 한 알을 내 오른 장갑에 끼워주었다.

위층에서 고모가 처음 내게 알약을 줬을 때에도 이상하다고 생각했는데 고모가 약을 갖고 있으려는 건 더더욱 이상했다. 고모는 틀림없이 다리에 통증을 느끼고 있었을 것이다. 그 통증이 때로는 아주 고통스러울 테니 원래 어떤 약물 치료가 이루어졌어야 했다. 그러나 고모는 사고 이후 자연요법을 택했다. 고모 말로는 "대체 의학"이었고 의사 말로는 "허튼소리"였다. 하지만 그런 건 고모에게 중요하지 않았다. 고모는 완전히 딴사람이 되었고 술은 입에도 대지 않았으며 그 어떤 것도 그런 고모의 생활을 무너뜨릴 수 없었다. 고모는 두통에 파나돌 같은 약도 복용하지 않았고 직장에서 힘들었던 날에도 와인 한 잔 마시지 않았다. 심지어 에이미를 낳을 때조차 진통제를 거부했다.

나는 나이가 들면서 그런 생활이 고모에게 얼마나 중요한지 이해하기 시작했다. 고모를 절름발이로 만든 그 사고가 일어났을 때 고모는 술에 취해 있었다. 따라서 자기 자신을 위한 약물이라도 자신을 다치게 한 것들은 뭐든 경멸했다. 고모에겐 통증을 겪더라도 멀쩡한 정신을 유지하는 일이 더 중요했다. 고모는 절대로 다시는 분별력을 잃고 싶어 하지 않았다. 내가 소피아에게 도움이 필요하면 고모한테 알코올중독자 갱생회에 관해 물어보라고 권했던 이유도 그래서였다. 고모는 자기 신념이 확실하고 절대 흔들릴 사람이 아니니까. 이런 말은 절대 고모에게 대놓고 하지 않을 테지만, 고모는 정말 대단했다.

무엇보다도 나는 고모가 다리에 통증을 느끼고 절뚝거리며 속죄를 하고 있다고 늘 생각했다. 그날 밤 조수석에 있었던 고모의 가장 친한 친구를 떠올리는 거라고. 고모는 통증이 무뎌지길 원치 않았다. 자기가 느껴 마땅한 고통이라고 생각했다. 그날 고모의 동승자가 살았는지 궁금하다면 지금 몇 쪽인지 확인해보길 바란다.

어쩌면 내가 너무 복잡하게 생각하는 건지도 모른다. 아니면 나이가 들면서 다쳤던 곳이 안 좋아져 결국 고모가 의사의 조언을 따르기로 했던 건지도 모르고. 또 고모 본인이 이 휴양원을 고르긴 했지만 어쩌면 추운 날씨에 통증이 극심하게 느껴졌을 수도 있다. 물론 추위에 그토록 통증이 심해진다면 정말 이상한 선택이었던 것 같지만. 그도 아니라면 내가 입은 부상엔 약이 반드시 필요하다고 앤디 고모부가 밀어붙여(내가 깼을 때 목을 가다듬어 약을 하나 더 꺼내도록 했던 사람은 줄리엣이었다는 사실이 갑자기 떠올랐다) 고모가 한발 물러섰던 건지도 모르지만 고모는 여전히 가장 보수적인 수준의 복용량만 주려 했다. 고모 방식을 따르게 했다면, 고모는 아마 내게 호흡운동을 알려줬을 것이다. 루시는 터퍼웨어 같은 플라스틱 밀폐 용기와 화장품 다음으로 독립 사업체에서 팔 것 같은 에센셜 오일을 몇 개 팔려고 했을 수도 있다.

그래서 나는 내가 받은 소량의 알약도 감사히 여기기로 하며 따뜻했던 코코아 한 잔과 함께 약을 꿀꺽 삼키고는 카운터 위에 머그잔을 올려놓고 바에서 나갔다. 이어 로비에서 나를 기다리고 있는 에린을 보고 깜짝 놀랐다. 문이 열려 있어서 자갈 같은 얼음들이 타일 바닥에 빠르게 미끄러지고 있었다.

"이걸 당신한테 어떻게 물어보면 좋을지 모르겠는데……" 에린이 머뭇거리며 말문을 열었지만 쉽사리 말을 잇지 못했다. 그녀는 신발을 내려다보았다. 바람이 에린의 머리를 헝클어뜨렸

다. 그때 에린이 다시 나를 바라보았고, 공기가 바뀌었다. "오늘
밤은 혼자 있고 싶지 않아."

아내

30장

나직이 내 이름을 부르는 에린의 목소리가 위에서 떠내려왔다. 또다시 폭풍이 불기 시작해 모진 바람이 사방에서 오두막을 쥐어짜대니 작은 캡슐 같은 오두막이 끙끙 앓는 소리를 냈다. 꼭 잠수함 속에 있는 것 같았다. 에린에게 다락을 내준 나는 마침내 목욕 가운을 벗어 던지고 이제는 듣지 않는 밴드의 티셔츠에 사각팬티 차림으로 소파에 누워 있었다. 에린이 같이 있어달라고 했던 건 외롭고 두려워서지 나랑 어떻게 해보려는 마음에서가 아니었으므로 나는 사다리 위로 올라가 에린과 한 침대에 누울 거란 기대는 조금도 하지 않았다. 이미 말했지만 이 책에 섹스하는 장면은 없다.

"나 안 자." 내가 말했다.

에린이 돌아누웠는지 다락에서 바스락거리는 소리가 들려왔다. 에린이 뒤이어 말을 꺼냈을 땐 에린의 목소리가 조금 더 가까이에서 들리는 듯했다. "그래서, 당신은 어떻게 생각해?"

"모르겠어." 나는 솔직히 대답했다. "블랙 텅에 대한 일이 머릿속에서 떠나지를 않아. 이런 고문이라니 정말 독특해. 미스터리 소설에 잘 먹힐 거야."

"4번 규칙을 어길 뻔했잖아." 에린이 무심히 말했다. "과학적 설명이 필요해. 눈으로 만들어진 굴을 비밀 통로로 쳐줄지는 모르겠지만."

내가 작법서 쓰는 일을 워낙 오랫동안 해오고 있다 보니 에린은 나만큼이나 로널드 녹스의 규칙을 잘 알고 있었다. 우리가 한 팀이라는 느낌을 주려고 에린이 지금 녹스의 규칙을 얘기하는 걸까. 나와 아이를 갖지 않으려 뻔뻔하게 거짓말들을 늘어놓았던 여자가 이러는 건 이상한 소유욕을 부리는 것처럼 보였다. 내 다락까지 빼앗아놓고는.

"바로 그게 문제야." 내가 말했다. "이 살인 사건들은 헤드라인 감이란 말이지. 신문 1면을 장식하는 데 딱이잖아. 몇 개월 안에는 다큐멘터리로 제작될 거야. 모든 정보가 공식적으로 발표되고 있어. 그러니까 모방하기가 너무 쉬워."

"그러니까 당신 말은 블랙 텅이 여기 와 있다는 생각을 누가 우리한테 심어주려 한다는 거야?"

"악명 높은 연쇄살인범이 우리를 따라 여기까지 올라왔다는 거랑 누군가 그래 보이게끔 만들려 한다는 거랑 뭐가 더 그럴듯한데?"

"소피아가 갖은 설명을 다 해가면서 사람들을 설득하는 데 꽤 열심이던데." 에린이 말했다. "우리를 겁주려는 것 같았어."

"소피아는 **다름** 아닌 의사야. 병원에서 희생자 한 명을 직접 봤었고. 소피아가 뉴스에 보도되지 않은 얘기를 했다면 모를까."

"편들어주는 것 같네."

"사람을 믿어야지." 좀 너무했던 것 같아 나는 화제를 돌렸다. "얘기 좀 해봐. 대체 형이 무슨 수로 당신한테 같이 도굴하러 가자고 설득했던 거야?"

에린은 적잖이 당황했다. "글쎄, 처음엔 도굴하러 가는 줄도 몰랐어. 갑자기 도굴 얘기를 꺼냈거든."

"처음에 어떻게 관계하게 된 거야?" 관계라는 단어에 담긴 두 가지 의미가 부풀어 방 안을 가득 채웠다.

"마이클이랑 루시는 금전 문제가 있었어. 당신이랑 나는, 그 일이 있고서 힘든 시간을 보내고 있었고……. 문제는 나누면 반이 된다잖아. 그게 위로가 됐어, 언. 정말 그냥 위로였어." 그런 뜻으로 물어본 게 아니었지만 에린의 말을 멈출 수가 없었다. "이 산에 쌓인 눈 같다고 표현할 수밖에 없어. 작은 눈송이가 수없이 쌓여서 무릎까지 푹 빠지잖아. 폐에 쌓인 재도 그렇겠지. 너무 암울한 말인가? 아주 조금씩 움직이는 것 같아도 어느새 돌아보면 꽤 많이 와 있어. 우리가 각방을 쓰기 시작했을 무렵부터였어. 루시는 몰랐지만."

그땐 형이 우리 집 진입로에 나타나기 전이니까 내가 생각했던 것보다 둘이 함께 보낸 시간이 길었다는 사실에 나는 상처받아 마땅했다. 하지만 이날은 이미 마음이 심히 부서져 있던 터라 타격이 없었다.

형이 그날 밤 했던 말이 떠올랐다. **루시가 알게 될 거야.** 살인죄로 재판을 받게 되면 행동 하나하나가 다 조사 대상이니까 불륜을 저질렀다는 사실이 드러나는 건 거의 확실했다. 루시는 몰랐을 것이다. 알고 있었다면 두 사람이 함께 **하룻밤**을 보냈다는 소식에 그렇게 반응하지 않았을 테니까. 루시가 모든 이야기를 알고 있었다면 어땠을까. **루시가 알게 될 거야.** 형과 에린이 서로 만나고 있을 때에도 형은 그렇게 얘기했었다. 에린은 알고 있었을까. 그때 형은 자기 결혼 생활에 매달리고 있었고 훨씬 나중에서야 마음을 정했다는 걸. 따라서 루시는 에린보다 형의 죽음에 훨씬 더 큰 충격을 받았다. 내 생각보다 에린이 더 많은 걸 알고 있을지 궁금했다.

나는 이 이야기를 다음으로 미루기로 했다. "내 말은 이 일에 **어떻게 관계됐느냐는** 거야."

"마이클이랑 나는, 그다지 중요한 건 아니지만, 우린 절대 그러려던 게―"

"그런 건 안 들어도 돼. 형이 당신에게 무슨 말을 했는지 얘기해줘. 그리고 더 중요한 건데, 왜 당신이 형을 믿었는지도 말해줘."

"처음엔 안 믿었어. 마이클이 나를 좀 설득해야 했지. 그런데 그때 당신이 숨겨놓은 돈 가방을 발견했어. 마이클이 나한테 그 돈 가방을 찾아보라고 했거든. 정말 뭔가 있을 거라고 기대하진 않았지만 마이클이 거짓말해서 얻는 게 뭐가 있나 해서 뒤져봤지. 어설프게 숨겼던데, 언." 에린은 그게 꼭 내 잘못이라는 듯 말했다. 우리가 행복했던 시절, 내가 초콜릿을 에린의 눈에 보이는 데다 두는 바람에 에린이 딱히 먹고 싶지도 않았던 초콜릿을 먹어버렸다고 말했던 때처럼. "마이클이 했던 이야기의 다른 부분들이 말이 되는지 생각해보기 시작했어. 어쩌면 그 이야기가 사실이길 바랐던 건지도 몰라. 우리가 그렇게 끝나 버려서 난 휘청이고 있던 터라, 말도 안 되는 이야기였지만 이게 내겐 구원이었어. 우리가 당신에게 보상할 수 있을 거라 생각해서 난 그 이야기를 받아들였어. 당신도 여기 끼워줄 거라는 약속을 마이클한테 받아냈고. 언, 그건 우리 돈이었어. 우리 셋의 돈이었다고."

그 돈은 가족 돈이야.

에린은 또 같은 말을 했다. 하지만 이번엔 마침내 내가 그 의미를 이해했다.

"가방 얘기를 하는 게 아니구나. 당신은 그때 파 올리고 있던 게……" 이게 다 보물찾기였던 거야? "잠깐, 대체 뭘 파내고 있다고 생각했던 거야?"

"마이클이 출소하기 전에 모두에게 진짜 출소일과 다른 날짜를 알려주랬어. 그리고 트럭 한 대를 빌리라고 했지. 뭔가 가지러 가야 한다고 말이야. 그리고 밤에 해야 한다고 그랬어. 목적지를 알고 있는데, 이 모든 일을 끝내기 위해서는 출소하고 딱 하루가 필요하다고 했어. 그래서 나는 거기 따랐고, 우리가 도착한 곳은 묘지였어. 난 이런 일은 하고 싶지 않다고 마이클한테 말했지. 그랬더니 마이클은 이건 그냥 흙이랑 나무라는 거야. 그리고 내 도움이 필요하다고. 그래서 우리는 끈이랑 도르래, 트럭 엔진을 이용해서 그 관을 지상으로 끌어올렸어. 마이클이 관을 열어서 흘끗 보더니 관을 가지고 가야 한다고 했고, 우린 관을 트럭에 실어서 이리로 왔어. 마이클은 스스로 꽤 만족했던 것 같아. 죽게 될 줄은 몰랐을 거야. 나는 당신 아버지가 강도질을 했으니까 이런저런 생각 끝에 관에 뭔가 더 가치 있는 걸 보관했을 거라고 짐작했지. 뭐가 좋을까. 다이아몬드 같은 거? 잘은 몰라도 정말 시체를 파낸 줄은 몰랐어. 알았으면 기겁을 하고 도망쳤을 거야."

"앨런이 팔려고 하는 게 뭔지 형이 당신한테 얘기해주지 않을 거랬잖아. 관을 파내기까지 했는데 안에 뭐가 들어 있는지 왜 안 물어봤어?"

"물어봤어. 그런데 마이클은 내가 모르는 게 더 안전할 거라고 했어."

"나한테도 안 물어봤잖아."

"트럭 안에 정말 뭐가 들어 있는지 아는 사람들은 모두 결국 죽게 되거나 죽을 뻔하는 것 같았어." 에린은 내 손을 뚫어져라 바라보며 말했다. "마이클이 엄청난 걸 발견했던 것 같아."

"그럴 수도 있겠지. 그린 부츠가 아무 상관 없는 사람이라고 해보자고. 블랙 텅 혹은 블랙 텅인 척하는 사람은 자기가 여기 있다는 걸 분명히 보여주려고 그린 부츠를 살해했어. 아니면 그린 부츠가 방해가 돼서 살해했는지도 몰라. 하지만 만약 살인하려던 사람이 쭉 형이었다면?"

"그렇다면 관 안에 뭐가 있는지 아는 사람은 위험하다는 뜻이지." 에린은 말했다.

새아버지도 같은 생각을 내비쳤었다. 새아버지는 트럭 안에 관이 있는 줄 몰랐고 에린은 관 안에 뭐가 있는지 모르고 있었다. 그들의 논리에 따르면 제일 많이 알고 있는 내가 블랙 텅이 다음으로 노리는 사람일 것이다.

"그런 거라면 당신이 나한테 해야 할 얘기가 또 있어. 우리가 서로한테 거짓말할 때는 지났다고. 우린 결혼한 지 4년 됐지만 당신은 아직도 사람들 앞에서 키스한다는 생각만으로도 움찔거려. 그런데 당신이랑 형은…… 이해가 안 돼." 나는 말하지 않아도 에린이 알아차리기를 바라며 입을 다물었다. 그걸 내 입으로 말한다는 건 둘을 유심히 지켜보고 있었다는 걸 인정하는 꼴이었다.

"무슨 얘길 하려는 건지 모르겠네. 이제 정말 우리 관계에 대해 얘기하면 되는 거야?"

"게스트하우스 앞 계단에서, 크로퍼드가 형을 데려가기 전에 형 뒷주머니에서 뭘 가져갔던 거야?"

모두 앞에서 형을 껴안았던 에린의 행동은 처음에 이상하게 눈에 띄었는데, 나는 그저 내가 둘을 질투하고 있고 에린이 애정을 과시해서라고만 생각했다. 나는 그 모습을 줄리엣의 날씨 확인용 카메라 화면으로 다시 봤는데, 마찬가지로 그때에도 뭔가 이상하다는 느낌을 받았다. 형은 건조실에서 내게 트럭 열쇠를 건네주기 전에 뭔가 보여주려 했었지만 결국 그 물건은 찾지 못했다. 에린의 행동이 눈에 띄었던 이유를 내 질투심이 가리고 있었다. 나는 아내가 어떤 사람인지 알고 있었다. 에린은 그런 식으로 애정을 여봐란듯이 드러내는 사람이 아니었다.

위에서 에린이 바스락거리는 소리가 들리더니 어떤 물건이 가볍게 내 머리 옆 쿠션으로 떨어졌다. 나는 어둠 속에서 손으로 더듬거리다 플라스틱으로 된 작은 물건을 잡았다. 모양은 병뚜껑과 비슷했는데 병뚜껑보다는 좀 더 크고 깊었다. 작은 술잔 같았다. 나는 그 물건을 위로 들어 올렸다. 구름 뒤에서 달빛이 비쳐 점차 모양새가 보이기 시작했다. 물건 표면에서 빛이 반짝했다. 반사된 빛이었다. 투명한 플라스틱 같았는데 유리 같기도 했다.

"똑똑한 사람이잖아, 당신." 에린이 말했다.

형이 우리 집 진입로에서 후진할 때 계기판에서 작은 술잔이 굴러떨어졌던 게 떠올랐다. 당시에는 뒷좌석에 정신이 팔려 있었는데 지금은 이게 그때 그 물건이었다는 걸 깨달았다. 이건 작은 술잔이 아니라 보석상이 쓰는 접안렌즈였다. 원뿔 모양인데 벌어져 있는 쪽에 눈을 갖다 대면 끝에 있는 확대경으로 볼 수 있는 형태였다.(우리 편집자님이 이걸 루페라고 부른다는 유용한 글을 남겨놓았다. 그러니 배운 사람인 척하면서 지금부터 적절한 용어를 쓰도록 하겠다.)

이건 증거로 압수하지 않아도 문제가 없어 보이는 물건이었지만 형에게는 중요했다. 구속되기 전에 자동차 좌석 밑을 뒤져서 꺼내고는 출소할 때 돌려주는 소지품 봉투에 보관해둘 정도로.

"이걸 왜 가져간 거야?" 내가 물었다.

"머리를 써봐, 언. 나는 우리가 뭔가 귀중한 물건을 파 올렸다고 생각했어. 다이아몬드나 금덩어리 같은 거랄까? 훔쳐서 관에 넣어둘 게 뭐가 있어? 다이아몬드, 금덩어리 같은 걸 확인해보려는 게 아니라면 마이클이 그 물건을 대체 왜 가지고 있었겠어? 앨런은 중고 물품을 취급하는 보석상이었잖아, 안 그래? 이런 점들로 미뤄 볼 수 있는 건 꽤 분명한 것 같았어. 그래서 가져갔지. 왜냐하면, 뭐랄까," 에린은 당황한 듯 목을 가다듬었다. "마이클이 내게 관에 대한 얘기는 전혀 해주지 않았으니까. 그리고 어쩌면 내 눈으로 직접 보고 싶었던 건지도 몰라. 혹시라도 이번 주말이 내 생각과 다르게 흘러갈 경우를 대비해서 말이야. 루시랑 관련해서."

"형을 완전히 믿을 수는 없었던 거야? 한번 바람둥이는 영원한 바람둥이니까?" 내가 이 점을 걸고넘어지는 이유는 순전히 개인적으로 확인하고 싶어서였다. 그게 얼마나 옹졸한지 잘 알면서도. 고모가 준 약 때문에 나사가 풀린 게 분명했다. 맨정신으로는 절대 그렇게 말하지 않았을 것이다.

"그런 면이 있었을지도 몰라." 사람들이 뭔가를 시인할 때 내는 낮고 부끄러워하는 목소리로 에린은 인정했다. "마이클은 우리 관계를 루시에게 얘기하기까지 정말 오래 걸렸어. 그리고 자기가 루시에게 털어놓기로 하기 전엔 내가 당신한테 말 못 할 거라는 걸 알았지. 나는 마이클한테 루시의 빚을 갚아달라고 했어. 우리가 새출발할 수 있도록 말이야. 결국 마이클이 루시에게 서류를 보냈을 때, 문득 마이클이 여전히 당신에게 화가 많이 나 있어서 이러는 거라는 생각이 들었어. 그때 처음으로 마이클은 그저 당신한테서 뭔가를 앗아 가고 싶어 하는 건지도 모른다고 생각했지. 그리고 이번 주말이 되니까 또 같은 생각이 들었어. 민낯이 드러난 것 같았지."

"당신은 형이 산에서 나가기 전에 관에 든 물건의 가치를 확인하지 못하면 당신 몫을 없앨 수 없을 거라고 확신해서 이 물건을 가져간 거야."

"그렇게 얘기하니까 편집증 환자 같은데." 에린이 말했다. "그도 그럴 것이 마이클은 내가 아니라 당신한테 열쇠를 줬어. 당신이 혼자 트럭에 들어가지 않으면 크로퍼드랑 소피아가 관을 볼테고, 그럼 모두가 알게 됐을 거야. 당신이 적어도 돈 가방은 비밀로 하고 싶어 한다는 걸 알고 있었으니까, 트럭에 뭐가 들어 있든 당신이 이것도 비밀로 지키고 싶어 할지도 모른다고 생각했어. 그래서 당신 혼자 봐야 한다고 했던 거야." 에린이 쩝 입맛을 다시는 소리가 들렸다. 그건 그녀가 걱정으로 잠 못 이룰 때 하는 행동이었다. 나는 내가 옆에 있다고, 다 괜찮다고 알려주려 에린의 어깨를 쓰다듬어주곤 했었다. 놀랍게도 내 팔이 내 옆 소파의 허공에서 그때와 같은 팔 동작을 하고 있었다. 몸이 기억하고 있었다. "관에 뭐가 들어 있을지 내가 잘못 생각하고 있었던 게 분명해." 에린이 혹시나 하는 기대로 말을 멈추었지만 나는 미끼를 물지 않았다. "그래서 새로운 가설을 세웠어. 당신이 가져온 돈을 마이클이 확인하고 싶었던 거라고."

나는 에린의 가설에 대해 잠시 생각해보았다. 터무니없는 말이 아니었다. 위조지폐에 관해 많이 알진 못했지만 지폐 어딘가에는 일련번호 같은 아주 작은 위조 방지 장치가 있을 것이다. 나중에 이를 찾아보았는데 내 말이 맞았다.

"이건 아주 화려하거나 비싼 물건은 아닌데," 내가 루페를 손끝 사이에서 굴리며 말했다. 어둠에 눈이 익자 루페가 더 잘 보였다. "12학년 때 과학실에 있었던 물건이랑 똑같아 보여. 이런 건 어디서든 구할 수 있을 거야. 하지만 앨런의 직업에 관해서는 당신 말이 맞아. 아마 이건 앨런 물건일 거고, 형이 앨런한테서 가져왔겠지."

"어쩌면 앨런이 마이클의 돈을 확인해보려고 그 물건을 가져왔고, 만족스럽지 못했던 거 아닐까? 그래서 다툼이 일어난 거고?"

"난 어떻게 형이 26만 7000달러란 돈을 루시 모르게 갖게 됐을까 계속 의아했어." 내가 솔직히 털어놓았다. "엄청 큰돈이잖아. 심지어 새아버지도 모르고 있었어. 그렇다면 형이 당신한테 돈이 아직 제자리에 있는지 봐달라고 부탁하는 게 당연해."

"하지만 만약 그 돈이 가짜라는 걸 마이클이 이미 알고 있었다면 왜 확인해야 했을까?"

"모르겠어."

"만약에 그 반대라면? 앨런이 돈을 가져왔는데 마이클이 불만족스러웠던 거지."

나는 그 가능성을 떠올려보았다. 형은 분명히 앨런에게서 뭔가를 사려 했다고 했었다. 정말로 그랬을까? 형이 팔아야 했다면 뭐였을까? "그 돈이 쓸모없는 지폐였다면, 사람을 죽일 정도였지만 어쨌든 쓸데없는 지폐였다면 왜 갖고 있겠어?"

"당신이 좀 썼지." 에린이 말했다. 질문이 아니었다.

"약간. 아무 문제 없었어."

"가짜라고 해서 아무 쓸모도 없는 건 아니야. 어쩌면 표시가 되어 있는지도 몰라. 나라에서 지폐 같은 데 표시해놓고 그러잖아?"

"그럴지도 모르지." 뭔가를 놓치고 있었지만 그게 뭔지 감이 잡히지 않았다. 에린이 얘기했던 어떤 가설이 진실 가까이 다가서고 있다는 느낌이 들었다. 하지만 진실을 밝히기엔 내가 아는 정보가 부족했다. 형은 돈이 **부족했던** 게 문제였다고 얘기했기 때문에 돈이 가짜인 것 같지는 않았다.

우리는 얘기를 나눌 가설이 바닥나 다시 침묵에 빠졌다. 잠수함 같은 우리 오두막이 수백 미터 더 가라앉는 것 같은 느낌이 들었다. 잠시 에린은 잠든 듯했는데, 다락 너머로 몸을 기울인 에린의 둥근 얼굴이 위에서 어슴푸레하게 나타났다.

"미안하다고 해도 돼?" 에린이 물었다.

"뭐가?"

"전부 다인 것 같아."

등을 대고 누워 별을 향해 말을 하는 동안 내게 부드럽게 흘러내려오는 에린의 목소리에 어떤 비유를 들 수 있을 것 같았는데 정확한 표현이 떠오르지 않았다.

"알겠어."

"그게 다야?"

"흐음." 나는 최대한 졸린 척하며 이도 저도 아닌 말을 애매하게 웅얼거렸다. 하지만 내 심장이 쿵쿵대는 소리를 에린은 분명 들었을 것이다. 심장이 너무 크게 뛰어서 베개 전체가 떨리는 것 같았다.

"이유가 궁금하지 않아?"

"할 말이 있어서 그런 거야, 잠이 안 와서 그런 거야?" 퉁명스레 말하려는 건 아니었는데, 확실히 결혼 생활을 하다 보면 애정이 있으면서도 못되게 구는 때가 있다. 하지만 지금 우리는 헤어졌으니 가볍게 놀리는 말도 가시 돋친 말로 전해졌다.

"둘 다여도 돼?" 에린이 애원하는 목소리로 말했다.

"그래." 나는 전보다 부드럽게 말했다. "하지만 수면 부족으로 내일 살인범을 쫓다 놓치면 당신 탓할 거야."

어둠 속에서 에린의 치아가 환히 빛났다. "당신답네."

"나한테 사과할 필요 없어, 에린. 나는 당신한테 그런 압박을 주지 말았어야 했어. 당신이 행복할 줄 알았어. 아이를 갖자는 결정을 우리가 같이 내린 줄 알았는데, 내가 얼마나 당신을 밀어붙였는지 몰랐던 거야. 오랫동안 화가 나긴 했지만, 당신이 선택할 일인데 나한테 무슨 권리가 있겠어? 당신도 거짓말은 하지 말았어야 했고, 상대가 다른 누구도 아닌 형이라 계속 마음에 남겠지만, 이만하면 됐어. 사과할 필요 없어."

이건 반쪽짜리 진실이었다. 사실은 거짓말할 필요가 없었으면 했고, 에린이 변명을 늘어놓는 소리를 듣고 싶지 않았다. 변명은 전에도 들었었다. 조곤조곤하게 말하거나 고함을 지르며 늘어놓는 변명을 상담 치료실에서도 들었고 집에서도 들었다. 문자와 이메일로도 받았는데, 때로는 눈물 어린 변명이었고 때로는 증오에 가득 찬 변명이었다.

그런데 그때 에린이 이런 말로 나를 놀라게 했다. "내가 우리 엄마를 죽였어."

31장

에린의 말은 작은 방에 폭탄처럼 떨어졌다. 에린의 고백에 말문이 턱 막혔다. 에린이 아빠 손에 자랐다는 건 이미 알고 있었다. 한부모 가정에서 자랐다는 점이 우리가 사귀기 시작할 무렵에 서로를 잘 이해했던 이유 가운데 하나였으니까. 하지만 에린은 자기가 어렸을 때 어머님이 병으로 돌아가셨다고 말했었다.

"엄마는 나를 낳다가 돌아가셨어." 에린이 거의 속삭이듯 말했다. "당신은 내 잘못이 아니라 하겠지. 하지만 그게 문제가 아니야. 아빠는 내가 엄마를 죽였다고 했고, 난 그 말을 믿었어. 아직도 그래. 내가 엄마를 죽였어. 있을 수 있는 일이라는 거 알아. 내 잘못이 아니라는 것도 알고. 그래서 사람들한테는 암 때문에 돌아가셨다고 말하기 시작했어. 왜냐하면 다들 별말 없이 '어머, 정말 유감이야'라고만 하거든. 하지만 아빠는 내가 어렸을 때부터 죽기 직전까지 자라나는 내게 매일 그랬어. 엄마가 죽은 건 내 탓이 맞는다고. 나는 아빠가 나를 보내고 엄마를 데려올 거라는 걸 항상 알고 있었지."

장인이 폭력적인 사람이라는 건 알고 있었지만 그렇게 한 사람에게 비난과 증오를 가득 담아 폭력을 행사했을 줄은 몰랐다. "어린아이한테 그런 말은 너무 끔찍한데. 전혀 몰랐어." 내가 말했다.

"당신한테 상처를 주려고 했던 건 아니라는 말 제발 믿어줘. 난 그저, 뭐랄까…… 우리가 아이를 갖자고 얘기하고…… 당신은 정말 좋아했었지. 어떻게 그냥 얘기하는 것만으로 그렇게 행복해할 수 있는지 도무지 믿을 수가 없었어. 우리가 아이를 가지려고 노력을 하기도 전부터 당신은 아이를 갖는다는 생각 자체를 너무 좋아했지. 나는 당신이 원하는 사람이 되고 싶었어. 나도 아이를 갖고 싶다고 했을 때 당신은 세상을 다 가진 듯 좋아했어. 그런데…… 당신 잘못이라는 게 아니야. 이렇게 된 이유를 설명해보려는 거야. 난 두려웠어. 그저 시간이 좀 더 필요했어."

"딱 몇 주 동안만 약을 먹기로 했었어." 에린이 말을 이었다. "임신한다는 생각에 익숙해질 때까지만. 처음 몇 주 동안은 정말이지 너무 좋았어. 아마 우리가 가장 행복하게 보낸 시간이었을 거야. 당신 눈에는 내가 꺼트릴 수 없는 빛이 있었어. 그런데 몇 주가 몇 달, 1년이 됐고, 당신은 문득 무슨 일이 일어나고 있는 건지 알고 싶어 했지. 그래서 우리는 불임 클리닉에 갔고, 당신은 그 작은 플라스틱 컵을 받았어. 나는 당신에게 절대로 이야기할 수 없는 궁지에 빠졌다는 걸 깨달았어. 그래서 그냥 동조해야 했지. 이제 약을 그만 먹고, 다른 사람이 당신한테 알리기 전에 내가 임신하는 기적을 보이는 수밖에 없다는 걸 알았으니까.

그런데 그렇게 할 수가 없었어. 마치 슬롯머신에 5달러짜리 지폐를 넣는 것 같았어. 나는 계속 클리닉 진료를 미뤘지. 검사 결과지를 한 통만 더 없애고 전화를 한 통만 더 무시하면 준비가 될 거라고 생각했어. 약을 처방받을 때마다 마지막이라고 여겼는데 나는 어느새 또 약국에서 약을 받고 있었어."

이제 나도 울고 있었다. "난 그냥 당신을 좋아했어. 있는 그대로의 당신을 좋아했던 거라고. 애 낳아줄 사람을 원했던 게 아니야. 우리가 함께 아이를 가진다는 생각에 행복했던 거야. 난 당신 의견을 따랐을 거야."

"내가 털어놓았더라도 당신은 물러서지 않았을 거야. 당신이 뭘 밀어붙이고 있었는지 당신은 몰랐겠지. 그리고 밀어붙이는 것도 재밌고 멋지게 했을걸. 어쩌면 1, 2년쯤 그만두었다가 또 밀어붙였을지도 몰라. 엄마에 대해서 얘기할 수가 없었어. 사람들한텐 엄마가 아팠다고 얘기하는 게 더 쉽다는 걸 깨닫고는 10대 때부터 아무한테도 얘기한 적이 없었어. 사람들이 내릴 판단을 견딜 수가 없었거든. 시간이 지나면 당신이 원하는 걸 내가 줄 수 있을 줄 알았어. 그러려고 정말 노력했고.

동정해달라는 게 아니야. 내가 왜 두려워했는지 그 이유를 말해주려는 거야. 그래, 물론 육체적으로 다치는 게, 그러니까 엄마처럼 죽는 게 두렵기도 했지만, 대체로 내게 무슨 일이 생기면 당신이 그토록 원했던 아이를 우리 아빠가 날 보던 눈으로 바라볼까 봐 두려웠어."

"난 정말 가족을 원했어—"

"오, 어니, 알고 있어."

"—그래서 내게 이미 가족이 있다는 걸 잊었나 봐." 나는 한

숨을 내쉬었다. "미안해."

"지금 내가 당신한테 사과하고 있잖아." 에린이 목이 멘 채 웃었다. "거짓말해서 미안해. 당신이 바라는 걸 줄 수 없는 사람이 되고 싶지 않았어."

"그냥 똑같이 당신을 사랑했을 거야." 그녀를 사랑하는 마음은 여전했지만 그렇다고 말하지는 않았다. 옥시코돈을 먹었는데도 통증이 심해서 솔직히 고백할 수가 없었다. 어쩌면 무슨 말을 해야 했을지도 모른다. 그래서 내가 이 모든 걸 써 내려가고 있는 건지도 모르겠다. 책이 유형의 물건이라는 걸 기억해주길. 책은 누군가에게 읽히기 위해 쓰인다.

잠시 침묵이 흐르고 또다시 에린의 목소리가 떠내려왔다. "위로 올라올래?"

에린이 다른 사람의 온기를 찾는 건 형이 죽어서 보이는 반응일 뿐이라는 걸 알고 있었다. 이건 다 거짓이고 아무런 의미도 없다는 걸 알고 있었고, 내일이 되면 모든 게 다시 상처가 되리라는 것도 알고 있었다. 다 알고 있었는데도 나는 여전히 그 자리에 누워 에린에게 어찌 대답해야 할지 머뭇거리고 있었다.

"정말 그러고 싶어." 내가 마침내 입을 열었다. "하지만 그러진 않을 것 같아."

32장

　내가 결혼식을 올리던 날에 대한 꿈을 꿨다. 꿈보다는 기억에 더 가까웠지만. 형은 연설대가 있어야만 똑바로 설 수 있다는 듯 연설대에 기대어 꼬부라지는 발음으로 신랑 들러리 연설의 세 번째 규칙을 설명하려 했고, 쩔쩔매는 형의 모습에 하객들은 웃음을 터뜨렸다. 심지어 엄마도 빙긋 미소를 짓고 있었다. 형이 맥주를 벌컥벌컥 들이켜고는 손가락 하나를 치켜들었다―**잠깐, 이거 어디서 본 장면인데**―형은 딸꾹질을 하더니 소매로 입가를 훔치고 한 번 더 "아내가 행복해야 인생이 행복하죠"라는 말을 하려 혀를 굴렸다. 결혼식장에 깔깔거리는 웃음소리가 울려 퍼졌고, 형은 자기가 바보같이 굴어서가 아니라 입담으로 사람들을 웃긴 줄 아는지 씩 미소를 지었다. 형이 또 딸꾹거렸다. 그러나 이번엔 소리가 달랐다. 묘하게 좀 더…… 또다시 형이 딸꾹질을 했는데, 이번엔 분명 구역질에 가까운 딸꾹질이었다. 그러더니 완전히 숨이 막힌 형이 눈을 부릅뜨며 목을 움켜잡았다. 부글거리는 새까만 타르가 형의 입술 사이로 흘러나오는데 식장엔 떠들썩한 웃음소리가 이어졌다.

폭풍우가 다시 맹렬히 몰아쳐 잿빛 하늘의 어둑한 아침이었다. 눈이 내리퍼붓듯 쏟아져 문을 열려면 어깨로 밀어내야 했다. 밖에 나가자 정강이가 젖었고, 30초도 지나지 않아 몸이 오들오들 떨렸다. 얼음 조각들이 소용돌이치며 모래파리처럼 내 피부를 물어뜯었다. 주차장에 남아 있는 차들은 머리에 흰 가발을 쓰고 있었고 바람에 휩쓸린 눈 더미는 마치 파도가 그대로 멈춘 것처럼 게스트하우스 벽 가까이 사선으로 쌓여 있었다.

에린과 나는 옷을 입고 별다른 말 없이 오두막에서 나왔다. 마치 오랜 시간 동안 친구로 지낸 사람들이 잠자리를 가졌을 때처럼 우리 사이에 어색한 공기가 흘렀다. 어젯밤 속내를 털어놓고 에린이 내게 다락으로 올라오지 않겠느냐고 물었던 일이 있고 나서 우리는 서로 무슨 말을 해야 할지 몰라 했다. 나는 오븐용 장갑을 끼고 잤고, 이제 이 장갑은 거의 생체적합재료가 되어버렸다. 장갑을 벗어버리고 싶어도 그럴 수가 없었다. 나는 보온 내의의 솔기가 찢어질 정도로 오븐 장갑을 억지로 옷 안에 밀어 넣어야 했다. 내가 한 손으로 애쓰고 있는 걸 본 에린이 비니를 아래로 당겨 귀를 덮어주었다. 타오르는 벽난로 앞에서 입을 법한 옷으론 어제 너무 추웠던 듯해 옷을 단단히 갖춰 입기로 했다. 장갑 하나를 이로 물어 성한 손의 손목 아래로 내리자 장갑이 손가락 위로 미끄러졌다. 오두막에서 나갈 때 나는 오두막 뒤쪽 찬장을 뒤져서 찾은 다리미를 손에 쥐었다. 내가 다리미를 집어 들자 에린이 눈썹을 치켜올렸다. 하지만 에린이 의문을 가졌다가 도중에 단념했다는 걸 알 수 있었는데, 더 이상 신경 쓰지 않기로 마음을 먹은 게 분명했다.

　내 주머니에 루페가 들어 있었다. 나는 에린보다 일찍 일어나 아침 햇빛 속에서 루페를 이리저리 살펴보았다. 옆에는 50x라고 쓰여 있었는데 배율을 표시한 것 같았다. 나는 돈을 숨겨둔 데서 50달러 지폐를 가져와 위로 높이 들어 올리고는 렌즈로 흥미로운 건 뭐든 비춰보았다.

　호주의 50달러짜리 지폐에 대해 내가 아는 건 하나였는데, 파티에서 작가들이 유용하게 써먹을 법한 오래된 농담 덕분이었다. 2018년에 50달러짜리 노란색 지폐가 재디자인되었는데 거기에 이디스 카원의 의회 취임 연설이 지폐에 그려진 그녀의 초상화 아래에 작게 들어갔다. 안타깝게도 "책임"이라는 단어의 철자가 잘못 표기되었는데, 아무도 오타를 알아차리지 못해 6개월 동안 수백만 달러 상당의 지폐가 시중에 유통되었다. 이 이야기는 저녁 파티에서 쉽게 부담 없이 꺼낼 수 있는 일화였다. 나는 주변에 50달러짜리 지폐가 있느냐고 묻고 철자가 잘못된 지폐를 발견하면 이야기를 시작한다. 그러고 유리잔을 팅 치며 "바로 이게 우리 작가들에게 지불하는 원고료가 변변치 않다는 증거죠. 우리가 이 지폐들을 좀 더 만져봤더라면 훨씬 빨리 오류를 잡아냈을 겁니다!"라고 외치면 절정에 달한다. 그럼 야단스러운 웃음이 터져 나온다. 하지만 화폐에 관해 내가 아는 건 그 정도였다. 지폐를 살펴보니 오자가 **있었다**. 좌우간 이 돈이 진짜일 가능성이 더 높다는 뜻이었다.

　짐작했던 대로 지폐의 왼쪽 아래에 정말 일련번호가 있었고 그와 더불어 작은 홀로그램과 서로 교차하는 색선이 그어져 있었다. 하지만 오자도 그렇고 이런 특징들은 모두 맨눈으로 볼 수 있었다. 루페는 필요가 없었다. 50배율 루페는 확대율이 커서 플라스틱 지폐의 접합선과 다른 색깔의 잉크가 번져 있는 게 보일 정도였다. 루페는 다른 걸 보기 위한 용도였다. 나는 돈을 들여다보는 건 그만두었다. 찾아야 하는 게 뭔지 모른다면 보고 있어 봐야 무의미했다.

주차된 차들을 지나가면서 에린의 팔꿈치를 톡톡 쳐 주의를 끌었다. 휘몰아치는 폭풍 속에서 말을 해봤자 의미가 없어 나는 그저 다리미를 들고 새아버지의 메르세데스를 향해 고개를 까닥했다. 우리는 진창길을 지나 그 차로 향했다. 나는 오두막에서 찾을 수 있었던 물건 가운데 제일 무거우면서도 들고 나갈 수 있었던 다리미를 자동차 유리창에 찔러 넣었다. 유리창은 금이 갔지만 산산이 부서지지는 않았는데, 중간이 분화구처럼 파이고 그 주위는 구부러져 있었다. 선팅된 창문에 길고 흰 줄들이 그려졌다.

고모 차의 유리창을 본 어제부터 이렇게 해야겠다는 생각이 아주 강하게 들었지만 거의 죽을 뻔했던 일로 정신이 없었던지라 실행에 옮길 수가 없었다. 고모의 볼보가 폭풍 속에서 비슷한 일을 당했으니 다른 차 창문이 하나 더 부서졌다고 눈살을 찌푸리게 하진 않을 터였다. 내가 유리창에 타격을 가하자 경보음이 바람 속에서 꽥꽥 울리기 시작했는데 경보음에 대한 이유는 딱히 댈 게 없었다. 폭풍이 요란하게 불었지만 폭풍 소리가 왱왱 우는 경보음을 가려줄 정도로 큰지는 알 수 없었고, 바람은 내 정면으로 불며 게스트하우스를 향해 소리를 실어 나르고 있었다. 자동차 비상등이 신호등 불빛처럼 깜박였다. 혹시 무슨 일인지 알아보려는 사람이 있을까 봐 에린이 망을 보고 있었지만 전혀 소용없는 일이었다. 에린이 보려고 해봐야 불과 몇 미터밖에 볼 수 없었다. 내가 서둘러야 했다.

내가 또다시 창문을 강타했더니 창문이 조금 더 안으로 꺼졌다. 유리창이 마치 달걀 껍데기처럼 휘어 이제 바람이 그 안으로 들이치고 있었지만 유리는 여전히 버티고 있었다. 창문을 한 번 더 세게 치자 손이 유리창 안으로 쑥 들어갔다. 나는 오른 장갑을 사용해(이제 도움이 되고 있었다) 유리 잔해들을 창틀 안으로 밀어 넣고 차 속으로 몸을 기울였다. 에린이 초조해하며 살짝 움찔하고는 언제라도 자리를 뜰 준비를 하고 있었지만 나는 내가 원하는 게 뭔지 이미 알고 있었다. 나는 이 물건을 홱 잡아당겨 소켓에서 빠진 코드 다발을 뜯어냈다. 그리고 똑바로 서서 이제 가자고 에린에게 소리치려 몸을 돌리는 순간 누군가의 주먹이 내 턱을 강타했다.

아침에 내린 가루눈은 땅에 떨어지는 걸 폭신하게 받아주는 데 더없이 좋지만 나는 땅바닥에 나동그라지지 않았다. 에린이 권투 코치처럼 내 양쪽 팔 아래를 붙잡아주었다.

"세상에, 어니스트." 새아버지가 나를 보고는 깜짝 놀라며 손을 털었다.

나는 턱 옆을 살피며 조심스레 자리에서 일어섰다. 새아버지는 오른손으로 나를 쳤는데, 어깨 수술 덕에 주먹이 약해져 다행이었다. 그쪽이 롤렉스를 차는 손목이었으니까. 수술이 아니었다면 덤벨로 얻어맞는 느낌이었을 것이다. 아직 이가 붙어 있다는 게 놀라웠다.

"정말 미안하게 됐다." 새아버지가 말했다. "루시의 차를 확인하고 있는데 경보음이 들리더구나. 상황이 이렇다 보니 난 누가…… 잠깐…… 대체 여기서 뭐 하고 있었던 거니?"

새아버지가 자신의 차를 바라보았다. 부서진 창문에 대해 생각하고 있는 게 분명했다. 순간 다리미를 바로 문 아래에 떨어뜨렸다는 게 떠올랐다. 지금 다리미는 눈에 반쯤 파묻혀 있긴 했지만 안 보이는 건 아니었다. 나는 발로 다리미를 차 밑으로 찔끔찔끔 밀어 넣었다. 새아버지가 유리창 가까이 다가왔다. 그가 차안을 들여다보면 계기판에 늘어져 있는 케이블을 볼 테고, 그럼 뭔가 잘못됐다는 걸 알게 될 것이다.

"폭풍 때문에 창문이 부서져 있더라고요." 내가 아주 큰 목소리로 다급히 내뱉었는데 그 말이 먹혀 새아버지가 나를 돌아보았다. "가죽 시트 같은 게 다 고급이잖아요. 이렇게 훌륭한 가죽 시트가 망가지면 어떡해요. 그래서 차 안에 덮어둘 게 있나 찾으려고 했죠."

"고맙기도 하지." 새아버지가 내게 팔을 두르며 나를 차에서 멀리 이끌었다. "가죽은 신경 쓰지 말렴. 안으로 들어가자. 잠깐……." 새아버지가 말을 하다 말고 눈 위로 털썩 무릎을 꿇었다. 간담이 내려앉을 뻔했던 게 벌써 여러 번이었는데 또 한 번 가슴이 철렁했다. 새아버지가 손에 무언가를 쥔 채 끙 소리를 내며 일어서고는 내게 손을 내밀었다. 하지만 그가 건넨 물건은 다리미가 아니었다. "핸드폰을 떨어뜨렸구나." 새아버지가 내게 그 장치를 건네주었다.

자, 운 좋은 일이 일어나 녹스의 여섯 번째 규칙을 어길 뻔했지만 어떤 탐정이든 약간의 행운은 필요한 법이다. 이야기의 긴장감은 탐정에게 곤란한 일들이 계속 벌어지면서 형성되지만 실제 삶도 그러하듯 때로는 도미노가 탐정들에게 유리하게 쓰러진다. 그리고 솔직히 새아버지가 왜 그걸 못 알아봤는지는 잘 모르겠다. 창문을 교체하는 데 얼마나 들지 계산하느라 정신이 딴 데가 있었을 수도 있고 추워서 시야가 부예졌을 수도 있다. 어쩌면 내 턱을 강타해 손이 얼얼했던 건지도 모른다. 물론 작은 직사각형 모양에다 액정 화면이 붙어 있는 전기기기라 핸드폰과 비슷해 보였지만 새아버지는 마땅히 이 기계를 알아봤어야 했다. 하지만 대체 왜 못 알아보느냐고 물어보지는 않을 터였다. 아무래도 어제부터 내가 운이 좋은 것 같았다.

그래서 나는 자동차 앞 유리에서 홱 비틀어 떼어낸 휴대용 GPS 기계를 재빨리 낚아채 새아버지가 더 자세히 들여다보기 전에 주머니 속 깊이 넣어두었다.

게스트하우스 앞에 보기 거북한 차량이 주차되어 있었다. 밝은 노란색 창문을 낸 육면체가 허리께까지 오는 요란한 기계장치 같은 바퀴 위에 놓여 있었는데 마치 전차와 통학 버스를 합쳐놓은 차량처럼 보였다. 엔진이 켜져 달아올랐는지 차 밑에서 쉭소리를 내며 김이 뿜어져 나오고 있었다.

많지 않은 사람들이 한데 모여 있었다. 소피아와 앤디 고모부, 크로퍼드, 줄리엣, 그리고 내가 모르는 남자가 서 있었는데 잠시 희망이 샘솟았다. 어쩌면 그가 형사인지도 모른다. 하지만 내가 무리에 합류하고 보니 남자는 가슴에 **슈퍼슈레드 리조트**라는 수가 놓인 광택 나는 비옷을 입고 있었다. 그가 입고 있는 모든 옷에 로고가 박혀 있었다. 홀로그램처럼 푸른색과 금색이 뒤섞인 오클리 선글라스부터 턱 위에 묶은 스컬캔디 반다나(남자의 입 부근에 해골과 뼈다귀 두 개가 교차된 그림이 보였다), 한쪽 다리의 위에서 아래까지 퀵실버라고 장식된 펑퍼짐한 스키 바지까지 로고투성이였다. 남자는 스티커가 덕지덕지 붙은 맥주 냉장고 같았다. 그리고 스노보드를 타는 사람 같기도 했다. 왜냐하면 얼굴에서 코만 드러나 있었는데 코가 자주 부러진 것처럼 보였던 것이다. 가까이 다가가서 보자 **슈퍼슈레드**라는 표지가 버스와 전차를 합쳐놓은 듯한 차의 측면에도 프린트되어 있었다. 남자는 산등성이 너머 인접한 계곡에 있는 리조트에서 온 게 분명했다.

나는 앤디 고모부와 소피아 사이를 비집고 들어갔다. 소피아가 핏기 하나 없는 얼굴로 심히 떨고 있었다. 소피아는 지금 무슨 일이 벌어지고 있는지에는 전혀 관심이 없고 하나둘 초를 세며 안으로 들어갈 수 있기를 손꼽아 기다리고 있었다. 적어도 한 사람은 어제와 똑같은 옷을 입은 에린과 내가 같이 와서 우리를 향해 눈썹을 치켜올릴 줄 알았더니 다들 학교 가십거리 같은 얘기를 떠들어댈 힘이 없는 듯했다. 모두 우리와 함께 돌아온 새아버지에게 집중하느라 우리는 신경도 쓰지 않았다.

"우리 가요?" 내가 물었다. 저 차는 두껍게 쌓인 눈을 뚫고 가기 위해 만들어진 차량일 수밖에 없었다. 신나게 눈길을 질주하려고 여기 있는 게 아니었다.

"어떻던가요?" 줄리엣이 내 말에 답하지 않은 채 새아버지에게 물었다.

"오두막엔 아무도 없소. 차는 아직 거기 있고."

"젠장."

"산 위로 데려다드릴게." 걸어 다니는 광고판이나 다름없는 남자의 목소리는 입고 있는 옷과 딱 어울렸다. 몬스터 에너지 음료수의 광고를 맡고 있는 듯한 억양이었다. 사라진 여자에 관해 이야기하고 있는 게 아니었다면 그는 분명 말끝에 '형씨'나 '어이'를 구두점처럼 썼을 것이다. 살짝 캐나다 억양도 있어서 눈이 있는 곳을 찾아 6개월은 북반구에서 지내고 나머지 6개월은 남쪽에서 지내는 사람인 것 같았다. "하지만 차로 들이받지 않는 이상 사람은 못 찾을 거요."

"무슨 일인데요?" 내가 다시 물었다.

"루시가 없어졌어." 영화를 보는 중에 "어떻게 됐어?" 하고 묻는 듯해 분위기가 산만해졌지만 마침내 새아버지가 내게 말해주었다. "어젯밤 후로 루시를 본 사람이 없어."

상황이 이해가 됐다. 새아버지가 자신의 차에 달려 있던 기계를 훔치던 나를 놀라게 했던 건 루시가 밤중에 운전해서 돌아갔는지 확인하려고 그가 이미 주차장에 있어서였다. 서로 찢어져 게스트하우스를 수색하느라 캐서린 고모와 엄마는 여기 없는 듯했다.

걸어 다니는 광고판 같은 남자가 우리를 향해 고개를 홱 돌렸다. "미안한데, 대체 당신들한테 무슨 일이 있었던 거야? 줄리엣, 나는 지금 당장 당신들 모두 진다바인으로 데려가야 해."

"여기는 개빈이에요." 줄리엣이 개빈의 팔에 한쪽 손을 얹었다. 둘은 서로 잘 아는 듯해 나는 계절노동자끼리 빨리 친해졌나 보다고 생각했다. 하지만 형의 살인에 대해 개빈에게 말할 정도는 아닌 모양이었다. 아니면 개빈이 묻지 않았거나. "날씨가 점점 더 악화되고 있어요. 오버스노를," 줄리엣이 버스와 전차를 합쳐놓은 듯한 그 차의 옆을 가볍게 탁탁 두드렸다. 속이 빈 듯한 둔탁한 소리가 울렸다. "타야만 내려갈 수 있어요. 개빈이 우리를 데려다주겠다고 했고요."

"하지만 지금 당장 가야 해." 개빈이 초조한 얼굴로 하늘을 바라보며 덧붙였다.

"루시를 두고요?" 에린이 물었다.

"지금이 기회예요." 개빈이 어깨를 으쓱였다. "당신들 옆에는 경찰이 다 있죠. 그런데 난 혼자잖아요. 그러니까 나도 걱정하는 직원들이 있다 이거예요."

"경찰은 한 명밖에 없어요." 새아버지가 바로잡아주었다. "없는 거나 다름없죠. 이봐요, 우린 전부 가는 게 아니면 아무도 안 갑니다. 우린 가족이에요."

새아버지에게 루시는 의붓아들의 전 아내였기 때문에 새아버지가 그런 말을 한다는 게 이상했지만, 내가 알기론 이름 뒤에 덧붙이는 붙임표를 가르시아 사람들은 나와 다른 방식으로 썼다. 게다가 법과 부닥치는 게 커닝햄 사람들의 특성이라고 한다면, 루시는 휴양원으로 오는 길에 속도위반으로 벌금을 물었으므로 결국 루시도 커닝햄 사람이었다.

"와줘서 고마워. 하지만 그녀를 두고 갈 순 없어. 우리 태우고 한 바퀴 둘러보게 해줘. 신세 좀 질게."

"술 살 거야?"

"살게. 휘슬러에서처럼."

개빈은 광란의 밤이었던 듯한 기억에 기운이 샘솟았는지 그가 낀 선글라스까지 색깔이 바뀌었다. "좋아. 그럼 누가 같이 갈 거죠?"

"내가 갈게요." 내가 보기에 고모부는 아직 가시지 않은 젊은 시절의 페로몬과 중년에 접어들면서 생기는 후회가 뒤섞여 움직이는 게 좋겠다고 자진한 것 같았다. 아니면 그저 철커덕거리는 커다란 차를 타고 달리고 싶어서였을 거다.

에런이 나를 툭 쳤다. 우리 중 하나는 가야 한다라는 뜻이었다. "저도요." 내가 말했다.

개빈이 처음으로 내 존재를 알아차린 모양인지 노스페이스 장갑을 낀 손을 내밀어 내게 인사를 건넸다. 내가 미안하다는 듯 오븐 장갑을 들어 보이며 악수를 거절했다.

"형님, 장갑 멋진데."

크로퍼드도 따라나서려 하자 줄리엣이 크로퍼드 앞에 서서 말했다. "경관님은 여기 남아서 통솔해주셔야죠. 에런, 마르셀로는 캐서린과 오드리를 도와서 안 찾아본 곳들을 살펴보시고요. 소피아는," 줄리엣이 소피아를 위아래로 훑어보았다. "솔직히 당신은 누워 있어야 할 것 같아요." 소피아가 고마워하며 고개를 끄덕였다. "개빈, 나도 갈 거야. 그리고 서류를 좀 볼게. 알아." 줄리엣은 밝아진 개빈의 눈을 본 게 틀림없었다. "강요하지는 마, 그냥 보는 거니까. 어니스트, 앤드루, 타시죠."

줄리엣이 우리 이름을 다 알고 있다는 사실이 인상 깊어서 나는 줄리엣에게 그 점을 그대로 이야기했다. 줄리엣은 어깨를 으쓱이며 출석부가 점점 더 짧아진다면 기억하는 데 아무 문제 없을 거라고 대답했다. 암울한 농담이었지만 나는 씩 웃어 보였다. 그러고 보니 줄리엣이 우리와 함께 가는 게 기뻤다.

개빈이 괴상한 차량의 뒤로 걸어가 문을 당겨 열었다. 개빈이 운전석으로 가는 동안 우리는 3단 사다리를 기어 올라갔다. 이 차량은 간신히 탈것의 모습을 갖추고 있었다. 뒤에는 좌석 대신 양쪽에 기다란 철제 의자가 놓여 있었다. 갈비뼈가 으스러질 정도로 추위가 나를 꽉 껴안아 꼭 냉동실 안에 있는 것처럼 추웠다. 그리고 연료 냄새가 진동했다. 개빈이 나뭇가지 크기의 변속 레버를 옮기자 엔진이 걸걸하게 그르렁거리면서 바닥이 울렸다.

처음엔 건물 사이로 천천히 움직였지만 개빈은 곧 속도를 높여 굉음을 내며 언덕을 올랐고 우리 셋은 자리에서 통통 튀어 올랐다. 나는 창문 위에 있는 강철봉을 꼭 붙잡고 성에 낀 창 밖을 내다보려 했다. 개빈의 말이 맞았다. 우리는 루시를 발견하기 전에 먼저 들이받을 판이었다. 이 차량에 거대한 전차 바퀴가 달려 있다는 걸 생각하면 루시를 쳐도 느껴지기나 할지 의문이었다. 눈이 너무 많이 쏟아져 발자국이 남아 있을 수가 없었다.

운전해 가는 동안 내가 주머니에서 새아버지의 GPS를 꺼냈다. 태양열로 작동되는 기계였지만 아직 배터리가 남아 있어 내 손에서 전원이 쉬이 켜졌다. 최근 목적지를 검색했다. 화면에 기본적인 지도가 떴다. 스카이 로지 휴양원은 표시되지도 않았고, 아무것도 없는 빈 공간 한가운데에 작은 화살표 그림만 뜰 뿐이었다. 가장 가까이 있는 도로가 보일 때까지 내가 화면을 축소했다. 1000킬로미터는 떨어져 있어 수년 전에 지나쳐 온 것 같은 **맥주 있음!**이라고 쓰여 있는 간판 근처에서 초록색 선이 출발해 진다바인으로 이어졌고, 그러고는—나는 혼란스러워하며 턱을 긁적였다—다시 반대쪽 계곡 위로 이어졌다. 가는 데에만 50분가량 소요될 듯한 완벽한 U 자 모양의 여행이었다. 줄리엣의 기상 확인용 카메라로 새아버지가 여섯 시간은 나가 있었다는 걸 나는 알고 있었다. 따라서 이런 의문이 생길 수밖에 없었다. 나머지 네 시간 동안 새아버지는 슈퍼슈레드 리조트에서 뭘 하고 있었던 걸까?

"이래봤자 소용없어요." 15분 뒤 고모부가 소리쳤다. 우리는 경사를 따라 반쯤 올라온 듯했다. 불빛의 테가 작게 보였는데, 스키장 리프트가 도달하는 제일 높은 곳에 설치된 조명등이었다. 하지만 조명등 외엔 아무것도 없었다. 이렇게 높은 곳에는 심지어 나무도 바위도 없었다. 아무도 답을 하지 않자 고모부가 줄리엣의 어깨를 톡톡 두드리고는 같은 말을 반복했다. "말했잖아요, 이래봐야 **소용없다고요**. 눈이 많이 내려서 루시의 발자국도 없고요. 미치지 않고서야 여기까지 안 오죠."

"그래도 찾아봐야죠." 줄리엣이 소리쳐 대답했다. 마치 비행기 화물칸에서 대화를 나누는 것 같았다. "계곡 아래서 보면 리프트가 실제보다 가까워 보여요. 산은 덜 가팔라 보이고요. 어쩌면 차가 안 움직일 때 저기까지 걸어가야겠다고 생각했을지도 몰라요. 반쯤 올라오기 전까지는 곤경에 빠진 줄 몰랐을 거예요."

"아니면 도로로 나가서 차를 얻어 타려고 했을지도 몰라요." 내가 덧붙여 말했다.

"맞아요."

"하지만 대체 왜……" 차가 유난히 심하게 덜컹거려 고모부의 말이 끊어졌다. 고모부가 더듬더듬 다시 말을 이었다. "……폭풍으로 들어간 거지?"

"루시가 겁을 먹었던 건지도 몰라요."

고모부가 고개를 끄덕였다. "소피아가 그 사진을 보여줬을 때 되게 불안해 보였지."

나는 루시가 죽음을 가까이서 맞닥뜨려서 그런 줄 알았는데, 고모부 말이 맞았다. 루시는 혼란에 빠져 바로 바를 떴다. 만약 소피아에게서 위협을 받았던 거라면? 우리 모두 보는 앞에서 위협을 했다면 그건 대담한 행동이었는데, 블랙 텅에게 어울리지 않는 모습은 아니었다. 하지만 어떤 위협이었을까? **당신에 대해 알아 아니면 당신을 노리고 있어였을까?**

앤디 고모부 역시 같은 생각을 하고 있었다. "뭔가에 겁을 먹었다 해도 여기로 올 이유가 뭐가 있어?"

"도착할 수 있을 줄 알았겠죠." 줄리엣의 목소리에 어둡게 날이 서 있었다. 자기 말을 믿지 않는 게 분명했다. 하지만 그렇다면 우리는 왜 이리로 온 걸까?

"이 날씨에 말입니까?" 고모부가 고개를 절레절레 흔들었다. "그건 자살 행위지!"

그 말에 순간 어떤 생각이 스쳐 줄리엣이 나와 눈을 마주쳤다 시선을 툭 바닥에 떨구었다. 나는 줄리엣이 무슨 생각을 하고 있는지 깨달았다. 루시가 스스로 위험한 폭풍 속으로 들어섰을지도 모른다고 생각한 이유를 말이다. 나는 루시가 그린 부츠의 사진을 보고 서둘러 자리를 뜨기 전에 바에서 책임을 따지던 모습을 떠올렸다. 어쩌면 소피아가 겁을 **주었었던** 건지도 모른다. 어쨌든 지금까지의 죽음을 잇는 건 살인 방식뿐이었고, 블랙 텅의 작업 방식은 쉽게 찾아볼 수 있다는 에린의 지적은 옳았다. 나는 루시가 블랙 텅을 검색해보았다는 사실을 알고 있었다. 루시가 내게 첫 번째 희생자에 관해 이야기해주었으니까. 그리고 루시는 우리 가족들 가운데 형에게 불만이 많은 사람이었다. 어쩌면 형이 에린과 같이 오는 모습을 보았던 게 결정타였는지도 모른다.

나는 다시 줄리엣을 바라보았다. 그녀는 굳은 얼굴로 성에가 낀 창문 밖만 바라보고 있었다.

우리는 루시를 찾고 있는 게 아니었다. 뒤쫓고 있었다.

(전) 형수

33장

개빈이 산등성이에서 스키장 리프트로 올라올 수 있는 가장 높은 곳에 우리를 데려다주었다. 거대한 기둥이 들어 올린 굵은 검은색 와이어가 하늘로 이어지고 있었다. 와이어 아래엔 3인용 의자가 군데군데 매달려 있었는데, 내가 앉은 자리의 창문에서 보면 휘몰아치는 구름 속으로 의자가 하나둘씩 사라졌다. 앤디 고모부가 앉은 쪽에서 밖을 보면 와이어가 위로 죽 올라가 골이 진 금속 창고로 이어졌다. 루시가 우연히 창고를 발견했을 수도 있다는 생각에 줄리엣이 차에서 내려 창고 안을 확인해볼 수 있도록 개빈이 차를 세워주었지만, 얼마 지나지 않아 줄리엣은 고개를 저으며 차로 돌아왔다.

개빈이 다시 출발해 언덕 아래로 이어지는 와이어를 따라 길을 내려갔다. 괜찮은 생각인 것 같았다. 소용돌이가 치는 와중에도 리프트 와이어를 받치는 기둥들은 어렴풋한 그림자가 눈에 띄었다. 그리고 만약 내가 여기서 꼼짝할 수 없는 상황에 처한다면 나 역시 거대한 기둥을 따라 올라갈 듯했다. 물론 루시가 어디로든 가려고 했다는 걸 전제로 한 추측이었다. 바람이 불자 의자가 우리 머리 위에서 거의 90도까지 꺾이며 흔들렸다. 그 리프트에 타고 있지 않아 천만다행이었다. 개빈이 기둥 쪽으로 다가가 팔꿈치가 아플 정도로 힘 있게 드르륵 기어를 움직이며 기둥 주위를 돌았다. 우리는 뒷좌석에서 차가운 유리창에 이마를 갖다 대고 가파른 경사에 몸을 한껏 기울인 채 눈을 찡그리며 온통 새하얘진 산을 바라보았다. 그러나 루시는 보이지 않았다.

경사가 완만해지면서 우리는 아래로 이어지는 와이어가 연결된 또 다른 양철 창고를 지났다. 줄리엣이 또다시 달려 나갔다가 갈 때와 마찬가지로 재빨리 돌아왔다. 얕은 희망이 사라지고 있었다. 더 먼 곳으로 갈수록 루시가 이 먼 곳까지 왔을 가능성은 희박해졌다.

몇 분 뒤 건물 몇 채가 시야에 들어왔다. 기어이 리조트까지 온 것이다.

"젠장." 고모부가 핸드폰을 치며 투덜거렸다. "이거 고물이구먼."

"여기도 전파가 잘 안 잡혀요?"

"아니, 배터리가 없어. 너는?"

"전 핸드폰이 호수에 빠졌잖아요."

슈퍼슈레드 리조트는 휴가 때 조용히 쉬러 오는 곳보다는 군사기지 같아 보였다. 여기엔 거대한 네모 모양의 창고들이 들어서 있었는데, 한 방에 여러 명이 들어가 자는 방들로 이루어져 있어 스카이 로지 휴양원의 오두막보다 가격은 10분의 1만큼 저렴하고 이용률은 열 배 더 높을 듯했다. 사람이 없어 폐장한 놀이공원의 으스스한 분위기가 났다.(사람들이 건물 안에 모여 있는 것 같았다. 음산하긴 했지만 세상이 끝날 것 같은 날씨는 아니라서 이 리조트에 처리할 시체가 있는 게 아니라면 굳이 리조트를 떠날 이유는 없을 테니까.) 안내용으로 걸어둔 형광색 삼각 깃발이 펄럭이고 눈이 내리퍼붓듯 쏟아졌는데도 도로가 잘 다져져 있는 걸 보니 사람들이 활기차게 왔다 갔다 했었다는 걸 어렴풋이 느낄 수 있었다. 장비 대여나 음식이라고 쓰인 간판은 사람 하나 없는 텅 빈 공간에서 애처로워 보였지만 분위기가 다른 장소가 펼쳐질 것만 같은 느낌을 주었다. 우리는 난파선 속으로 잠수하는 것처럼 우르릉거리는 짐승 같은 차를 타고 미끄러지듯 움직였다. 이곳은 고요하면서도 으스스했고 살아 있으면서도 죽은 듯했다.

이 리조트는 스카이 로지 휴양원과는 정반대였다. 쉬면서 재충전을 하기보다는 한껏 즐기러 오는 곳이라 여기 투숙객들은 숙박 시설보다는 리프트 이용권을 끊고 장비를 임대하는 데 돈을 썼다. 공동 화장실을 이용하고 백선증 같은 피부 질환을 얻어 가는 게 여기 투숙하면 딸려 오는 숙박 상품이었고, 바가 문을 닫는 새벽 3시부터 스키장 리프트가 가동되기 시작하는 새벽 6시 사이에 머무를 장소가 필요 없었다면 분명 침대를 아예 없애버려도 됐을 거다.

개빈이 엄청나게 큰 지도 옆에 차를 세웠다. 지도를 뒤덮은 얼음 아래, 산에서 쭉 내려오는 색색의 선들이 보였다. 지도 오른쪽은 빨갛게 반짝이는 일련의 불빛들을 제외하고 전부 얼어 있었는데, 불빛들 옆에는 리프트 이름이라고 알고 있는 단어들이 적혀 있었다. **리프트를 전혀 운행하지 않는다는 뜻이었다.**

"미안한데, 형씨들," 개빈이 버스 기사처럼 자리에서 몸을 돌려 말했다. "다시 데려다주긴 할 텐데, 일단 따뜻한 음료라도 한 잔하는 거 어떤가? 줄리엣이랑 나는 사업차 상의할 게 있어서." 개빈이 운전석 문을 활짝 열었다.

"개빈, 진심이야?" 줄리엣은 그대로 앉아 있었다.

"그 여자분이 여기 있다면 밖에 있진 않겠지. 동행분들은 객실 명단을 확인해봐도 돼. 모두 소재가 확인됐지만."

"도움이 될지도 몰라요." 내가 말했다. "당신이 놓친 이름을 제가 알아볼 수도 있죠."

"난 커피를 마실게요. 가능하면 아이리시 커피로요. 그리고 핸드폰 충전기도 부탁합니다." 고모부가 철제 의자에서 일어나 뒤에 구부정하게 서서 손으로 엉덩이를 문질렀다. "안 쉬면 분명 치질에 걸릴 거야." 마음이 조급한 줄리엣이 쏘아보자 이를 알아차린 고모부가 말했다. "왜요? 루시가 여기까지 왔을 수도 있잖아요."

고모부가 뒷문을 밀어 열고는 뽀드득거리는 눈 위로 폴짝 뛰었다. 나는 고모부 말에 일리가 있다고 생각하며 고모부를 뒤따랐다. 루시가 여기 있을 것 같지 않아도 몇 가지 물어보고 가는 편이 나을 것 같았다. 어쩌면 그런 부츠를 아는 사람이 있을 수도 있었다. 이 모든 일이 벌어지기 전날 밤 새아버지가 여기 왔었다는 사실은 말할 것도 없었다. 줄리엣은 우리가 리조트에 들어가는 걸 받아들이곤 차에서 깡충 뛰어내려 개빈을 따라 항공기 격납고처럼 보이는 제일 큰 창고로 향했다.

산의 이쪽 부근은 폭풍우가 조금도 잠잠해지지 않았다. 때려 부술 듯 부는 바람에 스키장 리프트가 걸린 와이어에서 삐걱거리는 소리가 났다. 거대한 흰개미 언덕이 된 차들이 도로를 따라서 있었다. 스키와 보드 들이 눈 더미에 푹 박혀 있었다. 한때는 가지런히 박혀 있었던 것 같은데 지금은 치열이 고르지 못한 치아처럼 비스듬하게 서 있거나 쓰러져 있었다. 장갑들이 스키 폴에 끼워져 있었다. 실내로 들어가 있는 많은 사람이 빨리 스키장으로 돌아갈 희망을 품고 있다는 증거였지만 장갑은 이제 꽁꽁 얼어 있었다. 눈사태가 일어난 체르노빌 같았다.

"여긴 진짜 좀 으스스하네." 건물로 걸어가며 앤디 고모부가 내 옆에서 나지막하게 속닥거렸다. 주황색 빛으로 깜박이는 창문 하나만이 살아 있는 사람이 있다는 유일한 흔적이었다. 내 뺨이 너무 차서 고모부의 뜨거운 입김이 닿자 뺨이 따끔거렸다. "꼭 유령선 같아. 이 리조트에 사람이 있긴 한 거야?"

개빈이 우리를 건물 가까이 이끌자 안쪽 깊숙한 곳에서 요란하게 울리는 공습경보 사이렌과 화재경보기 소리, 더불어 발에 닿은 땅이 진동할 정도로 큰 소리가 멀리서 연이어 쿵쿵대는 듯했다. 불안감이 내 배 속에서 들끓었다. 나는 상황을 분석하기 시작했다. 확실히 개빈은 루시를 찾는 일보다는 우리를, 아니면 적어도 줄리엣을 여기로 데려오는 데 관심이 더 많아 보였다. 그리고 루시가 없어져 우리가 루시를 걱정하고는 있었지만, 루시는 죽은 사람이 아니었다. 이런 책에서는 시체를 직접 보기 전까지는 누구도 죽었다고 믿어선 안 되는 법이니까. 죽었다고 믿었던 사람들은 나중에 나타나곤 한다. 다들 『그리고 아무도 없었다』를 읽어봐서 알겠지만.

한편 개빈이 의심스럽다 하더라도 이렇게 책 중반을 훌쩍 넘겨서 살인범을 소개하는 건 당치 않은 일이다. 녹스가 알면 내 사지를 찢어버렸을 거다. 이건 그의 첫 번째 규칙이니까. 그리고 독자 여러분, 여러분은 엄지손가락으로 앞으로 읽을 분량이 많다는 걸 알 수 있어야 한다.

날씨가 어떻든 손님이 수백 명은 있어야 했다. 성수기였고 위험한 스포츠를 정말 좋아해서 바람이나 얼음에 겁먹고 가버리지 않는 사람들을 위한 리조트니까. 대체 그런 사람들은 어디 있단 말인가?

개빈이 문을 열었을 때 내 궁금증이 싹 해소되었다.

폭풍우가 휘몰아치는 소리는 우리가 건물 문턱 너머에 발을 내디뎠을 때 우리를 맞이해준 함성에 비하면 아무것도 아니었다. 전자음악이 쾅쾅 울려대고 있었고 번쩍이는 색조명에 눈이 아플 지경이었다. 그리고 저음으로 일정하게 쿵쿵대는 베이스 소리에 벽이 울렸다. 빙글빙글 돌아가는 조명이 사람들의 몸부림을 비추었고, 사람들의 목과 손목엔 야광봉이 걸려 있었다. 단 위에 서서 초록색 레이저 조명에 둘러싸인 한 남자가 한쪽 팔을 들어 위아래로 흔들었다. 식당의 의자와 테이블 들을 벽에다 밀어 무도회장이 들어섰다. 우리는 곧장 광란의 파티 한가운데로 걸어 들어갔다.

개빈이 사람들 사이로 길을 냈고 우리는 최대한 가까이 붙어 있으려 했다. 공기가 땀으로 가득했는데, 근래 이렇게 후끈후끈했던 적이 없었다. 사람들은 서로를 바라보며 신나게 놀고 있었다. 고모부는 맨살을 드러낸 사람들과 상상 속에서나 본 것 같은 광경에 얼어붙은 채 감탄했다. 사람들은 속옷 차림에 스키 고글을 쓰고 있거나 서핑용 반바지에 겨울 외투를 입고 있었다. 또 수건을 망토처럼 두르거나 헬멧, 장갑처럼 쓰기도 했으며 머리에 티셔츠를 묶기도 했다. 어떤 여자는 목에 하와이 화환을 걸고 다채로운 색깔의 커다란 솜브레로 모자를 쓰고 있었다. 내 오븐 장갑이 아주 잘 어우러졌다.

웃통을 벗은 채 한 줄로 서서 술잔 여섯 개가 고정된 스키판으로 술을 마시고 있는 남자들 때문에 나는 거의 목이 잘릴 뻔했다. 바에 사람들이 제일 많이 몰려 있었다. 메뉴판에는 어마어마하게 뻥튀기한 가격들이 두꺼운 검은색 사인펜으로 급히 그은 줄 위에 적혀 있었다. 그리고 옆에는 **현금만 가능**이라고 적힌 커다란 간판이 있었다. 또 다른 문에 이르자 개빈이 문을 열어 우리가 들어갈 수 있도록 잡아주었다. 우리는 복도로 들어섰다. 마지막 몇 걸음을 앞두고는 내가 앤디 고모부를 잡아당겨줘야 했다.

"세상에나, 개빈." 줄리엣이 벽에 기댄 채 안도하며 숨을 헐떡였다. 베이스 소리에 바닥에선 아직도 떨림이 느껴졌지만 그래도 숨은 쉴 수 있었다. "통제가 안 되잖아."

"미쳤다!" 고모부의 눈이 억눌려 있던 젊음으로 반짝였다. "우리가 리조트를 잘못 골랐네!" 여기 있지 않아서 저 말에 반응하는 고모를 볼 수 없다니 안타까운 일이었다.

"처음엔 작게 시작했어. 어떤 남자가 자기 DJ 장비를 가져와서 설치해도 되겠느냐는 거야. 전에 우리 리조트에서 밴드를 부른 적이 있었으니까 당연히 괜찮다고 했지. 폭풍이 지나가는 동안 꽤 재밌는 일이 될 것 같았으니까. 그런데 바깥 날씨는 점점 더 거세지고, 안에서도 다들 미쳐가면서 술을 마셔대기 시작했어." 개빈이 어깨를 으쓱였다. "다들 즐거워하는걸. 위험한 일도 없고."

"스카이 로지 휴양원에는 도움을 요청할 수도 없어. 뭔가 잘못

되는 일이라도 벌어지면 누가 와서 도와주겠어?" 줄리엣이 주의를 주었다.

"너희 휴양원에서 사람이 둘 죽고 하나는 실종됐잖아. 파티를 얼마나 열었길래 그래?" 개빈이 우리를 복도 깊숙이 이끌며 뒤로 휙 눈길을 던졌다. "난 저거 못 멈춰. 그러기엔 너무 멀리 왔어. 내가 전원을 내리면 다 같이 노래를 부를걸. 바를 닫으면 냉장고는 다 털린 채로 박살나겠지. 하지만 폭풍이 지나가면 다시 밖에 나갈 수 있을 거고, 그럼 다들 알아서 서서히 밖으로 나갈 거야. 난 그저 손님들이 지쳐 떨어지게 하는 수밖에 없어." 그가 낄낄거렸다. "아, 그런데 노부부한테는 미안해. 분명 산등성이 너머 다른 리조트에 예약했었으면 할 거야."

"바에서 그렇게 가격을 높여 받으니 말년이 힘들진 않겠다."

"내가 굶어 죽길 바라는 거 아니지?" 개빈이 미소를 지었다.

우리는 리조트 내부를 요리조리 헤치며 걸어갔다. 예상했던 대로 이곳은 스카이 로지 휴양원과 완전히 딴판으로, 호텔이라기보다는 대학교 기숙사에 더 가까웠다. 도서실 대신 공동 부엌 같은 휴게실이 있었고 벽난로 대신 평면 텔레비전이 있었으며 스테인리스로 된 물건들이 아주 많았다. 개빈의 사무실은 그렇게 세련되게 꾸며져 있지 않았다. 사무실에 당구대가 있었는데 펠트 천이 살짝 찢어져 있었고 오크로 짜인 당구대 테두리에는 병이 놓였던 자국이 남아 있었다. 그리고 서서 쓰는 책상에는 줄리엣 컴퓨터보다 훨씬 비싼 컴퓨터와 모니터 두 대가 놓여 있었으며 코르크 게시판에는 스카이 로지 휴양원이 포함된 산 전체 지도와 다양한 날씨의 위성사진이 붙어 있었다. 개빈이 책상을 돌아 크기가 작은 검은색 금고처럼 보이는 물건으로 향했는데 알고 보니 그건 냉장고였다. 개빈이 코로나 맥주 몇 병을 손가락 사이사이에 걸어 꺼내고는 마치 가위손처럼 맥주를 권했다. 고모부는 재빨리 하나를 집었지만 나는 고개를 저었다.

"개빈, 우리 급해." 줄리엣이 손사래 치며 맥주병을 밀어냈다. 고모부는 우리 둘 다 맥주를 거절했다는 걸 깨닫고는 맥주를 마시는 건 깊은 배신일 거라 생각해 어색하게 맥주를 들고 있었다.

개빈이 알겠다는 듯 손을 뻗었다. "알아, 안다구." 그가 컴퓨터 키보드를 몇 번 탁 치자 컴퓨터 화면이 켜졌다. 화면엔 먼지가 두껍게 앉아 있었다. 그가 몇 번 클릭하더니 앤디 고모부와 나에게 화면을 보라고 손짓했다. 개빈은 엑셀 문서를 불러왔다. 순간 캐서린 고모가 가족 모임에 개빈을 초대했나 하는 생각이 스쳤는데, 그걸 PTSD, 그러니까 외상 후 스프레드시트 장애 때문이라고 생각하기로 했다. "객실 명단이에요." 개빈이 내게 말했다. "인터넷도 쓸 수 있고요. 5분이면 되죠?" 마지막 말은 줄리엣에게 호소하는 말이었다. 개빈은 줄리엣이 관심을 보이길 바랐다. 그는 아이에게 비디오게임을 하라는 듯이 고모부와 내게 컴퓨터를 쓰라고 했다. "시간 낭비는 아닐 거야."

"이미 얘기했잖아. 돈 문제가 아니라고." 줄리엣이 문으로 걸어가 문을 잡아 열어둔 채 말했다. "밖에서 얘기해."

개빈이 씩 웃었다. 고모부는 더 이상 참지 못하고 맥주를 한 모금 홀짝였다.

나는 컴퓨터 화면으로 몸을 돌렸다. 엑셀 문서가 슈퍼슈레드의 나머지 부분들과 달리 꽤 깔끔하게 정리되어 있었다. **객실 명단**과 **투숙 확인**이라는 제목의 창이 있었다. 어서 쭉 다 읽어보고 싶긴 했지만 지금은 실내에서 인터넷을 쓸 수 있다는 유혹이 너무 강해 인터넷 브라우저를 켰다.

만약 로널드 녹스가 100년 후에 태어났다면 분명 열한 번째 계명으로 구글 검색을 못 하게 했을 것이다. 하지만 그는 오래전에 죽었고 나는 거기 동참하지는 않을 테다. 정보가 많은 게 더 나았다.

뉴스 기사를 검색하는 장면은 긴박한 상황을 좋아하는 독자들에게 지루하다는 거 알고 있다. 내가 마우스를 클릭하고 화면을 내리면서 블랙 텅과 블랙 텅의 희생자들을 검색하는 장면을 읽게 하진 않겠다. 그리고 나는 뉴스 기사를 토씨 하나 바꾸지 않고 그대로 책에 옮겨 적는 건 좋아하지 않는다. 그리고 여러분, 지금은 21세기이고 나는 이틀 동안 인터넷을 하지 못했으므로 인터넷 서핑을 좀 하더라도 용서해주길 바란다. 다음이 내가 알게 된 사실들이다.

- 소피아와 루시에게서 알게 된 정보가 맞는다는 걸 확인했다. 재와 질식, 고대 페르시아의 고문에 관한 얘기가 모두 사실이었다. 정보는 손쉽게 찾아볼 수 있었다. 따라서 누구나 모방할 수 있었다.

- '블……'이라는 글자를 치자 '블랙 텅'이란 단어가 자동으로 완성되었다. 개빈 역시 검색했던 것으로 보아 내가 생각했던 것보다 소문이 좀 더 퍼져 있었다.

- 언론에 보도된 살인들, 3년 전에 발생한(앨런이 죽고 나서였다) 첫 번째 살인과 그 후 18개월 뒤에 발생한 두 번째 살인은 그 이야기가 파다하게 퍼져 있었다.

- 앤디 고모부가 내게 암호화폐 시세 좀 빨리 봐달라고 했다.

- 첫 번째 희생자인 마크, 재닌 윌리엄스는 브리즈번 출신이

었다. 마크는 예순일곱이었고 재닌은 일흔하나였다. 부부는 브리즈번에서 30년 동안 피시앤칩스 가게를 운영하다 은퇴했다. 기사는 '인생은 불공평하다'라고 바라보며 부부를 지역사회의 기둥 같은 존재라고 표현했다. 그들은 자원봉사를 하고 지역공동체의 임원직을 맡았으며 아이를 가질 수 없어 수많은 아이를 위탁 양육해주었는데, 이런 사실이 그들의 죽음을 한층 더 울적하게 만들었다. 한 기사에는 문밖으로 이어진 조문객의 행렬을 담은 사진이 실려 있었다. 부부는 사랑을 아주 많이 받은 사람들이었다. 그러니까 이 사람들은 위험한 조직의 구성원일 리가 없었다. 부부가 어떻게 죽었는지에 관한 소피아의 설명은 정확했다. 두 사람은 집 차고 안에 있는 차의 운전대에 케이블 타이로 묶여 있었고, 살인범이 그 차의 지붕 위에 서서 송풍기로 재를 휘날렸다.

- 두 번째 희생자인 앨리슨 험프리스는 숨이 붙어 있을 때 발견되었다. 그녀가 살던 시드니의 한 아파트 화장실에서였는데, 테이프로 창문이 막혀 있었고 천장 환풍기로 재가 쏟아졌다. 그녀는 소피아가 일했던 병원에서 닷새 뒤 숨졌다.(창고에서 소피아가 말해준 정보와 일치했다.) 앨리슨의 생명 유지 장치를 끄기로 했을 때 사람들이 앨리슨의 죽음이 마크, 재닌 부부의 죽음과 관련이 있다고 주장했다. 편집부원은 급히 연쇄살인범의 이름을 지어야 했고, 그렇게 블랙텅이 탄생했다.
- 나는 내 페이스북을 빠르게 확인했다.
- 앨리슨이 사용했던 구인구직 소셜미디어인 링크드인에 따

르면(죽은 사람의 링크드인 계정보다 슬픈 건 없다. 그녀의 고용
현황은 2010년부터 현재까지라고 표기되어 있었다) 그녀는 상담
가로 전향한 전 형사였다. 그러나 어떤 상담을 했는지는 알
수 없었다.

- 스카이 로지 휴양원의 시가는(전에 계약서에서 봤던 부동산 회
  사 이름을 기억하고 있었다) 문의해야만 알 수 있었다. 트립어
  드바이저 평점은 3.4였는데, 내가 보기엔 시체가 나왔다는
  걸 빼면 좀 가혹한 점수였다.

- 나는 루시의 인스타그램 계정을 열어 어젯밤에 루시가 옥
  상으로 올라갔는지 알아보았다. 핸드폰 전파가 터지는 곳
  을 찾아 소셜미디어를 하고 싶은 유혹이 루시에겐 견딜 수
  없이 컸을 것이다. 아니나 다를까 새 게시물이 올라와 있
  었다. 루시는 몇 천 달러하고 얼마가 들어 있는 그녀의 은
  행 예금계좌를 화면에 띄워 사진으로 찍고, 예금 외 나머지
  개인 정보들을 흐릿하게 가려 게시했다. 사진 아래에는 이
  런 문구가 적혀 있었다. 힘들지만 결국 고생한 보람이 있습니
  다. 경제적 자립에 관해 알고 싶으시면 연락 주세요. 이 회사의
  놀라운 복지를 보고 싶으신 분들은 사진을 넘겨주세요. #지겨
  운일상 #돈벌고배우기 #회사야유회 #주체적여성. 화면을 넘
  기자 두 번째 사진이 나타났는데 옥상에서 찍은 아름다운
  산의 풍경 사진이었고, 세 번째 사진은 첫날 점심을 먹었
  던 테이블 근처에서 모두 다 같이 찍은 사진이었다.(나는 늦
  어서 빠져 있었다.) 루시가 우리 가족 모임을 회사 야유회인
  척 꾸며내고 있는 꼴을 비웃을 마음도 들지 않았다.(#최대한
  성공한척하기라는 해시태그를 붙이는 게 더 나았을 거다.) 암석으

로 된 산봉우리 위 눈부시게 화창한 하늘을 보고 너무 실망했던 것이다. 이 사진들은 폭풍이 불기 전 오후에 게시되었다. 사진으로 알 수 있는 새로운 정보는 전혀 없었다.

다른 모니터에 스카이 로지 휴양원의 홈페이지를 띄우고 기상 확인용 카메라를 클릭했다. 거의 새하얗게만 보였는데, 줄리엣과 개빈이 사무실로 돌아와 나는 다시 객실 엑셀 문서로 주의를 돌렸다. 투숙객들의 이름을 훑어봤지만 생각했던 대로 수확이 없었다. 모두 한데 섞여 흐려지는 평범한 이름들이었고, 혹시 눈에 띄는 이름이 있다 하더라도 내가 획획 넘겨 보다 지나칠 가능성이 높았다. 나는 충동적으로 윌리엄스, 험프리스, 홀턴, 클라크라는 이름이 있나 찾아보았다. 없었다. 그저 딜런이란 이름을 가진 사람이 너무 많다는 생각밖에 들지 않았다. 스노보드를 좋아하는 이름인 모양이었다. 결국 나는 **투숙 확인** 창으로 넘어갔다. 이 문서에는 객실 번호가 적힌 줄, 예약된 침대 개수가 적힌 줄, 그리고 기울어진 글씨로 "소재 확인"이라고 적혀 있고 해당 여부에 따라 예 혹은 아니요로 채우는 줄이 있었는데, 현재 있는 사람과 실종됐을 가능성이 있는 사람을 확인하려는 듯했다. 나는 그 줄들을 쭉 훑어보았다. 모두 "예"라고 쓰여 있었고, 소재가 확인되지 않은 투숙객은 없었다.

줄리엣이 코르크 게시판에 붙은 산의 지도를 열심히 바라보고 있었지만 마음이 급하고 얼른 여기를 떠나고 싶어 한다는 걸 알 수 있었다. 어쨌든 루시는 여전히 행방불명이었다. "뭐 찾았어요?" 내가 시간을 이만큼 썼으면 됐다고 판단한 줄리엣이 끝내 내게 물었다. 줄리엣이 내 어깨 너머에서 몸을 기울였다. "이런 체계에서 일하는 친구가 저도 하나 있어요."줄리엣은 다른 모니터에 띄운 루시의 인스타그램 계정을 보고 있었다. 나는 루시의 은행 계좌 사진을 그대로 내버려두었다. "다 꾸며낸 거예요. 이런 회사에서는 사람들이 예금 잔액을 포토샵 해서 게시하게 하죠. 돈을 벌고 있는 것처럼 보이려고 말이에요. 그 금액이 진짜라고 해도 그 돈을 벌려고 얼마큼 쓰는지는 절대 보여주지 않아요. 거의 다 손해로 돌아올 본인 돈이죠."

에린은 루시의 금전 문제를 형이 자신에게 얘기해주었다고 했었다. 그 일로 둘이 가까워지기도 했다고. 한편 형은 어디선가 26만 7000달러를 구했다. 어쩌면 둘 다 서로에게 빚을 비밀로 하고 있었던 건지도 모른다.

나는 뭔가 번뜩이는 정보를 찾아내길 바라며 마지막으로 객실 명단을 밑으로 쭉 내려보았다. 딜런이란 이름만 넘쳐났다. 나는 이 리조트가 스카이 로지 휴양원과 달리 신나게 놀기 위해 오는 리조트라는 사실을 떠올렸다. 35년 전에 일어난 오래된 범죄와 관련된 사람을 찾아봐야 소용없었다. 마흔이 넘은 사람들은 이 리조트에 발을 들여놓을 엄두도 나지 않을 터였다. 멕시코 칸쿤으로 은퇴 기념 유람선 여행을 떠나는 거나 마찬가지일 테니까.

그런데⋯⋯

"개빈." 이제 나는 서둘러 객실 엑셀 문서를 넘기고 있었다. "여기 노부부 한 쌍이 묵고 있다고 했죠?"

"맞아요. 방에만 숨어 있어요. 아무래도 리조트를 잘못 예약한 것 같아. 솔직히 우리 리조트에 있을 거 다 있어도 그 사람들은 정말 우리 리조트에 올 만한 고객들이 아니거든요. 보통은 룸서비스를 안 해주는데 좀 안됐다 싶어서 룸서비스를 해줬죠."

"분명 팁을 주겠지." 줄리엣이 대답했다.

"**정말** 우리 리조트에 올 만한 사람들이 아니라니까."

"1214호예요?" 내가 이미 성큼성큼 사무실에서 걸어 나가며 물었다. "보여주시겠어요?"

"그래요. 괜찮죠, 뭐." 개빈이 숨을 헐떡이며 몸도 따라오고 머리로도 따라오려 했다. 줄리엣과 고모부가 뒤따랐다. "아는 사람이에요?"

엑셀 문서에 적혀 있던 이름이 그들에게 무슨 의미가 있을 것 같진 않았다. 열두 시간 전엔 내게도 아무 의미 없는 이름이었다. 하지만 우연의 일치는 없다. 그 이름은 엑셀 문서에 선명하게 적혀 있었다.

문 앞에 도착했다. 생각해보면 엑셀 문서에서 이 모든 일이 시작되었고, 이제 무언가 갈라져 활짝 열릴 참이었다.

1214호. 이 방에 매컬리가 묵고 있었다.

"아직은요." 나는 객실 문을 똑똑 두드리며 말했다.

34장

내가 커닝햄이라고 소개하자 에드거와 시오반 매컬리는 나를 객실 안으로 들이고 싶어 안달이었다. 둘은 우리 엄마보다 나이는 많았지만 더 정정해 보였다. 에드거는 꼭 술 한잔 걸친 것처럼 붉은 주먹코였고, 벨트를 두른 갈색 바지 안에 라임빛 녹색 폴로셔츠를 넣어 입었다. 키가 작고 짧은 은발인 시오반은 팔뚝이 가늘어 이리로 운전해 오면서 봤던 추운 날씨에 잎이 다 떨어진 나뭇가지를 떠올리게 했다. 그녀는 몸에 버버리 스카프를 두르고 있었다. 개빈이 흔히 맞는 손님이 아니었다.

객실이 좁았다. 왼쪽에 이층침대가 하나 놓여 있었고 오른쪽에는 옷걸이가 서 있었는데(옷장이 있을 자리는 없었다) 그 옆에 책상 없이 의자가 하나 있었다. 의자와 이층침대 사이 한 무더기로 쌓여 있는 책에 여행 가방이 놓여 있고, 테이블 역할을 하는 그 가방 위에 트럼프 카드들이 흩어져 있었다. 입구 가까이에는 벽장 크기의 화장실이 있었다. 이 리조트는 유람선처럼 지어져 있었다. 최소한의 공간에 최대한 많이 쑤셔 넣는 식이었다. 이 리조트의 다른 데서 나던 냄새가 이 방에서도 났다. 축축하고 눅눅한 냄새였다. 적어도 내게 재의 냄새는 나지 않았다.

우리가 가만히 서 있자 두 사람이 수선을 떨었다. 에드거는 폭풍에 관한 이야기를 늘어놓았고, 시오반은 컵이 두 개뿐이라 한 분께는 차를 드릴 수가 없다고 미안해하며 전기 주전자 주변을 분주히 움직였다. 여전히 손끝에 맥주병을 걸어놓고 있었던 앤디 고모부는 차를 거절하려 맥주병을 살짝 들어 올렸다. 줄리엣과 앤디 고모부, 나는 무릎이 가슴 가까이 닿도록 푹 꺼진 아래 침대에 어색하게 앉았다. 그리고 개빈은 문간에 서 있었다.

에드거는 일인용 의자에 앉아 팔꿈치를 무릎 위에 얹고 몸을 앞으로 기울였다. "이렇게 폭풍이 불어서 저희는 누구도 만날 수 있을 것 같지가 않았는데, 선생님이 여기까지 와주시니 얼마나 감사한지요." 그는 호주 발음을 없애고 영국 억양으로 말하려는 사람 같았다. 그리고 상류층의 발음이긴 했지만 학습된 발음이었다. "마이클한테는 아무 연락이 없었어요. 그래서 저희처럼 움직이질 못하나 보다 해서 그냥 기다리고 있었습니다. 확실히 보통 저희 부부가 묵는 숙박 시설은 아닙니다만, 정말 신나더군요. 안 그래요, 여보?" 에드거가 외쳤다.

"오, 그럼요, 여보." 시오반이 화장실에서 머리를 쏙 내밀며 말했다. 유리잔에 주전자에서 나오는 김이 서렸다. "스카이 로지 휴양원의 주요 건물은 예약이 다 찼더군요. 그리고 그 멋진 오두막에서는 눈을 헤치고 걸어야 한다는 얘기를 들어서요. 어쨌든 마이클은 저희 부부가 여기 묵는 게 더 나을 거라고 생각했죠. 이층침대에서 자본 지는 꽤 오래됐지만요. 하지만 뭐 어떤가요?

우리가 하려는 일도 그렇고 모험하는 것 같은 기분이 마구 들던 걸요."

이 부부가 형을 기다리고 있었다는 사실도 놀라웠지만, 그들이 보이는 태도는 충격적이었다. 나는 그들이 적대적으로 굴 줄 알았다. 아니면 심지어 두려워할지도 모른다고 생각했다. 하지만 그게 아니라…… **신났다고?** 이 방에서 매컬리 부부가 누군지 아는 사람은 아무도 없었으므로 대화를 진행하는 건 내 몫이었지만 어떻게 해야 할지 막막했다. 오래전에 죽은 딸의 시신이 산등성이만 넘으면 되는 곳에 있다는 사실을 선뜻 입 밖에 낼 수가 없었다.

"저." 에드거가 나 대신 입을 열었다. "그 애를 찾았습니까?"

에드거의 질문에 무슨 상황인지 대략 파악할 수 있었다. 나는 최대한 이 상황을 따라가면서 내 짐작이 맞는지 확인해봐야겠다고 생각했다. "네. 찾았습니다." 나는 옆에서 눈을 크게 부릅뜨는 앤디 고모부를 무시한 채 말했다. 고모부가 무슨 생각을 하고 있는지 알 수 있었다. **그 애가 대체 누군데?** "하지만 문제가 좀 있었습니다."

"그분은 돈을 또 달라더군요." 시오반이 화장실에서 입천장이 다 델 것 같은 차가 담긴 컵 두 개를 가지고 나오며 말했다. 하지만 그녀는 언짢아 보이지도 화가 나 보이지도 않았고, 차분하게 우리에게 머그잔을 건넸다. "괜찮아요. 마이클이 그럴지도 모른다고 예상했으니까요. 돈을 더 가져왔습니다." 시오반이 임시 테이블이었던 여행 가방을 쿡 밀었다.

"혹시……." 나는 무슨 말을 해야 할지 몰라 머뭇거렸다. 두 사람은 형이 죽었다는 사실을 모르고 있는 것 같았다. 사실 그들은 내가 형 대신 여기 왔다고 생각했다. 하지만 한편으로는 그렇게 연기하는 걸 수도 있었는데, 그렇다면 내가 가진 패를 다 보여주지 않고 그들이 거짓말을 하고 있는지 살피는 게 나을 터였다. "몇 가지 좀 확인하고 싶은데 협조해주시겠습니까?" 내 말에 그들이 혼란스러워하는 것 같아 나는 최대한 편안하고 따뜻한 미소로 웃어넘기며 다급히 설명을 덧붙였다. "그저…… 가족 일입니다. 아시죠? 저희 형 때문에 오게 됐어요. 별말 없이 저를 여기로 보냈죠. 전 그저 대가가 적절한지 보려는 겁니다. 아니," 나는 내가 돈을 갈취하려는 게 아니라는 걸 그들이 편히 받아들이기를 바라며 여행 가방을 향해 손을 내저었다. "이거 말고요. 그냥 가족 일입니다. 아시겠죠?" 두 사람이 여전히 긴가민가한 듯 서로를 향해 옆으로 눈길을 주고받기에 내가 덧붙여 말했다. "말씀드렸다시피, 저희는 그 애를 찾았습니다."

이 말이 달랑달랑 흔들어 보일 만한 당근 노릇을 했는지 에드거가 입을 열었다. "뭘 알고 싶으시죠?"

나는 도박을 걸었다. "지금까지 형에게 얼마나 주셨습니까?"

"반이요." 에드거가 대답했다.

이미 답을 짐작하고 있는 질문부터 던지고 싶었다. 형은 분명 매컬리 부부와 앨런 홀턴 사이의 중간 다리였다. 내가 알아낸 건 이 정도였다. 가방에 든 돈은 매컬리 부부의 돈이었을 것이다. 그래서 아무도, 그러니까 루시와 새아버지, 경찰도 형의 계좌에서 돈이 빠져나가는 걸 볼 수가 없었던 것이다. 그리고 아무래도 형은 형에게 없는 무언가를 매컬리 부부에게 팔려고 했던 것 같았다. 매컬리 부부가 낸 선금을 앨런에게 지불해서 되팔 무언가를 받고, 그걸로 나머지 반에 해당하는 돈을 받기로 한 것이다.

그러나 형은 무언가를 구입한 뒤 감옥에 들어가 지금까지 거래를 마칠 수가 없었다. 형이 산 위로 시신을 가져온 이유가 그래서였다. 그게 거래였다.

여전히 의문스러운 점들이 있었다. 나는 앨런이 우리 아빠의 마지막 메시지를 팔고 있었다고 생각했었다. 그건 바로 아빠가 공작관인 앨리슨 험프리스에게 넘겨주려다 죽었던 레베카의 유괴와 살인에 관한 결정적인 증거였다. 당연히 매컬리 부부는 이 증거를 위해 두둑하게 사례할 테지만, 아빠의 메시지는 레베카의 시신이 묻힌 장소일 수가 없었다. 아빠는 레베카가 묻히기 전에 죽었으니까.

"저기, 거기 40만 달러가 있어요." 내가 이것저것 물어볼 필요가 없도록 묻지도 않았건만 시오반은 가방을 가리키며 불쑥 말을 꺼냈다. 그리고 미안하다는 듯 에드거에게 얼굴을 찡그려 보였다. 협상 체질은 아닌 데다 딸에 관한 얘기를 듣고 싶어 안달인 게 분명했다. "우리가 10만 달러를 더 넣었어요. 사진값이에요."

앞뒤가 맞는 금액이었다. 여행 가방 안에 들어 있는 30만 달러가 지급금의 반이라면 내가 예상했던 앨런의 요구액과 일치했다. 앨런은 원래 몸값이었던 30만 달러를 요구했던 것이다. 하지만 머릿속에서 질문이 끊이질 않았다. 만약 형이 매컬리 부부에게서 돈을 받았다면 대체 왜 액수가 부족했던 걸까? 이들이 사진값으로 10만 달러를 더 줄 수 있을 정도라면 이들에겐 돈을 떼어먹을 동기가 없었는데…… 잠깐…… 사진?

"잠시만요." 내가 말했다. "무슨 사진이요?"

시오반이 말을 더듬었다. "마이클 말로는—"

"미안합니다." 에드거가 앞으로 몸을 기울여 자기 쪽으로 가방을 끌었다. 트럼프 카드가 폭포처럼 후두두 떨어졌다. 그는 가방을 보호하려 한 손을 가방 위에 두고 있었지만 그의 눈에서 두려워하는 기미가 보였다. 만약 우리가 가방을 원한다면 가져갈 수 있다는 것을 에드거는 알고 있었다. 게다가 아내가 가방에 얼마가 들어 있는지를 말한 참이었다. 부부는 범죄자들을 다루는 데 익숙지 않았다. 아니면 커닝햄 사람들이 익숙지 않다고도 할 수 있겠다. "누구라고 하셨죠?"

시오반이 하나도 겁먹지 않았다는 듯이 등을 쭉 폈다. "같이 온 분들은 누구십니까? 마이클은 어딨죠?"

"죽었습니다."

그들은 충격으로 말이 없었다.

"하지만 형이 따님의 시신을 찾았어요. 어디 있는지 알려드리죠."

"오, 하느님, 감사합니다." 시오반이 느끼는 안도감은 눈에 보일 정도라 그녀는 옷걸이 옆을 붙잡고 진정해야했다. "죄송해요. 그런 뜻이 아니라……."

"괜찮습니다. 돈은 가져가셔도 돼요." 내가 이렇게 말하자 앤디 고모부가 나를 쿡 찔렀다. 어이, **확실해?** "하지만 형은 형이 찾아낸 것 때문에 죽었어요. 형이 파낸 걸…… 누군가 묻으려고 해요. 두 분은 제가 공란을 채우게 도와주실 수 있습니다. 따님에 관해 아는 게 많으면 다들 위험에 처하는 것 같거든요. 저와 저희 가족이 그렇습니다. 그리고 이제 두 분도 마찬가지겠군요."

"우리가 어떻게 도울 수 있는지 말해주시죠." 에드거가 말했다. 그 뒤에서 시오반이 고개를 끄덕였다. 시오반은 위험할 수 있다는 건 전혀 신경 쓰지 않는 눈치였다. 그녀는 그저 딸에 관해 알고 싶을 뿐이었다.

나는 간절히 사진에 관해 물어보고 싶었지만 가장 합당한 부분에서 시작해야 했다. "형을 어떻게 만나게 되셨죠?"

"사실 마이클이 저희를 찾아왔었죠." 에드거가 말했다. "그가 놀라운 이야기를 했어요. 솔직히 우리 부부가 전혀 몰랐던 얘기였습니다. 우리는 수년 동안 사립 탐정을 고용했는데 탐정들이 법을 지키는 수준은 다양했지만 모두 같은 결론을 내렸어요. 다 헛일이라는 거였죠. 우리는 사례도 하려고 했었는데 정말이지 연락을 받으면 사기 치려는 사람은 바로 알았어요."

"하지만 28년 동안 조사를 안 맡기고 있었어요." 시오반이 덧붙였다. 아주 구체적인 숫자라는 인상을 받았다. "이젠 주로 영화를 만들려 하거나 팟캐스트를 진행하거나 책을 쓰는 사람들에게서 연락이 왔죠."

에드거가 아내의 말을 이었다. "그런데 마이클은 달랐어요. 우린 바로 알아봤죠. 마이클이 어떤 경찰에 관한 이야기를 해줬어요. 성사되지 못했던 몸값 거래를 하려 했던 사람이요. 앨런 홀턴이라는 남자 말입니다. 당신 형이 레베카가 어디 묻혔는지 그 남자가 알고 있다더군요. 그뿐만 아니라 그 애를 죽인 사람을 밝혀낼 증거를 그 사람이 가지고 있다고 했어요."

"사진이군요." 내가 나직이 말했다. 나 자신에게 하는 말이기도 했다. 새아버지는 아빠가 살인 사건을 목격했다고 생각했지만, 이제 나는 아빠가 그 사건을 기록으로 남기기도 했다는 걸 깨달았다. 당연히 누군가는 그 사진을 은폐하고 싶었을 것이다.

"살인에 관한 사진이에요. 어쨌든 마이클은 그렇게 말했습니다. 마이클이 사진을 가져오기로 했었어요. 사진을 보셨습니까?"

"뒤로 잠깐 돌아가 보죠. 앨런 홀턴이 따님 유괴를 조사하는 데 투입되었나요?"

시오반이 고개를 끄덕였다. "50명가량의 경찰이 있었어요. 형사도 있었고요. 잘난 체하려는 건 아니지만, 평범한 유괴 사건이 아니었어요."

무슨 뜻인지 잘 알고 있었다. 부잣집 아이들은 뉴스거리가 되기 마련이다.

"마이클이 사진을 보여줬습니까?" 내가 자기 질문을 건너뛴데 발끈한 에드거가 같은 질문을 되풀이했다.

"아뇨, 전 못 봤습니다. 하지만 형이 가지고 있거나 가지고 있었을 겁니다. 저희 형은 신중한 사람이었죠. 어디 금고에 넣어두었을 거예요. 어딘지는 아직 모르겠지만요." 나는 다시 시오반에게 주의를 돌렸다. "왜 지금 이러시는 거죠? 이 일에 70만 달러를 들이려 하시는데, 왜 당시에 30만 달러를 넘겨주지 않으신 건가요? 그럼 따님은 살아 있을지도 모르는데요."

"무례하게 굴려는 건 아니에요. 저희가 시간이 없어서요." 줄리엣이 미안하다는 듯 불쑥 끼어들어 말했다.

"괜찮습니다." 에드거가 인상을 찌푸리며 자기 아내 너머로 말했다. "시간이 가치를 다르게 매기게 하죠. 우리가 실수를 저질렀다는 게 이제 잘 보이는 겁니다. 여형사가 몸값을 주지 않는 게 좋다고 했을 때 우린 그녀를 믿었어요. 그리고 글쎄요, 그때는 큰돈처럼 보였습니다. 사실 우리는 몸값을 지불할 수 있었어요. **지불해야 했어요.** 이제 뭐든 내놓을 겁니다."

"그 형사가 앨리슨 험프리스였나요?"

에드거와 시오반이 모두 고개를 끄덕였다. 고모부는 잘 안 보이게 맥주를 마시려다가 입에 잘못 갖다 대는 바람에 앞쪽에 맥주를 흘리고 말았다. 당황한 고모부의 얼굴이 새빨개졌다.

"왜 앨런이 정보를 직접 팔려고 하지 않았던 거죠?"

"마이클이 앨런과 무슨 관계가 있을 줄은 몰랐어요. 마이클은 그저 앨런이 내부에서 일을 망쳤었다고만 했죠. 우리는 마이클이 아는 정보를 사려고 했었고요."

"앨런을 죽여달라고 돈을 준 게 아니에요. 그런 뜻으로 말씀하신 거라면." 시오반이 끼어들어 말했다. "뉴스로 읽었어요. 우린 그러려던 게 아니에요."

"두 사람이 동료 같은 관계라고 생각했어요." 에드거가 설명했다. "앨런은 우리가 약자라는 걸 알고 있었고, 우리 감정에 호소할 수 있는 딸과 관련된 정보를 마이클에게 넉넉히 줬는데 그게 우리한테 통했습니다. 하지만 흔히 그렇듯 두 사람은 돈 때문에 틀어졌어요. 우린 투자가 수포로 돌아가겠다고 생각했고요." '투자'라는 단어를 쓴 게 뜻밖이었지만 눈 쌓인 곳에서 녹색 폴로셔츠를 입고 있는 사람이었으니 그럴 법하다고 생각했다.

"마이클이 교도소에서 우리한테 편지를 쓰기 전까지 그런 줄 알았어요." 시오반이 말했다. "마이클은 자기한테 사진이 있다고 했고, 여기 올 때쯤엔 시신도 있을 거라고 했어요. 그래서 우리가 여기로 왔고요."

"마지막을 기리는 겁니다." 에드거가 말했다. 그가 진지한 목소리로 말해서 내가 이를 존중하길 바란다는 걸 분명히 알 수 있었다.

형은 꽤 쉽게 돈을 번 것 같았다. 문제는 오직 형이 앨런을 만

나는데 3만 3000달러가 부족한 돈을 가지고 나타났다는 거였다. 형은 그래서 앨런이 총을 빼 들었다고 했다. 내가 이 부분을 이해한 줄 알았는데 그건 매컬리 부부를 포함하지 않은 얘기였다. 나는 생각을 미뤄두고 나중에 찬찬히 들여다보기로 하고 다른 인물들에게 주의를 기울였다.

험프리스 형사는 그녀의 관점에서 보면 자신이 작전을 이끌었지만 결국 레베카를 죽게 했고, 이 사건은 세상의 이목을 끌었다. 직장을 잃지 않기 위해 그녀는 지푸라기라도 잡으려 했을 것이다. 그래서 로버트 커닝햄을 심하게 몰아붙였고, 새아버지가 말했던 대로 그녀는 원래의 계약을 어기고 답을 하나 들으면 둘을 더 물었다. 앨리슨 험프리스는 대체 어느 경찰관이 자신의 팀을 배반하고 있는지 알아내는 데 혈안이 되어 있었다. 그 답은 바로 앨런 홀턴과 그의 동료 브라이언 클라크였다. 아빠는 어렵게 그 사실을 알아냈다. 어쩌면 앨리슨 험프리스는 18개월 전에 끝나버린 미제 사건을 다시 수사하기 시작했는지도 모른다. 그래서 그녀가 공격을 당한 걸까?

나의 이야기에는 여전히 빈틈이 있었지만—앨런과 브라이언은 죽은 사람들이므로 이들이 사진 때문에 누군가를 죽일 순 없었다—마치 안개 속의 리프트 기둥처럼 무언가 모습을 드러내고 있었다.

"형은 스카이 로지 휴양원에서 두 번째로 살해당했어요." 나는 생각에 빠져 있다 돌아와, 기대에 찬 눈으로 나를 응시하는 에드거와 시오반을 보며 말했다. "서로 관련이 있다면 어쩌면 첫 번째 희생자를 두 분이 알아볼지도 몰라요. 아마 유괴 협상을 도와준 사람이겠죠. 줄리엣, 사진 보여줘도 괜찮아요?"

"나한테 사진 없어요." 줄리엣이 미안하다는 듯 말했다. "난 사진을 보지도 못했어요. 투숙객 명단에 있는 사람들을 다 확인하고서는 볼 필요가 없었죠. 우리 직원이나 투숙객은 아무도 실종되지 않았으니까요. 크로퍼드는 혼란이 덜할 것 같은 사람들만 골라서 사진을 보여주고 있었어요. 나는 거기 포함이 안 된 것 같군요."

나는 다시 매컬리 부부에게 주의를 돌렸다. "여기 같이 온 사람 있으세요? 친구분이 오시진 않았나요? 경호원은요?"

"우리뿐입니다." 에드거가 대답했다.

"이만하면 됐어요. 우리 딸은 어딨는 거죠?" 내 대답을 더 이상 기다릴 수 없었던 시오반이 마침내 울부짖으며 외쳤다. "가져가요. 가져가라고요!" 시오반은 나를 향해 여행 가방을 밀었는데 내가 꽤 세게 되밀치는 바람에 그녀가 뒤로 휘청였다. 그녀는 넘어지지는 않았지만(그러기엔 방이 너무 작았다) 벽에 살짝 부딪쳤고, 풀이 죽은 채 가방을 가슴 가까이 안았다. "맹세코 그게 우리가 아는 전부예요. 우린 그 애를 편히 쉬게 해주고 싶을 뿐이에요. 누가 그랬는지 절대 못 찾는다 해도 그저 그 애를 묻어주고 싶은 것뿐이라고요. 제발요."

"따님은 경찰관의 관 속에 묻혀 있었어요. 그렇게 따님을 숨겼습니다. 틀림없이 검시관을 매수했을 겁니다." 부부에게 듣기 힘든 말이라는 걸 알기에 나는 그들에겐 이 사실을 받아들일 수 있는 시간을, 그리고 나에겐 나쁜 소식을 전해줄 용기를 낼 시간을 주었다. "유감스럽지만 지금 관은 스카이 로지 휴양원의 호수 바닥에 있어요."

숨이 턱 막힌 시오반의 눈에 눈물이 그렁그렁 맺혔다.

"잠수부를 고용하면 돼요, 여보." 에드거가 그녀를 다독였다.

"정말 소름 끼치는 일이네요. 딸의 시체를 돈 주고 산다는 게." 줄리엣이 불쑥 자신의 생각을 말했다.

"소름 끼치죠. 시체를 돈 받고 판다는 게." 에드거가 대꾸했다.

나는 앤디 고모부와 줄리엣에게 일어나자고 손짓했다. 우리는 이층침대에서 몸을 일으켰다. 에드거와 시오반은 무너지듯 서로를 끌어안았다. 나는 둘을 방해하고 싶지 않았고 그 둘도 줄리엣의 말에 우리가 나가주기를 바라는 게 분명했지만 아직 알아야 할 게 남아 있었다. "이런 일을 겪으셔서 유감입니다만, 하나 더 여쭤볼 게 있어요. 이틀 전에 저희 새아버지가 여기로 뵈러 왔었나요? 체격이 좀 있으신 남미 분입니다만? 성함은 마르셀로고요."

"아니요." 에드거가 고개를 저었다. "하지만 오드리라는 여자는 찾아왔었죠."

35장

산등성이를 넘어 되돌아갈 때에는 앤디 고모부가 앞자리에 앉았다. 줄리엣은 뒷자리 내 맞은편에 앉아 있었는데, 우리 모습은 꼭 체포된 사람들 같았다. 지금은 개빈이 차를 속도를 내어 몰아서 이가 맞부딪치며 딱딱거렸다. 그리고 아무도 애써 창밖을 살피지 않았다.

"그럼 당신 어머니는 본인이 직접 말씀하셨던 것보다 더 많이 알고 계셨던 거네요." 줄리엣이 추측을 해 보였다.

리조트를 떠나기 전에 나는 개빈에게 혹시 화면에 뭐라도 잡혔을 수 있으니 감시 카메라를 확인해볼 수 있느냐고 물었다. 개빈은 "형님, 우리 리조트 바는 현금 계산밖에 안 된다고요"라고 답했는데, 이러면 그런 장비는 없다는 게 설명이 되지 않느냐는 듯한 태도였다. 그리고 개빈은 아무 말도 없었다.

"무슨 말인지 모르겠습니다만." 내가 대답했다.

"장바구니에 담아놔." 줄리엣이 손가락으로 입술을 톡톡 두드렸다. "어젯밤에 당신이 쓴 책을 다운로드했어요. 혹시 어머님이 쌍둥이예요?"

줄리엣이 나한테 잘 보이려고 하는 걸까? 그녀가 말한 건 일란성 쌍둥이가 등장하려면 적절한 복선이 있어야 한다는 열 번째 규칙이었다. "녹스가 날 가만두지 않을걸요."

줄리엣이 웃음을 터뜨리고는 창에 이마를 갖다 대고 눈부신 흰 눈을 빠르게 훑어보았다. 줄리엣이 내쉬는 숨이 그녀 앞에서 흐린 안개처럼 피어올랐다. "가야 해요."

나는 가자는 말의 진짜 의미가 뭔지 알고 있었다. 만약 루시가 폭풍이 부는 밖에 있었다면 루시는 이미 죽은 몸이었다. 공포 영화에서는 몸이 찢어져서 죽지만 산에서는 그렇게 죽지 않는다. 산에 있는 사람들은 서로를 찾고서 돌아가다가 죽는다. 이제 우리 목숨을 챙겨야 할 때였다.

나는 몸을 앞으로 기울였다. 운전하는 사람한테 일부러 크게 소리치지 않는 이상 오버스노의 굉음이 내 목소리를 삼켜버릴 거라서 굳이 목소리를 낮출 필요는 없었지만 그래도 비밀 얘기라는 걸 겉으로 넌지시 알려주고 싶었다. "개빈이 스카이 로지 휴양원을 사려고 해요?"

줄리엣이 얼굴을 찌푸렸다. "어떻게 알았어요?"

"당신 책상에서 부동산 계약서를 봤어요. 하지만 서명은 안 되어 있었죠. 그리고 개빈이 코르크 게시판에 그쪽 휴양원 지도를 핀으로 꽂아놓았잖아요. 아무도 숨기고 있지 않던데요. 하지만 내가 추측을 좀 해봐도 괜찮다면 두 사람은 사업의 이상이 **다른** 것 같아요. 개빈의 비싼 컴퓨터에 앉은 먼지나 그 파티 현장을 지나가면서 당신 얼굴에 떠오른 표정을 보면 말이죠. 개빈이 일은 덜 하는데 돈은 더 많이 버는 것 같달까요. 당신은 그게 짜증 나니까 안 팔고 벋대는 거예요."

내가 과한 자신감으로 추리를 뽐냈다. 어쩌면 나도 그녀에게 잘 보이려고 하는 건지도 모른다.

"개빈이 원하는 건 스카이 로지 휴양원이 아니에요." 줄리엣이 말했다. "그냥 그 부지를 원하는 거죠. 개빈은 휴양원을 철거하고 이쪽 산에 슈퍼슈레드를 또 하나 만들 거예요. 그렇게 양쪽 계곡을 모두 차지하는 거죠. 백— 뭐, 큰 액수의 돈 얘기가 오고 가는데 이렇게 말하면 바보같이 들리겠지만, 그 리조트는 매력적이진 않을 거예요." 줄리엣이 또다시 창밖을 내다보았다.

게스트하우스 건물에서 비치는 빛이 보이기 시작했다. 공항 격납고 같은 건물이 모인 슈퍼슈레드 리조트 사이로 운전해 가던 데 비해 어드벤트 캘린더 같은 게스트하우스에 돌아온 느낌이 어떤지 가늠해보았다. 어쨌든 줄리엣이 했던 말이 그렇게 바보같이 들리진 않았다.

분명 줄리엣도 같은 생각을 하고 있었다. "우리 가족이 죽고 나서 내가 휴양원으로 돌아왔는데 여기 꼼짝없이 갇혀버렸다고 그랬잖아요. 삶에서 그런 일이 일어나요, 알죠? 산은 멈춰 있어요. 그리고 사업은 번창하고 있었고요. 그도 그럴 게 몇 해 동안 겨울이 따뜻했거든요. 다들 두어 번은 더 그럴 거라고 했었죠." 줄리엣이 잠시 침묵했다. "난 개빈처럼 이렇게 얼음을 날려버리는 거대한 차를 마련할 여유는 없어요. 그래서 개빈이 제안을, 그것도 좋은 제안을 했을 때 기뻤어요. 우린 알고 지낸 지 오래됐죠. 둘 다 리조트를 운영하는 집안에서 자랐고요."

"휘슬러 같았겠네요?"

"그랬죠." 줄리엣이 추억에 잠겨 미소를 지었다. "개빈은 좋은 사람이에요. 나한테 구명줄을 건넨 거예요." 줄리엣이 내 생각을 읽고 눈썹을 치켜올렸다. "개빈이 내가 갖고 있는 부지를 원하는 건 맞지만, 그걸 얻어내려고 물불 안 가리는 사람은 아니에요."

물론 돈은 아주 흔한 동기다. 나는 소피아를 크게 신경 쓰고 있지는 않았다. 5만 달러는 누군가를 죽이기엔 적은 금액 같았으니까. 하지만 만약 이 부지가 수백만 달러의 가치가 있다면……

"그래서 나도 거래를 하려고 했었어요." 줄리엣이 말을 이었다. "개빈이 그냥 호텔을 운영할 줄 알았을 때에는요. 이…… 유산에서 자유의 몸이 되는 거니까 마냥 신났죠. 그런데 계약서에 서명할 때가 됐을 무렵에 개빈이 건물을 완전히 허물고 싶어 한다는 걸 알게 됐어요. 결국 유산이란 말이 맞아요. 안 그래요?" 줄리엣이 한숨을 쉬자 입김이 피어올랐다. "그 건물엔 많은 역사가 담겨 있어요. 휴양원 벽 속에 우리 가족이 있는 거죠."

나는 왜 개빈이 그토록 줄리엣을 자기 사무실로 데려가고 싶어 했는지 곰곰이 생각해보았다. 그는 줄리엣에게 시간 낭비는 아닐 거라고 했었다. "개빈이 돈을 더 주겠다던가요? 아까 얘기할 때?"

줄리엣이 고개를 끄덕였다. "새로운 투자자가 있대요."

"분명 그럴 거예요. 팔 생각이에요?"

"이번 주가 지나면……." 줄리엣은 또다시 창문을 내다보았고 뒷말은 침묵으로 끝맺어졌다.

"이런 젠장." 앞 좌석에 앉은 고모부가 입을 열었다. 고모부는 아래팔로 앞 유리창에 낀 성에를 문지르고 있었다. 빙빙 원을 돌려 닦은 창문으로 커다란 윤곽을 볼 수 있었는데 그 몸집을 보아 하니 새아버지일 수밖에 없었다. 새아버지가 비행기를 착륙시키 듯이 머리 위로 팔을 흔들었다. 새빨간 자동차 불빛이 휴양원 건물 주위에 쌓인 눈 속에 푹 박히며 새아버지의 뒤에서 일렁였다. 더 많은 그림자가 그 주변에 옹기종기 모여 있었다. 한 명은 쭈그려 있었다. "루시를 찾았나 봐요."

몇 피트의 눈이 그녀 위에 쌓인 걸로 보아 루시는 밤새 거기 있었던 게 틀림없었다. 눈 더미에서 뻗어 나온 그녀의 손만 보였다. 창백하고 차가웠다.

아무도 그녀를 파내려 하지 않았다. 몸통 위로 살짝 파낸 작은 구멍이 있었는데, 안을 들여다보고 손을 넣어 맥박을 확인할 정도의 크기였다. 구멍을 보니 눈을 파다 얼마나 빠르게 그만두었는지 알 수 있었다. 희망이 조금이라도 있었다면 구멍은 좀 더 컸을 것이다.

깜박거리는 붉은 불빛이 우리 주변에 쌓인 눈을 피처럼 물들였다. 나는 앞으로 몸을 기울여 루시를 흘끗 보고 얼른 물러섰다. 핏기 없는 얼굴에 형광색 립스틱은 더 밝아 보였다. 그녀는 여전히 어제 입고 있었던 노란색 터틀넥 차림이었다. 밖에 있는 그 무엇도 그녀를 따뜻이 해주지 않았다. 루시의 머리 뒤와 위로 얼음이 관 모양으로 붉게 얼룩져 있었다. 결정적으로 그녀의 얼굴에는 재가 묻어 있지 않았다. 속이 메스꺼웠다. 건조실 문이 잠겨 있지 않다고 루시에게 얘기해준 사람이 있었을까?

"내가 루시 손을 밟아서 발견했어." 고모가 입을 열었다. 고모, 소피아, 크로퍼드가 시체 주변에 서 있었다. 엄마는 안에서 몸을 녹이고 있었으며 새아버지는 우리에게 그리로 오라는 신호를 보내고 나서 엄마에게로 갔다. 에린이 어디 있는지는 알 수 없었다.

"구멍을 메워요." 줄리엣이 말했다. 모두 이상하다는 듯이 줄리엣을 바라보았다. 너무 냉정한 말인 것 같았다. "우린 떠나야 해요. 시체는 같이 못 가져가지만 눈이 치워졌을 때 돌아올 수 있어요. 그러니까 동물한테서 보호하려면 덮어둬야 해요." 줄리엣이 몸을 기울여 아래팔로 눈 한 더미를 파 넣어 루시의 묘를 만들었다. 내가 도와 눈을 더 부었다. "개빈, 얼마나 있으면 갈 수 있어?"

줄리엣이 개빈에게 당연한 듯 우리 모두를 산 밑으로 데려다 달라고 할 수는 없는 노릇이었지만 개빈은 리조트에 관한 자신의 제안을 줄리엣이 고려하게끔 하려면 줄리엣의 부탁을 들어줄 수밖에 없었다.

"기름을 넣어야 해. 시간이 좀 걸릴 거야." 그가 말했다.

"그 말은—" 앤디 고모부가 입을 열었다.

"다들 짐 싸세요. 여기서 떠납니다."

나는 줄리엣이 단호하게 행동해줘서 고마웠다. 우리가 여길 떠나지 못했던 건 그저 루시를 찾아야 해서였다. 이런 종류의 소설에서 흔히 일어나는 일과는 달리 우리가 정말 폭풍 때문에 갇힌 건 아니었다. 우리는 조금도 발이 묶여 있지 않았다. 그러나 우리는 자존심과 후회, 수치, 고집에 매여 있었다. 이젠 이것들을 감내할 때였다. 어쨌든 끝에서 여섯 장을 남겨둔 이 시점이 탈출하기 딱 좋았다.

나는 눈을 한 아름 더 두드렸다. 이 정도면 루시를 폭풍에서 보호할 수 있을 것이다. 루시는 이런 일을 겪어도 되는 사람이 아니었다. 루시는 그저 형을 되찾으러 이 여행에 왔다. 그녀는 커닝햄 사람이 되고자 했다. 그래서 이 휴양원으로 온 것이다. 형과 이혼을 했든 하지 않았든 루시는 우리 식구였지만 우리는 그녀를 식구처럼 대하지 않았다. 이번 주말의 반이 흘러가는 동안 루시를 무시했다. 그러더니 엄마는 루시에게 형의 죽음에 대한 책임을 씌우고 죄책감을 안겨주었다. 그러고 우리 중 누구도 루시를 따라 옥상으로 가지 않았다. 루시는 홀로 죽었다. 눈물이 얼굴에서 얼어버릴 땐 울기가 어렵다.

손바닥이 하늘을 향한 루시의 손이 눈 더미에서 뻗쳐 있었는데 나는 루시가 여전히 결혼반지를 끼고 있다는 걸 깨달았다. 루시를 존중하려면 반지를 빼 간직해두어야 하는지 루시가 낀 그대로 두어야 하는지 정할 수가 없어서 그녀의 손 위에 눈 한 더미를 퍼 올렸다. 그러고는 내 두피를 상처 내는 추위를 꿋꿋이 버텨내며 비니를 벗었고, 오두막 옆에 버려져 기대어 있는 스키 폴을 슬쩍했다. 나는 폭풍이 지나고 루시를 찾을 수 있도록 스키 폴을 눈 위에 푹 박고 그 위에 비니를 걸어두었다.

"데리러 올게." 나는 눈 더미를 향해 말했다. 누군가 내게 팔을 둘렀다. 그러나 바람이 불어 누군지는 보지 못했다.

우리 모두 건물 안으로 향했다. 떠나기 전에 오두막으로 가 돈 가방을 챙겨야 한다는 건 알고 있었지만, 엄마에게 매컬리 부부에 관한 질문을 하기 위해 엄마를 혼자 둘 방법을 궁리해야 했다. 하지만 그 순간엔 정말 아무런 상관도 없었다. 나는 그저 떠나고 싶었다. 몸을 녹여야 했고 어디선가 진통제를 하나 더 찾아야 했다. 나는 마침내 중독된다는 게 어떤 건지 이해했다. 생각과 손을 둔하게 만들 무언가를 받을 수만 있다면 돈 가방을 몽땅 줘버릴 것이다. 나는 모두가 식당 안으로 들어가고 난 뒤 터덜터덜 무거운 발걸음을 옮겼다.

알고 보니 에린은 줄리엣이 집에 보낸 직원을 대신해 내내 건물 안에 있었다. 그녀는 우리 모두에게 점심을 만들어주었다. 나는 정말 고마워하며 닭고기와 옥수수 수프 한 접시를 받고 빈 테이블에 있는 소피아 옆자리에 앉았다. 누군가는 여길 떠나자고 설득하기 위해 엄마를 찾으러 갔다. 나는 수프를 먹기 전에 수프 위에 얼굴을 두어 코끝에서 힝힝 하는 소리가 날 때까지 김으로 언 얼굴을 녹였다.

"재는 없었어." 나는 음식을 몇 입 먹고 고개를 저으며 소피아에게 말했다. "다른 사람들이랑 달라."

아무것도 묻지 않았지만 내 질문을 이해한 소피아가 얼굴을 찡그렸다. 그녀가 간단명료하게 설명했다. "뼈가 많이 부러졌을 거야."

소피아가 식당 문으로 로비를 내다보았다. 소피아의 시선이 계단 위를 향하고 있었다. 덜컹거리는 오버스노에서 줄리엣이 암울하게 내비친 의혹을 나는 잘못 생각하고 있었다. 고모부가 말했었다. "이런 날씨에선…… 자살 행위나 다름없지." 소피아가 루시에게 보여준 그린 부츠의 사진은 형에게 무슨 일이 있었는지를 상세히 보여주었고, 이미 루시는 자신이 밖으로 나올 수 없는 방에 형을 가두었다는 생각에 힘들어하고 있었다. 결정적으로 그녀는 엄마가 크로퍼드에게 이런저런 질문을 자세히 하기 전에 바에서 뛰쳐나갔다. 누군가 본 루시의 마지막 모습은 죄책감을 가득 안고 계단을 오르는 모습이었다. 루시는 옥상으로 향했다. 줄리엣이 얘기했던 바는 루시가 폭풍에서 스스로를 해하기 전에 그녀를 찾아야 한다는 거였다. 하지만 루시는 폭풍이 필요치 않았다. 게스트하우스의 옥상은 충분히 높았다.

소피아와 나는 슬픔에 빠진 채 상황을 이해했다. 아무도 루시에게 형이 갇혀 있던 방이 열려 있었다는 걸 말해주지 않았다. 그건 루시의 잘못이 아니었다.

이 책의 제목은 거짓말이 아니다. 우리 가족은 모두가 살인자였다.

하지만 모두가 타인을 살해한 건 아니다.

36장

　엄마가 본인 스스로를 침대 기둥에다 묶어버린 열정만 놓고 보면, 엄마는 1970년대에 불도저로 건물을 밀어버리려는 사람에게 엄청난 골칫거리였을 거다. 우리 모두 한 시간 동안 각자 가져온 가방들을 식당 중앙에 쌓아두고 있었는데(나는 한 번 더 용감히 폭풍에 맞섰고, 바퀴 달린 여행 가방에 스포츠 가방을 접어 넣었다) 새아버지가 식당으로 들어와 고개를 절레절레 흔들었다. 남아 있는 사람들 가운데 가장 가까운 친족이라는 이유로 가보겠다고 자원한 고모와 내가 터벅터벅 걸어 3층에 올라와 보니 엄마가 한쪽 팔을 침대 기둥에 묶어버린 채 베개에 기대어 있었다. 내가 방금 묶어버렸다고 했는데, 더 정확히 말하자면 멍청한 크로퍼드의 엉덩이 뒷주머니에서 엄마가 수갑을 훔쳤던 것이다. 아주 편안해 보이는 시위였다.

　엄마가 덜 싫어하는 고모가 나서기로 무언의 합의가 이루어졌다. 고모가 손을 내밀며 말했다. "바보같이 굴지 마요. 열쇠 어딨어요?"

엄마가 어깨를 으쓱였다.

"아까 트럭을 몰고 온 남자가 우리를 데려다줄 건데 지금 아니면 안 된대요. 이러면 우리 다 위험해져요."

"그냥 가."

"그럼 안 된다는 거 알잖아요. 언니를 두고 갈 순 없어요. 폭풍이 더 심해지면요? 가족들이 다 위험해요. **사람들이 죽어가고 있다고요.**"

"살인자랑 산에서 내려가겠다는 거잖아. 난 마이클이 여기서 썩게 못 둬."

"날씨가 잠잠해져서 안전할 때 다시 데리러 오면 되잖아요."

새아버지가 우리 뒤에서 서성거렸다. 아무래도 고모가 했던 말은 이미 거의 다 해본 것 같았다. 점점 화가 나기 시작한 고모의 목소리가 높아졌다. 고모는 혹시라도 수갑이 벌어질까 싶어 침대 기둥에 매인 수갑을 홱 당겨보았다. 그리고 이성적인 대화고 뭐고 엄마는 이기적이고 **괴팍하고 바보 같은 사람**이라는 말을 쏟아냈다. 원래 평소 같았으면 엄마를 '진짜 나쁜 년'이라고 부르는 건 천지가 개벽했을 만한 일인데 엄마는 그저 고개만 돌리고 말았다. 새아버지가 얼굴을 찡그리는 걸 보니 이미 그 방법도 써본 듯했다.

"드라이버가 있어야겠어요. 잠깐." 고모가 눈을 가늘게 뜨더니 침대 틀을 바라보았다. "아님 육각렌치요." 고모가 넌더리 난다는 표정으로 침대 기둥에서 돌아서서 새아버지에게 말했다. "하루에 400달러인데 이케아 침대라니." 그러고는 고모가 엄마를 닦아세웠다. "데리고 나갈 거니까 그리 알아요."

새아버지는 이 방에서 나갈 수 있어서 달가운 듯 연장을 찾아 방을 떠났다.

엄마는 "내 아들이 죽었어"라는 말뿐이었다. "그 앨 두고는 안 가."

엄마는 소피아와 크로퍼드가 살인에 관해 설명할 때 바에서도 같은 말을 했었고, 이에 나는 폭발해버리고 말았다. 여기 온 후로 내가 간절히 바랐던 건 진짜 커닝햄 사람으로 여겨지는 거였다. 내게는 그게 그런 부츠보다도, 심지어 형보다도 중요했다. 내가 살인범을 알아내려는 건 정의와 아무런 상관이 없었다. 이건 나 자신을 증명할 수 있는 기회였다. 엄마에게 내가 내 이름에 걸맞은 사람이라고 아부하듯 호소하는 거였다. 그런데 엄마는 형의 죽음은 줄곧 아파하면서, 마찬가지로 우리 가족이었던 한 여자가 눈 속에서 죽었다는 사실은 생각지도 않았다. 이름이 다르고 이혼을 했어도 새아버지는 가족이라고 했었다. 우린 전부 가는 게 아니면 아무도 안 갑니다라면서. 엄마는 그토록 가족을 중요시했으면서도 정작 가족의 의미는 모르고 있었다.

"엄마 아들이요?" 내가 고함을 지르자 엄마와 고모가 화들짝 놀랐다. 나중에 새아버지가 내게 말해주기를 내가 고함치는 게 복도 안쪽에서도 들렸다고 했다. 내가 생각했던 것보다 분노가 훨씬 더 많이 억눌려 있었다. "엄마 아들 말이죠? 그럼 형수는요. 시집온 딸이나 다름없잖아요. 루시가 눈에 파묻혀 있다는 건 아세요? 엄마가 그렇게 몰아가서 죽은 거 아시잖아요. 형의 죽음에 대한 죄책감을 잔뜩 안겨주어서요. 루시도 형과 마찬가지로 죽었는데 엄마는 아들 타령만 하시네요."

"언." 고모가 걸어와 내 앞을 막아서려 했지만 나는 머리끝까지 화가 난 채로 엄마에게 다가가고 있었다. 그러나 엄마는 미동도 하지 않았다.

"아니, 고모. 엄마가 이러는 걸 우리가 너무 오랫동안 받아주고 있었어요." 나는 엄마에게로 주의를 돌렸다. "엄마는 엄마 상처만 중요하죠. 엄마가 우리를 고통 속에서 키운 건 당신 남편이 죽어서였어요. 엄마가 절 없는 사람 취급했던 건 제가 당신 가족한테 했던 일 때문이고요. 하지만 엄마 가족은 내 가족이기도 해요." 화가 났지만 엄마를 더 잘 이해하게 되었기 때문에 나는 목소리를 누그러뜨렸다. 나는 침대에 앉아 말했다. "힘들었던 거 알아요. 아빠를 잃고 모든 걸 엄마 혼자 짊어져야 했으니까요. 그리고 이름 때문에, 아빠에 대한 사람들의 시선 때문에 엄마가 선을 그었다는 거 알아요. 그래서 내면으로 들어가서 그 이류을 자기 걸로 받아들이는 수밖에 없었다는 것도 알고요. 하지만 그러면서 엄마는 사람들이 붙인 꼬리표에 맞춰 살기 시작했어요. 엄마가 생각하는 커닝햄이란 이름의 의미는 다르죠. 이제 저도 알아요." 나는 놀랍게도 엄마의 손을 잡았다. 엄마는 축 늘어진 채로 내가 엄마의 손을 잡도록 가만 내버려두었다. "아빠가 돌아가시던 때 무슨 일을 하려고 했었는지요."

엄마의 두 눈은 흐리멍덩했지만 턱엔 단단히 힘이 들어가 있었다. 엄마가 협박받는다고 느끼는지 이해받는다고 느끼는지는 알 수 없었다. "네가 안다고?" 엄마가 말했다.

"레베카 매컬리에 대해서 알아요. 아빠가 레베카의 유괴에 연루된 사람을 보여주는 사진을 갖고 있었다는 것도 알고요. 아마 레베카를 살인한 사람이겠죠. 앨런 홀턴은 부정직한 경찰이었어요. 제가 형이 아닌 법의 편에 선 게 왜 그렇게 엄마에게 상처였는지 알았어요. 엄마의 시선으로 보기까지 오래 걸렸지만 이젠 그럴 수 있어요. 엄마는 이틀 전에 몸이 안 좋다고 저녁 식사를 취소하고 레베카의 부모를 만나러 갔었죠. 그리고 그 사람들한 테 집으로 돌아가라고 했어요." 나는 이틀 전 밤에 객실 문 앞에 나타난 우리 엄마에 대해 매컬리 부부가 내게 말해준 모든 걸 그대로 얘기했다. "엄마는 매컬리 부부를 위협했어요. 그들에게 다른 아이가 있는지, 그 아이들이 낳은 손주가 있는지 물었죠. 자식을 잃은 사람들이에요. 어떻게 레베카에게 일어났던 일을 협박하는 데 쓰실 수가 있어요. 정말 어떻게 그러실 수가 있어요."

"협박 안 했어." 엄마가 나직이 말했다. "어떤 위험이 도사리고 있는지 설명해준 거지."

"그 사람들도 위험할 수 있다는 거 알아요. 딸을 잃은 사람들이라고요." 나는 숨을 깊이 들이쉬고, 내가 정확하게 알아냈다고 생각한 사실로 이야기를 시작하기로 했다. "엄마가 제러미를 잃었던 것처럼요."

"지금 네가 무슨 소리를 하고 있는지 알기나 하니?" 엄마가 빠득빠득 이를 갈며 말했다.

"시오반 매컬리가 그랬어요." 나는 계속 말을 이었다. "그들은 지난 28년 동안 사립 탐정을 고용하지 않았다고요. 그런데 그게 저한테 아주 구체적인 숫자로 다가왔어요. 레베카는 35년 전에 유괴당했으니까 그 시간의 차는 7년이죠. 엄마가 제러미의 장례식을 치르기까지 기다린 시간도 똑같아요. 7년이었죠. 그건 우연이 아니에요. 그 시간이 같은 이유가 있었어요. 법적으로 사망선고 처리하는 데 그만큼 걸리지 않나요?"

"너 무슨 얘기를 하는 거니, 언?" 고모가 내 어깨 너머에서 물었다.

엄마는 턱을 떨며 나를 뚫어져라 바라보긴 했지만 아무 말도 하지 않았다.

"전에 도서실에서 얘기할 때 엄마는 무심결에 다른 사실도 흘렸어요." 나는 고모를 무시하고 엄마의 눈길을 피하지 않으며 말을 이었다. "엄마는 우리 가족이 아빠의 행동에 대한 대가를 치러야 한다고 했었죠. 하지만 아빠가 우리한테 싸울 무기를 남겨두지 않고 우리를 떠났다고도 하셨어요. 정확히 은행은 텅텅 비어 있었어라고 하셨죠. 전 돈을 말씀하신 줄 알았는데 그 뜻이 아니었어요. 그렇죠? 엄마는 사진에 대해 알고 있었어요. 사진이 엄마가 말했던 무기였죠. 만약 세이버스나 세이버스가 보호하던 사람이 아빠가 죽던 밤에 아빠한테서 그 사진들을 얻어내지 못했다면, 당연히 그들은 엄마가 사진을 가지고 있을 거라고 생각했겠죠. 그리고 엄마가 일했던 은행을 노렸을 거고요. 아빠가 금고를 보관해뒀을 법한 곳이니까요."

"넌 이해 못 해. 그들은 이걸 묻기 위해 무슨 일이든 할 거야. 로버트의 사진은 아무도 못 찾았어. 난 그놈들이 찾아냈으면 했어. '내가 죽으면 부디 언론사에 보내주길' 따위의 말이 찍혀 있고 증거가 들어 있는 노란색 봉투 같은 거 말이야. 그게 뭐든 그 사람들이 찾아갔으면 했다고. 정말 그랬으면 했어. 그래서 그 빌어먹을 사진을 찾으려고 여기저기 다 뒤져봤지."

"그런데 세이버스가 빈손으로 은행에서 나온 게 아니었던 거죠? 사진은 못 찾았을지 몰라도 옥상 주차장으로 도망치면서 차선책을 찾은 거예요. 차 안에 앉아 있었죠. 그들에겐 엄마한테 사진이 없다는 걸 확실히 알 수 있는 유일한 방법이었어요. 사진이 있다면 생각해볼 것도 없이 바로 내놓을 담보를 잡아둔 거죠. 당연히 세이버스에게 애들을 데려가는 건 일도 아니었어요. 레베카가 그 증거고요. 엄마, 7년을요."

엄마는 고개를 푹 늘어뜨렸다. 기권이었다.

"그놈들이 차에서 제러미를 데려갔어." 엄마가 작은 목소리로 말했다. 내 뒤에 서 있던 고모가 헉하고 숨을 들이쉬었다. 나는 엄마가 말을 이을 수 있을 때까지 침묵하며 잠자코 기다렸다. 엄마는 자기 무릎에 대고 말했다. "앨런이 그들의 말을 전했지. 그들은 돈이 아니라 사진만 있으면 된다고. 경찰에 알릴 수도 없었어. 왜냐하면 그 험프리스라는 여자는 로버트랑 레베카를 이미 죽게 만들었잖아. 그리고 앨런이 세이버스와 경찰 양쪽에 있었고. 다른 경찰들은 안 그렇다고 어떻게 장담해? 난 너와 마이클을 보호해야 했어."

"그래도 조사를 했겠죠?" 살짝이라도 목소리를 크게 내면 엄마가 고백을 그만둘까 봐 나는 부드럽게 엄마의 말을 유도했다. 아무도 움직이지 않았다. 고모는 수갑 열쇠를 찾다가 멈추었다.

"물론. 경찰들은 실종 사건으로 봤어. 그 사람들이 이 사건에 관계된 사람이어서 그랬는지 아닌지는 모르겠지만, 제러미가 너와 마이클을 위해 도움을 요청하러 차 밖으로 나간 것처럼 보였지. 나는 거기 수긍하는 척해야 했어. 내가 이마를 벤 유리창은 이미 깨져 있었던 건데. 다섯 살짜리 아이니 그렇게 멀리는 못 갔을 겁니다, 경찰들은 계속 이렇게만 말하더구나. 며칠이 지나고 **멀리는 못 갔을 거**라는 생각이 **오래 못 버틸 거**라는 쪽으로 바뀌었다는 걸 알 수 있었지. 그러고 수색을 했어. 막다른 상황이었던 거야. 그동안 앨런은 계속 내게 사진을 내놓으라고 했고 난 나한테는 사진이 없다고, 찾을 수가 없다고 했어. 그러고 그 자식이 나를 믿는다고 말했지……." 나를 올려다보는 엄마의 눈 주위가 붉게 물들어 있었다. "그는 나를 믿는다고 했지만 내가 사진을 숨겨두고 있는 게 아니라는 걸 확신할 수 있는 방법은 오직 하나뿐이라더구나. 확실히 알아야겠다고……."

엄마가 말끝을 길게 늘어뜨렸지만 거기 깃든 의미는 분명했다. 엄마가 사진을 숨기지 않고 있다는 걸 확실히 알 유일한 방법은 협박을 계속하면서 엄마의 남아 있는 두 자식으로도 협박할 수 있다는 여지를 남겨두는 것이었다. 또 다른 경찰의 관 속에 제러미가 묻혔을 거란 생각에 속이 메스꺼웠다. 문득 내가 본 어린아이의 주검이 과연 레베카일까 하는 생각이 들었다.

"전 누구 편을 들려던 게 아니었어요, 엄마." 나는 내가 아빠와 같은 실수를 하고 있다는 엄마의 말을 떠올렸고 이제 엄마를 조금 더 잘 이해하게 되었다. 이때까지 가만히 내 손 위에 얹혀 있기만 하던 엄마의 손이 내 손을 꽉 움켜쥐었다. "옳은 일을 하려고 했어요. **옳은** 일이었지만, 우리에게 옳은 일이 있었죠. 엄마가 그렇게 큰 대가를 치러야 했었던 줄은 몰랐어요."

소설과 TV에서는 주인공들이 경찰과 도둑의 역할을 맡아 괜찮을지 몰라도, 현실에서는 커닝햄 사람들 같은 주변부 인물들이 얻어맞고 고통을 감내하므로 그 덕에 다른 사람들이 팔을 높이 치켜들며 승리를 맛볼 수 있었다. 우리 아빠는 '옳은 일'을 하려 했다. 그리고 그 옳은 일이 아빠에게 대가를 치르게 했다. 아이를 빼앗겨 슬픔에 잠긴 부유한 부부도, 승진하려는 마음으로 정보원을 밀어붙였던 형사도 옳은 일의 대가를 치르진 않았다. 그래서 엄마에겐 더 이상 옳고 그름이라는 게 없었다. 가족과 그

외의 것들이 있었다. 어쩌면 엄마는 결국 가족의 의미를 알고 있었는지도 모른다. 나는 힘주어 엄마의 손을 잡았다.

"새아버지도 알아요?" 내가 물었다.

"나중에야 알았어."

"저한테는 아무 얘기도 안 했잖아요." 고모가 말했다. 본인은 빠져 있었다는 데 기분이 상한 건지 추궁하지 못하게 자신을 변호하려는 건지 알 수 없었다.

"그날 아침에 대한 기억이 별로 없어요." 나는 계속 엄마에게 주의를 기울이며 말했다.

"넌 너무 어렸어. 그런 일이 일어났지만 완전히 뒤죽박죽되어 버렸고, 넌 내가 하는 말을 들었지. 나는 너나 캐서린을 포함한 모두에게 제러미가 차에서 죽었다고 했어. 왜냐하면 그편이 가장 수월하기도 했고, 앨런이 너나 마이클을 납치하러 다시 돌아올까 봐 불안했으니까. 솔직히 내 잘못이라고 해도 상관없었어. 아이러니하지만 세이버스가 창문을 깨서 제러미를 데려가지 않았다면 셋 다 죽었을지도 몰라. 그래서 난 이런 일을 당해도 싸다고 생각했지."

"그리고 7년 뒤에 새아버지가 법적인 부분들을 처리하도록 따로 도와주셨고요. 엄마는 장례식을 치를 때 새아버지에게 비밀을 알려주셨어요. 맞나요?"

"맞아. 그이가 처리해주었지. 로버트의 유언 같은 일들을 마무리 짓는 걸 모두 도와줬어. 너에게 해야 할 얘기가 더 있어. 하지만 여기선 아니야. 생각을 제대로 할 수가 없구나. 이 산에서 내려가자. 열쇠는 성경책 안에 있어."

캐서린 고모는 침대 옆 탁자를 뒤져 성경책을 찾아냈고, 책을 획획 넘기자 작은 은색 열쇠가 떨어졌다. 고모가 엄마를 침대 틀에서 풀어주고 엄마가 침대에서 일어나도록 도와주려는데 엄마는 손으로 고모를 쫓아내고 팔을 뻗어 내게 도움을 청했다. 엄마가 일어서자 나는 몸을 기울여 어깨를 내주었는데, 나를 누르는 엄마의 무게가 느껴졌다.

"매컬리 부부에겐 그저 경고하고 싶었던 것뿐이야. 그자들은 아이를 죽이는 것도 서슴지 않아. 몸값이나 영향력을 얻기 위해서라면 상관하지 않지. 그런데 그 부부가 위협으로 받아들였다니 미안하네."

나는 엄마를 이해한다는 내 마음이 전해지길 바라며 말없이 엄마를 껴안았다. 이제 우리가 산을 떠날 수 있어서, 그리고 산에서 내려가면 마음의 상처를 치유할 수 있어서 기뻤다. 살인만 아니면 결국 성공적인 가족 모임이었다.

엄마의 관점에서 이야기를 들어 많은 부분을 이해할 수 있었지만 자꾸만 드는 의문이 여전히 마음에 걸렸다.

레베카 매컬리가 세이버스의 유일한 희생자가 아니라면 관 속에 들어 있던 시체가 어떻게 레베카라고 확신할 수 있을까? 엄마가 35년 전에 찾을 수 없었던 걸 대체 앨런은 무슨 수로 손에 넣은 걸까?

나는 고모에게 엄마 짐 싸는 걸 도와주고 이따가 아래층에서 만나자고 말하고는 새아버지를 지나쳐 걸었다. 의문이 일었다. 나는 생각에 사로잡힌 채 1층에 있는 도서실로 들어갔다. 도서실 뒤에 있는 벽난로에서 여전히 난롯불이 타닥타닥 타고 있었다. 그 온기에 뺨이 굳고 이마에 구슬 같은 땀이 송골송골 맺혔다.

아니면 열기가 내 배에서 목을 타고 서서히 올라오는 걸 수도 있었다. 왜냐하면 수수께끼의 작은 조각들이 모이고는 있지만 그게 아직 전부는 아니라는 느낌이 들었기 때문이다. 황금시대 추리소설들이 꽂혀 있는 책장을 훑어보았다. 엄마가 메리 웨스트머콧의 책을 W로 시작하는 다른 이름 속에 넣어놓아 나는 그 책을 도로 C 칸으로 옮겨놓았다. 나는 대단원을 어떻게 장식하면 좋을지 영감을 받으려는 양 엄지손가락으로 책 등을 쓱 훑었다. 녹스가 규칙으로 쓰진 않았지만, 내 앞에 놓인 모든 책이 시사하는 바는 끝에 다다른 탐정이 그냥 포기하고 산에서 내려가지는 않는다는 사실이었다.

하지만 이 책들의 탐정은 나보다 머리가 더 좋았다. 내겐 줄을 당겨 꼭두각시처럼 나를 조종하는 작가도 없었고 주어진 재능도 없었다. 나는 추리 클럽에 들어갈 자격이 안 될 거다. 그저 확실한 건 내가 뭔가를 놓쳤다는 것뿐이었다. 작은 조각이었다. 이런 책에는 항상 다른 모든 수수께끼를 푸는 하나의 조각이 있는데, 그건 대체로 가장 사소한 점이었다. 내가 보지 못한 무엇이 있었다. 어쨌든 셜록 홈스가 쓰는 고풍스러운 돋보기가 없는 건 아니었다. 루페가 있었다.

그런데 그때 나는 사건의 전말을 풀어냈다.

이런 종류의 책에서는 추리를 해내는 순간을 종종 인상적인 비유로 표현하곤 한다. 탐정은 앉아서 생각에 빠져 있을 텐데, 머릿속에서 퍼즐이 천천히 자리에 맞아 들어가거나 폭죽이 터지거나 도미노가 쓰러진다. 어쩌면 캄캄한 복도에서 발을 헛디뎌 마침내 전등 스위치를 발견할지도 모른다. 어느 쪽이든 정보는 발견이란 멋진 폭포 속에서 충돌하고 유레카 하는 순간을 자아

낸다. 하지만 장담하는데 실제로는 그렇게 극적이지 않다. 답을 몰랐는데 그다음 순간 답을 알고 있을 뿐이다. 나는 벽난로 선반을 향해 걸어 의혹을 품고 있던 부분들을 살펴보았고, 확신이 생겼다.

로널드 녹스가 만족하는 작품이 되려면 우연히 발견한 모든 단서가 독자들에게 주어져야 하므로, 여기서 사건의 전말을 알아내는 데 사용한 단서들을 밝히도록 하겠다. 메리 웨스트머콧, 5만 달러, 나의 턱, 나의 손, 스카이 로지 휴양원의 날씨 확인용 카메라, 소피아의 의료 과실 소송, 브리즈번의 사서함, 머리 옆에 댄 가상의 총을 당기던 루시, 두 구의 시체가 들어 있던 관, 구토, 속도위반 범칙금, 핸드브레이크, 루페, 자연요법, 미해결 폭행 사건, 오들오들 떨며 기사도를 발휘하던 남편, "책임자", 외투, 발자국, 불안해하며 기다리던 루시, 다단계, 아픈 발가락, 내 오두막 전화기, 질식하는 꿈, 형이 새로 갖춘 평화주의, F-287, 용맹함으로 메달을 받은 죽은 비둘기.

여행 가방을 계단 아래로 끄는 둔탁한 소리가 여러 차례 들려 고모가 왔다는 걸 알 수 있었다. 고모가 나를 보고는 자리에 멈춰 섰다. 여행 가방과 엄마가 고모 뒤를 졸졸 따라오고 있었다. 고모는 내게 도와달라거나 늑장 부리지 말라고 말하려 했는데 나는 머릿속에서 고모를 아예 차단하고 있었기 때문에 전혀 알아차리지 못했다.

"모두 좀 모아주실래요?" 내가 물었다. "할 말이 있어요. 모두 다 있어야 해요. 몇 명한테는 아직 물어볼 게 있으니까요. 그리고 그래야 아무도 도망을 안 치죠."

내 목소리가 심상치 않다는 걸 알아차린 고모가 고개를 끄덕였다. "어디로?" 나는 책꽂이와 타닥거리며 타오르는 불, 고급스러운 빨간색 가죽 의자를 둘러보았다. "여기서 살아 나가서 우리의 이야기를 파는데, 도서실을 안 썼다고 하면 할리우드에서 꽤나 열 받아 할 거예요, 그렇죠?"

37장

새아버지와 엄마는 왕위에 오른 왕족처럼 가죽 의자에 자리를 잡았다. 크로퍼드와 줄리엣은 주말 동안 커닝햄 사람들의 가족 행사에 껴보고는 '안전거리'라는 말의 의미를 배웠는지 뒤쪽 벽난로 양쪽에 서 있었다. 고모는 엄마가 앉아 있는 의자 뒤에 팔을 기댄 채 서 있었고 고모부는 곁탁자에 앉았는데, 무릎을 높이 두고 발바닥 앞부분으로 무게를 지탱하고 있어 앉아 있는 자세가 사뭇 불안해 보였다. 그리고 소피아는 바닥에 앉았다. 어제 아침, 바깥에 있는 계단에 서 있을 때처럼 또 결혼식 장면이 펼쳐진 것 같았다. 파티가 점점 끝나가는 밤늦은 시간에 모두 술을 진탕 마신 듯 코가 벌건 데다 옷이 약간 해지고 손이 박살 나 오븐 장갑을 끼고 있다는 점만 빼면 말이다. 녹스의 1번 규칙에 따라 결백한 개빈은 자리에서 빠져 오버스노에 우리 가방을 싣고 있었다. 나는 입구를 확실히 막아두었다. 범인은 정체가 탄로 나면 늘 문으로 달아나려 하니까.

갑자기 밀려들었던 깨달음은 다소 사그라들었는데, 이제 나는 앞뒤가 맞도록 죄상을 밝혀낼 최상의 방법을 찾아야 했다. 어디서부터 시작하면 좋을까. 그게 어려웠다. 이 도서실 안에 사람을 죽인 사람은 많았지만 고의로 사람을 살해한 사람은 오직 한 사람뿐이었다.

"그래서?" 성급한 새아버지가 무심코 호기심을 드러내며 먼저 입을 열었다. 그래서 운 나쁘게도 그가 당첨이었다. 나는 새아버지의 이야기부터 시작하기로 했다.

"우리 모두 왜 여기 모였는지 털어놓을 때군요." 나는 주머니에서 GPS를 꺼내 새아버지에게 건넸다.

새아버지가 그 물건이 뭔지 깨닫기까지는 시간이 좀 걸렸다. 그는 이게 어디서 났는지 내게 물어보려다가 눈 내리는 밖에서 나를 만나 깨진 자동차 창문 앞에서 자신이 내게 그 기계를 건넸던 걸 떠올렸다.

"아버지는 이 휴양원을 사고 싶어 하는 개빈의 새로운 투자자예요. 물론 그렇겠죠. 여기서 그만한 돈이 있는 사람은 아버지뿐이니까요. 그런 게 아니면 대체 캐서린 고모가 어떻게 여기 와서 주말을 보내도록 아버지를 설득할 수 있었겠어요? 아버지는 소피아보다 추위를 더 싫어하시죠. 내내 춥다고 투덜거리셨잖아요. 그래서 우리 모두를 오두막 객실에 머물게 한 고모가 짜증스러우셨고요. 그리고 아버지는 개빈이 게스트하우스 건물을 허물고 싶어 한다는 건 알지만 객실이 어떤지 보고 싶으셨던 거예요. 그대로 둘 가치가 있는지 알아보려고요."

"그래, 분명 여기 있는 동안 거래에 공들이고 있었지. 캐서린이 이 휴양원을 예약했을 때 매물이 나왔다는 걸 알게 됐어. 그게 뭐가 문제지?" 남에게 비난받기보다 남을 비난하는 데 익숙한 새아버지가 자신을 변호하는 말로 호통쳤다. 그는 조금도 물러서지 않았고, 분노로 가슴이 들썩였다.

"문제가 되지 않죠. 하지만 우선 이틀 전에 아버지는 엄마가 아파서 저녁 식사를 할 수 없다고 거짓말하셨어요. 엄마가 아프다고 거짓말해달라고 해놓고는 아버지가 개빈이랑 만나러 가는데 같이 가겠다는 건 이상해 보이지 않나요?" 그건 엄마가 매컬리 부부에게 도망치라고 설득한 뒤에 형에게 댈 알리바이가 필요했기 때문이라는 걸 나는 이미 알고 있었다. 아팠다는 엄마의 말이 맞는다고 새아버지가 옹호해줄 테니 엄마는 저녁 식사를 건너뛸 수 있을 터였다. 새아버지가 의심 어린 눈으로 아내를 바라보았다.

마침내 새아버지가 목을 가다듬고 말했다. "난 아무도 죽이지 않았어."

"글쎄요, 그것도 거짓말이에요, 그렇지 않나요?"

"난 마이클을 건든 적도 없어. 루시도. 눈 속에서 죽은 그 작자도."

"그 말이 아니에요."

"그럼 어서 얘기해봐. 대체 내가 누굴 죽이려 했다는 거지?"

"저요."

(다시) 새아버지

38장

내가 호수에 빠졌을 때 호숫물은 심장이 멎을 정도로 차가웠다. 기억하는가? 줄리엣은 나를 살려내기 위해 심폐소생술을 해야 했다. 물론 자세히 얘기하면 그렇지만, 이는 진실이다.

"우리가 아는 사실 먼저 생각해보죠." 나는 말했다. "형이 앨런 홀턴이라는 남자를 죽였다는 사실은 우리 모두 알고 있죠. 앨런 홀턴이 우리 아빠 로버트를 쐈다는 건 **몇몇 분**이 알고 있어요. 아빠가 죽은 이유가 위장 잠입해 경찰을 위해 일했기 때문이라는 건 **거의 모르고요**. 아빠가 마지막으로 밀고하려던 정보, 험프리스 형사에게 전달하려던 아빠의 마지막 메시지는—"

"뭐라고 얘기했어, 험프—" 에린이 블랙 텅의 희생자 중 한 명으로 귀에 익숙한 이름을 듣고 내가 펼쳐놓은 조각들을 빠르게 맞춰보려 입을 열었다.

"그래. 설명을 앞서가지 말아줘." 나는 빙긋 미소를 지었다. "아빠가 마지막으로 남긴 메시지는 한 살인 사건의 증거 사진이에요. 이 살인 사건은 곧 얘기하게 될 거고요. 앨런과 엄마는 아무리 노력해도 그 사진들을 찾을 수 없었어요. 그런데 3년 전 느닷없이 앨런이 사진을 손에 넣어 팔려고 했죠. 아버지는 제가 사진에 대해 알아내지 못하게 하려 하셨고요."

새아버지가 의자의 가죽 팔걸이를 세게 쥐자 팔걸이에 쓸린 새아버지의 손가락에서 삑 소리가 났다. 그는 아무 말도 하지 않았다. 그저 내가 얼마나 알고 있는지 지켜보며 아는 것을 다 말하도록 내버려두고 있었다. 그리고 내 말이 허세라는 걸 알고 덤벼들어야 할 수도 있으니 성급히 끼어들어 어떤 공백도 채워주지 않으려 했다. 상관없었다. 나는 내가 옳다는 걸 알고 있었다.

"아버지는 우리 아빠가 험프리스 형사와 거래를 맺도록 해주셨죠. 그리고 그 거래가 어떻게 잘못되어갔는지 직접 보셨고요. 아버지가 제러미의 죽음과 관련해 법적인 부분들을 마무리 짓도록 도와주셨을 때 세이버스가 제러미에게 무슨 짓을 저질렀는지 엄마가 아버지에게 얘기해주었어요. 그러니까 형이 가지고 있는 물건이 뭐든 그걸 소지한 사람이 얼마나 위험해질 수 있는지 알고 계셨던 거예요." 도서실에 있는 사람들 대부분이 내가 말하는 게 뭔지 알지 못했지만 나는 오직 새아버지에게 말하는 데에만 집중했다. "아버지는 형의 더러운 손도 그렇고 형이 끌고 온 터무니없는 차를 보시곤 형이 뭔가를 파낸 것 같다고 짐작하셨어요. 그리고 레베카 매컬리와 무슨 관계가 있는 것 같다고 늘 의심쩍어하셨고요. 형이 가지고 있는 게 뭔지는 몰라도 몇 십 년 전 우리 아빠와 같은 이유로 사람들이 죽어갈 거라고 걱정하신 거예요. 그래서 형이 가지고 있는 게 뭐든 없애버리고 싶으셨던 거고요." 나는 내 말이 천천히 이해될 수 있도록 잠시 기다렸다

말을 이었다. "하지만······ 아버지 본인의 잘못을 덮으려고 그러신 건 아니에요. 그렇죠?"

새아버지가 더 깊숙이 의자에 앉았다. "널 다치게 하려던 게 아니었어. 난 그저 트럭이 언덕 아래로 내려가길 바랐을 뿐이야. 사고처럼 보일 거라고 생각했어." 그가 순순히 시인했다. "옛날에 나온 차니까 창문에 옷걸이를 넣어서 핸드브레이크를 들어 올릴 수 있었어. 하지만 시동을 걸 열쇠는 없었지. 그래서 눈을 녹이려고 바퀴 아래에 뜨거운 커피를 부었어. 그런데 너희들을 창고에서 쫓아내려고 뛰어가는 크로퍼드 때문에 그만둘 수밖에 없었지. 그래서 비탈 아래로 트럭을 밀기 전에 자리를 떠야 했어."

머릿속에서 에린의 목소리가 들렸다. 땅에 이상한 갈색 물이 뿌려져 있는데 브레이크 오일인 것 같아. 그러고 빈 커피 잔이 트럭 뒷문 가장자리에 놓여 있던 게 기억났다. "누가 뒤로 타서 뛰어다닐 줄은 몰랐단다. 네 손이 그렇게 된 건 미안하구나. 하지만 맹세코 거기 뭐가 들어 있는지 네가 모르게 하려고 했던 것뿐이야. 빌어먹을, 그게 뭔지는 나도 몰랐는데! 난 그날 아침에 산비탈에서 발견된 시체 때문에 겁을 먹었어. 그리고 네가 험프리스에 관해 물었을 때 무슨 일이 일어나고 있다는 걸 알았지. 우리가 이 일에서 손을 털었으면 했어. 이렇게 하면 누군가는 비밀이 감춰져서 안전하다고 느낄 테니까. 난 그저 끝을 내고 싶었단다. 내 목숨을 걸고 맹세해."

"아니면 제 목숨을 거신 거죠. 그대로 됐다면요."

"난 네가 깨어날 때까지 옆에 앉아 있었단다." 새아버지는 자신이 다정하게 굴었던 게 드러나자 내가 그에게 살인을 은폐했다고 할 때보다도 더 당황해하며 말했다. "네가 깨지 않았다면 내가 무슨 일을 저질렀을지 나도 몰라. 정말 미안하구나."

"레베카 매컬리는 누구야?" 앤디 고모부가 손을 들며 물었다. "이 일이 그 돈 많은 노부부랑 관련이 있는 거야?" 그가 무안한 듯 주위를 둘러보았다. "왜? 난 모르겠다고!"

"제 설명이 좀 앞서고 있죠." 나는 새아버지를 그대로 내버려 두기로 했다. "자, 다시 우리가 여기 있는 이유를 자문해보죠. 물론 가족 모임 때문이에요. 모두 하나 된 단란한 가족이 되려고요." 치아 사이로 빈정대는 말이 뚝뚝 떨어졌다. "하지만 우리 중 한 사람이 이 휴양원을 골랐기 때문에 여기 있는 거죠. 그렇지 않나요, 고모?" 나는 고모를 향해 돌아섰다. "고모는 일부러 가장 외딴 장소를 고른 거예요. 쉽게 밖으로 나갈 수 없는 장소 말이에요. 그리고 우리가 여기 있어야 한다고 줄곧 대놓고 말했었어요. 물론 환불이 안 되는 숙박비를 고모가 어떻게 생각하는지 우리 모두 알죠. 하지만 여기엔 뭔가 더 있어요. 안 그래요?"

"사람들 앞에선 얘기하지 말자, 언." 고모가 말했다. 하지만 죄지은 듯한 목소리도 위협적인 목소리도 아니었다. 다른 사람을 도우려는 연민 어린, 심지어 난처한 목소리였다. "그러지 말자."

"고모, 이 일이 설명되지 않으면 아무것도 안 돼요. 이제 모든 걸 드러낼 때예요. 그리고 고모도 예외는 아니죠. 왜냐하면 그린 부츠가 죽던 밤에 **고모가** 소피아의 오두막으로 몰래 들어갔었으니까요. 고모 아니면 고모부요. 누구든 상관없지만 추리를 위해 그냥 고모라고 해보죠. 처음에는 소피아의 오두막에 몰래 들어간 사람이 기상 확인 카메라에 잡히지 않은 건 운이 엄청 따라서라고만 생각했어요. 그 카메라는 3분마다 사진을 찍어서, 사진이 찍히지 않으려면 노력도 해야 하고 타이밍도 잘 맞아야 해요. 물론 고모는 주말 날씨를 확인하는 사람이죠. 여기서 고모가 제일 계획적인 사람이니까 아마 집에서 나오기 전에 고모는 휴양원 홈페이지를 50번은 봤을 거예요. 그러니까 고모는 휴양원에 기상 확인 카메라가 있다는 걸 알고 있었고, 카메라에 걸리지 않도록 시간을 맞춰서 움직여야 한다는 것도 알고 있었던 거죠."

고모가 죄진 듯한 얼굴로 고모부와 시선을 교환했다.

"대체 왜 몰래 들어갔을까요? 고모는 소피아 오두막에서 뭔가를 찾고 있었어요. 그러고 그걸 찾았을 때, 고모는 찾았다는 말을 전하려 고모부에게 전화를 걸었죠. 어쩌면 고모부가 고모한테 시간을 말해줬을 수도 있어요. 그럼 고모는 언제 카메라가 새로 사진을 찍는지 알게 될 거고 달아날 수 있었겠죠. 그런데 고모는 객실을 바꿨다는 사실을 잊어버렸고, 다른 방에 전화를 걸었어요. 그러니까 문제는 이거예요. 고모는 뭘 찾고 있었을까?" 나는 오븐 장갑을 낀 손을 들어 올렸다. "그 알약들은 효과가 아주 강력해요. 옥시코돈 맞죠?"

고모가 미안하다는 듯 소피아를 바라보았다.

"고모는 진통제를 안 먹잖아요. 자동차 사고 후로 고모는 약을 절대로 먹지 않아요. 고모는 고모가 불러온 상처에 대한 속죄로 고통을 감내하죠. 그리고 쉽게 절제를 잃을 사람이 아니에요. 그럼 고모는 왜 이렇게 강력한 진통제가 든 병을 갖고 있는 걸까요? 저야 그 약이 있어서 다행이지만 그 약은 고모가 가져온 게 아니에요. 옥시코돈은 의사 대부분이 중독되는 약물이에요, 맞죠? 약효는 세지만 병원에서 어렵지 않게 구할 수 있어요." 내가 약병을 흔들자 그 안에 든 알약들이 비난하듯 달가닥거렸다.

"소피아의 오두막에서 가져왔어." 고모가 말했다. "환불 같은 건 아무래도 상관없어. 우린 여길 일찍 뜰 수 없었어. 왜냐하면 소피아가 여기 있어야 했거든. 소피아는 꼬박 나흘이 필요했지. 약을 끊고 있었으니까."

모두 몸을 돌려 창백하고 지쳐 보이는 소피아를 바라보았다. 소피아는 부끄러움에 고개를 푹 떨구었다.

"소피아는 약 없이 보내는 시간이 길어질수록 몸이 안 좋아지고 있었죠. 우선 소피아의 손이 계속 떨리고 있었어요." 나는 소피아가 바에서 커피 잔을 달가닥거리며 내려놓던 모습을 떠올리며 말했다. "소피아는 어제 아침부터 얼굴이 창백한 데다 식은땀을 흘리고 토를 했었죠."

여기서 잠깐 멈춰 불평을 미리 방지하려 한다. 분명히 말해두는데, 나는 「7장」에서 소피아가 토하는 데 주의를 기울이지 말아야 한다고 얘기했던 게 절대 아니다. 그저 소피아가 임신한 건 아니라는 뜻이었다. 따라서 속였다는 비난은 거부한다.

"소피아 너는 일 잘하는 약물중독자였던 거야. 어쨌든 넌 일을 계속했어. 심지어 수술도. 너는 나한테 의사는 운동선수들처럼 검사하지 않는다고, 사람이 죽어도 의무가 아니라고 했지. 하지만 수술이 잘못되고 넌 겁을 먹었어. 그리고 네가 바에서 와인 한잔 했다는 잘못된 이유로 의심을 받긴 했지만, 의심의 대상이 되는 데에는 변함이 없었지. 왜냐하면 검시관들은 반복되는 양상이 있는지 살펴보니까. 어쩌면 더 작고 그다지 도움이 되지 않는 매일매일의 사소한 사건들이 너한테 일어날지도 모르지. 이 산에 떨어지는 눈송이 하나하나처럼 말이야. 어떤 일 하나로 네가 불리해지진 않아도, 작은 일들이 다 모이면 하나의 그림이 그려지기 시작해. 그래서 소피아는 고모한테 연락했어요. 왜냐하면 중독이 심해지고 있는 데다 자기가 예의 주시당하는 대상이고 검시관이 검사를 요구하면 약물검사를 통과하지 못할 거라는 걸 알았으니까요." 나는 이어 말했다. "만약 소피아가 몸에 옥시코돈이 남아 있는 채로 다음 주에 법정에 나타난다면 소피아는 승산이 없을 거예요." 내가 형의 가짜 변호사 노릇을 어떻게 해야 하는지 계획을 짜고 있을 때 소피아는 농담 삼아 다음 주에 시간이 비느냐고 물어 무심코 법정에 출석하는 시기를 드러냈다. "그러니까 이번 주가 몸을 깨끗하게 비워낼 수 있는 마지막 기회인 거죠. 그래서 고모는 소피아에게 그렇게 퉁명스럽게 굴었던 거예요. 여기서 첫 아침 식사를 할 때, 소피아에게 의사가 아니라고 강하게 말했던 것도 그때 이미 고모가 소피아 방을 뒤져 약을 찾아내서였어요. 고모는 소피아가 약을 숨겨놓은 데 화가 나기도 했지만, 여기 소피아의 직업과 정체성이 걸려 있다는 걸 알려주려고 겁을 준 거였죠. 그리고 고모는 아버지한테 소피아를 받아주지 말라고 하셨어요. 그래서 아버지가 소피아를 도와주지 않았던 거고요. 우리 모두 알다시피 소피아가 도움이 필요하면 아버지는 반드시 도와주시죠. 하지만 이번 주에 고모는 소피아에게 강하게 겁을 줘야 했어요. 그래서 저도 소피아를 의심하게 하려 하셨고요. 소피아는 혼자 힘으로 이겨내야 한다고 느낄 수밖에 없었어요."

새아버지가 소피아를 향해 미안하다는 듯 부드럽게 고개를 끄덕였다. 내가 새아버지에게 왜 형과 소피아를 다르게 대하느냐고 비난했을 때 새아버지가 시인하며 보인 반응으로 나는 이미 알고 있었다. 새아버지는 말을 더듬었다. 그러니까 **완전히 진**

실은 아니라는 거였다. 우리 아빠인 로버트와 엄마가 몇 십 년 전에 고모에게 같은 전략을 썼다고 형은 내게 말했었다. 바로 관계를 끊어내는 것이다. 그것은 고모가 형에게 루시의 금전 문제에 적용해보라고 해준 조언이기도 했다. 최후의 수단이었다.

"고모, 다시 약 얘기로 돌아갈게요. 고모는 약을 안전하게 보관해두려고 차에 넣어뒀어요. 하지만 소피아는," 소피아는 여전히 자신의 무릎만 내려다보고 있었고, 어깨를 들썩이며 조용히 눈물을 흘렸다. "거기서 멈추지 않았죠. 소피아는 약을 되찾아오려고 했어요. 소피아, 네가 창고에 있는 사람을 봤다고 말했을 때에는 바에서 사람을 **볼 수가 없었어**. 폭풍 때문에 바깥이 온통 새하얘서 그때 난 창가에 앉아 있었지만 주차장도 볼 수 없었으니까. 그러니까 네가 에린이 창고로 들어가는 걸 보려면 주차장에 있어야 했다는 거지. 고모 차의 창문은 폭풍 때문에 부서진 게 아니야. 네가 부순 거지. 고모가 차에 넣어놓았다고 생각한 약병을 필사적으로 가져가려고 말이야. 하지만 고모는 폭풍 속에 고모부를 보내서 너보다 먼저 가방을 챙겼어. 고모는 네가 그런 일을 할지도 모른다고 생각했으니까. 그래서 마음을 바꾼 고모가 가방을 계속 직접 갖고 있기로 한 거야. 또 그런 이유로 고모는 내가 밤에 약병을 가지고 있지 못하게 했던 거지."

나는 소피아 앞에 무릎을 꿇고 소피아의 어깨에 손을 얹어 부드럽게 잡았다. "소피아, 아무 이유 없이 이 얘기를 다 밝히는 게 아니야. 네가 이겨나갈 수 있도록 우리가 도와줄 거야. 하지만 이다음 질문에 네가 솔직하게 답해주어야 해."

소피아가 충혈된 눈으로 나를 올려다보고는 코 아래에 아래팔을 갖다 댔다. "맹세하는데, 수술은 똑같이 했었어. 술 취한 조종사가 비행기를 착륙시키는 이야기 같은 거야. 몰랐어."소피아가 딸꾹거렸다. "무슨 일이 일어났는지 모른다고. 그냥 일이 잘못됐어. 그 후로 고모가 나를 계속 도와줬고, 난 더 나아지고 싶었어."

"알지." 나는 그녀를 안아주며 귓가에 속삭였다. "넌 실력 있는 의사야. 중독이 통제를 벗어나긴 했지만 바로잡을 수 있어. 난 그저 네가 여기서 솔직했으면 좋겠어. 그리고 내가 진짜 살인범을 찾을 수 있게 도와줘. 형과 루시를 위해서 말이야. 넌 강한 사람이라서 약도 끊을 수 있고, 나를 도와줄 수도 있어. 처음엔 창피할 수도 있지만." 소피아의 코가 내 목을 스쳐 위아래로 움직였다. 고개를 끄덕이는 거였다. 내가 자리에서 일어섰다. 다른 사람들의 빨래는 마르게 밖에 걸어두고 내 빨래는 걸어두지 않는 건 불공평했다. 이제 내 차례였다.

"소피아가 이틀 전 밤에 제게 5만 달러를 달라고 했어요. 저도 고백할게요. 저한테는 그보다 훨씬 많은 현금이 있어요. 대략 25만 달러, 뭐 24만 5000달러죠. 형이 앨런 홀턴에게 지불해야 했던 돈이었어요. 상황이 나쁘게 돌아가고 나서 형이 저한테 돈을 맡아달라고 했는데 전 경찰에 알리지 않았어요. 그래야겠다는 생각이 전혀 들지 않기도 했고, 한편으로는…… 뭐랄까…… 그러고 싶지 않았어요. 인정할게요." 나는 나머지 사람들처럼 나도 실수를 저지를 수 있는 사람으로 보이길 바라며 두 손을 들어 올렸다. "혹시 형이 돈을 돌려달라고 할까 봐 돈을 가져왔어요. 제가 이 일을 소피아에게 얘기했고, 소피아가 돈을 좀 달라고 했죠. 자기한테 도움이 될 거라면서요." 나는 말투를 바꿔 다정한 목소리로 소피아에게 말했다. "이제 네가 중독을 이겨내려고 여기 있다는 거 아니까 좀 더 이해가 돼. 금전 문제는 약물중독자한테 흔하니까. 하지만 네가 나한테 돈을 달라고 했을 때 넌 절박해 보이지 않았어. 네 인생이 걸려 있는 건 아니었던 거야. 네가 나한테 돈을 달라고 했던 건 이 돈은 쉽게 구할 수 있고, 흔적이 남지도 않고, 바로 네 앞에 있기 때문이었어. 5만 달러의 빚때문에 네 삶이 망가지진 않을 거야. 정말로 처리해야 하는 일이었다면 넌 집이 있어서 처분하면 되니까. 하지만 네가 옥시코돈에 너무 많은 돈을 들이고 있었던 것도 사실이지. 그리고 네 문제가 가령 회계사 같은 일을 하는 경우보다 지금 네 커리어를 쉽게 끝내버릴 수 있으니까 너한테는 흔적이 남지 않는 현금이 중요했어. 약물중독자들은 흔히 금전 문제를 겪고 곧잘 몰래 훔치기도 해. 넌 빠르게 현금을 얻으려고 우리 중 한 사람한테서 뭔가를 훔쳤어. 그렇지?" 소피아가 훌쩍이며 고개를 끄덕였다.

"몇몇 분은 알고 계시겠지만, 저는 규칙들을 좋아해요. 알코올중독자 갱생회의 아홉 번째 규칙은 보상을 해주라는 거죠." 내가 고모를 바라보자 고모는 맞는다는 뜻으로 고개를 끄덕였고, 나는 다시 소피아에게로 주의를 돌렸다. "그래, 넌 이 약을 가져왔어. 하지만 혹시나 해서였어. 너는 이번 주에 중독 치료 프로그램을 충실히 따르려고 했었지. 그래서 넌 나한테 현금을 달라고 했던 거야. 빚을 진 건 아니었지만 갚아야 할 것 같았으니까. 네가 훔쳤다는 걸 아무도 모른다고 해도 말이야."

"소피아가 5만 달러를 훔쳤다면 누군가는 알아차렸을 거야." 새아버지가 목소리를 높였다. "소피아가 인정했잖니. 이쯤 해두렴."

"제가 틀렸다면 소피아가 제 말을 멈춰도 돼요."

"오빠랑 루시에게 중요한 일이라면……" 소피아는 숨을 깊이 들이쉬었다. "전 제가 훔쳤던 5만 달러짜리 백금 프레지덴셜 롤렉스 시계를 다시 살 돈이 필요했어요."

새아버지의 입이 충격으로 떡 벌어졌다. 그가 자신의 시계를 확인하고 몇 번 두드려보더니 마침내 간신히 입을 다물었다.

소피아는 솔직히 고백하면서 힘이 다 빠진 듯했고, 나는 다시 이야기를 시작했다. "우리 모두 알고 있지만, 아버지는 절대로 시계를 빼놓지 않으시죠. 하지만 어깨 수술을 받을 땐 예외였어요. 소피아가 집도했던 수술 말이에요. 소피아는 그 수술을 이용해 시계를 모조품으로 바꿨어요. 아버지가 아까 제 턱에 주먹을 날렸는데 아직 이가 다 붙어 있어서 알았죠. 시곗줄이 백금으로 된 저 롤렉스 시계는 무게가 500그램에 약간 못 미쳐요. 기분 나빠하지 말고 들어주세요. 아무리 나이 든 사람이라고 해도 그만한 무게의 시계를 차고 주먹을 날리면 손가락에 반지 같은 너클을 끼우고 주먹을 날린 것처럼 제가 쓰러져야 했어요."

"다르다는 걸 알았겠죠." 줄리엣이 비웃듯 말했다. "모를 수가 없어요. 모조품이 그렇게 가볍다면."

"맞아요. 하지만 아버지는 수술하고 회복 중이었어요. 처음엔 뭐든 손목에서 벽돌처럼 느껴졌겠죠. 그리고 가벼워진 시계 무게에 점점 익숙해지면서 회복 중에 팔이 더 강해지고 있다고 생각하셨고요." 새아버지가 혼란으로 뒤범벅된 얼굴을 하고는 오른팔로 보이지 않는 아령을 들어 올리며 시계 무게를 확인해보았다. "하지만 문제는, 그게 그냥 평범한 시계가 아니었다는 거죠. 솔직히 전 항상 그 시계가 좀 부러웠어요. 가끔은 구글로 가격이 얼마나 되나 검색해봤죠. 그러니 새아버지에게서 그 시계가 우리 아빠 물건이었다는 얘기를 들었을 때 제가 얼마나 놀랐겠어요. 물론 아빠는 범죄자였지만, 과시하는 분은 아니셨어요. 아빠는 호화스러운 장신구나 개조한 자동차를 사는 분이 전혀 아니셨죠. 그래서 이상해 보였어요. 처음엔 훔친 시계일 거라 생각했는데, 그렇다 해도 아빠는 다 같이 훔친 물건에서 또 슬쩍하는 사람은 아니었을 거예요. 그러다 사진에 대해 알게 됐어요. 모두 그토록 원했지만 아무도 찾지 못했죠. 그 조직의 깡패들이 아빠의 금고를 보려고 아내가 일하고 있던 은행을 뒤집어엎었는데도 말이에요."

"로버트는 시계를 제러미에게 남겼어." 엄마가 중얼거렸다.

"롤렉스는 오랫동안 쓸 수 있도록 만들어졌어요. 기본적으로 대대로 물려준다는 점을 광고해요. 특히 백금 롤렉스는 굉장히 튼튼해서 아주 무겁죠. 심지어 방탄유리를 썼을 거예요." 내 소셜미디어 피드에 많이 나타나던 광고 중 하나는 **은행 금고처럼 안전합니다**를 강조했다. "그러니까 이 시계는 오래가고 또 보호받아요. 아주 중요한 걸 보관하는 데 제격이죠. 유리 아래 끼울 수 있을 정도로 작다면요. 그렇죠?" 나는 주머니에서 루페를 꺼내 들어 올렸다. "줄리엣, 프랭크의 메달 좀 던져줄래요?"

혼란스러워진 줄리엣은 얼굴을 찌푸렸지만 내가 부탁한 대로 팔을 아래로 내려 조심히 유리함을 던졌다.

나는 유리함을 붙잡았다. 이미 확인했었다. 나는 의아했던 부분을 확인하려 했었고, 이게 얼마나 중요한지 잘 알고 있었다. 161쪽에서 말했듯이 내가 아무 이유 없이 이놈의 액자를 묘사하는 데 네 문장이나 쓴 게 아니었다.

"줄리엣이 제게 F-287, 아니 프랭크에 대해 얘기해줬죠. 프랭크는 벽난로 위에 있는 죽은 새인데, 전선을 가로질러 지도와 보병대 위치, 좌표, 그 밖의 중요한 정보들을 가져왔어요. 하지만 암호로 표시한다 해도 지도만으로 새는 무게에 짓눌리죠. 줄리엣, 난 당신 아버님도 사람의 생명을 구하는 메시지를 액자에 넣어두었을 줄은 몰랐어요." 나는 메달 아래에 루페를 두었다. 거기에 의미 없는 점들이 찍힌 작은 쪽지가 끼워져 있었다. 렌즈로 자세히 들여다보지 않아도 분명 루페가 작은 점에서 상세한 지도를 확대하고 있었다. 여기서 우리 상황은 애거사 크리스티의 책에서 아빠가 "스파이 짓"이라고 했던 존 르 카레의 책으로 넘어가고 있지만 계속 지켜봐주길 바란다. 내 스파이 소설 작법서는 잘 팔리지 않았지만 이제 내게 큰 도움이 되려는 참이니까. "마이크로도트라고 해요. 정보를 축소하는 데 사용하는 기술이죠. 예를 들어 A4 용지나 지도 같은 이미지가 마침표 크기의 점에 들어갈 수 있어요. 제2차 세계대전 때 스파이들이 곧잘 이용하는 방식이었죠. 그들은 우표 뒤에 붙여놓았어요. 이건," 내가 다시 루페를 들어 올렸다. "앨런을 묻던 날 형의 차에서 굴러다니고 있었어요. 형은 여기로 올 때에도 이 루페를 가져왔죠. 크로퍼드가 형을 체포할 때 에린이 가져갔고요. 이건 보석상들이 물건을 확대해서 볼 때 쓰는 거예요"—이 책을 쓰면서 '루페'라는 단어를 알게 됐으니 대화를 꾸며내는 건 솔직하지 못한 모습일 거다—"아버지가 차고 다니던 **진품 시계**에는 유리 안에 마이크로도트가 있었어요. 아빠는 절대 약을 하지 않았죠. 그때 아빠의 시신에서 발견된 바늘 때문에 아빠가 약에 취해 주유소로 총기 강도질을 벌이러 갔다는 결론이 났지만, 바늘은 마약을 투여하기 위한 게 아니었어요. 마이크로도트는 아주 작아서 물건의 표면에 붙이려면 아마 주사기나 펜촉처럼 가느다란 물건이 필요할 거예요."

나는 루페를 들어 올렸다.

"하지만 전당포 주인들은 모두 이런 물건을, 아니면 성능이 더 좋은 걸 갖고 있죠. 전당포 주인이라면 상품을 살펴보다가 바로 마이크로도트를 봤을 거예요. 소피아는 그냥 시계를 판다고 생각했지만, 그보다 더한 걸 팔고 있었던 거죠. 소피아가 운 없이 바로 앨런에게 시계를 팔았다는 점이 믿어지지 않았지만 형이 그랬어요. 시드니에서 도둑맞은 물건들은 보통 앨런의 가게로 들어간다고요. 소피아는 수상해 보이는 가게로 가야 했을 거예요. 어쩌면 옥시코돈을 거래해주던 사람이 너한테 정확히 어디로 가라고 가르쳐줬을 수도 있겠지. 아니면 네가 약이랑 시계를 교환하고서 그 사람들이 시계를 팔았을 수도 있고. 앨런 본인이 그 사진에 담겨 있을 수도 있고 누군가 그에게 제보해줬을 수도 있다는 사실을 고려하지 않은 건 아니에요. 그건 모르는 일이죠. 어느 쪽이든 터키에서 나비가 날갯짓을 했더니 브라질에서 토네이도가 일어난 일인 거죠. 간단히 얘기하면, 시계는 잘못된 사람한테 간 거예요. 앨런은 자기 손에 굴러온 물건의 가치를 알았고, 더 중요한 건 누가 그걸 원할지도 알았어요. 그래서 형이 그날 밤 돈 가방을 가지고 앨런을 만난 거예요. 형은 마이크로도트를 사려고 했죠." 모두 내 말에 완전히 집중하고 있었다. "지금 빠뜨린 부분을 보충하고 싶으신 분 있나요, 아님 제가 계속 이어서 할까요?"

여러분은 마이크로도트 같은 걸 이런 책의 맥거핀, 그러니까 중요한 척하는 속임수라고 본다. 마이크로도트가 정확히 뭔지는 중요하지 않고, 그저 그로 인해 사람들이 살인을 저지를 거란 점이 중요하다. 당신도 알다시피 제임스 본드는 세계를 파멸시키는 바이러스가 든 USB나 은행 계좌번호, 핵 발사 코드처럼 항상 쫓는 물건이 있다. 우리 경우에는 그게 사진이었다.

"궁금한 게 있어." 엄마가 **쏘지 마**를 뜻하는 몸짓으로 두 손을 뻗으며 말했다. "어니스트, 넌 우리가 찾고 있었던 게 **얼마나 작은**지만 얘기하고 있잖아. 마이클은 가구도 실을 수 있는 트럭을 가져왔어. 그 작은 사진 때문에 그만한 트럭을 가져왔다는 거니?"

엄마와 고모를 제외하고 도서실에 있는 모두는 트럭에 관이 들어 있다는 걸 알고 있었다. 에린은 관을 파 올린 장본인이었고, 소피아와 크로퍼드는 트럭 뒤를 쫓다가, 고모부와 줄리엣은 매컬리 부부와의 대화를 듣고 알았으며, 새아버지에게는 내가 말해주었다.

"형은 브라이언 클라크의 관을 가져갈 트럭이 필요했어요. 형이랑 에린이 여기 오기 전날 밤에 파냈죠. 브라이언은 아빠가 죽던 날 밤 아빠한테 총을 맞은 경찰이에요. 앨런 홀턴의 동료였고요. 새아버지는 자신이 없애려는 트럭 안에 뭐가 있는지도 모르셨죠. 하지만 전 형이 제게 보여주고 싶어 했던 걸 봤어요. 브라이언의 관 안에는 시체 두 구가 들어 있었어요. 그중 하나는 어린아이였죠." 기쁘게도 이 말에 처음으로 모두 헉하고 숨을 들이쉬었다. "고모부, 이 정보가 도움이 될지 모르겠지만, **그게 바로** 레베카 매컬리의 시신이었어요. 레베카는 35년 전에 유괴당했어요. 부모가 돈을 좀 아끼려고 유괴범을 속였는데 역효과가 났고, 그 부부는 다시는 딸을 볼 수 없었죠."

"그럼 아버님이 그 사진을 가지고 있었던 거고," 에린이 말했다. "당신은 그게 마이크로도트에 담겨 있다고 생각하는 거구나. 레베카 살인 사건의 증거가?"

"맞아. 앨런은 자기 손에 시계가 들어와서 아주 즐거워했어. 왜냐하면 그는 매컬리 부부가 마이크로도트에 담긴 증거에 값을 후하게 쳐줄 거라는 걸 알았으니까. 이다음은 추측인데, 앨런이 레베카를 죽이지는 않았을 거야. 왜냐하면 새아버지 말로는 앨런이 그런 짓을 하기엔 너무 무르다고 했으니까. 살인자였다면 사진을 팔 게 아니라 없애버렸겠지. 그리고 앨런이 사진을 매컬리 부부에게 팔려고 했던 걸로 보면 35년이란 시간이 길기도 하고 과거의 연결 다리는 불탔으니까 앨런은 당시 보호하고 있던 사람을 더는 보호할 가치가 없다고 생각한 것 같아."

나는 잠시 말을 멈추고 도서실에 있는 사람들 대부분이 이게 타당한 추측이라는 데 동의하는지 살펴보았다. 몇몇이 고개를 끄덕이고 있었다. 소피아는 토할 것처럼 보였고, 앤디 고모부는 마치 내가 양자물리학을 설명했다는 듯이 혼란스러워 보였다. 이 정도면 만족스러웠다.

"하지만 앨런에게 문제가 있었어요. 앨런이 레베카를 죽이진 않았을지 몰라도 아무런 죄가 없는 건 아니었죠. 세이버스 뒤를 봐주고 있었으니까요. 앨런은 아빠를 노렸고, 적어도 레베카 시신의 은폐를 도왔어요. 그리고 몸값을 넘겨받는 일에 개입했을 수도 있고요. 그래서 앨런은 바로 매컬리 부부의 집 앞에 나타날 수가 없었어요. 부부는 앨런도 그 일에 책임이 있는 사람으로 여겼을 테니까요. 그래서 그에겐 중간 다리가 필요했어요."

"그게 왜 마이클이었던 건데?" 고모가 물었다.

"이걸 알아내는 데 시간이 좀 걸렸어요. 앨런은 이 일로 얻어낼 게 있는 사람을 원했어요. 큰 액수의 돈을 전달하는 일을 믿고 맡길 수 있는 확신이 필요했죠. 커닝햄 사람들은 사진과 앨런 본인이 개입했었기에 알고 있었던 사실들로 얻어낼 게 많았어요. 물론 아빠에 대한 진실을 알게 되는 건 말할 것도 없었죠. 그건 반쪽짜리 진실에 불과하다고 생각하지만, 그래도 진실에 가까이 다가가는 거죠. 형을 선택하는 게 맞는 것 같아요. 새아버지는 아빠의 변호사셨고, 고모는 스케이트 날처럼 곧고, 엄마는, 기분 나쁘게 듣지 말아주세요. 엄마 나이를 보면 엄마를 택할 가능성이 거의 없죠. 하지만 이게 앨런의 실수였어요. 거래를 성사시킬 거라고 생각했던 개인적인 연결 고리가 형이 앨런을 죽이는 이유가 되었죠.

거래 자체는 간단했어요. 앨런이 매긴 가격은 원래 몸값으로 요구했던 금액 30만 달러예요. 앨런은 형에게 정보를 충분히 줘서 형과 매컬리 부부를 끌어들이고, 형이 매컬리 부부에게서 돈을 받아 앨런에게서 마이크로도트를 사면, 앨런이 형에게 형 몫을 주고 형은 사진을 다시 전달하면 되는 아주 간단한 일이었어요. 물론 형이 앨런을 죽이고 돈을 챙겼다는 걸 빼면요."

"왜냐하면 오빠가 30만 달러를 가져가지 않았으니까." 소피아가 어물거리며 말했다. 나는 소피아가 내게 집중하고 있다는 데 깜짝 놀랐다. "오빠가 너한테 26만 7000달러를 줬다고 했잖아."

"정답이야." 내가 말했다. "형은 돈을 앨런에게 전해주기 전에 일부를 빼돌렸어. 형이 왜 그랬을까?" 솔직히 직감으로 그럴 것 같은 느낌만 있지 이를 확인해줄 수 있는 증거는 아무것도 없었지만 나는 꽤 자신 있었다. 이야기가 술술 잘 풀리고 있어 속도를 늦추고 싶지 않았다. "루시는 사업에 문제를 겪고 있었어요.

루시는 돈을 잃었고, 자기가 감당할 수 없는 가혹한 임대 조건으로 계약된 차를 억지로 떠맡았죠. 루시가 아침 식사 시간 때 아버지한테 리스료를 완불했다고 했을 때, 우리는 루시가 평소처럼 화가 나서 방어적으로 말하는 거라고 생각했었어요. 하지만 사실 루시는 거짓말하는 게 아니었어요. 형은 앨런을 만나기 전에 그 돈으로 루시의 빚을 갚았던 거예요. 루시의 차 리스료까지도요. 형은 아마 뭔가 일이 틀어져도 루시에게 아무런 문제가 없도록 빚을 갚아주었겠죠." 그리고 형은 에린을 위해 루시와 깔끔하게 헤어져야 했다. 루시가 여기 없어서 이 부분을 듣지 못하니 다행이었다. "하지만 형은 돈을 빼돌려서 무슨 일이 일어날지는 몰랐던 거예요. 앨런은 멍청한 사람이 아니었죠. 그는 돈을 세어봤고, 금액이 모자란다는 걸 발견하고는 총을 빼 들었어요. 그걸 두고 싸움이 벌어졌고…… 그 뒤에 어떻게 됐는지는 아실 테고요."

"전부 아주 흥미로운데." 고모부가 참다못해 말을 꺼냈다. "하지만 블랙 텅은 어떻게 된 거야?"

"아직 해야 할 얘기가 남아 있어요. 에린, 소피아, 아버지는 그 레베카 매컬리의 부모님이 여기로 왔다는 걸 모르죠. 그들은 산등성이 너머에 있는 리조트에 묵고 있었어요. 형은 마이크로도트를 손에 넣은 데다 시체가 묻혀 있는 곳을 알고는 감옥에서 매컬리 부부한테 몸값의 두 배를 요구하는 편지를 썼어요. 시오반 매컬리가 슈퍼슈레드 리조트에서 제게 이 사실을 드러냈어요. '그분은 돈을 또 달라더군요'라고 말했을 때였죠." 형은 건조실에서 형이 갖고 있는 게 앨런이 원래 매긴 값인 30만 달러보다 "가치가 훨씬 커"라고 말했었다. "형은 매컬리 부부에게 사진과 딸의 시신을 팔려고 산등성이 너머에서 부부를 만나기로 했어요. 그래서 형이 관을 이리로 가져온 거예요. 형이 이 계획을 엄마한테 얘기했었죠?"

"그러지 말라고 경고했었어." 엄마가 내 추측이 사실이라는 걸 확인해주었다. "그 애가 계속 고집을 부려서 내가 그 리조트로 가 직접 그들에게 경고했지."

"미안한데," 또다시 앤디 고모부가 긴장감 조성에 산통을 깨며 입을 열었다. "하지만 어니스트, 어둠의 세계에서 벌인 유괴는 35년 전에 일어났잖니. 이게 그 빌어먹을 재량은 무슨 관계가 있는 거지?"

"좋아요." 나는 한 손을 들어 올렸다. "무슨 뜻인지 알겠어요. 그린 부츠 사건으로 돌아가 봅시다. 신원 미상의 희생자죠. 적어도 우리 가족 대부분에겐 그래요. 사실 루시가 이 사람의 정체를 제일 먼저 알아냈어요."

"설마 루시가 살해당해서 모든 사실을 알았다는 말이라면……" 소피아가 손바닥으로 머리를 받쳐 들고는 작게 고개를 저었다. "루시가 떨어졌다는 거 알잖아. 루시한테 재는 하나도 묻어 있지 않았고 뼈가 몇 개 부러져 있었어. 저항의 흔적이 없었다고."

"맞아. 루시는 뛰어내렸어." 나는 옥상에서 루시와 얘기를 나눌 때 루시가 손으로 총 모양을 만들던 모습을 떠올리며 소피아의 말에 동의했다. 그 꼴을 당하느니……. "하지만 루시는 어제 나한테 그랬어. 블랙 텅에게 고문받아 질식해 죽느니 차라리 자살할 거라고. 옥상에서 스스로 뛰어내리긴 했지만 곧 일어날 일에서 도망친 것뿐이었지. 루시는 뭔가를 검색해보러 옥상에 올라갔던 것 같아. 의심스러운 부분을 다시 확인해보려고 말이야. 겁을 먹은 우리 살인범은 우리가 모두 바를 뜬 뒤에 옥상에서 루시를 맞닥뜨렸지. 루시가 그린 부츠 사진을 봤을 때 표정이 공포에 질렸던 거 기억나? 나는 루시가 형에게 무슨 일이 일어났는지를 보고 충격을 받은 줄 알았어. 특히 이렇게 된 데 자기 잘못이 있다고 생각한 후였으니까. 그런데 그게 아니었어. 루시는 그린 부츠를 알아봤기 때문에 겁을 먹은 거야."

"아무도 그 사람을 본 적이 없었잖아. 대체 어떻게 루시가 죽은 남자를 알았던 거야?" 앤디 고모부가 물었다. 고모부는 여전히 제일 혼란스러워하고 있었다. 다른 사람들은 모두 어느 정도는 이해하는 듯했지만 아직 전부 이해되지는 않아 이마를 찌푸리며 애쓰고 있었다. 오직 한 사람만이 입을 굳게 다물고 속을 알 수 없는 표정을 짓고 있었다. 내가 말을 뱉을 때마다 마치 윈치를 감듯 그 사람의 목 근육은 점점 더 팽팽해졌다.

"루시가 아는 사람이라고는 얘기 안 했어요. **알아봤다고** 했죠. 루시는 그 남자를 딱 한 번 만났을 뿐이니까요. 그 사람이 여기로 오던 루시에게 속도위반 딱지를 끊었거든요."

나는 내 말이 천천히 이해되도록 잠시 기다렸다. 사람들이 몸을 돌려 뒤를 바라보았다. 모두의 시선이 도서실 뒤에 서 있던 사람에게 멈추었다.

"크로퍼드 경관님, 제복 소매 안쪽에 피가 몇 줄 묻어 있었죠. 그건 산 밑으로 시체를 옮기다 묻은 게 아니에요. 소매 안쪽에 있었잖아요. 그런 자국은 자기 목을 움켜쥐었을 때 생기는 거죠." 나는 내 목 주위에 묶여 있는 케이블 타이를 손으로 움켜잡는 시늉을 했다. "당신은 죽은 남자의 외투를 입고 있는 거예요."

"대체 무슨 소리를 하는 겁니까?" 크로퍼드가 물었다.

나는 입을 열기에 앞서 줄리엣을 향해 다 알고 있다는 듯한 미소를 지어 보였는데, 자랑스럽게도 이는 조금도 꾸며낸 사실이 아니다. 그러고 나는 다시 크로퍼드에게 주의를 돌렸다. "심지어 아서 코넌 도일도 유령을 믿었다는 겁니다. 그렇지 않니, 제러미?"

동생

39장

　다른 사람의 피가 얼룩진 경찰복을 입고 이제 정말 멍청해 보이는(변장을 하고 있어 더더욱 그래 보였다) 제러미 커닝햄은 애매한 미소를 지으며 작게 고개를 저었다. 그는 무슨 말을 하려 했지만―아마 웃기지 마 같은 말이었을 거다―목이 졸린 듯 캑캑거리는 소리만 낼 뿐이었다.

　다른 가족들처럼 엄마 역시 깜짝 놀란 듯했다. 엄마는 세이버스가 아들의 살인으로 위협을 끝맺었다고 생각했다. 제러미는 책장에 꽂혀 있던 애거사 크리스티의 책처럼 다른 이름으로 숨어 있었다. 데리어스 크로퍼드는 그가 자기 자신에게 지어준 이름이었고, 그 이름으로 그는 어리석은 지역 경찰인 척 굴었다. 언론이 지어준 그의 또 다른 가명인 블랙 텅은 어리숙한 모습과는 아주 딴판이었다. 그는 다섯 번의 살인을 저질렀고 한 사람을 자살로 몰았다. 앞서 말했던 것처럼 몇몇은 성과가 뛰어났다.

　녹스의 규칙에는 없지만 시체를 직접 보기 전까지는 누군가 죽었다는 걸 절대로 믿어선 안 된다.

나는 이제 제러미에게 직접 말을 건넸다. 응접실 쇼는 끝이었다. "그린 부츠는 **분명** 이 지역 사람이었을 거야. 그래서 넌 우리 가족에게만 사진을 보여주고 혼란을 막는다는 명분으로 다른 사람들한테는 감췄어. 심지어 줄리엣한테도 말이야. 왜냐하면 이 지역 사람들이라면 그 사람을 알아봤을 테니까. 여기 직원들은 모두 계절 내내 산속에 있는 이 휴양원에 올라와 있어. 몇 달 동안 말이야. 그러니까 모르는 경찰이 시내에서 왔다고 해도 수상해 보이지는 않았겠지. 하지만 경사는 바로 알아봤을 거야. 그래서 너는 시신을 안 보이는 곳으로 빨리 치워서 창고에 가둬버리고 싶어 했어. 그러고 넌 그 사람의 외투를 입었지만 그 사람의 신발까지 신지는 않았어. 경찰들은 보통 안전화를 갖춰 신는데 그 시신이 안전화를 신고 있었지. 에린이 트럭을 쫓다 네 발을 밟았을 때 넌 아파했어. 그건 네가 안전화를 신고 있지 않다는 뜻이지. 넌 어떤 사람으로든 위장할 수 있으면서도 우리 가족을 따로 떨어뜨려놓을 수 있는 힘이 있는 사람이 되고 싶었던 거야. 그래서 경사의 죽음을 공개적으로 알렸어. 그럼 마이클 형을 따로 떼어놓을 수 있으니까. 하지만 넌 불안해했어. 정말 불안해해서 네가 하는 행동 하나하나가 시신의 신원을 파악하고 혼란을 통제하는 것처럼 경찰들이 마땅히 해야 하는 업무 같은데도 마냥 어설퍼 보였지. 그래서 커닝햄 사람들이 물었을 때 너는 우리에게 사진을 보여줬어. 시신의 사진을 보여주는 건 알맞은 처사 같았지. 사실 넌 우리가 죽은 사람의 진짜 정체를 모른다는 걸 확인하고 있었던 거야. 그래서 우리가 시신 주변에 있을 때 불안해했던 거고. 난 그냥 네가 메스꺼워하는 거라고 생각했지만.

하지만 넌 루시의 반응은 예상하지 못했어. 루시가 희생자를 알아볼 줄은 몰랐던 거지. 이리로 오던 그녀에게 속도위반 딱지를 끊은 경찰관이라는 걸 알아볼 줄은 몰랐던 거야. 루시가 바에서 뛰쳐나갔을 때 '당신이 책임자잖아'라고 말한 줄 알았어. 하지만 사실은 '당신의 책임자잖아'라고 말했던 거야. 그때 루시는 널 비난하려는 게 아니라 생각하는 대로 말이 나왔던 거지만 뭔가 이상하다는 걸 알았지. 루시는 옥상에 가서 진다바인 경찰서를 검색해보기 전까지는 진상을 몰랐어. 그때 우리는 서서히 각자 침대로 돌아갔고, 넌 루시를 따라 옥상으로 올라갔어. 그러고 루시는 마이클 형처럼 죽고 싶지 않았고, 그래서 뛰어내렸지.

넌 네가 여기 빨리 도착할 수 있었던 이유도 거짓말했어. 밤새 속도위반 단속을 하면서 관광객들을 잡고 있었다고 했지만 그건 사실일 수가 없었지. 왜냐하면 루시는 자기한테 끊은 속도위반 딱지 때문에 너한테 욕을 해댔을 테니까. 경찰들은 전혀 오고 있지 않았어. 넌 그들이 도로에 꼼짝없이 갇혔다고 했지만, 살인 사건이 두 건이나 일어났는데 어떻게 버스 두 대는 여기로 올라오고 경찰차 한 대는 못 올 수가 있겠어? 물론 처음엔 전혀 몰랐지. 넌 믿을 수 있는 사람처럼 보였으니까. 시체까지 세 개의 발자국이 나 있었고, 오직 하나만이 산 아래로 돌아갔어. 그래서 희생자, 현장에 도착한 경찰, 그리고 자리를 뜬 살인범의 발자국으로 보였지. 이건 살인범이 직접 경찰에 신고했다는 뜻이라고 생각했어. 세 번째 발자국의 주인인," 나는 허공에 따옴표를 그렸다. "**크로퍼드 경관**이 도착하기 전에 말이야. 살인범이 **신고했다**는 내 말이 맞아. 적어도 그런 척한 거야. 왜냐하면 아무도 시체를 발견하지 못했기 때문에 네가 발견한 거니까. 네가 연기한 거였어. 넌 그 산을 두 번 올랐어. 처음엔 경사랑 같이 올라갔지. 그 경사의 머리 주위에 봉지를 묶고는 그가 산에 걸어 올라가며 죽게 한 다음에 그의 외투를 입었어. 그리고 아침에 또 한 번 올라갔고."

"저 사람은 훨씬 나중에 카메라에 찍혔어요." 줄리엣이 내가 내린 결론을 확신하지 못하겠다는 듯 말했다. "우리 둘 다 봤잖아요."

"넌 이 휴양원으로 우리를 따라가려는 계획을 세우면서 휴양원을 계속 확인해보고 있었을 거야. 그리고 기상 확인용 영상이 휴양원 홈페이지에 올라와 있었으니까 진입로가 화면에 어느 정도 보인다는 걸 알고 있었지. 내 생각에 넌 도로에서 그 경사를 공격했어. 그가 순찰차를 주차하고 속도 측정기를 설치하려던 데서 말이야. 넌 산꼭대기에서 전파를 잡아 웹사이트를 확인했을 거야. 난 네가 정말 차를 전속력으로 몰았다면 카메라가 3분마다 새로이 사진을 찍는 때를 피했을 수도 있겠다고 생각했어. 그럼 너는 뒤로 돌아가서 정확한 시간에 도착해 사진에 담기도록 해야 했지. 물론 사진 속에서 너는 주차장을 향해 가고 있는 것처럼 보이지만 네 팔은 머리 받침대 뒤쪽 위에 있었어. 넌 후진하고 있었던 거야."

"제러미? 말도 안 돼." 고모가 마치 무인도에서 집으로 돌아온 사람을 보듯 그를 유심히 살펴보았다. 그러고는 엄마를 향해 몸을 돌렸다. "어떻게 모를 수가 있어요?"

"캐서린, 세이버스가 제러미를 데려갔어. 하지만 몸값을 요구하지는 않았지. 그들이 원하는 건 사진이었으니까. 어니스트가 얘기한 사진 말이야. 난 시계 같은 건 전혀 몰랐어……. 그리고 제러미, 정말 제러미가 맞는다면, 난 **애썼어**, 사진을 찾으려고 정말 애썼어. 그들은 내가 사진을 숨기고 있는 게 아니라는 걸 확인해야겠다고 했어. 그래서 그들이 반드시," 엄마는 말을 하다 목이 메었다. "내가 진실을 이야기하고 있다는 걸 확인해야겠다고 그랬어." 새아버지가 크로퍼드/커닝햄을(이름이 뭐가 중요하겠는가?) 향해 움직였지만 엄마가 그의 손을 잡았다. 엄마는 새아버지의 손을 꼭 쥐었고, 새아버지는 마치 줄에 묶인 핏불처럼 팔이 뒤로 늘어졌다. "경찰에 연락할 수가 없었어. 그땐 앨런이 **경찰이기도 했고**, 그들이 다시 돌아와서 마이클과 어니스트를 데려갈까 봐 속이 탔어. 그 바보 같은 사진들 때문에 우리 가족들은 너무 많은 걸 잃었어. 난 그저 다 끝내고 싶었단다. 그래서 네가 사고로 죽은 척했어. 정말 제러미가 맞는다면 미안해. 어니스트, 확실하니? 정말 제러미가 맞아?"

"형이 그랬어요. 앨런이 저한테 먼저 연락하려고 했었다고요." 내가 말했다. "전 형한테 그건 사실이 아니라고 했죠. 형과 신뢰를 쌓으려고 앨런이 늘어놓은 거짓말이라고 확신했어요. 그런데 생각해봤죠. 앨런은 **마이클의 동생**이랑 연락했다고 말했었어요. 앨런이 너한테 접근하기 전까지 넌 네가 입양된 줄 몰랐던 거야. 맞지, 제러미?"

제러미가 침을 꿀꺽 삼켰다. 그러고는 입술을 깨물고 아무런 말도 하지 않았다.

"당연히 앨런은 네가 살아 있다는 걸 알고 있었어. 새아버지는 그가 누굴 죽일 수 있는 사람은 아니라고 했어. 어쩌면 앨런이 널 보내줬을 수도 있겠지? 하지만 넌 아무것도 기억하지 못해. 그러니까 네가 모르는 남자가 와서 네가 속한 줄은 꿈에도 몰랐던 한 가족에 대한 얘기를 해준 셈이었지. 마크, 재닛 윌리 엄스는 위탁 양육을 해주는 사람들로 알려져 있었어. 난 그들이 널 받아주었다고 생각하지만 넌 네가 친자식이 아니었다는 걸 전혀 몰랐을 거야. 그리고 그들이 네게 뭔가 감췄다는 걸 알았 을 때 넌 그걸 이해할 수가 없었어. 넌 무슨 일이 있었고 네가 누 구라고 생각하는지 감옥에 있는 형에게 편지를 썼지. 네가 알게 된 조각들을 맞춰보면서 말이야. 하지만 형은 편지에 제러미 커 닝햄이란 이름이 쓰여 있는 걸 보곤 일종의 협박이라고 생각했 어." 내가 형한테 편지에 어떤 이름이 쓰여 있지 않았느냐고 물 었는데 형은 웃음이라도 터뜨릴 것처럼 대답했다. 오, 이름이 있 었지……. 그냥 나를 자극하려는 거였어. "특히 세이버스가 엄마 한테 했던 짓을 앨런이 형에게 얘기했다면 형이 그렇게 생각하 는 건 당연해. 형은 네 말을 믿질 않았고, 언론에 따르면 나는 가 족에게 등을 돌린 사람이었지. 그럼 네가 누구한테 의지할 수 있 었을까? 형과 가까운 사람이었지. 바로 루시였어. 루시는 네가 도착하길 기다리고 있었어. 그런데 네가 나타나지 않으니까 루 시는 혹시 네가 그런 부츠일까 봐 걱정했지. 밖에서 끔찍한 사고 를 당했을지도 모른다고 말이야. 난 루시가 해결되지 않은 살인 사건 때문에 경찰이 나타나는 걸 걱정하는 줄 알았어. 형이 불편 해할 테니까. 하지만 루시는 네가 밤새 꽁꽁 얼어버려서 너를 형 과 재회하게 해준다는 계획이 틀어지고 자기 공을 인정받을 수 없을까 봐 걱정했던 거야. 루시는 시체가 된 사람이 누군지 알아 내려고 했어. 나보다도 빨리 투숙객 명단을 살펴봤지. 그리고 그 시신이 형과 닮지 않았느냐고 내게 물었어. 죽은 남자가 형이냐 고 물었던 게 아니었어. 가족처럼 닮았느냐고 물은 거였지. 루시는 옥상에 올라가서 네가 어딨는지 확인하려고 너한테 문자를 보내려고 했었어." 루시는 이번 주가 형에게 가족을 되돌려줄 수 있는 자신의 마지막 기회라고 했었다. 루시가 말하는 가족은 그녀 자신이 아니었다. "루시가 네 진짜 정체와 네가 저지른 일을 어렴풋이 깨달았을 때 그렇게 망연자실했던 이유는 루시 본인이 널 여기로 초대했기 때문이야."

"당신 계획대로였네요, 여보." 아니나 다를까 고모부가 내 생각을 선수 쳐 말했다. "이런 빌어먹을 가족 모임 같으니라고."

모두 잠자코 이 이야기를 받아들이는 동안 오직 날카로운 바람 소리만 들렸다.

마침내 제러미가 입을 열었다. "이건 내가 기대했던 게 아니야. 당신들이랑 한방에 다 같이 있을 줄이야." 그는 벽난로 선반을 꽉 쥐어 선반에서 페인트 부스러기를 긁어내며 우리를 재빨리 둘러보았다. 달아나기엔 그와 문 사이에 서 있는 우리 가족이 너무 많았고 그의 등 뒤에는 두껍게 얼어버린 창문이 있었다. 바닥에 쌓인 눈이 푹신하다면 창문으로 나갈 수도 있겠지만, 만약 그렇게 한다면 분명 우리 중 하나가 그를 붙잡을 수 있을 것이다.

"난……" 제러미는 머뭇거렸다. "당신들을 만나기까지 너무 오래 기다렸어. 이럴 거라곤 생각 못 했지." 그는 건조실에 있는 형을 볼 수 있도록 나를 들여보내줄 때처럼 아쉬운 듯한 목소리로 말했다. 형님을 정말 아끼시네요, 그렇죠? (…) 전 같이 자란 형제가 없어서요. "어렸을 때 난 늘 다른 아이였지. 전혀 어울리지 않았어. 싸움질을 했고. 그런데 엄―" 그는 말을 멈추었는데, 벌름거리는 콧구멍으로 그가 분노하고 있다는 걸 알 수 있었다. "처음엔 앨런이 거짓말하는 줄 알았어. 난 언제나 그들을 부모라고 불렀다고. 그들에게 물었지. 그랬더니 그들이 그냥……" 그는 옛 기억이 떠올라 애쓰고 있었다. "그냥 **인정하더군**. 내 평생에 걸쳐 가족이라고 생각했던 사람들은 그런데도 **행복해** 보였어. 내 정체가 뭔지 그들은 이야기해줄 수 없었지. 내겐 위탁 온 형제들과 누이들이 있었지만 윌리엄스 부부는 언제나 내가 친자식이라고 했어. 그들은 다른 건 더 모른다고, 일곱 살 때 이름 없이 날 데려왔다고 했어."

"일곱 살이라고?" 엄마가 숨을 헉 들이쉬었다. "당연히 아무도 네가 누군지 몰랐을 거야. 그 2년 동안 대체 네게 무슨 일이 있었던 거니?"

"기억이…… 안 나." 제러미는 존재하지 않는 걸 찾고 있는 것처럼 보였다. 아마 너무 어리기도 했고 심한 구타와 학대를 당해서였을 것이다. 이런 기억들은 모두 억눌려 있었다. 세이버스는 엄마가 자기들의 비밀을 말해버릴까 두려워 엄마가 결코 배반하지 않도록 엄마에게 아들을 죽였다고 했지만 그들은 직접 제러미를 처리할 배짱이 없었고 거리에서 제러미가 죽도록 그저 내버려두었다. 얼마나 오랫동안 세이버스가 제러미를 데리고 있었고 또 얼마나 오랫동안 제러미가 혼자 살아남았는지 나는 절대로 알 수 없을 것이다. 그러나 그런 경험이 어린아이의 마음을 어떻게 변화시켰을지는 멀리서 찾을 필요가 없었다. 삼십 몇 년 전엔 DNA 검사가 널리 쓰이지도 않았고 인터넷 초창기라 실종 신고 사항이 인터넷에 퍼지지도 않았다. 모발 분석 결과가 같은 집안의 사람과 맞을 순 있지만 법정에서 증거로 제시될 순 없었다. 커닝햄 사람을 고발하러 다른 주에서 운전해 넘어온 퀸즐랜드 형사에게 물어보면 된다. **싸움질을 했고**. 주의 경계 너머에서 제러미는 자기가 모르는 도시의 이름 없는 아이였다.

"하지만 앨런은 내가 누군지 안다고 했어." 제러미가 말을 이었다. "그는 날 지켜보고 있었다고, 내가 어렸을 때 날 돌봐줬다고 했지. 그는 원래 날 죽였어야 했지만 보내줬고, 그래서 내가 거기 감사해야 한다고 했어. 그는 윌리엄스 부부한테 돈이 있다는 걸 알고 있었지. 그리고 내가 평화로워지는 데 도움을 줄 사진 값으로 그 돈을 달라더군. 하지만 나는 그에게 꺼지라고 했고, 그 후에 그를 뉴스에서 봤어. 살해됐다고."

"그래서 윌리엄스 부부에게 직접 물어본 거야?"

"그자들은 감히 자기들이 내 가족이라면서 계속 거짓말을 했어. 그들은 내가 누군지 모른다고 계속 거짓말했다고! 난 화가 났고…… 그러려던 게 아니었어…… 난 내가 느끼는 걸 그들도 똑같이 느낄 수 있는 방법을 찾았어." 그가 자신의 목 주위에서 옷깃을 잡아당겼다. "난 화가 나면 숨을 쉴 수가 없지."

"그럼 앨리슨 험프리스는? 네가 앨리슨을 찾아낸 건 그녀가 매컬리 사건에 개입했기 때문이야. 그건 어떻게 알았지?"

"아니야. 내가 그녀를 찾아낸 건 몇 가지 묻고 싶어서야. 앨런에 대해 더 알고 싶었지. 앨리슨이 앨런의 상관이라는 걸 알았으니까." 이제 제러미의 옷깃이 한계를 시험당하고 있었다. "이게 다 그 사람 잘못인지는 몰랐어. 앨리슨은 아빠를, 내 진짜 아빠를 죽게 만들 짓을 시켰지. 자기 구린내를 감추려고 말이야. 난 그녀에게 몇 가지를 묻고 싶었을 뿐이야. 정말로." 제러미가 이마를 문지르고는 혀로 이를 훑었다.

나는 그가 의식적으로 자기 자신과 자신의 행동을 분리하고 있다는 걸 알 수 있었지만, 그는 자기가 하고 싶어서 그런 게 아니었다고 굳게 믿고 있었다. 그가 고대 고문 기술을 재현하기 위해 모든 장비를 가져왔던 걸로 보아 어쩔 수 없이 벌인 일일 리가 없었지만 나는 그의 말을 바로잡아줄 생각이 없었다.

"다들 이해하잖아요, 그렇죠?" 우리도 다 똑같지 않느냐고 호소하는 듯한 그의 말에서 불길한 기운이 느껴졌다.

"네가 그토록 우리 가족에 속하고 싶었다면, 우리 모두 여기 있었어." 나는 두 팔을 벌렸다. "형은 왜 죽인 거지?"

"마이클은 나 같아야 했어." 그가 침통한 목소리로 말했다. "그러니까 어느 날 내가 모르는 남자가 나한테 커닝햄 사람이라고 했고, 그 뒤에 뉴스에서 커닝햄 사람이 그를 죽였다는 걸 봤어. 그때 난 로버트를 검색하기 시작했어. 그는 브라이언 클라크를 죽였지. 그래서 결국 내가 그렇게 외로운 사람은 아니었을지도 모른다는 생각이 들기 시작했어. 나만 그런 건 아니라고 말이야…… 다르다고 느끼는 건."

"그때 형한테 연락했던 거야?"

"마이클은 내 편지에 답하지 않았어. 그가 나를 믿지 않는 이유를 이해할 수 있었어. 그래서 다른 길이 필요했지. 마이클의 아내는 훨씬 더 적극적이었어. 그녀가 마이클의 출소일을 말해줬지. 여기서 보낼 주말에 대해서도. 어서 만나고 싶었어. 마이클뿐만 아니라 나머지 사람들도." 그는 기묘한 미소를 지으며 우리, 그러니까 자신의 진짜 가족과의 첫 만남을 계획할 때 느꼈던 즐거움을 떠올리고 있었다. "하지만 난 제대로 하고 싶었어. 우리의 첫 만남이 그저 우리다웠으면 했다고. 그리고 내가 이 가족에 걸맞은 사람이라는 걸 증명하고 싶었어. 하루 일찍 교도소에 갔을 때 마이클은 거기 없었어. 나는 서둘러 여기로 왔지.

이 지역 경찰인 남자가 하필 그 시간, 그 갓길에 차를 세웠고, 그의 희생으로 나는 당신들한테 나를 보여줄 수 있는 기회를 얻은 거야."

줄리엣과 나는 **희생**이란 단어를 듣고 걱정스러운 눈길을 주고받았다. 제러미는 부풀린 말을 늘어놓으며 이제 자신을 위대한 존재로 만드는 데 몰두하고 있었다.

"또 마이클을 따로 둘 수 있는 기회이기도 했어. 그리고 마이클이 당신들 모두에게 출소일에 대해 거짓말했다는 걸 알았으니까 마이클을 따로 두기로 했다는 내 판단을 설득력 있게 만들 수 있었어. 마이클과 바로 이야기를 나누고 싶었지만 모두 마이클 옆을 얼쩡대고 있었고, 나는 그를 떨어뜨려놓는 게 우리끼리 있을 수 있는 유일한 방법이라는 걸 알았지. 그런데 모두 소리를 지르기 시작했어. 어쩌면 복장 선택이 내가 생각했던 것만큼 영리하지 않았던 건지도 몰라. 왜냐하면 갑자기 모든 일을 도와야 했으니까. 줄리엣이 나한테 풀처럼 딱 달라붙어 있거나 사람들이 질문을 해대기 시작했지. 마이클에게 갈 틈을 낼 수가 없었어. 어니스트 당신이 마이클과 얘기를 나누고 나서야 난 그에게…… 내가 혼자가 아니라는 걸 보여줄 수 있었지. 내가 그와 같다는 걸 말이야."

소피아의 가설은 이랬다. 블랙 텅은 자기 존재를 알리고 있다는 거야. 자기가 여기 있다는 걸 우리가 알아주길 바라는 거지.

제러미는 살인자들로 이루어진 가족 속에서 자신의 자리를 찾았다고 생각했다. 경사의 죽음은 야생 고양이가 문 앞에 가져온 죽은 새일 뿐이었다. 선물이었다.

"하지만 형은 반겨주지 않았어. 그렇지?" 내가 반박했다. "형은 공포에 질렸어. 내가 형하고 얘기를 나눴을 때 보면 형은 3년 동안 자신이 사람을 죽였다는 사실을 감수하는 배움의 시간을 가진 게 분명해. 그리고 형은 다른 길을 택했지. 더 나은 사람이 되려고 말이야. 하지만 그건 네가 기대했던 바가 아니었어, 그렇지? 형 때문에 마치 처음으로 돌아간 것처럼 소외감을 느꼈나?"

"마이클은 나 같아야 했어. 너도 나 같아야 했고! 난 마이클을 설득하려 했어. 그에게 기회가 생기면 그는 바로 네게 얘기하려 했을 거야. 그리고 마이클은 앨런이 내게 먼저 팔려고 했던 사진을 가지고 있었고 내가 어렸을 때 나를, 우리를 해친 사람을 알고 있었지만 나한테 얘기해주지 않았어. 내가 그저 그들을 죽일 거라고 했지. 그리고 그건 앞으로 나아가는 길이 아니라는 걸 자기는 배웠다고 했어. 나는 그가 나와 전혀 다른 사람이라는 걸 깨달았어. 마이클 때문에 난 외로웠어. 마치 내 가짜 부모가 그랬던 것처럼. 가끔…… 숨을 쉴 수가 없어. 사람들이……" 그가 옷깃을 다시 잡아당겼다. "마이클이 한 얘기들 때문에 난 숨을 쉴 수 없었어…… 그리고 그 여자는……."

"루시야." 엄마가 그의 말을 바로잡아주는 걸 들은 나는 깜짝 놀랐고, 약간 감동을 받았다.

"난 여길 어떻게 뜰지 계속 생각했어. 하지만 당신들 모두가 가지 않으려고 하는 데다 난 꼼짝없이 경찰 역을 해야 할 판인데 나한테 무슨 수가 있었겠어? 그런데 그녀가 알았지. 그녀는 나를 기다리고 있었지만 나는 나타나지 않았어. 첫 번째 시신이 경찰이었다는 걸 그녀가 알았을 때 내 정체가 드러났지. 나는 말하지 말아달라고 했어. 난 그녀에게 선택권을 준 거라고, 알겠어? 뛰어내리기로 선택한 건 그녀야." 애원하는 그의 목소리가 비참해졌다. 그는 정말로 우리 모두가 자기와 같을 거라고 믿었었고, 우리가 자기와 다르다는 데서 충격을 받았다.

"왜?" 고모가 이 방에 감도는 분위기를 잘 담아 혐오스럽다는 듯 말했다. "대체 왜 우리 가족에 어울릴 거라고 생각한 거지?"

"마이클은 그럴 자격 없어!" 제러미는 이제 고래고래 소리를 지르고 있었다. "내가 어디에 속한 사람인지 말할 자격 없다고. 내가 저지른 일이 잘못됐다고 말할 권리가 없었다고. 위선자야!" 그가 침을 뱉듯 말했다. "커닝햄 사람들, 당신들을 봐. 모두 살인자야. 안 그래?"

우리는 모두 서로를 바라보았다. 고모부가 가만히 손을 들었다. 자기는 아무도 죽이지 않았다고 하려는 것 같았는데, 그러지 않기로 생각을 고쳐먹고는 잠자코 있었다.

나는 앨리슨 험프리스의 재로 가득한 아파트의 벽에 기대어 앉은 제러미를 그려보았다. 자신의 진짜 가족에 대해 막 알게 된 제러미가 화장실 문을 닫고 떨리는 잿빛 손을 보고 있는 모습을. 우리는 온라인으로 찾아보기 쉬운 사람들이었다. 모든 사람이 우리가 어떤 가족인지 알고 있었다. 마이클 형, 아빠, 고모, 그리고 마지막으로 소피아의 사건은 모두 공개되어 있었고, 손에 피를 묻혔다고 보도되었다. 우리는 언론과 경찰 사회에서 악명이 높았다. 제러미는 우리를 찾아내곤 떨리는 손을 진정시키며 생각했다. 결국 난 그렇게 다르지 않아.

우리 뒤에서 불쑥 성큼성큼 걸어오는 발소리가 들렸다. 우리는 몸을 돌려 개빈을 쳐다보았다. 개빈은 사람들이 모두 심히 불안해 보여 깜짝 놀란 듯했다. "가방은 준비됐수다." 그는 이렇게 말하고는 아차 했는지 덧붙여 물었다. "누가 죽었어요?"

주의가 흩어진 틈을 타 제러미가 움직였다. 뒤돌아보니 그가 철커덕 소리를 내며 벽난로의 쇠살대를 부수고는 부지깽이를 무기로 삼았다. 줄리엣이 제러미를 향해 다가갔지만 제러미가 호를 그리며 부지깽이를 휘두르자 뒤로 물러섰다. 달아날 곳이 없는 건 마찬가지였지만 그는 허공에 철제 무기를 아무렇게나 획획 휘둘러댔다.

"난 여기서 그냥 떠날 수도 있었어." 그가 쉿 소리를 내며 위협했다. "여태까지는 그랬을지도 모르지. 루시가 죽고 난 뒤에 난 충분히 했으니 가야겠다고 생각했어. 하지만 지금 난 혼자 싸워야 해. 난 버려졌어. **당신들**한테." 그는 우리 모두에게 말하고 있었지만 엄마를 노려보았다. "그래도 우린 같이 불에 탈 거야."

그가 부지깽이를 들고 돌진하자 모두 움찔거렸다. 그러나 그는 불 속에 부지깽이를 찌르고 있었다. 제러미는 막대를 지렛대로 써서 불 속에서 타고 있는 커다란 통나무를 카펫 위로 쳐올렸다. 나무가 쿵 하고 바닥에 떨어졌고, 공중에 반딧불 같은 불꽃이 휘날렸다. 우리는 모두 숨을 죽였다. 줄리엣은 자신의 아버지가 40년대 후반에 이 휴양원을 지었다고 했는데, 그건 곧 이 휴양원이 목재와 석면으로 지어져 벽이 성냥이라고 해도 좋을 정도라는 뜻이었다. 그런데 카펫은 푸시시하며 약간 거무스름해질 뿐 축축해서 불이 붙지 않았다. 카펫 위에는 그저 연기 나는 통나무가 놓여 있을 뿐이었다. 일순간 우리 모두 조용해졌는데, 제러미는 허망해 보였고 나머지 사람들은 제러미의 도주 계획이 얼마나 시시하게 끝났는지 놀라고 있었다.

그런데 그때, 벽 가까이 있던 책 하나가 난데없이 폭발했다. 불똥 하나가 바스락거리는 나뭇잎처럼 물기 없는 페이지에 옮겨

붙은 것이다.

당연했다. 여기 책들은 나를 포함한 이 휴양원에서 유일하게 축축하지 않은 물건이었다. 폭발한 책이 『제인 에어』였다고 말할 수 있으면 좋겠지만(앞으로 일어날 일을 보면 잘 어울릴 테니까) 그럴 리는 없었다.

책이 하나 타오르자 나머지 책들도 마치 전자레인지에서 팝콘이 돌아가듯 타올랐고, 불꽃이 튀던 게 덜컥 불길로 번졌다. 거의 저절로 불이 커지는 걸로 보아 아무래도 몇몇 책이 주변에 있는 책들이 주는 압박에 그저 굴복해버린 듯했다. 그러고 도서실의 벽이 활활 타올랐다. 바닥은 증기가 피어오르며 말라갔고, 그러다 물기 없이 건조해진 부분이 타오르기 시작했다.

우리 모두 문을 향해 쏜살같이 달려갔다. 제일 먼저 빠져나간 건 에린이었다. 나는 소피아를 일으켜 세워 성한 팔로 소피아의 팔을 내 어깨에 둘렀다. 새아버지는 엄마를 끌고 있었고 엄마는 망연자실해 울고 있었다. 그들이 붉은 왕좌를 넘어뜨리자 방 한가운데서 작은 모닥불이 타기 시작했다. 줄리엣은 고함을 지르며 팔을 흔들었다. 이제 불길이 본격적으로 타오르기 시작했다. 제러미는 부지깽이를 떨어뜨리고 팔꿈치로 뒤에 있는 창문을 힘껏 쳐 산산이 부수고 있었다. 바람이 들어오자 불길이 휙 하는 소리를 내며 세 배로 커졌다. F-287은 겉이 그을었다. 소피아와 나는 새아버지와 엄마가 지나가기 전까지 떠나지 않고 있었으므로 두 사람이 안전하다는 걸 알 수 있었다. 고모와 고모부는 보이지 않았는데, 그때 언뜻 잘못된 방향으로 움직이는 고모가 보였다.

"고모, 그냥 가요!" 내가 소리쳤지만 상상조차 못 했던 거대한 불길이 **치솟았다**. 그르렁거리는 강렬한 소리가 모든 걸 집어삼켰다. 나는 열기에 움츠렸고, 우리에게 시간이 없다는 걸 깨달았다. 내 뒤에 있는 입구에서 쉭쉭거리는 증기가 뿜어져 나오고 있었다. 문틀이 다 마르면 틀도 타버릴 것이다. 그럼 복도에 깔린 카펫도 마찬가지이고, 난간과 계단, 곧 모든 건물이 타들어갈 터였다.

새아버지는 내 옆을 지나가고 있었고 이제 엄마는 본인의 힘으로 서서 움직이고 있었다. 나는 새아버지에게 소피아를 넘기고 창문을 향해 달려가며 빨간 의자가 타오르는 불구덩이를 옆으로 피했다. 그 불구덩이를 지나가자 모닥불이 아래로 쑥 떨어졌다. 불이 바닥을 태우고는 우리 아래층으로 돌진한 것이다. 빨리 움직이지 않는다면 불길이 로비로 빠르게 번지고 우리는 건물 입구에서 막혀 밖으로 나가지 못할 터였다.

고모는 제러미에게 다가갔다. 제러미는 한쪽 발을 창문 밖으로 내놓고 있었다. 그는 창턱에서 날카로운 조각들을 부수고 뛰어내릴 준비를 하고 있었다. 고모가 손을 뻗어 그의 어깨를 잡았지만 제러미는 고모가 움직이는 걸 알아차리고는 몸을 돌려 고모의 목을 움켜잡았다. 고모의 목이 졸렸고, 그가 고모를 벽난로 선반에 밀어붙여 고모의 머리가 **딱** 하는 소리와 함께 뾰족한 모서리에 부딪쳤다 튕겨 나왔다. 제러미가 고모의 목을 더 세게 쥐었다. 고모의 눈이 툭 불거져 나왔다. 나는 또다시 고함을 질렀지만 바람에 거세진 불길이 치솟아 내 목소리는 흩어졌다. 불길이 내 얼굴 옆을 번쩍 비추며 그슬었다. 머리가 타는 냄새가 났다. 나는 너무 멀리 있었다. 제러미가 나를 보고는 다시 고모를 바라보았다. 벽난로 선반 모서리에 피가 묻어 있었다. 제러미의 눈엔 그저 불길만 비쳐 있었지만 여전히 무언가 이글거리고 있었다. 그는 고모의 머리를 뒤로 젖혀 고모를 또다시 밀었는데—
고모부가 불이 활활 타오르는 소리를 집어삼킬 정도로 크게 포효했다. 고모부가 부지깽이를 집어 돌진했다. 제러미의 눈이 휘둥그레졌다. 고모부가 옥상에서 한 번도 치지 못했던 골프공을 치듯 허리를 틀어 팔을 뒤로 당기고는 길고 넓은 호를 그리며 그대로 훅 휘둘렀다. 부지깽이로 고모부는